현대시의 운명,
원치 않았던

현대시의 운명, 원치 않았던

오문석 지음

앨피
book

서구 근대시의
"원치 않았던" 결과물

최근 막스 베버를 다시 읽으면서 새삼 다음의 구절이 눈에 들어왔다.

그러므로 우리는 다음의 사실을 명심해야 할 것이다. 즉, 종교개혁의 문화적 영향은 상당 부분 종교개혁가들 활동의 예상치 못했던 혹은 심지어 **원치 않았던** 결과였으며, 때로는 그들 자신이 염두에 두었던 것과 동떨어졌거나 심지어 대립되었다는 사실을 명심해야 한다.[1]

본문에서 베버는 "원치 않았던"을 진하게 표시했다. 이 구절을 베버

----

(1) 막스 베버, 김덕영 옮김, 《프로테스탄티즘의 윤리와 자본주의 정신》, 길, 137쪽.

의 책에 그대로 적용시킨다면 이렇게 된다. 겉보기와 달리 이 책은 "자본주의 정신"이 "프로테스탄티즘의 윤리"에서 파생한 것이라 주장하지 않는다. "자본주의 정신"은 오히려 "프로테스탄티즘"의 "원치 않았던" 결과의 하나일 뿐이다. 이 구절을 통해서 베버가 강조하고 싶었던 내용이 이것이다. 책을 건성으로 읽는 사람들이 제목만 보고도 판단했을 법한 인과론적 사고의 관습을 일격에 무너뜨리는 구절인 셈이다. 그렇구나. 인간의 삶이란 대자연에 널리 통용되는 인과율이 적용되지 않는 유일한 구역이라는 뜻. 이 구절만으로도 이 책은 이미 할 말을 모두 마쳤다는 생각이 든다. 나머지는 이 구절에 대한 부연 설명에 지나지 않을 것이니 말이다.

하지만 이렇게 탁월한 통찰력을 앞에 두고 엉뚱한 상상을 하게 된다. 책을 건성으로 읽는 사람들이라면 이처럼 보석 같은 구절을 발견하지 못하는 경우가 허다할 터인데, 이 구절은 또한 책을 쓰고 있는 사람에게도 적용되는 것은 아닌가, 하고 말이다. 제목만 보고도 그 내용을 훤히 꿰뚫어 볼 수 있는 유행성, 그리고 서론만 읽어도 능히 그 결과를 짐작할 수 있는 통속성의 유혹에서 스스로 자유로울 수 없다고 생각하기 때문이다. 그런 글에서 가장 모자라는 부분이 바로 "원치 않았던"에 해당하는 충격적 반전의 묘미일 것이다.

"원치 않았던" 결과, 이 얼마나 신비로운 말인가. 만사가 항상 뜻대로만 된다면야 인생에 무슨 신비가 있을 것인가. 그래서 그 신비는 이 책에서도 작동할 만큼 흔한 일이 되고 말았다. 이 책은 우리의 근현대 시를 대상으로 하여 동양, 종교, 교육이라는 사유의 틀을 도출하고 있다. 하지만 이러한 사유의 영역은 처음부터 작심하고 이끌어 낸 것이 아니다. 설계 도면 없이 진행된 연구 내용의 사후적 구성물에 가깝다. 굳이 따지자면 "원치 않았던" 혹은 "예상치 못했던" 결과라 할 수 있다. 위에서 인용한 베버의 구절이 위로가 되는 순간이다.

지나온 길의 끝에 와서 그 길에 찍힌 발자국의 모양과 형상을 확인하는 경우는 얼마나 많은가. 이처럼 과거를 향해서는 '사후적 인과율'의 재구성도 가능하다. 찍힌 발자국을 통해서 그 원인을 추정하기는 쉬운 일처럼 보이기 때문이다. 동양, 종교, 교육이라는 범주는 결과적으로 그렇게 된 것이긴 하지만, 마치 그것이 이 모든 연구의 원인이며 추진 동기로 작용한 듯한 생각을 하게 된다. 그러므로 이 책은 사후적으로나마 연구자의 무의식을 드러내는 일이기도 하다.

하지만 과거지사를 훤히 내려다보고 무의식에서까지 그 원인을 찾아낼 수 있는 눈의 소유자라 할지라도 미래를 보는 데까지 그 눈을 사용할 수는 없는 법이다. 과거를 향해서는 아무리 밝았던 눈이라도 미래를 향하는 순간, 돌연 까막눈으로 돌변하는 것을 막을 수 없는 것이 인간의 삶이기 때문이다. 자연과학적 사실에서는 과거에 적용되었던 인과율이 미래에서도 어김없이 반복되리라는 믿음과 예측 가능성이 허용되겠지만, 인간의 삶에서는 과거가 원인이 되어 미래에서 예측 가능한 결과를 낳으리라는 보장이 없다. 과거와 미래 사이에는 "예상치 못했던" 혹은 "원치 않았던"의 강물이 심연을 형성하고 있기 때문이다.

그래서 인간은 이미 지나간 과거를 훤히 들여다보고 있으면서도 앞으로 벌어질 일에 대해서는 한 치 앞도 내다보지 못하는 장님이라는 이중성을 지니고 산다.

이러한 이중성은 우리의 근대시 개척자들에게도 적용되는 원칙이라 할 수 있다. 그들 대부분이 분명한 목적을 가지고 시를 쓰고 시에 대한 글을 남겼다 할지라도, 그것은 대개 "예상치 못했던" 혹은 "원치 않았던"이라는 심연의 강물에 휩쓸려 전혀 엉뚱한 방향으로 흘러가기 일쑤였던 것이다. 최근 부쩍 그 심연의 소용돌이에서 모종의 희망을 보게 된다. 흔히들 우리의 근대시가 서양의 근대시를 의식적으로 모방하면서 성장했다고 생각한다. 하지만 실제로 그러한 모방에 대한 평가를 보면 성공적인 사례로 거론되는 경우가 거의 없다. 성공하지 못한 모방의 결과물이라는 가설을 세워 두고 그것이 오히려 우리 근대시의 몰개성의 근거인 것처럼 판단하는 경우도 있다.

하지만 문학에서 모방은 애초부터 불가능한 기획인지도 모른다. 베버의 통찰에 따르자면, 과거와 미래 사이에는 심연의 소용돌이가 놓여 있기 때문이다. 자본주의에서 프로테스탄티즘까지 독특한 인과율의 관계를 증명한다 할지라도, 그것을 그대로 동양에 대입하여 프로테스탄티즘의 윤리를 도입하면 자본주의 정신이 자동적으로 생성될 것이라는 예측이 불가능한 것과도 같다. 서구의 근대시가 아무리 성공적 사례처럼 보인다 할지라도 그것은 서구 사회를 배경으로 형성된 과거적 사실일 뿐이고, 그것이 식민지 조선에서 동일하게 반복되어 예측 가능한 미래를 형성할 것이라 기대하는 사람은 없다. '과거'에 성립된 인과율을 보고 그것을 그대로 모방하여 '미래'를 설계하는 사람들의 발 앞에는 언제나 "예상치 못했던" 혹은 "원치 않았던" 결과의 늪이 한없이 이어져 있기 때문이다. 그래서 누군가의 과거를 모방하기로 작정한 사람들은 많아도 모방에 성공했다는 사례는 발견되기 어려운 것이다.

어쩌면 모든 완결된 문학은 인간 세상에 무한정으로 열려 있는 미래를 한 번이라도 제대로 닫아 보고자 하는 욕망이 투사된 것일지도 모른다. 과거를 향해서 보면 충분히 닫혀 있는 것처럼 보이는 인과율의 원칙이 그 방향을 바꿔서 미래를 향하기만 해도 금세 무한히 열려 있는 인과율, 심지어 인과율이라고 말할 수조차 없는 인과율로 돌변한다는 사실이 견디기 힘든 사실이기 때문이다. 자연에서는 허용되는 원칙이 인간의 삶에서는 이토록 사정없이 무너지고 말다니.

그러나 과거와 미래 사이의 비대칭이 인간의 삶을 신비로 감싸는 인과율의 비밀일 것이다. 그리하여 이 책은 과거를 향해서 비록 인과율의 방식으로 사유를 전개하고자 하지만, 그 초점은 항상 "예상치 못했던" 혹은 "원치 않았던" 결과를 향하고 있다고 할 수 있다. 그 지점이 바로 우리 근대시의 독자적 사유의 터전이 열리는 순간을 알려 주기 때문이다. 그 덕분에 식민지 조선에서 시작된 우리의 근대시가 서구적 근대시의 원초적 과거를 되풀이한다는 생각에서 벗어날 수 있었다. 오히려 서구적 근대시가 한국의 근대시에서 "예상치 못했던" 혹은 "원치 않았던" 방식으로 반복되는 것을 목격하는 기회가 될 것이다. 모방과 반복의 욕망이 아무리 충일하다고 하더라도 그것은 항상 모방도 반복도 불가능한 것들을 무수히 배출할 수밖에 없다는 생각에 겨우 도달하게 된 것 같다. 이 책은 그러한 경험의 기록물이라 할 수 있다. 이 기록물의 출간을 도와주신 모든 분께 감사드린다.

2012년 3월

오문석

차례

민족과
전통

해방기 '민족'을 둘러싼 '담론 전쟁'

문학사와
교육

동양과
종교

타고르,
식민지 조선의
횃불이 되다

1920년대 조선인의
눈에 비친 인도

　"세계에 이름 떨친 인도인 3명의 씨명氏名"을 적어 보라는 상식 문제가 잡지 《동광東光》에 게시된 것이 1932년이다.[1] 첨부된 답지를 보면 "간디, 타고어, 네루, 나이두" 등 네 명의 이름이 기재되어 있다. 이 명단이 아마도 당시의 조선인이 기억하는 인도인의 전부일 텐데, 적힌 이름의 순서는 당대의 인지도[2]를 반영한다. 이들에 대한 지식이 상식이

---

(1) 〈모던대학 입학시험〉, 《동광》, 1932. 7. 5쪽.

(2) 당시의 문인 정인섭도 "인도의 근대 인물 중에 있어서 가장 세상의 이목을 끄는 사람 중에는 종교시인 샌더 씽, 시성 타고아, 성웅 간디, 그리고 나이두 여사"를 꼽아 당대의 상식을 뒷받침하고 있다. 정인섭, 〈혁명여성 '나이두'와 인도〉, 《삼천리》, 1931. 1.

된 것은, 특히 인도 남성과 결혼한 스웨덴 유학생 최영숙의 귀국(1931년 11월)과 그녀의 돌연한 사망 사건(1932년 4월)이 언론의 집중 조명을 받으면서[3] 인도에 대한 조선의 관심이 일시적으로 높아진 탓이기도 하다. 하지만 구미 열강이나 인접 국가가 아닌데도 조선인의 관심이 인도에 집중되었다는 것은 주목할 만한 현상이다. 이때 조선인의 상식에 포함된 인도인 4인을 보면, 간디Mohandas K. Gandhi와 자와할랄 네루P. Jawaharlal Nehru, 라빈드라나트 타고르Rabindranath Tagore와 나이두Sarojini Naidu를 따로 묶어 정치계와 문학계를 두루 아우르고 있음을 알게 된다.

《동광》의 답지에 인도의 정치가 간디와 네루가 언급되는 것으로 보아, 당시 조선 사람들이 인도의 정치적 상황을 파악하는 데 '통치'의 관점보다는 '저항'의 입장을 중시했음을 알 수 있다. 이는 인도에 대한 상식을 만들어 내었을 당시 조선의 언론이 영국의 통치 방식보다 식민지배에 저항하는 인도 정치인들의 행보에 유독 관심을 집중한 결과이기도 하다. 특히 간디의 경우, 그가 유명세를 얻게 된 1920년대부터 조선 언론에는 그의 동태에 대한 기사가 빠짐없이 게재되었다. 한때 조선에서 유행한 '자치론'과 '물산장려운동'이 간디의 '스와라지'(자치, self government)와 '스와데시'(자급자족, home economy) 운동의 어설픈 모방[4]에서 비롯될 정도로 조선에서 간디의 영향은 무시할 수 없는 문화적

---

(3) 최영숙에 대해서는 이옥순(《식민지 조선의 희망과 절망, 인도》, 푸른역사, 2006), 전봉관(《경성기담》, 살림, 2006)의 연구를 참조할 수 있다.

(4) 조선의 자치론과 간디의 자치론을 비교하여 그 차이를 밝힌 사례로는 이나미, 〈일제시기 조선 자치운동의 논리〉(《민족문화연구》, 2006)를 참조할 수 있다.

배경으로 자리 잡았다.

　문학 방면으로는 타고르와 나이두가 선정되었는데, 이들은 '서양의 인정을 얻은 동양의 시인'이라는 공통점이 있다. 잘 알다시피 타고르는 아일랜드 시인 예이츠W. B. Yeats의 눈에 띄면서 동양인으로는 처음으로 1913년 노벨 문학상을 수상하고 이후 전 세계 언어로 번역되는 영광을 누렸으며, 여성 시인 나이두 역시 영국 시인 아서 시몬스Arthur Symons의 도움으로 1905년부터 1915년까지 총 3권의 시집을 영어로 출간하면서 세계적인 명성을 획득했다. 이는 아서 시몬스를 비롯하여 예이츠, 에즈라 파운드Ezra Pound, 엘리엇T. S. Eliot 등의 '서양' 시인들이 중국과 일본, 인도 등 '동양'의 사상과 문학에 관심을 집중한 결과이기도 하다.[5] 그러나 이러한 문학적 오리엔탈리즘orientalism의 일시적 유행은 서양의 시 형식을 근대시의 모범으로 삼고 출발하려던 조선의 시인들에게는 무척 난감하고 혼돈스러운 사건이었을 것이다. 마치 서양 근대시에 나타난 오리엔탈리즘의 첫 번째 산물인 이미지즘imagism이 조선에서는 오히려 외래 사조의 이름으로 유입되어 '조선주의' 바람을 일으켰던 것처럼 말이다. 이와 마찬가지로 예이츠와 아서 시몬스 등의 서구 상징주의 시인들의 중개를 거쳐 형성된 조선의 타고르 현상에서 1920년대 '민족주의'로 이어지는 실마리를 발견할 가능성은 높다. 1920년대의 민족주의 문학운동이 유독 시 장르에서만 진행된 이유가 여기에 있다.

....

(5) 동양에 대한 서구 시인들의 관심에 대해서는 박영순, 〈에즈라 파운드, T. S. 엘리엇, W. B. 예이츠와 동양〉 《동서비교문학저널》, 2005, 가을·겨울)을 참조할 수 있다.

식민지 경험은 항상 착종된 인식을 동반하기 마련이다. 그것은 식민지 백성들이 식민지 지배 논리를 '논리'로서 받아들이는 순간 시작된다. 러일전쟁(1904) 이후 《대한매일신보》 기자들이 "식민주의를 문명 발전과 연결시키고 영국의 인도와 이집트 통치를 정당화"[6]했을 때가 바로 그러한 순간에 속한다. 이것은 이른바 '식민지 근대화론'의 초기 모델에 해당하는 것으로 이후 이광수의 '민족을 위한 친일'이라는 자기 합리화에서도 발견되는 발상이지만, 문제는 이것이 민족주의자들의 머리에서도 생산되었다는 데 있다. 겉보기에 민족주의는 식민주의와 대립하는 듯 보이지만, 식민주의 논리에서 '근대화론'의 뇌관을 제거하지 않는 이상 민족주의의 저항은 항상 무기력할 수밖에 없다. 인도의 명사들, 특히 간디와 타고르 사상에서 발견되는 이질성이 바로 여기에 있다. 그들은 문명에 매혹되지 않는 동양 정신의 가능성을 보여 주었기 때문이다. 그렇기 때문에 1920년대 형성된 간디와 타고르 중심의 인도 열풍이, 아직 간디와 타고르를 알지 못했던 애국계몽기(1905~1910) 조선의 인도 인식에서 얼마나 멀어졌는지를 판단하는 일은 중요하다. 그 차이와 간격의 형성에서 간디와 타고르가 조선에 미친 영향을 가늠할 수 있기 때문이다.

....

(6) 앙드레 슈미드, 정여울 옮김, 《제국 그 사이의 한국 1895~1919》, 휴머니스트, 2007, 287쪽.

_1925년 인도인들에게 둘러싸여 있는 타고르.

서구화와 반서구화의 사이에서

　인도가 식민지 조선에 미친 영향이 가시화된 것은 사실상 1920년대 에 국한된다. 1930년대로 접어들면 정치적·문학적 측면에서 인도를 참조하는 경향이 현저히 약화되기 때문이다. 예컨대 1930년의 '소금행 진'(영국의 소금세 부과에 항의하여 아쉬람에서 단디까지 벌인 비폭력 저항행 진. '단디행진')으로 더욱 유명해진 간디의 불복종운동은 만주사변 이후 정세가 급변한 조선에서는 거의 아무런 반향도 얻지 못했다. 타고르에 대한 관심도 시들해져서 때마침 《유한철학philosophy of leisure》을 발간[7]한 그를 가리켜 조선의 기자들이 "유한철학자"로 칭한 데에는 비꼬는 듯 한 태도가 반영되어 있다.[8]

　타고르와 더불어 일찍이 김억 등에 의해 국내에 소개된 나이두[9]도 사정은 마찬가지였다. 1930년대까지도 몇몇 문인들이 그녀의 시 세계 를 소개하긴 하지만, 이를 '열풍'이라 부르기에는 그 영향력이 미미했 다.[10] 그때 나이두는 이미 시 쓰기를 중단한 상태였으며, 1926년부터는 간디의 뒤를 이어 인도 국민회의 의장으로 선출되어 "정계에 몸을 던

---

(7) 1929년 일본어로 번역되었다. タゴ―ル, 和田富子 譯,《有閑哲學》, 東京朝日新聞社, 1929.

(8) 《조선일보》에서는 〈타골옹 健在乎?〉라는 기사를 통해 타고르의 최근 동향을 전하면서도 스와라지 운동에 전력투구하는 간디와 파리의 화랑에서 수채화 전시회를 개최하는 유한철학자의 여유를 대조하고 있으며 (《조선일보》, 1930. 7. 13.), 미국 이민관의 '무례한' 상륙 거절에 분개한 타고르가 러시아, 캐나다 등을 떠돌며 유한철학을 설파한다는 기사(《조선일보》, 1930. 10. 13.)를 내보내고 있다.

(9) 김안서, 〈사로지니 나이두의 서정시〉1·2,《영대》4·5호, 1924. 12. ~ 1925. 1 ; 민태홍, 〈혁명인도의 여류시인 싸로지니 나이듀〉,《개벽》, 1924. 11.

진 인도 여류 시인"[11] 혹은 정인섭의 표현대로 "혁명여성"으로 간주되는 경우가 많아졌기 때문이다.

앞서 보았듯이 인도에 대한 조선의 관심은 일찍부터 있었지만, 인도 문학에 대한 관심은 당연히 타고르에서 비롯되었다. 물론 그것이 전적으로 타고르의 문학 자체에서 비롯된 것인지는 의문이다. 오히려 그와 같은 집중적 관심에는 동양인 최초의 노벨 문학상 수상자라는 수식어가 더욱 크게 작용했을 것이다. 그렇다면 이 경우에 누구보다 먼저 타고르를 발견하고 그 진가를 인정했던 예이츠, 그리고 한때 예이츠의 비서를 자처했던 파운드의 관점이 중요해진다. 예컨대 예이츠는 타고르의 작품에서 아일랜드 민족문화의 부흥 가능성을 발견하는 한편, 상징주의 문학 특유의 종교적 초월성이 작동하는 것을 보았다.[12] 이는 상징주의에서 시작되는 조선의 근대 시문학사의 발전 경로에서 타고르의 시문학이 상징주의와 민족주의를 연결해 주는 중개자 역할을 했다는 판단의 근거가 된다. 우리는 1920년대 중반을 전후하여 그동안 서구적 자유시의 도입과 정착에 열정을 바치던 시인들이 돌연 민요와 시조로 방향을 선회하면서 민족문화의 부흥에 투신한 일을 기억한다. 이 대대적인 전향 사태의 먼 원인으로서 '타고르 현상'의 영향을 무시할 수 없

---

(10) 이하윤, 〈인도 순정시인 사로지니 나이두(현대시인연구-인도편)〉, 《동아일보》, 1930. 12. 28 ; 정인섭, 〈혁명여성 나이두'와 인도〉, 《삼천리》, 1931. 1. 그리고 특별히 나이두를 직접 만나 본 경험을 잊지 못하는 모윤숙이 있다. 이에 대해서는 허혜정, 〈모윤숙의 초기시의 출처 : 사로지니 나이두(Sarojini Naidu)의 영향 연구〉(《현대문학의 연구》, 2007)를 참조.

(11) 백성욱, 〈정계에 몸을 던진 인도 여류시인 사로지니 나이두 여사〉, 《동아일보》, 1926. 5. 7.

(12) 타고르와 예이츠의 관계에 대해서는 조동열, 〈Yeats와 Tagore〉(《외국문화연구》, 2000) 참조.

다는 것이다.

　조선에서의 '타고르 현상'은 그가 노벨 문학상 수상자 자격으로 일본을 처음 방문했을 때로 거슬러 올라간다. 1916년 당시 일본 유학 중이던 진순성(진학문)이 타고르를 둘러싼 집단 인터뷰에 참여하게 되면서 그의 시 작품을 받아 와[13] 최남선의 잡지 《청춘青春》에 게재한 것(1917)이 그 시작점이다.[14] 진순성의 글에서는 대시인을 직접 대면한 그의 감격이 묻어난다.

　세계문학의 재판은 인종상이의 이유로써 결코 세계적 대시성大詩聖을 묵살할 리 만무하여 인도성자 우리 '라빈드라나드 타구르' 선생이 1913년에 가장 영예 있는 '노벨상금'을 받았으니 실로 동양 사람으로 '노벨상금'을 받은 것의 효시라. 선생으로 말미암아 인도의 면목이 일신한 것은 물론이려니와 우리 동양인 전체의 명예라 할지로다.[15]

　진순성의 눈에 타고르는 '시인'이면서 '성자聖者'일 수 있는 가능성을 보여 주는 사람이었다. 다시 말해서 진순성은 종교와 문학의 공존 가능성, 혹은 문학의 종교적 기능을 긍정했다는 뜻이다. 그리고 그러한 특징은 "우리 동양인 전체"에 보편화된 현상으로 간주되며, 그것을 세계

----

(13) 진순성은 타고르가 "특별한 뜻에서 우리 《청춘》을 위해 지어보내신 것"으로 알고 있지만, 그것은 타고르의 다른 작품집(《열매따기》)에 이미 게재된 것이었다.

(14) (진)순성, 〈인도의 세계적 대시인, 라빈드라나드 타구르〉, 《청춘》, 1917. 그에 앞서 일본 방문 기간에 맞춰 타고르를 소개한 사례도 있다. 일숭배자, 〈세계적 대시인 · 철인 · 종교가 타꼬아 선생〉, 《신문계》, 1916.

(15) 진순성, 같은 글, 97쪽.

문학(=서구 문학)이 승인하고 있음을 밝힌다. 이것은 노벨상을 비롯한 서구 문학의 승인 절차를 통해서만 동양 문학의 정체성이 확인된다는 논리를 배경으로 삼고 있다. 종교와 문학의 미분화未分化는 자칫 전근대적 문학관으로 치부될 수도 있겠지만, 그때에는 바로 그러한 '전근대성'이 오히려 동양적 정체성에 근접한 것으로 간주되었다. 여기에는 얼핏 보면 [서구적] '근대성'에 대한 선망과 질투가 누락된 것처럼 보인다. 그러나 동양이 전근대적 성격을 동양 문학 고유의 정체성으로 내세우려 할 때조차 반드시 서구 근대성의 승인과 인정을 우회해야 한다는 사실은 은폐되어 있다.

이것은 당시 조선의 타고르 수용이 기존의 '동서東西 이분법' 논리를 더욱 강화하는 쪽으로 작용했을 가능성을 배제할 수 없게 한다. 다음 인용문은 진순성의 타고르 소개와 나란히 《청춘》에 실린 현상윤의 글인데, 동양에 대한 타고르의 자부심과 정면으로 배치되는 내용이다.

동양의 문명은 노년의 문명이요 침유의 문명이며 누워 있는 문명이요 얼굴을 찡그린 문명이어늘 서양의 문명은 이 반대로 소년의 문명이요 희락의 문명이며 벌떡 일어선 문명이요 하하 웃는 문명이니 동양의 문명에서는 썩은 내 고린 내가 난다 하면 서양의 문명에서는 향내 맛있는 내가 나며 …… 그런즉 두말할 것 없이 동양의 문명은 적멸적, 퇴영적, 쇄미적, 금욕적이요, 서양의 문명은 활동적, 진취적, 소장적, 종욕적이니, 전자는 고대적이라 하면 후자는 현대적일지요, 전자를 톨스토이나 타고아의 사상에 가깝다 하면 후자는 니체나 트라이치케의 사상에

가깝다 할 수 있도다.[16]

　이 글에는 동양과 서양의 차이가 끝도 없이 열거되는데, 그 목적이 동양의 부정성과 서양의 긍정성을 극단적으로 대립시키는 데 있다는 것은 분명하다. 따라서 인용된 내용만으로도 이 글의 최종적 귀결점을 예측할 수 있을 터인데, "그런즉 우리는 하루 바삐 서양을 배우고 하루 바삐 서양화하기를 힘쓸 것"이며, "동양사상을 버리고 서양사상을 배우라"는 충고가 그것이다. 이것만 보면 이 글의 필자가 해방 이후 출간된 《조선유학사朝鮮儒學史》(1947)의 저자와 동일 인물이라고 상상하기 어렵다. 하지만 이것이 근대화(=서구화)를 통해서만 식민지를 면할 수 있다는 개화파의 일반적 논리를 극단적으로 압축한 표현임은 분명하다. 이러한 극단적 이분법의 관점에서 보자면 사람들이 톨스토이와 타고르에 열광하는 것은 오히려 근대화의 역방향으로 치닫는 것이라 할 수 있다. 현대를 향해 전진하는 것이 아니라 고대로 되돌아가는 것처럼 보이기 때문이다. 따라서 타고르를 따르는 길은 아직 충분히 '서양화'되지 못한 것을 아쉽게 생각하는 조선인으로서는 쉽게 택하기 어려운 길이다.

　이처럼 '근대화(=서구화)'를 지상 목표로 삼고 전진하는 조선인에게 타고르의 등장은 혼돈을 안겨 주었다. 조선인의 처지에서 타고르는 그 사상에 크게 공감할 수는 있을지언정 그것을 쉽게 따를 수는 없는 어떤 망설임의 대상일 수밖에 없었다. 서구 문학의 모방적 수용에는 망설임

----

(16) 소성(=현상윤), 〈동서문명의 차이와 급 기 장래〉, 《청춘》 11호, 1917, 68쪽.

이 없어도, 서구 문학이 공식적으로 승인해 준 동양 문학의 존재가 조선의 근대화 전진 과정에서 과연 어떤 모델이 될 수 있는지는 전혀 알 수 없었다. 그러므로 오랜 고민과 숙고의 시간이 필요했을 것이다. 타고르가 노벨 문학상을 수상하고 일본을 방문하여 명성을 얻은 것이 1916년인데, 조선에서 그에 대한 관심이 집중된 시기는 1920년대로 이월되는 이유가 여기에 있다. 그리고 이는 수년 후 시조와 민요의 재발견으로 다시 등장하게 된다. 그 사이에 타고르라는 존재를 충분히 숙고하고 검토할 수 있는 다양한 자료들이 축적되었음은 물론이다.

⠿⠿ 용어와 문체로 보는
⠿⠿ 타고르 번역

타고르는 1924년 중국을 거쳐 일본을 두 번째로 방문하여 일본에 대한 애정을 아낌없이 드러냈다. 그전부터 러일전쟁에서 일본이 승리한 이후 타고르의 출신지 벵골 지방에서는 '강한 아시아'의 모델로서 일본을 선망하는 분위기가 형성되었으며, 인도와 일본, 중국을 잇는 아시아 연맹에 대한 기대감이 높아졌다.[17] 1916년 처음으로 일본을 방문할 당시 타고르 또한 일본에 대한 선망의 감정이 있었는데, 일본이 오히려 탈아입구脫亞入歐를 외치며 서구 민족주의(=제국주의)를 추종한다는 사실

---

(17) Irving S. Friedman, "Indian Nationalism and the Far East", Pacific Affairs, Vol. 13, No. 1 (Mar., 1940), p. 18.

에 실망하고 그것을 비판한 경험이 있다.[18] 그래서 중국의 초청으로 이루어진 1924년의 동아시아 방문길에서도 타고르는 두 번째 일본 방문을 계획하고 실행에 옮기지만 그다지 환대받지 못한 것으로 알려져 있다. 타고르는 '동양 정신의 우월성'을 전달하는 사상가였지만, 일국의 민족주의에는 비판적이었던 것이다. 따라서 두 번째 동아시아 방문길에서 타고르는 '아시아연합'의 필요성을 강조하게 된다. 국내 언론에 따르면 당시 중국을 방문하면서 "아세아인의 서양인에게 받는 압박"을 강조하며 "아세아의 연합"을 고창했으며(《동아일보》, 1924. 4. 30.), 일본을 방문해서는 "구미물질문명의 횡포"를 문제 삼으면서 "동양의 자연절대사상"을 고조했다(《동아일보》, 1924. 6. 11.)고 한다. 하지만 중국을 방문하는 과정에서 타고르의 동양주의는 '근대화'를 추종하는 세력들의 반대에 봉착했으며, 일본에서도 '서구식 민족주의'를 지향하는 세력들의 비판을 받았다.[19]

그런데 유독 조선은 다른 반응을 보였다. 단 한 번도 방문한 적이 없는 조선에서[20] 타고르는 극소수의 반응[21]을 제외하면 이상하게도 별다른 도전과 비판 없이 유명세를 유지할 수 있었다. 조선에도 중국이나 일본처럼 근대화(=서구화)를 지상 목표로 생각하는 사람이 많았기 때

(18) 타고르의 일본 방문에 대해서는 이옥순, 〈인도인이 본 근대의 동양세계〉《동양사학연구》, 2009. 6.)를 참조.
(19) 이옥순, 같은 글 참조.
(20) 1929년에 일본을 세 번째로 방문했을 때도 그는 동아일보의 초대를 거절한 바 있다. 그때 타고르가 적어 주었다는 〈동방의 빛〉 4줄만이 전해진다.
(21) 수주 변영로의 비판적 발언이 거의 유일하다. 수주, 〈아관(我觀) 타고어〉, 《동아일보》, 1925. 8. 28.

문에 타고르의 아시아주의가 오히려 전근대로의 퇴행을 의미하는 것이 아닌지 의심받을 만도 했건만, 이 문제를 공개적으로 거론한 사람은 없었다. 동양 정신의 우월성을 강조하는 타고르의 관점이 오히려 서구인들의 후원과 찬사를 배경으로 한다는 데서 그 원인을 찾을 수 있다. 타고르에 대한 서구인들의 찬사를 보면 근대화가 반드시 '탈아脫亞'와 '입구入歐'를 통해서만 이루어지는 것이 아니라는 뜻이기도 하다. 일본처럼 아시아를 버리고 근대에 안착하려는 경우도 있지만, 아시아를 통한 근대화 방식도 불가능한 것은 아니었다. 타고르의 등장, 특히 타고르에 대한 서구인들의 과도한 환대가 그 가능성을 열어 준 것이다. 따라서 타고르가 중국과 일본에서는 냉담한 반응에 직면한 바로 그 시점에도 조선에서는 그의 대표 시집 세 권이 모두 번역되는 등 긍정적 평가가 이어졌던 것이다. 아직 근대적 시집이 몇 권 발간되지 않았을 정도로 척박했던 조선 시단에서, 타고르는 그때까지 영어로 출간된 시집이 전부 번역되는 영광을 누렸다.

알려졌다시피 김억의 타고르 번역은 '영역판'을 저본底本으로 했다. 타고르가 일본을 방문하기 한 해 전(1915)에 이미 타고르의 주저가 일어로 번역되었지만, 김억은 관동대지진으로 일역판을 구하기 어렵다며 '영역판'으로 직접 번역했음을 강조한다.[22] 훗날 양주동이 김억의 번역에 시비를 걸면서 일역판 중역 혐의를 제기한 것[23]에 발끈할 정도

(22) "일본말로 번역된 신월新月이 있다는 말을 듣고, 여러 방면으로 그것을 구하여 대조라도 하려고 하였습니다, 만은 진재震災 뒤의 일이기 때문에 얻을 수가 없었습니다." 김억, 〈머리에 한 마디〉, 《신월》, 문우당, 1924, 3쪽.

로 김억은 영역판 번역에 자부심이 있었다. 하지만 잘 알다시피 타고르의 첫 번째 영역판 시집 《기탄잘리》(1912)는 본래 인도의 벵골 지역(지금의 방글라데시)의 방언으로 된 시들 중에서 타고르가 직접 선별하여 영어로 번역한 것에 예이츠의 서문을 붙여 출간한 것이다. 영역 과정에서 벵골어 원작이 이미 훼손되었을 텐데, 김억은 그 영역판을 원본으로 한역을 한 것이다.

그래서인지 《기탄잘리》를 번역하면서 김억은 본래 영역판에 붙은 예이츠의 〈서문〉을 제외했다. 〈서문〉에서 예이츠는 "인도 친구가 내게 들려준 말에 의하면 원래의 이 서정시들은 다른 언어로 옮겨 놓을 수 없는 오묘한 빛깔과 섬세한 리듬, 또 음률적이며 창조적인 재능이 넘친다고 한다"[24]고 밝혔다. 여기에는 《기탄잘리》의 본래 언어인 벵골어의 빛깔과 리듬을 그대로 옮기고 싶어 하는 예이츠의 갈망과 안타까움이 배어 있다. 하지만 김억을 괴롭힌 것은 그가 번역한 《기탄잘리》가 벵골어가 아니라는 사실에서 기인하지 않는다. 오히려 그는 영역본을 원작으로 간주하고, 그 번역의 '문체'를 두고 고민하는 모습을 보인다.[25]

영역판 《기탄잘리》에는 편집 과정에서 본래의 신앙시(獻詩)뿐 아니라 단순한 연애시도 상당수 포함되었지만, 김억은 그것이 "진정한 의

(23) 김억와 양주동 사이에 타고르 번역을 두고 벌어진 논쟁에 대해서는 김용직, 〈Rabindranath Tagore의 수용〉, 《한국현대시연구》, 일지사, 1974, 108~117쪽 참조.

(24) 타고르, 김광자 옮김, 《기탄잘리》, 소담출판사, 2002, 14쪽.

(25) "무엇보다도 번역할 때에 딱한 것은 문체였습니다. 어떠한 문체를 취할까 하는 것이 지금도, 다 역필한 지금도, 의심으로 있습니다. 내 손에로 된 문체이지만은 나는 동의할 수 없다는 것을 말씀하여 둡니다. 이것은 일후에 완전한 적임자를 기다릴밖에 없습니다." 김억, 〈역자의 인사〉, 타고르 저, 김억 옮김, 《기탄자리》, 이문관, 1923, 1~2쪽.

미의 불교도 근대 시인인 인도 타고아의 신앙시편"[26]이라고 굳게 믿고 있었다. 이는 예이츠를 비롯한 서양 시인들의 타고르 수용 방식으로서,[27] 김억이 그것을 그대로 답습하고 있음을 의미한다. 예이츠의 개입으로 타고르의 《기탄잘리》 영역판에서 2인칭 대명사는 모두 'Thou-Thy-Thee'라는 고전적인 존칭 대명사로 대체되는데, 전편全篇이 모두 '신God'에게 바치는 헌시라고 판단했기 때문이다. 이러한 인칭대명사의 사용은 타고르의 다른 작품(《신월》,《원정》)에는 해당되지 않고 유독 《기탄잘리》에만 한정되는 것으로, 김억은 '신神'을 호명할 수 있는 용어와 그 말투를 조정하는 데 심혈을 기울인 것이다. 이때 김억이 참조할수 있었던 것은 당시의 성서 번역이었고, 이를 토대로 김억은 'Thou'와 'God'의 번역어로서 각각 '주主님'과 '하느님'[28]을 선택하게 된다. 이렇게 됨으로써 타고르가 "불교도"라는 그의 판단과 달리, 정작 번역에 동원된 용어와 문체로 인해서 김억의 번역본은 기독교적 분위기가 지배할 수밖에 없었다. 하지만 김억은 이러한 모순적 상황을 인지하지 못한 것으로 보인다.

....

(26) 김억, 〈역자의 인사〉, 앞의 책, 1쪽.

(27) 예컨대 예이츠는 《기탄잘리》 서문에서 "시와 종교가 하나가 되어 있는 전통"을 인도 시의 특징으로 강조하였으며, 그의 시를 서구 기독교 윤리에 맞춰 신에 대한 헌신과 영적인 추구로 해석하고자 했다. 이것은 타고르의 시에 오리엔탈리즘이 투사된 것으로 볼 수 있다. 이옥순, 〈식민지 조선의 '동양', 타고르의 '동양'〉,《담론201》, 2005, 62쪽 참조.

(28) 조선 기독교계에서는 신을 번역하는 과정에서 한글 '하나님/하느님'과 한자 '상제/상주/천주' 등의 용어를 둘러싼 논쟁이 있었으며, 결국 양자가 병용되다가 1911년 이후부터 '하나님/하느님'으로 통일되어 사용되었다. 이때 '하나님/하느님'은 'Heavenly Lord'의 번역어로서 '하늘Heaven(천)'과 '님Lord'을 합성한 것이다. 이에 대해서는 안성호, 〈19세기 중반 중국어 대표자역본 번역에서 발생한 '용어논쟁'이 초기 한글성서 번역에 미친 영향(1843~1911)〉,《한국기독교와 역사》, 2009 참조.

번역 문체와 용어 선정에서 김억의 신중함은 그에 앞서 《기탄잘리》 번역을 시도했던 오천석의 것[29]과 대조하면 더욱 선명하게 드러난다.

(영역판 원문) Thou hast made me endless, such is thy pleasure. This frail vessel thou emptiest again and again, and fillest it ever with fresh life.[30]

(오천석의 번역) 님은 저를 무궁케 하시니, 이것이 님의 기꺼움이서이다. 이 깨어지기 쉬운 동이를 님은 여러 번 비우고, 새로운 생명을 쉬임 없이 채우서이다.[31]

(김억의 번역) 主께서 저를 무한케 하셨습니다, 이리하심이야말로 主의 즐거움입니다. 主께서는 이 연약한 그릇을 다시금 비이게 하시고는 항상 신선한 생명을 다시금 가득케 하여주십니다.

《창조創造》 동인이 대개 그렇듯이 오천석도 기독교 집안에 속했지만, 그는 번역에서 2인칭 대명사 'Thou'는 모두 '님'으로 번역하고, 'Lord'라든가 'master'에 대해서만 '주主'를 선택하는 구별법을 취했다. 오천석에 비해서 김억이 《기탄잘리》의 종교적 성격을 드러내는 데 더욱 심

---

(29) 만약 《창조》가 폐간(1921. 5.)되지 않고, 오천석의 아버지가 미국 유학(1921. 7.)을 권하지만 않았어도 어쩌면 《기탄잘리》의 번역은 오천석이 완성했을 것이다. 그는 1920년 7월부터 《창조》에 《기탄잘리》를 번역함과 동시에 같은 해 같은 달에 《학생계》 주간 자격으로 타고르의 대표적인 아동극 《우체국》도 번역하여 게재했다.

(30) Tagore, *Gitanjali and Fruit – Gathering*, the Macmillan Company, 1916, p. 1.

(31) 오천석, 〈기탄자리(타구르 시집)〉(1), 《창조》, 1920. 7, 60쪽.

혈을 기울였음을 알 수 있다. 이는 다음과 같은 대조를 보면 더욱 선명해진다.

(영역판 원문) Here is thy footstool and there rest thy feet where live the poorest, and lowliest, and lost.

When I try to bow to thee, my obeisance cannot reach down to the depth where thy feet rest among the poorest, and lowliest, and lost.

(오천석의 번역) 여기에 너의 발놓이가 있으니, 가장 가난한 자와, 가장 낮은 자와, 및 소망을 잃은 자가 사는 곳에 너의 발은 쉬고 있서이다. [32]

내가 너에게 절하랴 할 때에, 나의 예배는 너의 발이 가장 가난한 자와, 가장 낮은 자와, 및 소망을 잃은 자 가운데에 쉬고 있는 곳의, 그 깊이에까지 낮출 수가 없서이다.

(김억의 번역) 여기, 주님의 발등상이 있습니다. 주님은 가장 가난한 이와, 가장 천한 이와, 가장 의지 없는 이들이 사는 곳에 발을 쉬이십니다.

제가 주께 경배하려고 할 때에, 주님의 발이 가장 가난한 이와, 가장 천한 이와, 가장 의지 없는 이들의 틈에 놓여 있어서, 저의 이마가 그곳까지 미치지 못합니다.

----

(32) 오천석, 〈기탄자리(타구르 시집)〉(2), 《창조》, 1921. 1, 105쪽.

오천석의 번역은 이처럼 'thy'의 번역어에서조차 '님'과 '너'를 혼용하여 용어 선정의 일관성을 잃고 있지만, 김억은 시종일관 'thou'를 '주님/하느님'으로 번역하여 'thou'와 'you'의 차이를 강조하고 있다. 김억은 번역 과정에서 '시적 화자와 대상의 관계'를 중시하고 있음을 알 수 있다. 그러므로 《기탄잘리》처럼 '인간과 신의 관계'에서 그에 합당한 문체로서 경어체를 선택한 것이며, 마찬가지로 《원정》에서도 그는 왕비와 정원사로 표현되는 '연인 관계'를 드러내고자 문체 선택에 고심했다. 그 결과 《원정》에서는 'you'라는 단어를 '그대'로 번역하여 그 호칭만으로도 연인 관계임을 짐작할 수 있게 하고, 경어체 사용으로 적당한 거리감도 표현하고 있다.[33]

::::::: 2인칭 대명사
::::::: '님'의 재발견

그러나 《기탄잘리》와 《원정》에서 엄밀히 구별되어 사용된 용어와 주객 관계는 타고르의 주저主著 세 권이 모두 번역된 시점에서 다시 철회된다. 한 마디로, 'Thou'와 'You' 사이에 차별이 사라졌다는 뜻이다.

---

(33) 《원정》의 46번은 한용운의 〈님의 침묵〉과 비교되는 시편으로 주목받았는데(이수정, 《〈님의 침묵〉에 나타난 R. 타고르의 영향관계 연구-《원정》을 중심으로》, 《관악어문연구》, 2003, 468~469쪽), 여기에서도 김억은 남성 화자가 여성을 향한 진술에서 존칭을 사용하도록 배려한다. 김억은 남녀 구분 없이 연인 관계에서는 존칭을 사용하는 것이 일반적이었으며, 따라서 한용운의 시에서 시적 화자를 '여성'으로 단정짓는 데에는 문제가 있다.

김억이 《기탄잘리》에서는 '주님/하느님'을, 《원정》에서는 '그대'를 고수하여 성聖과 성性을 구별했던 이유는 《기탄잘리》의 종교적 성격을 강조하기 위함이었다. 그런데 김억은 이러한 구별이 무의미하다는 생각에 이르게 된다. 심지어 그러한 구별이 무화되는 곳에서 오히려 타고르의 진가가 발휘된다는 쪽으로 생각이 바뀌었다. 문체에 유의해서 번역을 모두 마치고, 다시 인도의 여성 시인 '사로지니 나이두'의 영역본 시집 세 권을 독파하고 나서 새삼스럽게 든 생각이었다.

동양 시인에게는 모든 것을 하나로 보는 혼동적 황홀이 풍부하고, 서양 시인에게는 모든 것을 하나로 혼동하여 볼 수 없는 냉정한 관조가 있는 것입니다. 하나가 가령 하느님을 찬송한다 하면 찬송하는 그 맘은 곧 자연의 미를 찬송하는 것이 됩니다마는, 다른 하나는 그렇게 생각하지 아니하여 하느님을 찬송하는 맘은 자연의 미를 찬송하는 것이 되지 못하는 동시에 큰 구별이 있게 됩니다. 동양 사람은 자연의 미를 그리워하는 맘과 하느님을 숭경崇敬하는 맘과 애인을 생각하는 맘은 하나이 돼야 아름다운 심적 황홀을 짜아내입니다. [34]

'사로지니 나이두'라는 인도 여성 시인을 소개하는 자리에서 그는 동양과 서양의 시인들을 서로 대조하는 내용을 길게 서술하고 있다. 타고르에서 나이두까지 이어지는 인도의 시인들은 '하느님'과 '자연', 그

(34) 김안서, 〈사로지니 나이두의 서정시〉, 앞의 책, 234~235쪽.

리고 '애인'을 노래하는 마음이 한결같다는 생각이다. 다시 말해서, 시적 화자가 그 대상에 따라 태도를 바꿀 필요가 없다는 것이다. 이렇게 되면 대상이 중요한 것이 아니라 대상을 대하는 시적 화자의 '마음'과 '태도'가 중요해진다. 모든 대상을 공평하게 두루 비추는 달처럼 시적 화자의 마음에 공평무사함이 전제되는 것이 동양 시인의 경지다. 이때 그 '마음'이란 대상 앞에서 주체의 소멸, 즉 "끝 모를 합일의 망아적 세계(忘我的 世界)"[35]를 가리킨다. 이처럼 대상을 대하는 주체의 태도가 한결같고, 대상에 주체가 합일되는 경험은 오직 동양 시인에게만 해당되는 내용이다.[36]

이것이 2인칭 대명사 'You'에 집결된 동양적 의미다. 그것은 모든 대상을 무차별적으로 포섭하는 복수형 단수이며, 그것을 대상으로 해서 마주하는 '나'조차도 흡수하여 거대한 'We'라는 전체를 만들어 내는 원천인 것이다. 'Thou'(聖)와 'You'(性)가 서로 일치한다고 말하는 순간, '너'와 '나'의 경계도 소멸되는 것이 동양 시인의 특징이라는 지적이다.

여기에서 참조할 만한 것이 이광수의 진술이다. 그는 타고르의 시집 세 권이 번역되자 "김억의 번역으로 소개된 타고르의 시집《기탄잘리》,《원정》,《신월》은 그 의미가 조금씩 틀리지만 모두 '님'에게 바치는 송

....

(35) 김안서, 같은 글, 같은 책, 257쪽.
(36) 반면에 김억에 따르면 서양의 시인들은 대상이 무엇인지에 따라 주체가 그 태도를 결정한다는 점에서 동양의 시인들과 다르다. 그런 의미에서 서양의 시인들은 외형상으로는 대상 중심인 것처럼 보이지만 사실상 주체 중심의 세계에서 살고 있는 것이다.

가라는 공통점을 가진다"라는 평을 달았다.⁽³⁷⁾또, 비슷한 시점에 이렇게 말한다.

'그이'가 누군가. 그이는 모든 사람이다. 늙은이, 젊은이, 내 나라 사람, 외국사람, 잘난 사람, 병신 할 것 없이 모든 사람이다. 또 모든 슬퍼하고 기뻐하는 모든 짐승이다. 우리가 이기적인 소아小我를 집어내어 던지고 몰아즉애沒我卽愛의 아我에 눈뜰 때에 모든 생명은 우리의 사모하고 그리워하는 애인이 되는 것이다. …… 타고어의 시는 어느 것이나 이 정조 아님이 없거니와 그 중에도 이것이 가장 많이 드러난 것이 '원정園丁'이다.⁽³⁸⁾

이 글에서 '그이'는 '님'의 다른 표현으로서 온갖 인간들과 자연까지도 두루 포괄할 수 있는 유연성을 과시한다. 문제는 이것이 몰아沒我의 경지에서만 가능한 체험이라는 것이고, 그 경지의 내용이 바로 사랑이라는 데에 있다. 모든 대상을 포괄하는 님을 경험하기 위해서는 님을 향한 주체의 자기희생적 사랑이 전제되어야 한다는 것이다. 심지어 님에 대한 사랑의 갈망 속에서 자기가 소멸되는 경험이 있어야 한다. 이처럼 '님을 향한 사랑'을 통해 완성되는 우주적 일체감에만 '동양적'이라는 수식어가 부여된다. 한용운의 《님의 침묵》에 대한 독후감에서 주요한이 "동양적이요 명상적이요 신앙적"⁽³⁹⁾이라고 했을 때, 그는 한용

(37) 이광수, 〈타고어의 《원정》에 대하여〉, 《조선일보》, 1925. 1. 20.
(38) 춘원, 〈타고어의 원정에 대하여〉, 《동아일보》, 1925. 1. 12.

운의 시에서 '님'이라는 말의 동양적 용법을 직감한 것이다.

∷∷∷∷ '님'이 싹틔운 서정시,
∷∷∷∷ 탈식민성

  한국의 근대 시문학사에서 '님' 개념의 확산에 기여한 시인으로는 김소월과 한용운을 빼놓을 수 없다. 이들은 특이하게도 당시 동인지 중심의 중앙 문단에서 소외되어 있었기 때문에 동인지 시인들처럼 서구적 근대 시 혹은 자유시에 구애받을 필요가 없었다. 또한 낭만주의, 상징주의, 사실주의 등등의 문예사조로도 포섭되지 않으니 1920년대에 속하면서도 예외적인 시인으로 분류된다. 비록 시의 형식이나 내용에서 큰 차이를 보이기는 하지만, 두 시인 사이에는 무시 못할 유사성이 존재한다. 두 시인은 '김억-타고르'의 양쪽 고리를 하나씩 걸머쥐고 있기 때문이다.

  한용운과 타고르의 인연은 《님의 침묵》 이전으로 거슬러 올라간다. 앞서 말했듯이 1916년 타고르의 일본 방문 소식을 자세히 보도했던《청춘》이 폐간되자, 한용운은《유심惟心》(1918)이라는 불교 잡지를 준비하고 거기에 타고르의 철학이 담긴《생의 실현The Realization of Life》(1913)을 번역·연재하게 된다. 비록 잡지가 오래가지 못해서(1918년 9월에 창간되어 같

(39) 주요한, 〈애의 기도, 기도의 애 - 한용운씨작《님의 침묵》독후감〉,《동아일보》, 1926. 6. 26.

은 해 12월 종간) 책의 1장만 소개되었지만, 여기에는 타고르의 동양문화론의 핵심이 잘 드러나 있다. 흥미로운 것은 같은 잡지에 한용운의 스승이라 할 수 있는 박한영도 '타고올의 시관詩觀'이라는 글을 게재하면서 《생의 실현》의 1장을 소개하고, 타고르를 극찬했다는 점이다.

금세계 인류중에 마땅히 일대 변동이 생활지라 변동하는 시時면 정녕히 태서문명은 인因하여 와해되고 동양의 신문명이 득승得勝의 추秋라 하노니 차此는 오吾의 망상한바 황금시대니라. 우리 동양인은 날로 분면奮勉하여 신시대 내來함을 환영코자 하더니 신시대의 전구前驅가 이번에 지至하였다. 기인其人은 위수謂誰오. 즉 타고올이라 하노니, …… 저 구주논단에도 또한 신시대의 창조자로 저 타고올에게 속屬하여 왈曰 베이컨(矮堅)과 베르그송(白格森)의 시대는 기거己去하고 자금후로만 타고올의 시대가 되겠다 하니라. …… 종합하여 언言하면 타고올은 인도문명의 대표이며 동서양문명의 조화자이며 금후 세계 신사상의 개척자이니라.[40]

박한영은 이 글에서, 앞서 살폈던 현상윤과는 정반대의 역사의식 속에서 서양의 시대는 가고 동양의 시대가 도래할 것을 예언하고 있다. 그는 타고르가 비단 "인도문명의 대표"일 뿐만 아니라 "동서양문명의 조화자"이며, 궁극적으로는 "세계 신사상의 개척자"가 될 것이라고 확신하는 듯하다. 다만, 한용운과 그의 스승 박한영이 주목하는 부분이 타고

....

(40) 석전, 〈타고올(陀古兀)의 시관詩觀〉, 《유심》 3호, 1918, 23쪽.

르의 시가 아니라 '사상'이라는 점이 특징적이다. 두 사람이 주목한《생의 실현》도 노벨 문학상 수상 직후 타고르의 미국 순회강연의 산물로서, 서양인들의 오리엔탈리즘을 자극했다는 평가를 받는 책이다. 타고르는 이 책에서 동서 문명의 차이점과 조화 가능성을 제시했지만,《유심》의 불교도들은 여기에서 동양적 사고의 전형을 보고 그 우수성에 매료되었다. 인용한 글에서 박한영은 "우리 동양인은～"이라는 표현을 여러 차례 반복해서 사용한다. 바로 앞에서 진순성이 "우리 라빈드라나드 타구르 선생"이라는 표현을 사용한 것과 비교했을 때 '우리'라는 말 속에는 동양인의 자부심을 일깨워 준 타고르에 대한 감격이 담겨 있다.

하지만 박한영도 지적했듯이, "타고올은 인도의 루소(盧騷)"[41]라는 평가가 통용될 정도로 타고르의 사고방식은 넓은 의미에서 낭만주의에 근접한 측면이 많았다.[42] 처음에는 호의적이었던 에즈라 파운드가 타고르에게서 쉽게 마음을 거둔 이유도 타고르의 사고에서 발견되는 낭만주의의 흔적 때문이라고 할 수 있다. 특히 개인과 우주, 부분과 전체의 유기적 관련성을 강조한다는 점에서 타고르는 낭만주의적으로 해석될 가능성이 농후하다.

물은 사람의 몸을 깨끗하게 해 줄 뿐만 아니라 마음을 정화시켜 주기도 한다. 물은 사람의 영혼에도 접촉하는 것이다. 땅은 사람의 육체를

----

(41) 석전,〈타고올(陀古兀)의 시관詩觀〉, 같은 책, 25쪽.
(42) 유럽의 낭만주의 철학자들(슐레겔, 쇼펜하우어, 셸링 등)이 인도철학에 관심이 많았다는 사실에 대해서는 최인숙,〈낭만주의 철학과 인도사상의 만남〉,《동서비교문학저널》, 2002, 가을·겨울 참조.

유지시켜 줄 뿐만 아니라 마음도 기쁘게 해 준다. 땅과의 접촉은 물리적인 접촉 이상의 생생한 대면이기 때문이다. 사람이 이러한 세계와의 혈연관계를 실감하지 못한다면 그는 냉담한 벽으로 둘러싸인 감옥 속에 있는 것과 같다. 그러나 그가 주위의 사물들 속에 있는 영원의 정신을 알아차리게 되면 비로소 그는 자기가 태어난 이 세계의 의의를 충분히 찾아내게 되는 것이다. 그때, 사람은 전체와의 조화를 느낄 것이며 완전한 진리 속에 있는 자신을 발견할 것이다. 인도에서는 육체와 영혼도 그것을 둘러싼 주위의 물체와 긴밀하게 연결되어 있다는 사실을 충분히 깨닫도록 교육을 받는다.[43]

'개인과 우주의 관계'라는 《생의 실현》 1장의 제목처럼 모든 것이 유기적으로 연관되어 있다는 사고방식은 타고르의 발견자이자 상징주의 시인인 예이츠가 "나의 생애를 통하여 오랫동안 꿈꾸었던 세계"[44]라면서 감탄했던 내용이다. 이처럼 신과 인간, 감성과 영성이 통일되어 있는 동양을 재발견한 예이츠는 서양이 근대화 과정에서 상실한 예술(문학)과 종교의 통일성을 다시 회복하기를 희망했다.[45] 이것은 동양과 서양 문화의 상호보완적 융합의 가능성을 고려한 것으로, 예이츠 상징주의의 초월성을 반영한다. 예이츠에게 타고르를 통해서 발견된 동양은

(43) R. Tagore, Sadhana-The Realization of Life, The Macmillan Company, 1920, p. 8 ; R. 타고르, 김양식 옮김, 《나는 바다가 되리라》, 세창, 1993, 56쪽.

(44) R. 타고르, 김광자 옮김, 앞의 책, 14쪽.

(45) Yoo, Baekyun, "Yeats's Rediscovery of India and a Development of Universalism", 《한국 예이츠 저널》, 2009, 269~270쪽.

근대 이후 서양의 결핍을 대리하고 보충할 수 있는 대상이라는 점에서 비로소 의미가 있었다.

서양의 대리보충으로서의 동양, 그러나 박한영은 그 지점에서 동양의 자부심을 발견했던 것이고, 그것은 이후 김억의 '님'을 통해서 실체화된다. 그리고 한용운의 '님'이 그 뒤를 잇고 있음은 분명하다. 이때 그 '님'을 시적 대상으로 간주하는 서정적 주체가 형성되고, 그 과정에서 '님과 망아忘我적 합일'을 추구하는 동양적 혹은 전통적 '서정시' 모델이 완성되는 것은 충분히 예상 가능한 경로이다. 아직 성장기에 있던 조선 시단에서 시적 대상으로 급부상한 '님' 개념이 근대적 서정시 모델의 기원으로 간주될 수 있다는 것이다.

따라서 '님'이라는 시적 대상에는 서구 문명 몰락의 징후와 더불어 동서 융합의 메시지가 공존한다. 그것은 비록 서양의 대리보충으로서의 동양이라는 인식에서 출발하지만, 그 심층에는 '탈서양'과 '탈근대', 더 나아가 '탈문명'의 목소리가 숨겨져 있는 것이다. 그리하여 근대의 시발점에 서 있는 조선의 시인 한용운은 '님' 개념을 통해 '탈문명' 사상까지 전개하지는 못했지만,[46] 김소월은 이른바 "저만치"의 의식, 즉 자연과 인간의 분리 의식을 통해서 '탈문명'의 사고에 근접하게 된다. 이것이 이른바 '고향 상실'의 의식으로, 서구적 근대화에 맞서는 동양적 서사(즉, '상실-회복의 서사')의 모범적 사례에 해당한다.

....

(46) 한용운이 식민지 비판과 문명 비판을 연결하지 못하였다는 측면에 주목하고, 양자의 상관성에 집중하는 간디와 구별하는 사례는 Huh Woosung, "Gandhi and Manhae : 'Defending Orthodoxy, Rejecting Hegerodoxy' and 'Eastern Ways, Western Instruments'", Philosophy and Culture, Vol. 1, 2007. 5 참조.

그것은 우선 '근대 문명'을 중심으로 '이전'과 '이후'를 만들고, 그 다음에 양자를 연결하는 방식으로 '이전'의 르네상스(재생 및 부활)를 기획하는 거대 서사의 일부분이다. 이처럼 '전근대'가 '탈근대'의 동력으로 재사용되는 사례는 1924년경부터 등장하는 김억의 '조선심'과 '조선혼' 개념에서 이미 충분히 발견된다. 이것은 그 후에 이어지는 이른바 조선 르네상스의 서막에 해당한다. 이와 같은 거대 서사가 특별히 서정시의 시적 대상인 '님'을 통해 형성되고 강화되었기 때문에 유독 근대 시의 진행 과정에서 '전통'과 '동양'이 수시로 범람할 수 있었던 것이고, 이 점은 조선 근대 소설의 전개 과정과 구별되는 부분이다.

현대성 비춰준
동양의
'마술 거울'

::::::: 이미지의 발견,
::::::: 현대성의 도입

20세기 시문학은 '이미지의 발견'과 더불어 시작된다. 영미의 이미지즘imagism 시운동도 그렇고 대륙의 초현실주의 또한 이미지의 가능성 속에서 '현대성modernity'을 발견하였다. 물론 '이미지의 발견'은 비단 시에만 한정되는 것이 아니다. 소설에서는 '의식의 흐름'으로, 영화에서는 '몽타주 기법'으로, 그리고 미술에서는 '오브제의 발견' 등으로 다양한 예술 분야에서 이미지는 현대성을 실현하는 통로로 인식되고 있다. 이미지를 통하지 않고 20세기 초창기의 다양한 예술운동을 이해한다는 것은 거의 불가능할 정도이다.[1]

이러한 사정은 식민지 상황에서 시작된 우리의 근대 시문학사에서도 예외는 아니다. 식민지 시기 한국의 근대 시문학사는 1930년대를 기점으로 중대한 변화를 맞는데, 그 변화의 계기가 '이미지의 발견'과 관련되어 있다. 1930년을 예로 들면 이때 현대시의 이론가 김기림이 등장하여 이미지의 중요성을 설파했으며, 《시문학詩文學》이 창간되면서 탁월한 이미지스트 정지용이 부상하여 이미지가 작품으로 실현되는 과정을 보여 주었다. 여기에 초현실주의자 이상이 시도한 '초현실적 이미지'를 포함한다면, 현대성과 이미지의 밀접한 관련성이 1930년대를 기점으로 시작되었음을 쉽게 알 수 있다. 이처럼 식민지 조선의 시문학은 1930년대를 기점으로 시에 이미지를 도입함으로써 현대성의 확인 도장을 받으려 한 것이다. 이때부터 이미지의 도장이 찍히지 않은 시로써 현대성을 실현하기는 어려운 일이 되었다. 시에 도입된 이미지는 시의 현대성을 드러내는 일종의 징표처럼 인식되었기 때문이다.

그렇다면 식민지 조선의 시인들에게 '현대성'이란 무엇을 의미했는가? 그것은 일차적으로 서구 유럽의 문학과 시대를 공유한다는 의식을 뜻했다. 현대성은 서양과 동양의 '동시대성'을 확인하는 방식이었고, 세계문학의 흐름에 동참한다는 것을 뜻했다. 후진적인 동양의 문학이 선진적인 서양의 문학을 추종하고 따라잡겠다는 의식의 산물이었던 것이다. 따라서 현대성이란 동양과 서양의 시간적 차이를 '확인'하는 것이자, 곧이어 그 차이를 서둘러 '봉합'하는 정신 현상으로서 궁극적

----

1) 물론 이미지의 발견이 20세기 초창기에만 한정되는 일은 아니다. 그 후에도 미술에서는 가상이나 시뮬라크르 등으로 변주되면서 이미지의 자기 갱신이 꾸준히 이어졌고, 한국 현대 시에서도 정현종, 오규원까지 이어지는 이미지 예찬론이 비교적 최근까지 이어진 바 있다.

으로는 서양과 동양의 시간적 차이를 부정하는 방식이었다. 현대성의 관점에서 모든 차이는 이미 부정적이며, 현대성을 향한 욕망은 차이가 배제되어 있는 동일성의 일원적인 세계로 향했던 것이다.

그 욕망의 한가운데에 '이미지'가 놓여 있는 것이다. 현대성을 확보하고자 하는 식민지 조선의 시인들에게 '이미지'는 단순한 시적 기교가 아니었다. 그것은 동양과 서양 사이의 문화적·문학적 차이를 봉합하게 하는 방법과 관계돼 있었다. 시적 이미지는 시의 현대성을 확인받는 도장일 뿐 아니라, 서양과 동양의 동시대성이 확인되는 환각제이기도 했다.

하지만 현대성의 확인 및 확보조차도 서양에서 제시하는 현대성의 기준을 만족시키는 데서부터 시작된다. 현대성의 기준을 제시하는 측은 언제나 서양이기 때문이다. 그러므로 시적 현대성의 징표인 '이미지'조차 서양에서 유래한다는 생각은 자연스럽다. 알다시피 한국의 근대 시문학사에서 '이미지의 발견'은 영미에서 한때 유행했던 이미지즘 imagism(1912~1917)을 통해서 이루어졌다. 이미지즘이 도입되면서 비로소 이미지는 시적 현대성의 조건으로 관심을 끌게 된 것이다. 앞서 말했듯이 이미지와 현대성의 관계를 상기한다면, 이는 동양과 서양의 동시대성을 확보하는 기회이기도 했다. 하지만 동양과 서양의 동시대성을 확보하려는 욕망은, 당연하게도 양자 사이의 '차이'를 발견했을 때에만 가능한 발상이다. 이미지의 발견에 앞서 '후진적 동양의 발견'이 선행되어야 한다는 것이다.

대체로 동양인은 사물을 전체적으로 통솔하는 지성이 결여한 것이 통폐다. 서양인의 '피아노'는 '키'가 수십 개나 되는데 동양인의 피리는 구멍이 다섯 개 밖에 아니 된다. '타고어'가 그만한 성공을 한 것은 우연하게도 그가 위대한 우울의 시대를 타고난 까닭인가 한다. …… 내가 기회 있는 대로 지성을 고조하고 '센티멘탈리즘'을 배격하려고 하는 것은 이 순간에 있어서의 모든 모양의 육체적 비만과 동양의 성격적 결함으로부터 애써 도망하려는 까닭이다.[2]

1935년에 씌어진 김기림의 진술에서 동양의 발견은 먼저 서양과의 '차이'를 인식하고 난 뒤의 일이다. 따라서 그 '차이'를 봉합하기 위해서는 "동양의 성격적 결함"을 극복해야만 한다. 김기림은 여기에서 동양의 '센티멘털리즘'과 서양의 '지성'을 대립시키고 있다. 동양의 성격적 결함과 관련된 센티멘털리즘sentimentalism을 극복하고 서양적 지성으로 재무장하는 것이 현대성의 조건인 셈이다. 현대성이란 동양의 결함을 극복하고 서양과의 차이와 격차를 줄이는 데서 달성된다. 그런 의미에서 1920년대의 시문학을 주도했던 센티멘털리즘은 동양의 성격적 결함에 근접해 있다. 그것을 극복하고 현대성을 확보하는 것이 1930년대 시문학의 과제였던 것이다.

이처럼 1920년대 시문학과 1930년대 시문학의 성격 차이는 그것을 동양과 서양의 문화적 차이에 견주었을 때 더 잘 이해된다. 1920년대까

....

2) 김기림, 〈동양인〉, 《김기림 전집 2》, 심설당, 1988, 161~2쪽. 이하 《전집2권》으로 표시.

지의 시문학을 극복한다는 것은 동양 정신의 부정을 의미하며, 1930년대 당대의 시문학을 옹호한다는 것은 서양 정신의 긍정을 내포한다. 이때 김기림이 옹호하는 서양적 지성의 핵심에 바로 '이미지'가 놓여 있었다. 이미지(이미지즘의 '지성')의 도입은 동양과 서양의 문화적 차이를 드러내면서 그것을 서둘러 봉합하게 하는 유일한 방법이었던 것이다. 이미지가 동양과 서양 사이에서 차이와 봉합의 이중적 작용을 했다는 사실은 1930년대 식민지 조선에서 시적 현대성의 조건으로 부상한 이미지의 독특한 성격을 말해 준다.

그러나 여기에서 충분히 점검되지 못한 사실이 있다. 그것은 이미지가 현대성의 징표로 정착하기까지의 과정에 관련된 문제이다. 서양에서 이미지를 시적 현대성의 조건으로 발견했다는 것도 중요한 사실이지만, 그보다는 그 발견의 계기에 놓여 있는 '동양의 흔적'에 주목해야 한다. 여기에는 정반대의 사실이 서로 마주하고 있다. 하나는 식민지 조선을 비롯한 동양의 경우로서 서양으로부터 '현대성'을 도입하여 동양적 전통을 청산하고자 했다는 사실이다. 다른 하나는 동양이 청산하고자 했던 바로 그 전통을 이용하여 서양이 제 전통문화를 청산할 현대성의 에너지를 생산할 수 있었다는 사실이다. 말하자면 동양이 서양을 이용하여 제 전통을 극복하려 했듯이, 서양 역시 동양을 이용하여 그들의 전통을 극복하려 했던 것이다. 이때 중요한 점은, 동양이 청산하려한 바로 그 전통이 서양을 우회하면서 현대성의 모습으로 갈아 입고 동양 사회로 재도입되었다는 사실이다. 자신의 전통에서 촉발된 현대성으로 제 전통을 청산하는 역설적 장면이 연출된 것이다. 물론 반드시 타자의 매개를 통해서 우회한다는 조건이 필요하다. 그러므로 현대시의 조건인 이미지에는 동양과 서양이 서로 마주하는 '마술 거울'의 요소가 내포되어 있다. 이 마술 거울은 거울을 보는 이의 이미지를 타자의 이미지와 겹쳐서, 변형시켜 보여 준다. 조선의 근대 시문학사에서 우리는 그 과정의 일부를 보게 된다.

'이미지즘'에 앞선 1920년대 '사상파寫象派'

앞서 지적했듯이 식민지 조선의 시문학사에 이미지가 본격 도입된 것은 1930년대이다. 이 시기는 모더니즘의 시작점과 대략 일치한다. 1930년대는 주지주의主知主義 혹은 이미지즘으로 알려진 시적 모더니즘이 광범위하게 도입된 시점이다. 하지만 이런 질문이 가능하다. 그렇다면 1920년대에는 이미지즘이 전혀 알려지지 않았는가? 그렇지 않다. 1920년대에는 아직 이미지를 '운동'의 차원으로 생각하지 못했을 뿐이지, 당시 시인들이 이미지즘의 존재 자체를 몰랐던 것은 아니다. 세계사적 동시대성의 채널로 이미지즘의 존재는 이미 알려진 상태였다.

영국에서 에즈라 파운드가 '이미지즘'이라는 명칭을 공식적으로 사용한 해가 1912년이고, 미국에서 일군의 시인들이 마지막으로 세 번째 이미지스트 사화집詞華集을 발간한 해가 1917년이다. 이른바 이미지즘의 절정기(1912~1917)는 일본 내부의 여러 대학에 포진한 한국 유학생들이 여러 경로를 통해 서구 문학의 동향을 이미 충분히 파악하고 있었던 때이다. 근대 시문학사에서 이 시기는 일종의 '근대시의 잠복기'에 해당된다고 할 수 있다. 당시 한국 유학생들은 흩어져 있던 유학생 기관지들을 통합하여 1914년《학지광學之光》이라는 소식지를 만들었으며, 그들 중 일부는 서구 문학의 최신 경향을 소개할 목적으로 1918년부터《태서문예신보泰西文藝新報》를 발간하기도 했다. 이 두 잡지가 발간된 시점은 이미지즘이 절정에 달했던 시기와 겹친다.

따라서 1920년을 전후로 이미지즘이 '사상파寫象派'라는 명칭으로 소개된 것은 자연스러운 일이었다. 예컨대 황석우는 〈조선시단의 발족점과 자유시〉(1919)에서 우리 시단이 자유시에서 출발하여 "상징시, 혹 민중시, 인도시, 혹 사상시"로 순차적으로 진행되어야 한다고 제안하는데, 이는 운동의 측면에서 '사상시寫象詩'의 가능성을 확인한 것이다. 이후 1924년에도 김억이 번역시집《잃어진 진주》서문에서 '표상시Imagist'라는 명칭으로 이미지스트 올딩턴R. Aldington과 로웰A. Lowell을 소개하고 있으며, 같은 시기 박영희도 '사상주의자寫象主義者'라는 명칭으로 로웰을 비롯하여 둘리틀H. Doolittle, 올딩턴, 플린트F. S. Flint 등 주요 이미지스트들을 소개했다. 이처럼 1920년대를 전후한 시기에도 이미지즘의 지향점과 구성원에 대한 정보는 이미 공식적인 지식으로 유통되고 있었다.[3]

이 가운데서 주요한은 특이한 사례를 남기고 있어서 주목할 만하다.

....

(3) 한국에 유입된 이미지즘의 성격에 대해서는 홍은택, 〈영미 이미지즘 이론의 한국적 수용 양상〉,《국제어문》, 2003 참조.

그 또한 일본 유학생 신분이었으나, 일본의 구어자유시 운동 단체인 '서광시사曙光詩社' 동인으로 참가했다는 이력에 주목해야 한다. '서광시사' 동인들은 새로운 시가의 창작과 연구를 목적으로 1918년 2월부터 《현대시가現代詩歌》를 발간했는데, 여기에 주요한은 창간호부터 1919년 5월호까지 여러 편의 일어 현대시를 선보였다.[4] 《창조》(1919)에 〈불놀이〉를 게재하기 이전부터 이미 일본 내에서 현대 시인으로 활약하고 있었던 것이다. 《현대시가》는 새로운 시가의 창작과 연구를 위한 잡지인 만큼 최신 서구 시의 동향을 소개하는 데도 충실하여, 창간호의 '휘트먼' 특집을 필두로, 2호(1918. 3.)에서는 '이미지즘'을 소개하는 발 빠른 모습을 보인다. 특히 2호에 소개된 '이미지즘'은 1915년부터 1917년까지[5] 발간된 이미지스트 사화집을 대상으로 하는 연구 논문들을 싣고 그 대표작을 발췌 번역하여, 이미지즘을 일본에 처음으로 소개하는 역할을 담당했다. 이미지즘의 소개에만 그치지 않고 '서광시사' 동인들은 실제 시 창작에서도 이미지즘에 경도되는 모습을 보였는데, 주요한 또한 여기에서 자유롭지 못하였다. 주요한은 이미 초기작 〈여인〉, 〈잠자는 여인〉, 〈식탁〉 등을 통해 언어를 통한 회화적 스케치 감각을 선보인 바 있다. 〈불놀이〉(1919. 2.) 발표 이전부터, 그리고 국내에 아직 '사상파'가 소개되기 전부터 주요한은 이미 '이미지즘'을 실험하고 있

---

(4) 주요한과 '曙光詩社' 동인의 관계에 대해서는 양동국, 〈'曙光詩社'와 한일 근대 시의 이미지즘 수용〉, 《일본문화학보》, 2007 참조.

(5) 앞으로 살펴보겠지만, 이때는 이미지즘이 '후기'에 접어든 시기다. 흄과 파운드가 주도한 '전기'가 마감되고, 미국의 에이미 로웰이 주도하고 있었다.

었던 것이다.[6]

하지만 주요한의 실험은 오래가지 못했다. 《창조》 이후 한국에도 문단이 성립하고, 주요한도 그 문단의 주요 성원으로 참가하면서부터 이미지즘을 떠났다. 조선의 근대 시사에서 이미지즘의 화려한 재등장은 그 후 10년을 기다려야만 했다. 이미지즘은 1930년대에 '비로소' 등장한 것이 아니라, 10년이라는 잠복기를 거친 다음 화려하게 개화한 것이다. 그렇다면 1920년대에 무엇이 이미지즘의 정착을 방해했던 것일까?

언문일치와 이미지즘의 역설적 관계

1920년대 시인들이 이미지즘에 매력을 느끼지 못했던 것은 언어의 문제와 관련되어 있다. 개화기를 거치면서 '말'과 '글'의 통일, 즉 언문일치言文一致가 보편적 지식으로 정착되었음은 말할 필요도 없다. 그런 의미에서 1896년 《독립신문獨立新聞》의 순국문판 발행은 상징적인 사건이라 할 수 있다. 개화기 이래 국어국문운동[7]의 확산 과정에서 가장 큰

....

(6) 김용직은 주요한의 초기작에서 이미지즘의 흔적을 읽어 낸다. 예컨대 1923년 발표된 〈빗소리〉에 대해서 "주요한의 경우 〈빗소리〉처럼 견고한 언어로 작품이 이루어진 예는 아주 드물게 나타난다"(김용직, 《한국현대시사1》, 한국문연, 1996, 202쪽)면서 이미지즘의 시도가 오래가지 못하고 "대부분의 작품은 감정의 방출이 앞서는 낭만과 기질로 지배되어 있"음을 지적한다. 주요한은 초기에 이미지즘을 실험한 이후 다시 낭만주의로 돌아섰다는 것을 알 수 있다.

(7) '국어국문운동'의 의미에 대해서는 권영민, 《한국현대문학사》, 민음사, 2002의 1장 참조.

걸림돌이었던 한자의 배제를 실질적으로 선언한 것이기 때문이다. 한자의 존재는 말과 글이 불일치하던 시대, 다시 말해서 중국의 지배를 허용하던 시대를 상기시킨다. 말과 글의 일치운동을 통해서 비로소 조선은 중국의 속국에서 해방된 독립국임을 과시할 수 있었던 것이다.

이처럼 말과 글의 일치라는 초보적인 언문일치의 정신으로 무장된 민족주의 의식은 반드시 한자와 중국을 배제해야만 했다. 이렇게 해서 한문체에서 국한문체로, 다시 순국문체로 이행하는 일련의 과정은 조선의 독립 및 자주적 발전 과정과 겹치게 된다. 그런 의미에서 1920년대는 적어도 개화기부터 20여 년 동안 지속된 언문일치운동의 완성기에 해당한다. 당시 말과 글의 일치는 당연하고 자연스러운 일이 되었다. 한자어에서 멀어질수록 근대적 언문일치 언어관에 투철해지는 것은 당연하다. 퇴행적 역주행은 철저히 배제되었다.

그리하여 1920년대 중반에 언문일치운동의 필연적인 결과로 '강화된 민족주의'가 대두하게 된다. 근대 시문학사에서 '민요시'가 광범위하게 부상하는 시점이 바로 이 무렵이다. '민요시'라는 명칭은 사실 서양에서 유래한 '자유시'와 자국에서 유래한 '민요'를 결합하려는 욕망의 반영이다. 따라서 서양의 자유시와 조선 민족 고유의 민요가 결합한 민요시는 외관상 동서 융합의 결정체의 모습을 하고 있었다. 하지만 이처럼 동서 융합의 분위기가 고조되었을 때도 '중국'은 융합의 대상에서 제외되었다.

과거 우리 사회에 노래라는 형식으로 된 문학이 있었다 하면 대개 세

가지가 있었다 하겠습니다. 첫째는 중국을 순전히 모방한 한시요, 둘째는 형식은 다르나 내용으로는 역시 중국을 모방한 시조요, 셋째는 그래도 국민적 정조를 나타낸 민요와 동요입니다. 그 세 가지 중에 필자의 의견으로는 셋째 것이 가장 예술적 가치가 있다고 봅니다.[8]

이 글에 열거된 한시, 시조, 민요 혹은 동요 중에서 한시와 시조는 "중국을" "모방"했다는 이유로 그 예술적 가치조차 인정받지 못할 처지에 놓였다. 이와 반대로 민요와 동요는 중국의 영향권에서 가장 멀리 떨어져 있다는 사실만으로도 "가장 예술적 가치가 있다"는 판정을 받게 된다. 이것이 한때 일본 문단에서 활약하며 이미지즘을 실험했던 주요한의 견해라는 사실이 놀라울 따름이다. 그렇다면 그가 초창기에 선보였던 이미지즘은 '중국의 흔적'이 지워진 채로 다만 서양에서 유래한 '자유시'의 일종이었던 것이다.

그런데 특이한 사실은 인용한 글에서 주요한은 서구적 '자유시'에 편향된 시단의 풍조를 반성하면서, 그동안 배제되었던 민요의 중요성을 상기한다는 점이다. 같은 글에서 그는 "조선말로 시험할 때에 자유시의 형식을 취하게 된 것은 그 시대의 영향도 있었거니와 조선말 원래의 성질상 그러지 않을 수 없었"다면서 자유시 운동에 소극적 긍정의 자세를 취한다. 이처럼 서구에서 유래한 자유시와 일정한 거리를 유지하는 한편으로, 이 운동에서 여전히 '중국'을 배제하고 있는 것이

....

(8) 주요한, 〈노래를 지으시려는 이에게①〉, 《조선문단》, 1924. 10.

다. 서구의 자유시와 조선의 민요가 결합하는 동서 융합의 가능성에서 '중국'은 고려 대상에조차 끼지 못한다. "조선말 원래의 성질"을 중시하는 언문일치 시인에게는 중국(한자)의 영향권에서 최대한 멀어지는 것이 최선이었다.

이처럼 식민지 조선의 초창기 근대 시문학사에서 한자(혹은 한시)가 한 순간 배제된 데에는 '언문일치'의 완성이라는 필연적 맥락이 자리하고 있다. 이러한 분위기에서는 이미지즘 발생의 계기를 만들어 줬던 중국의 문자 체계가 관심을 받기 어려웠다. 한자와 한시의 배제가 일시적인 시대적 과제로 자리하고 있는 이상, 그 긍정성을 재고할 수 없었기 때문이다. 하지만 문제는, 한자 및 한시와의 관련성을 참조하지 않는 한 이미지즘의 본래 취지에서 멀어질 가능성이 높다는 데 있다. 이미지즘에서 중국을 포함하는 '동양'이 차지하는 비중을 무시할 수 없기 때문이다.

하이쿠, 이미지즘의 망각된 기원

이미지즘에서 동양이 차지하는 비중을 가늠해 보려면 에즈라 파운드의 발자취를 추적해야 한다. 잘 알려져 있듯이 에즈라 파운드가 처음으로 '이미지스트imagist'라는 명칭을 사용한 것은 1912년이고, 1914년 그가 탈퇴하면서 에이미 로웰에 의해 지속되어 이미지스트 사화집으로 최종 발간된 시점이 1917년이므로, 이미지즘의 공식적 존속 기간은

1912년에서 1917년까지인 셈이다.[9] 그러나 이미지스트의 발생 시점을 최대한 앞으로 연장하면 에즈라 파운드 이전에 '시인클럽'을 주도했던 흄T. E. Hulme[10]을 빠뜨릴 수 없다. 흄은 1908년과 1909년 두 차례에 걸쳐서 시인클럽을 결성했는데, 이미지즘과 직접적으로 관련된 것은 1909년 런던의 '에펠탑 레스토랑'에서 조직한 '시인클럽'으로 알려져 있다. 이 클럽의 두 번째 모임에서 히브리 성경, 프랑스 상징주의 시, 그리고 일본의 하이쿠 등에 사용된 이미지 기법과 간결하고 정확한 시어, 자유시 형식 등이 토론되었는데, 에즈라 파운드는 그해 4월부터 이 시인클럽에 가담한다. 이때의 경험을 모아 1912년 시인클럽 회원들의 시선집 《반격The Ripostes》이 출간되고, 그 부록에 흄의 시 다섯 편을 게재하였는데, 그 서문에서 에즈라 파운드는 '이미지스트'라는 명칭을 처음 사용한다.[11] 따라서 이미지즘 명칭의 탄생 배경에서 1909년 런던의 '시인클럽'은 그 역사적 시발점이 되었던 것이다.

하지만 이미지즘이 '운동'으로 공식화된 기점은 1912년 시선집의 출간으로 잡아야 한다. 그리고 이때부터 에즈라 파운드가 이미지즘 운동을 주도하게 된다. 1913년 3월에는 《시Poetry》지에 〈이미지즘〉 3원칙[12]을 게재하면서 이미지즘은 본격적인 '이즘'으로 세상에 알려지게 된다. 그

(9) 이에 대해서는 여러 자료들이 일치한다. 개괄적인 설명으로는 홍은택, 앞의 글이 있고, 비교적 자세한 세부적 내막은 현영민, 〈에즈라 파운드의 이미지스트 시학〉, 《영어영문학연구》, 2004 ; 이철, 〈에즈라 파운드의 이미지즘 연구〉, 《영어영문학》, 1995 등을 참조할 수 있다.

(10) 공교롭게도 1917년 전쟁터에서 숨을 거둠으로써 그의 죽음은 곧 이미지즘의 상징적 소멸 시점을 가리키게 되었다.

(11) 현영민, 앞의 글, 참조.

해 《시》지를 보고 자신이 이미지스트라고 판단한 에이미 로웰이 런던으로 달려가 시인클럽에 가입한 일이 이를 뒷받침한다. 하지만 에즈라 파운드의 활약은 에이미 로웰의 작품을 포함하여 1914년에 출간된《이미지스트Imagist》라는 시선집에서 멈추고 만다. 1915년[13]부터 1917년까지 에이미 로웰의 지원으로 이미지스트 사화집(Some Imagist Poets)이 꾸준히 발간되지만, 에즈라 파운드는 그들을 일러 '이미지즘'이 아니라 "에이미지즘amygism"이라는 비난을 남기고 탈퇴했기 때문이다. 에즈라 파운드의 눈에 그들은 이미지즘의 본질인 언어의 정확성, 명료성, 강렬성 등의 정신을 잃어버린 채 자유시에만 몰두하고 있었던 것이다.[14]

에즈라 파운드를 중심으로 이미지즘의 연대기를 정리한다면, 1909년 그가 런던의 시인클럽에 가담하여 '이미지즘'이라는 명칭을 만들어 내고(1912), 그 이름으로 1914년 시선집을 출간한 시점까지가 '전기 이미지즘'이라고 할 수 있다. 그 이후 1915년부터 1917년까지 에이미 로웰이 중심이 된, 이른바 '에이미지즘'을 전기와 구별하여 '후기 이미지즘'이라고 할 수 있다.[15]

....

(12) 이때 발표된 3원칙은 각각 회화시, 언어시, 음악시로 변형되어 여러 차례(1923년 〈On Criticism in General〉, 1929년 〈How to Read〉, 1951년 〈ABC of Reading〉) 반복되어 나타남으로써 에즈라 파운드 시론의 핵심 원칙으로 자리 잡았다. 이때 파운드는 회화시, 언어시, 음악시의 통합을 이미지즘의 원칙으로 제시했는데, 지나치게 회화시에만 집중되는 이미지즘 설명에는 문제가 있다. 현영민에 따르면, "결국 파운드가 지향하는 이미지 시의 목표는 정확한 언어로(두 번째 원칙) 시각적 이미지를 창출하여(첫 번째 원칙) 음악적 효과를 달성하는 것(세 번째 원칙)"이라고 한다. 현영민, 같은 글, 220쪽.

(13) 1915년 첫 번째 사화집 서문에 올딩턴과 로웰의 합작품인 '이미지즘 6원칙'이 게재된다.

(14) 이철, 앞의 글, 103쪽 참조. 흄과 파운드의 이미지는 "정확하고, 간명하고, 뚜렷한 묘사"라는 표현으로 집약된다.(현영민, 같은 글, 222쪽) 원문에 따르면 "accurate, precise and definite description"(T. E. Hulme, edit. Herbert Read, Speculations, Routledge & Kegan Paul Ltd, 1924. p. 132).

(15) 전기 이미지즘과 후기 이미지즘의 구별에 대해서는 홍은택, 앞의 글 참조.

이러한 구별이 타당하다면, 1920년대 일본 유학생들이 소개한 이미지즘이 바로 에이미 로웰이 주도한 '후기 이미지즘'(1915~1917)임을 알 수 있다. 그것은 이미 에즈라 파운드가 탈퇴한 다음에 형성된 이미지즘인 것이다. 따라서 '후기 이미지즘'에는 흄에서부터 파운드로 이어지는 이미지즘의 근본 취지에 대한 이해가 전기에 비해 결여되어 있다고 볼 수 있다. 산문을 모범으로 하는 건조하고 견고한[16] 이미지의 추구, 그리고 경제적인 언어관 등이 전해지지 않았음은 말할 것도 없다. 이는 단순히 일본 유학생들의 정보력 한계 때문만은 아니다. 당시 일본 시단도 상황은 마찬가지였던 것으로 보인다. 앞서 보았듯이 1918년 일본에 처음으로 이미지즘을 소개했다는《현대시가》조차도 이른바 '후기 이미지즘'에만 관심을 쏟았고, 정작 흄에서 에즈라 파운드로 이어지는 이미지즘의 정신세계는 제대로 조명하지 않았다.《현대시가》에 동인으로 참여한 주요한도 마찬가지였다. 그래서 그는 중국의 한시(한자)와 이미지즘의 관련성을 볼 수 없었던 것이다.

에이미 로웰이 주도한 '후기 이미지즘'에만 관심을 집중하게 되면 이미지즘의 '동양적 기원'이 시야에서 사라질 수 있다. 다시 말해서, 이미지즘의 기원에 작동하는 동양과 서양의 이미지 교환 문제가 포착되지 못한다는 것이다. 앞서도 말했듯이 흄에서 에즈라 파운드로 이어지는 시인클럽에서는 주된 연구 대상에 '하이쿠(俳句)'[17]도 포함되어 있었다. 낭만주의 이래 고착된 서양 시의 자기 갱신을 위해 이미지스트들

----

(16) "I prophesy that a period of dry, hard, classical verse is coming." T. E. Hulme, ibid., p. 133.

은 동양 시의 '이질성'과 '타자성'을 도입하려 한 것이다. 동양의 것을 가져다가 서양 시의 자기 갱신을 도모하려 한 것이다. 따라서 에즈라 파운드의 이미지즘에는 동양과 서양의 이질성이 차이(와 오해[18])를 통해서 서로 융합하는 문화적 혼종성混種性·Hybridity이 자리하고 있다. 하지만 이것이 에이미 로웰이 주도한 '후기 이미지즘'에서는 사라지고 만다. 여기에서는 이미지즘 성립 과정에 참여하고 있는 또 다른 동양적 기원인 하이쿠의 작용이 망각된 것이다. 이로 말미암아 일본과 조선의 초창기 근대 시단에서 이미지즘은 여전히 서양에서 수입된 낯설고 이질적인 모습으로 변장할 수 있었다. 동양적 기원이 망각된 상태에서 이미지즘은 서양의 최신 시운동에 불과했다. 그것은 이미지즘의 본래 취지와 멀어지게 했고, 따라서 운동으로서의 추진력을 지닐 수 없었다.

....

(17) 하이쿠(俳句)는 세상에서 가장 짧은 시로서, 5·7·5의 음절로 총 17글자로 된 한 줄짜리 정형시다. 단 한 줄로 촌철살인의 경지를 보여 주며, 인간과 자연의 근본에 접근하는 특징이 있다. 본래 있었던 중세의 조렌가(長連歌)에서부터 귀족적인 정통 렌가와, 서민들의 해학성과 비속함이 반영된 하이카이 렌가(俳諧連歌)가 갈라지고, 후자가 크게 유행하더니, 도입부에 해당되는 첫구(홋구, 發句)만을 감상하는 사례가 늘자, 메이지 시대에 결국은 '렌가'에서 '홋구'가 떨어져 나와 '하이쿠'라는 독립된 장르로 정착한 것이다.

(18) 한자를 몰랐던 에즈라 파운드는 페놀로사의 원고에 의지해서 중국 한시를 번역했다. 중국어를 본격적으로 공부한 것은 1936년부터라고 한다.(이보경, 〈한·중 언문일치 운동과 영미 이미지즘〉, 《중국현대문학》, 2004, 39쪽. 각주 20번 참조) 파운드 식 이미지즘은 한자 및 한시에 대한 파운드의 오해에서 비롯된 측면이 많다.

한자,
이미지와 만나다

1913년 4월 《시》지에 에즈라 파운드의 유명한 시 〈지하철 정거장에서In a Station of the Metro〉가 게재된다. 이 작품은 일본 하이쿠의 영향을 받은, 이미지즘 정신의 집약체로 평가된다.[19] 이 작품을 계기로 에즈라 파운드는 이미 작고한 미국의 동양미술사학자 어니스트 페놀로사Ernest Fenollosa의 부인을 만나게 된다. 페놀로사는 일본 미술의 진가를 서양에 알리는 역할을 담당한 초창기 일본 미술계의 거목으로서, 그의 부인은 남편의 사망 이후 남겨진 미완성 원고들을 에즈라 파운드에게 넘긴다. 그것은 페놀로사의 주 전공인 미술사 영역에 해당되지 않는, 일본 노극(能劇)의 초역본과 중국 한시 초역본 노트, 그리고 중국 문자에 대한 논문 초고였다. 파운드에게 이 초고들을 완성할 임무가 맡겨진 것이다.

이때 에즈라 파운드는 중국 한자(및 한시)와 만나는 충격적인 경험을 한다. 그리고 페놀로사 부인과 약속한 대로, 1915년 초역된 150여 편의 한시 중 14편을 우선 선정하여 《중국Cathay》이라는 번역 시집을 출간한다. 이전에도 수많은 중국 한시 번역본이 있었지만, 파운드의 시집은 대단한 찬사를 받았다. 기존의 중국 한시 번역가들이 낯선 외국 시를 익숙한 영시로 번역해 자신의 언어를 그대로 보존하는 데 치중했다면, 파운드는 중국 시의 이질성을 십분 이용하여 기존에 없던 낯선 영시를

....

(19) 최홍선, 〈타자를 향한 번역 - 에즈라 파운드의 〈중국〉과 중국시 영역〉, 《비교문학》, 2008, 266쪽.

만듦으로써 영어가 외국어에 영향을 받게끔 허용하는 '타자지향적 번역'을 선보였기 때문이다.[20] 그는 타자의 이질적인 정신을 수용하여 제 언어를 동요시키고 낯설게 만들려는 열린 태도를 견지했던 것이다. 이처럼 파운드에게 중국 한시를 번역한 일은 전혀 낯설고 새로운 영시를 개척하는 계기가 되었다.

파운드는 중국의 한자가 사물을 직접적으로 제시하고 있고, 그 제자 製字 원리를 통해 구체적인 은유에서 추상적인 개념으로 상승하는 과정을 파악할 수 있으며, 아무런 문법적 접사 없이 이미지들의 공존과 병치만으로 문장이 형성되는 것을 파악하고 한자의 구문적 특성에 매료되었다. 특히 영어와 같은 표의表意문자에서는 발견할 수 없는, 이미지의 '병치'에서 그는 무한한 영감을 받았다. 파운드에게 중국은 "새로운 그리스"였던 것이다.[21] 그 후 중국의 한자와 한시, 그리고 일본의 노 연극의 이미지 병치 기법 등을 통해 '소용돌이 이미지'를 발견하면서 파운드는 '초기 이미지즘'의 단계를 넘어서 '소용돌이주의vorticism'라는 전혀 이질적인 시운동으로 옮겨 가게 된다. 결국 동양에서는 근대화 기획의 가장 큰 걸림돌로 간주되었던 '한자'에서 파운드는 역설적으로 서구 문명사 전체를 해체할 근거를 발견한 것이다.[22]

크게 보면 이미지즘은 '동양'이라는 거울로 인해서 서양이 목격한 근대적 전통의 파산 장면을 배경으로 하고 있다. 더군다나 그것은 동양

---

(20) 최흥선, 앞의 글, 269쪽.
(21) 현영민, 앞의 글, 212쪽.
(22) 이보경, 앞의 글, 41쪽.

에서는 근대화를 위해서 필연적으로 버릴 수밖에 없었던 '한자'라는 유산에서 발견된 새로운 가능성이었다. 이처럼 이미지즘에서 이미 서구적 근대의 파산을 목격한 후에야 1930년대 식민지 조선의 이미지즘은 본격적으로 시작될 수 있었다. 그런 의미에서 1930년대는 서구적 근대의 파산, 그리고 동양에서 발견된 새로운 가능성이 교차하기 시작한 시점이다.

다시 '전기 이미지즘'으로, 동양으로

1930년대에 접어들면서 '후기 이미지즘'에 대한 관심은 기울고, 다시 흄에서 에즈라 파운드로 이어지는 '전기 이미지즘'에 대한 관심이 증폭된다. 이는 서구에서 제대로 공부한 영문학자들의 귀국과 더불어 발생한 현상이다. 물론 정인섭과 이하윤 등 여전히 '후기 이미지즘'에 집착하는 사람들도 있었지만, 최재서와 김기림은 흄에서 에즈라 파운드로 이어지는 '초기 이미지즘'의 정신에 밀착되어 있었다. 이로써 이미지즘은 본격적인 '운동'의 가능성을 내포하게 되었다. 그 가능성의 중심 동력은 동양과 서양이 서로 마주 보는 '마술 거울'의 구조에 있었다. 이미지를 통해서 서양은 동양을 보고, 동양은 서양을 본다. 서양은 동양의 타자적 이미지를 보고 낯선 세계를 꿈꾸고, 동양은 서양의 타자적 이미지를 보고 낯선 세계를 꿈꾼다. 이미지즘의 발생과 전파 과정에

는 이처럼 상대방의 타자적 이미지를 통한 새로운 세계의 상상 가능성
이 내재한다. 이때 식민지 조선의 1930년대 이미지즘이 마주친 장면이
바로 '서구적 근대의 파산'이다. 그리고 그것은 동양인으로서의 자기
반성으로 이어진다.

우리가 개화당초부터 그렇게 열심히 추구해오던 '근대'라는 것이 그
자체가 막다른 한 골목에 부딪쳤다는 것이 바로 그 일이다. 그리하여
'르네상스' 이래 오늘까지도 근대사회를 꿰뚫고 내려오던 지도원리는
그것에서 연역할 수 있는 모든 답안을 남김없이 끄집어 내놓아 보였다.
그래서 얻은 최후의 해답이라는 것이 결국은 근대라는 것은 이 이상 발
하나 옮겨놓을 수 없는 상태에 다다랐다는 심각한 인상이다.[23]

흄에서 에즈라 파운드로 이어지는 '초기 이미지즘'은 중국 한시와
일본 하이쿠 등의 동양적 이미지에서 서구 근대시의 전통을 파괴할 만
한 에너지를 발견했다. 한자, 한시, 하이쿠 등 동양의 전근대적 매체에
서 오히려 '탈근대'의 가능성을 보았던 것이다. 이는 반드시 동양이 서
양이라는 타자적 거울에 반사되었을 때 나타나는 현상이다. 전통과 단
절하고 새로운 현대성으로 무장하기 위해서 필요했던 것은 외부의 충
격에 따른 '역사적 연속성의 단절'이었다. 1910년대 초창기 영미 이미
지즘은 그 단절점의 성격을 잘 보여 준다. 그것은 이질적 타자의 도입

....

(23) 김기림, 〈우리 신문학과 근대의식〉, 《전집2권》, 48쪽.

을 통한 전통의 성공적인 자기 갱신 사례에 해당한다.

하지만 그렇게 성공한 서구적 사례가 다시 동양으로 유입되는 과정은 더 복잡하다. 이미지즘 자체는 서구적 풍토에서 생산된 외래적 성격이 강하지만, 그 유래를 통해 알려지는 동양의 흔적은 여전히 문제적이기 때문이다. 실제로 서양의 거울에 비친 동양에 대한 반응은 다양했다. 한편으로 이미지즘은 서양 근대의 파산을 무기한 연기하게 만드는 동양적 에너지의 존재를 알려 주면서, 서양 제국주의의 식민지 개척의 논리를 반복하고 있다는 인상을 주었다. 다른 한편으로는 망각하고픈 동양의 전통을 다시 상기하게 함으로써 끊어진 전통을 잇고 '역사적 연속성의 회복'을 기반으로 하는 새로운 근대성 모델을 구축하게 했다. 이 경우에는 타자적 충격의 요소가 최소화된다. 따라서 탈근대의 명목으로 서구적 근대를 극복하고 망각된 동양의 전통을 계승하자는 '사이비 탈근대'의 가능성이 열리게 된다. 그것은 외적으로만 '탈근대'의 목소리를 높이면서, 내적으로는 '근대'를 구축하는 모순된 양면성을 취하게 만들었다. 김기림은 동양 정신에 대한 혐오를 통해서 그 가능성이 상쇄되는 모습을 보여 주지만, 정지용은 동양 산수화와 고풍스런 내간체의 부활을 통해서 다른 가능성을 보여 주었다. 그 가능성은 《문장文章》지에서 정점에 달한다.

영화적인 것과
시적인 것

:::::: 문학과 영화의
:::::: 뒤바뀐 위상

1940년대 초반, 한국 근대문학사 40년을 정리하던 임화는 영화에 대해서도 동일한 작업을 구상하여 〈조선영화발달소사〉(《삼천리》, 1941. 6.)와 〈조선영화론〉(《춘추》, 1941. 11.) 등을 제출하게 된다. 임화의 시도는 예의 '이식문화론'[(1)]의 관점에서 한국영화사의 초창기 모습을 비교적 분석적으로 살피고 있어 주목된다.

임화에 따르면 동일하게 외래에서 수입된 근대 문화이지만, 문학과

....

(1) '이식문화론'은 임화의 '이식문학론'의 상위 개념이다. 문학을 포함하여 조선의 근대 문화 전체가 서구적 근대 문화의 수입에서 시작되었다는 것이 '이식문화론'의 골자로서, 이는 자주 논의되는 '이식문학론'보다 더욱 중요하게 취급되어야 한다. 임화의 이러한 관점은 그의 조선 영화사 관련 글에서 확연히 드러난다.

영화는 그 출발에서부터 큰 차이가 있었다고 한다. 즉, "문학이나 기타의 예술이 모방을 통하여 그것의 왕성한 이식운동을 전개하고 있는 동안에 우리는 단순히 활동사진을 보고 있었는데 지나지 않았다는 것이 영화사의 특색이"[2]라는 것이다. 동일한 이식移植이라 할지라도 문학과 영화는 그 출발부터 달랐던 것이다. 그 원인에 대해서 임화는 "서구의 문화, 즉 근대 문화가 수입되기 전에 이미 상당한 수준에 도달해 있던 문학과 음악과 회화"에 비한다면, '활동사진'은 처음 등장한 것이기에 "단순히 진기한 발명에 지나지 아니 하여 아직 문화와 예술로서 명확한 장르를 형성하지 아니 했"기 때문이라고 보았다. 임화의 판단에 따르면, 이미 상당한 문화적 기반을 갖춘 상태에서 이식된 문학을 비롯한 여타의 근대 문화에 비해 영화는 전혀 문화적 조건이 구비되지 않은 상태에서 수입되는 바람에 독립적인 문화 혹은 예술로서 대접받지 못했다는 것이다. 따라서 "영화가 예술 혹은 문화로서 자기 고유한 장르를 개척하기 전, 즉 주로 오락물로서의 지위를 우선 개척하지 아니 할 수 없는 시대"를 통과해야만 했다.

이처럼 조선에서의 영화산업은 애초에 '진기한 발명'이자 '오락물'에서 출발할 수밖에 없었다. 구체적으로 그것은 1903년경[3]부터 일본 자본으로 수입된 '활동사진'을 가리킨다. 하지만 그것조차도 아직은 '조선' 영화라고 할 수 없었다. 조선인이 제작하고 상영한 진정한 조선

(2) 임화, 〈조선영화론〉, 정재형 편저, 《한국 초창기의 영화이론》, 집문당, 1997, 109쪽. 이하 인용은 115쪽까지.
(3) 1903년 6월 한성전기회사가 전차를 홍보하고자 동대문 기계실에서 활동사진을 상영했다는 기록이 《황성신문》에 실려 있다. 정종화, 《한국영화사》, 한국영상자료원, 2008, 17쪽 참조.

영화는 대개 〈의리적 구토義理的 仇討〉(1919)에서 비롯된다고 보는데, 이 당시의 영화를 '연쇄활동사진극'(혹은 활동사진연쇄극, Kino Drama)이라고 한다. 이것은 무대에서 직접 보여 주기 어려운 장면을 미리 영화로 찍어 두었다가 연극 사이사이에 보여 주는 공연 형식으로, 연극 형식을 보조하며 연극에 기생한 영화의 초창기 처지를 잘 말해 준다. 임화는 이 '연쇄극'과 같이 영화가 연극에 의존하는 단계를 조선 영화의 첫 번째 장면으로 지목하며, 영화가 처음부터 자립적인 장르가 아니었으며, 자립을 위해서는 연극은 물론이고 문학에도 도움을 구하지 않을 수 없는 처지였음을 설명한 것이다.[4]

그러다가 조선 영화가 그 '독자성'을 인정받게 된 계기로, 임화는 1926년 나운규의 〈아리랑〉을 지목한다. 임화는 그것이 "조선영화 최초로 타자의존에서 독립해본 성과이며 또한 여러 가지의 조선영화 중 그중 독립적인 영화정신이 농후한 조선영화"라는 평가를 내린다.[5] 〈아리랑〉에 이르러 조선 영화는 드디어 영화("독립적인 영화정신")로서 '자립'하게 되었을 뿐 아니라 마침내 문학, 특히 소설과 맞먹는 지위에까지 오르게 된 것이다. 실제로 1926년 〈아리랑〉의 등장은 한국 영화사에 큰 획을 긋는 사건으로 기억된다. 그 대중적 인기는 말할 것도 없고, 그후 영화적 수요의 갑작스런 증대로 인해서 이른바 '영화소설'이라는 새로운 문학 장르가 출현하는 계기가 되었기 때문이다. 영화소설은 영

---

(4) "연쇄극에서 주지와 같이 영화는 연극의 원조자로서 등장했었으며, 그 다음에는 자기의 자립을 위하여 가장 많이 문학에 원조를 구하였다." 임화, 같은 글, 같은 책, 113쪽.

(5) 임화, 같은 글, 같은 책, 113쪽.

화를 보지 못하는 사람들을 위해서 마치 영화를 보는 듯한 실감을 글로 써 전해 주는 것으로, 영화 제작에 드는 막대한 비용을 값싸게 대체하는 일종의 속임수이자 영화에 대한 대중의 요구를 충족시키는 궁여지책이기도 했다.

〈아리랑〉의 성공을 전후해서 등장한 '영화소설'의 존재는 영화가 더이상 연극이나 문학 등에 의존하는 부수적 장르가 아니라, 문학과 대등할 뿐 아니라 심지어 문학으로 대리·보충받는 위치에 올랐음을 시사한다. 〈삼림에 섭언囁言〉(김영일 작, 1926)[6]과 〈탈춤〉(심훈 작, 1926) 등에서 시작되는 영화소설의 등장은 소설에 영화적 기법(예컨대 잦은 장면전환)을 도입함으로써 이른바 '읽는 소설'에서 '보는 소설'로의 소설사적 전환을 예고하는 역할을 수행한다.[7] 물론 초창기 영화소설 단계에서는 영화를 위해 창작된 소설, 혹은 영화를 소설로 번안한 경우가 대부분이었지만, 이후 그것은 본격적으로 영화적 기법을 동원하는 모더니즘 소설이 등장하는 발판을 마련했다. 이처럼 영화의 빠른 성장으로 말미암아 영화보다 우월한 위치에 있던 소설조차도 문자 미디어의 한계 내에서 영상 미디어의 기술을 수용하지 않으면 안 되는 상황에 직면하게 되었다. 〈아리랑〉의 성공은 이를 가시적으로 보여 준 사건이었다.

....

(6) 이 작품은 〈아리랑〉의 개봉(2006. 10) 이전에 발표된 유일한 영화소설이다. 이를 통해서 영화에 대한 소설계의 준비된 반응을 알 수 있으며, 〈아리랑〉은 일종의 기폭 장치로 기능했음이 확인된다.
(7) 전우형, 《1920~1930년대 영화소설 연구》, 서울대학교 박사학위논문, 2006, 130쪽.

이처럼 영화산업의 독자성이 어느 정도 확보되면서 소설적 서사는 영화적 서사를 상당히 위협적인 세력으로 인식하게 되었고 시급하게 '영화소설'과 같은 대응책을 마련하기도 했다. 하지만 당시 소설계의 적극적 반응에 비하면, 시 장르는 그때까지만 해도 영화의 위협에서 비교적 안전한 위치에 있었던 것처럼 보인다. 영화가 그 성격상 연극과 소설에 근접한 장르로 인식되었고, 그 유사성의 영역을 두고 서로 다투다 보니 인접 장르 간에 경쟁적 관계가 형성되었던 것인데, 영화와 시는 그런 의미의 경쟁적 관계를 우려할 만큼 양자 간의 유사성이 발견되지 않았기 때문이다. 그래서인지 1926년부터 1939년까지 꾸준히 생산된 '영화소설'에 비한다면, 그와 유사한 '영화시cine-poetry'의 구상은 아주 드물게 언급되었을 뿐이고 구체적인 성과물로 이어지지 못했다.[8]

그 이유를 생각해 보면, 영화적 기법을 적극적으로 도입하는 '영화시'가 등장할 무렵에는 그 배경으로 대개 '시적 영화poetic film'에 대한 갈망이 있었다는 서구의 사례를 참조할 수 있을 것이다.[9] 영화와 소설은, 영화소설의 등장에서도 알 수 있듯이 '소설의 영화화'와 '영화의 소설

---

(8) '영화시'에 대해서는 조영복, 〈김기림 시론의 기계주의적 관점과 '영화시'(Cinepoetry)〉, 《한국현대문학연구》, 2008를 참조할 수 있다. 조영복에 따르면, '영화시'에 대한 언급은 김기림의 경우는 해방 이후 《문학개론》을 통해서 주변적 진술로서 등장하며, 카프의 경우에는 1933년에 박완식에 의해서 예술대중화의 차원에서 거론된 것이 전부이다. 이때 조영복은 김기림의 모더니즘 시를 '영화시'로 보고 그것을 레제의 미학과 견주어 설명하고 있다.

화'와 같은 장르 변환이 비교적 손쉽게 그리고 활발하게 진행될 수 있었지만, 영화와 시는 '영화의 시화'와 '시의 영화화'와 같은 사례를 찾아보기 힘들다. 양자 사이에는 그 내용과 소재를 공유할 수 있는 접점을 찾기 힘들었던 것이다. 하지만 오히려 그렇기 때문에 영화와 시는 각각 상대 장르의 '내용'을 자기 장르로 번안하는 방식을 취하지 않고, 거리를 둔 채로 각각의 '형식'을 분석적으로 이해하는 관계를 맺을 수 있었다. 이와 같은 분석적 접근법은 오히려 기존의 영화 형식과 기존의 시적 형식의 한계를 발견하고, 거기에서부터 한 단계 도약을 감행하게 하는 역할을 했다고 할 수 있다. 그래서 말라르메Stephane Mallarme가 구상했다는 '영화시'의 사례를 보아도 그렇지만, 영화적 측면에서도 이른바 '시적 영화'는 매우 급진적인 방식으로 관례를 깨는 모험을 감행하는 모습을 자주 보여 준다.[10] 이로써 시와 영화의 만남에는 소설과 영화의 만남과 구별되는 어떤 특이한 측면이 내재한다는 것을 알게 된다.

이를 감지해 낸 사람으로 우선 김기림을 주목할 수 있다. 그는 〈근대시의 弔鐘(조종)〉(《동아일보》, 1931. 7. 30.~8. 9.)이라는 글에서 뜬금없이 근대시의 몰락을 예고하는 폭탄발언을 한다. "시인이 아무리 깃발을 갈고 간판에 온갖 근대색을 칠한다 할지라도 벌써 고객을 잃어버린 이 고풍의 花商(화상)의 운명은 아마 세상에서 가장 참담한 것의 하나일

---

(9) 예컨대 '시적 영화'를 구상했던 전위극의 대표자 아르토를 들 수 있다. 그가 생각하는 시적 영화는 오히려 '영화언어만의 특수성을 극대화하려는 실험정신', 즉 아방가르드적 경향을 대변한다. 이에 대해서는 정의진, 〈Antonin Artaud의 "시적 영화"에 대하여〉, 《프랑스문화예술연구》, 2008, 192쪽 참조.

(10) 시와 영화의 만남이 아방가르드적 경향으로 발전한다는 것은 두 장르 간의 만남이 일종의 상승작용으로 기능한다는 것을 알 수 있다. 이것은 소설과 영화의 만남에서는 확인할 수 없는 독특한 현상이다.

것"이라면서, 시를 향하여 "나먹은 매춘부여, 인제는 분칠하는 것을 그만두어라. 어떠한 화장도 너의 얼굴 위의 주름살을 감출 수는 없을 것"이라는 비관적 전망을 제시한다. 그가 "명일의 시"에 대해 비관적 전망을 제출한 배경에는 "'시네마'의 영역이 무한히 크다"는 발언이 전제되어 있다. 이것은 우선적으로 일종의 장르 간 경쟁의식의 발로로 받아들여진다. 김기림에게 영화는 전통적인 시의 고객을 약탈해 가는 경쟁적 신흥 장르의 이미지가 강했다.

시를 위하여 지극히 불행한 일이 또 있습니다. 문학의 각분야 중에서 시보다는 매우 연령이 어린 소설이 그보다도 '키네마'가 시의 존재를 위협하는 일이 그것입니다. …… 지극히 최근까지도 예술비평가나 미학자가 예술로서 취급하는 것을 불유쾌하게 생각하고 있던 '키네마'가 오늘날 시뿐이 아니라 소설까지를 능가하려는 의기는 가경할 형세에 있습니다. 소설이 사람의 의식 위에 '이미지'(영상)를 현출시키려고 애쓸 때 '키네마'는 '이미지' 그것을 관중에게 그대로 던집니다.[11]

김기림은 '시→소설→영화'의 순서대로 대중의 관심이 점차 옮겨간다는 역사적 사실을 매우 안타깝게 바라본다. 이때 무엇보다도 영화가 대중을 사로잡는 결정적 형식은 '이미지의 직접성'에서 발견된다. 영화가 이미지의 직접성을 미끼로 대중을 사로잡음으로써 시라는 장르는

....

(11) 김기림, 〈청중 없는 음악회〉, 《문예월간》, 1932. 1.

이제 "청중이 없는 음악", "관객이 없는 무용"과 같은 처지로 전락하게 된 것이다. 시의 독자가 영화의 관객으로 개종하는 순간 대중에게 외면받게 되는 시인의 모습을 김기림은 "고독한 시인"으로 표현하고 있다. 이렇게 보면 영화의 성장은 시의 몰락으로 이어지는 것처럼 보인다.

그러나 김기림의 입장에서는 시가 몰락할 수밖에 없는 탓을 전적으로 영화로만 돌릴 수 없다는 데서 문제가 복잡해진다.

현대의 문학과 뭇 예술과의 사이에는 떼려야 뗄 수 없는 내면적 교섭 관계가 있어서 그 어느 것의 이해를 위해서는 다른 여러 것의 이해가 필요하다. 전람회와 영화관과 극장과 음악회에 가는 것과 거기에 다시 건축과 도시의 설계와 교량과 항만과 비행장과 공장과 정거장과 열차, 비행기, 자동차의 새 '폼'을 무시로 보는 것과 문학을 읽는 일과 쓰는 일과는 서로서로 깊은 관련과 보족 관계가 있는 것이다.[12]

다시 말해서 영화를 보러 가는 행위와 신상품의 형태를 둘러보는 행위, 즉 문명을 배경으로 해서 성장하는 문화적 활동과 문학적 활동 사이에는 어떤 긴밀한 연관 관계가 있다는 것이다. 영화의 급격한 성장은 도시문명과 그 문화적 산물의 변화를 반영하는 자연적인 현상이며, 그 문화적 변화에 보조를 맞추자면 문학의 창작과 독서 방식에도 근본적인 변화가 요청된다. 그렇다면 영화의 화려한 등장으로 인한 시의 위기

---

(12) 김기림, 《문학개론》, 1946. 12. 김기림, 〈전집3권〉, 심설당, 1988, 66쪽에서 재인용.

는 오히려 시의 변신을 기획할 수 있는 기회라고 볼 수 있다.

이 글에서 김기림은 "영화가 제기한 제 이론으로서 문학에 절대적 흔적을 남긴 것"으로 "소련의 '에이젠슈타인', '푸도프킨' 등의 '몽타주'론"을 들면서, "영화의 여러 가지 수법 '클로즈업', '컷트백', '오버랩', '몽타주'를 다소간이라도 이용하지 않은 현대소설가는 거의 없다"고 확언한다. 이것이 해방 이후에 작성된 원고라는 점을 감안하면, 이미지의 직접성으로 시의 독자를 앗아 간 바로 그 영화적 장치가 다시 문학에 수용되면서 문학계에 찾아온 어떤 변화를 담담하게 기술한 것이라 할 수 있다. 이때 그 중심에 '몽타주montage'가 있음을 우선 기억해야 한다.

임화와 무성영화

다시 임화로 돌아가 보자. 〈아리랑〉 이후 영화에 대한 관심이 폭증할 무렵, 그와 같은 대중적 현상에 편승한 사람들 중에는 조선 최초의 다다이스트 고한승도 섞여 있었다.[13] 그는 〈아리랑〉의 성공을 전후한 시기에 잠시 다다이즘dadaism의 유행을 선도한 것으로 유명하다. 고한승과 더불어 임화도 등단 초기에는 〈지구와 박테리아〉(1927) 등 다다이즘에

---

(13) 포영(고한승), 〈신영화 〈아리랑〉을 보고〉, 《매일신보》, 1926. 10. 10.

근접한 작품들을 선보인 바가 있다. 하지만 이들이 비록 전위적인 기법을 동원하긴 했지만 그 작품들이 영화와 직접 관련된다는 증거를 대기는 힘들다. 서양에서는 다다이스트를 포함한 전위 작가들이 '시적 영화'를 활발히 모색했지만, 조선에서는 여건상 그렇지 못했다는 점, 더군다나 이제 막 출발한 근대문학을 놓고 전위부대를 논하기에는 너무도 일천했던 조선 근대문학의 자산을 고려할 때 그들이 시도한 시와 영화의 접목이 치기 어린 시도였음은 문학사가 증명한다.

임화가 영화에 입문한 것은 오히려 그가 다다이즘의 실험에서 벗어나는 시점과 일치한다. 1928년부터 임화는 몇 차례 영화배우로 나선 적이 있다. 비록 흥행에 실패하긴 했지만 1928년의 〈유랑〉, 1929년의 〈혼가〉에 주연배우로 참여한 경험이 있고, 이것은 그의 시에서 영화적 흔적을 발견할 근거로 활용된다. 문제의 '단편서사시'가 그것이다.[14] 다다이즘에서 벗어나면서 임화는 〈젊은 순라의 편지〉(1928. 4.)와 〈네거리의 순이〉(1929. 1.), 〈우리 옵바와 화로〉(1929. 2.), 〈어머니〉(1929. 4.) 등 일련의 시편들을 통해서 편지 형식에다 신파조이기도 하고 변사조이기도 한 배역시配役詩의 가능성을 실험한다. 김기진이 이것들을 묶어서 '단편서사시'로 명명하면서 이 작품들의 '이야기'가 주목받게 되었지만, 사실상 이러한 작품들은 변사의 연기력이 요구되는 편지 형식의 연극적 대사에 근사하다는 것은 분명한 사실이다. 그리고 적어도 카프

---

(14) 임화의 단편서사시와 영화의 관련성에 대해서는 윤수하, 〈〈네거리의 순이〉의 영화적 요소에 관한 연구〉, 《한국시학연구》, 2003 참조. 이에 따르면 영화 〈유랑〉은 이종명의 소설을 각색한 것으로, 주인공은 영진과 순이로서 임화는 이때 영진 역을 맡았다고 한다.

KAPF(조선프롤레타리아예술가동맹)의 해산과 무성영화의 종말이 겹치는 1935년까지 그 형식은 유력한 프로시(프롤레타리아를 대변하는 시)의 형식으로 자리 잡게 된다.

하지만 이 일련의 작품들이 당시의 무성영화와 변사영화의 영향권 하에 있었다는 것을 확증해 주는 두 가지 사실이 있다. 하나는 임화의 영화소설 창작이다. 임화는 1929년 5월호부터 총 4회에 걸쳐서 아동잡지 《별나라》에 영화소설 〈신문지와 말대리〉를 게재했다.[15] 이는 이 시기의 시 작품에서 임화가 '영화적 서술'의 가능성을 고려했음을 간접적으로 시사한다. 두 번째는 임화 자신이 주인공으로 출연한 영화 〈유랑〉(1928)에서 상대 여자 주인공 이름이 '순이'라는 사실이다. 이로써 〈네거리의 순이〉로부터 〈우리 오빠와 화로〉를 거쳐 완성되는 '오빠-누이'의 구도와 변사조의 말투에 당시 영화적 체험이 반영된 것은 분명해 보인다.

하지만 임화의 시에서는 결정적으로 '몽타주'의 흔적을 발견하기가 쉽지 않다. 혹시 발견된다고 할지라도 그것은 적어도 에이젠시테인Sergei M. Eisenstein의 몽타주 개념과는 거리가 있다. 그런 점에서 영화에 참여했던 주인공 배우 임화에게 몽타주는 별다른 충격으로 다가오지 않은 것으로 보인다. 그리고 보면 몽타주에 대한 보편적 인식이 적어도 1930년대로 접어들어야 가능했다는 점을 상기할 필요가 있다. 특히 당시 카프

....

(15) 전우형, 앞의 논문, 43쪽 참조. 전우형의 논문 서지 사항에는 1929년 5월호라고만 되어 있으나, 1929년 5월호부터 8월호까지 총 4회 분량으로 연재되었음이 확인되었다. 제1차 세계대전 당시 프랑스를 배경으로 펼쳐지는 아동용 영화소설로서, 전쟁터로 끌려간 아버지와 두 남매의 구도는 〈우리 오빠와 화로〉에서 감옥으로 끌려가는 오빠와 버려진 두 남매의 구도와 일치한다.

진영의 영화비평에서 두각을 나타냈던 서광제가 그 중재자 역할을 하고자 했다. 임화와 더불어 〈유랑〉에 배우로도 참여했던 서광제는 당시로서는 가장 발 빠르게 에이젠시테인의 몽타주 이론[16]과 발성영화의 존재[17]를 소개한 사람인데, 이때가 이미 1930년대로 접어든 다음이다.[18] 하지만 그 소개도 빈약할뿐더러 그 자신도 몽타주 이론에 지속적으로 관심을 보였다고 할 수 없다.

오히려 몽타주를 비교적 자세히 소개한 사람은 오덕순이다.(〈영화 몽타주론〉, 《동아일보》, 1931. 10. 1.~27.) 오덕순은 몽타주의 어원에서부터 몽타주 이론의 전개 과정, 특히 에이젠시테인과 푸돕킨V. I. Pudovkin의 몽타주 이론을 소상히 소개하여 당시로서는 몽타주의 본질에 가장 근접한 설명을 제출한 것이다. 예컨대 그는 영화에서는 '촬영'이 중요한 것이 아니라 '편집'이 중심이라는 점을 상기시키고, 몽타주의 본질이 바로 그 편집에 있다는 것, 따라서 편집을 통해서 영화의 독자성이 확보될 수 있음을 강조하고 있으며, 이어서 영화의 독자적 특성인 '몽타주'가 소련 내부에서는 다른 문학 장르로까지 전파되고 있음을 소개한다. 이는 당시 몽타주에 대한 문인들의 관심을 보여 준다.

....

(16) 서광제, 〈영화연구-노서아 명감독 '에이젠슈테인'의 강연〉, 《동아일보》, 1930. 9. 7. 이 글은 같은 해 2월 17일 파리 소르본 대학에서 행해진 에이젠시테인의 강연 내용을 기사화한 것이다.

(17) 서광제, 〈토키에 관한 선언〉, 《동아일보》, 1930. 10. 2.~7. 이 글에 따르면 "1928년 9월 15일 아방가르드의 기관지 《바리에테》 지상에 3인[에이젠시테인, 푸돕킨, 알렉산도르프-인용자]이 서명하여 발성영화에 대한 선언서를 발표"한 것으로, 그것을 재수록한 것임을 밝히고 있다. 서양에서 발성영화의 결정적 진전은 1927년 워너브라더스에서 제작한 〈재즈 싱어〉를 통해 이루어졌다.

(18) 조선에서 발성영화는 1930년부터 시도는 되었지만, 1935년에 이르러서야 〈춘향전〉의 성공을 통해 실현되었다. 발성영화의 출현과 그에 대한 비판적 논쟁에 대해서는, 이정배, 《한국 영화비평사 연구》, 강원대학교 박사학위논문, 2009, 125쪽 이하 참조.

⠿⠿⠿ 이미지즘과
⠿⠿⠿ 몽타주

이렇게 해서 1931년 무렵부터 몽타주 이론은 보편적인 관심의 대상으로 떠오른다. 그리고 이 시기는 김기림이 시의 몰락을 비관적으로 예견한 시점과 겹친다. 김기림의 의식에 몽타주의 발견과 시의 몰락 사이에 어떤 연결선이 그어진 것이라 짐작할 수 있다.

영화로 봐서는 몽타주의 발견은 일종의 '독립선언'에 가까운 사건이었다. 그동안 영화의 정체성을 발견하지 못하고 연극과 문학 등에 기생하던 시절을 청산할 가능성이 열렸기 때문이다. 몽타주 이론의 발상지인 소련에서 몽타주가 논의된 시기는 1925년부터 1930년에 이르는 짧은 기간이었다.[19] 혁명 이후 스탈린의 집권 이전까지 소련에서는 영화뿐 아니라 시문학, 미술, 음악 등에서 모더니즘 열풍이 광범위하게 확산되었음은 주지의 사실이다. 몽타주도 그 연장선상에 놓여 있음은 물론이다.

우선, 일종의 편집 이론으로 몽타주를 처음 제시한 사람은 레프 쿨레쇼프Lev Kuleshov이다. 그는 미국의 그리피스D. W. Griffith 영화를 분석하는 과

---

(19) 몽타주가 일종의 편집 기술로 정착된 데에는 필름 수급의 어려움이 한몫했다는 설도 있다. "1920년대 초기 (소련인들이 스스로 제작을 시작하기 전) 소련에서의 원자재 부족은 베르토프가 다른 영화 필름의 끝 부분에 남아 있는 필름 조각들을 찾아내어 사용해야 했다는 것을 의미하였다." 그 과정에서 "베르토프는 구 제정러시아 때의 뉴스 영화의 쇼트들과 새로운 쇼트들을 병치시킴으로써 새로운 의미를 창출해 낼 수 있다는 것을 알게 되었다." "이것은 세르게이 에이젠시테인이 몽따쥬로 발전시킨 편집의 맹아적 형태였다." 잭 씨 엘리스, 변재란 옮김, 《세계영화사》, 이론과실천, 1988, 125쪽.

정에서 하나의 숏shot[=cut]이 다른 숏과의 관계로 그 의미를 부여받는다는 사실을 알아내고, 그것으로 몽타주론의 원형을 제시했다. 하지만 그는 관객들이 숏과 숏의 연결 관계를 이해하지 못할 정도로 난해해서는 안 된다며, 관객이 이야기를 잘 따라갈 수 있도록 숏과 숏이 부드럽게 연결되어야 한다고 강조했다. 쿨레쇼프는 수동적인 대중을 염두에 두고 있었던 것이다.

쿨레쇼프의 몽타주론은 푸돕킨에게로 계승된다. 푸돕킨 또한 관객의 이해를 돕기 위해서 그리고 이야기를 진행시키기 위해서 숏과 숏을 점진적인 방식으로 쌓아 가는 이른바 '벽돌 쌓기' 이론을 옹호했다. 그리하여 푸돕킨의 몽타주론을 '연결 몽타주'라고 한다. 이에 반해서 몽타주를 전혀 다른 의미로 발전시킨 사람이 세르게이 에이젠시테인이다. 그는 영화 〈전함 포템킨〉(1925)과 〈10월〉(1927)을 통해서 자신의 몽타주 이론을 실천에 옮겼는데, 그는 오히려 관객이 스스로 사고할 수 있게끔 충격을 주어야 한다고 주장했다. 그는 숏과 숏 사이의 부드러운 연결보다는 갑작스런 비약과 충돌을 주장하여 극적인 긴장감을 강조하였다. 푸돕킨의 몽타주가 '현실감'을 불러일으키는 장치로 활용되었다면, 에이젠시테인의 몽타주는 '새로운 리얼리티'를 창조하는 데 목적이 있었다. 푸돕킨이 선형적 이야기와 연속성을 강조한다면, 에이젠시테인은 비선형적 이야기와 불연속성을 내세워 양자 사이에 큰 차이가 있음을 알게 한다.[20]

하지만 생각해 보면 푸돕킨의 '연결 몽타주'와 에이젠시테인의 '충돌 몽타주'는 모두 이미 쿨레쇼프의 몽타주 이론 속에 잠재되어 있음을 알 수 있다. 쿨레소프가 발견한 내용을 자세히 들여다보면, 한 숏의 의미는 그것이 놓여 있는 맥락에 따라 달라진다는 것, 따라서 하나의 숏을 다른 시퀀스로 옮기면 숏과 시퀀스의 의미가 모두 변한다는 것, 그리고 숏과 숏의 연결을 통해 전혀 다른 제3의 의미가 생성된다는 것 등등 무궁한 해석 가능성이 열려 있기 때문이다. 그리하여 낯선 맥락에 친숙한 사물을 재배치했을 때 관객은 소외감을 경험하며, 결국에는 그 이미지의 의미를 다시금 생각해 보게 된다는 에이젠시테인의 판단도 예견할 수 있다. 에이젠시테인의 충돌 몽타주는 이처럼 독자로 하여금 스스로 창의적으로 사고하도록 한다는 점에서 '지적 몽타주'라고도 한다.[21]

그런데 여기에서 에이젠시테인이 충돌 몽타주를 구상하게 된 동기에 잠시 주목할 필요가 있다. 동서고금의 문화에 관심이 많았던 에이젠시테인이 몽타주를 구상하는 데에는 중국의 한자와 한시, 일본의 하이쿠(俳句), 가부키(歌舞伎), 판화 등이 중요한 역할을 수행했다고 한다.[22] 특히 그는 한자의 제자製字 원리에서 많은 영감을 받았는데, 예컨대 입(口)과 새(鳥)의 결합을 통해 전혀 다른 '울다'(鳴)라는 제3의 뜻이 만들어지는 현상을 보고 "가장 단순하게 배열한 두 개의 상형문자의

----

(20) 푸돕킨의 연결 몽타주와 에이젠시테인의 충돌 몽타주를 시 분석에 적용한 사례로는 문혜원, 〈1930년대 모더니즘 문학에 나타난 영화적 요소에 대하여〉, 《한국현대시와 모더니즘》, 신원, 1996, 178~202쪽 참조.

(21) 에이젠시테인은 "두 가지 사실이 충돌할 때 사상이 생겨난다는 것"을 강조하였다.(랄프 슈넬, 강호진 · 이상훈 · 주경식 · 육현승 옮김, 《미디어 미학》, 이론과실천, 2005, 152쪽) 그의 경우 몽타주란 연속된 조각들로 이미 존재하는 생각을 맞춰 내는 것이 아니라 서로 독립된 두 가지 것이 함께 충돌할 때 발생하는 생각에 그 초점이 있었다.

(22) 잭 씨 엘리스, 앞의 책, 131쪽 참조.

결합을 …… 그들의 합이 아니라 곱으로 생각해야" 함을 알게 되었다. 마찬가지로 일본 하이쿠의 대가 바쇼(芭蕉)의 작품을 통해서 서로 다른 이미지의 파편들이 충돌하여 전혀 이질적인 이미지가 만들어지는 현상에도 주목하였다.[23] 여기에서 연상되는 것은 중국의 한시와 일본의 하이쿠에서 발견되는 동양적 이미지를 통해서 서구 근대 시의 전통을 파괴할 만한 에너지를 발견하고자 했던 T. E. 흄과 에즈라 파운드의 '전기 이미지즘' 운동이다.[24] 1912년에서 1915년까지 집중적으로 펼쳐진 초창기 이미지즘 운동은 동양적 타자성의 발견으로 서양적 근대성에 대한 반성의 지점을 확보했던 것인데, 그 초점에 한시와 하이쿠의 '이미지'가 놓여 있었던 것이다. 영미의 시인들에게 충격으로 다가갔던 한시와 하이쿠의 동양적 이미지는 오래되고 낡아빠진 서구의 근대 시에 '회춘回春'의 기회를 제공했다. 그리고 그것은 다시 소련으로 이송되어 비교적 어린 예술 장르인 영화에 '개성'을 부여했음을 보게 된다. 동양의 타자성이 처음에는 이미지의 이름으로 영미권에서, 그 다음으로는 몽타주의 이름으로 소련 지역에서 그 이질성의 참 의미를 발현했던 것이다.

---

(23) 윤시향, 〈생소화 기법으로서 몽타주〉, 《독일학연구》, 2000 참조.

(24) 흄과 파운드가 주도한 이미지즘을 '전기 이미지즘'이라고 하고, 미국의 에이미 로웰이 주도한 이미지즘을 '후기 이미지즘'(일명 '에이미즘')이라고 한다. 양자는 대략 1915년을 기준으로 나눠진다. 이미지즘과 동양적 근원에 대해서는 졸고, 〈이미지즘과 동양담론〉, 《인문학연구》, 조선대학교 인문학연구원, 2009. 2. 참조.

몽타주에 대한
몽타주

이로써 식민지 조선의 1930년대는 영미권에서 도래한 이미지즘과 소련 지역에서 전해진 몽타주가 화려하게 결합할 준비를 마친 시기에 해당한다. 양자 모두 중국의 한시와 일본의 하이쿠라는 동양적 타자성을 그 기원에 포함했지만, 조선으로 수입될 당시 그것들은 다만 영국과 미국, 그리고 소련 지역에서 생산된 외국 이론의 모습을 하고 있었다. 그것은 어디까지나 외래종이고 이국종이었던 것이다. 하지만 앞서 보았듯이, 근대시의 갱신을 약속하는 이미지즘과 영화적 정체성을 발견하는 몽타주 이론은 공히 '동양적 타자성의 충격적 발견'이라는 지점에서 서로 조우했다.

이처럼 1910년대 영미권의 이미지즘과 1920년대 소련 지역의 몽타주 이론이 화려하게 결합된 1930년대 초반, 조선의 김기림은 '시의 위기'를 생각하고 있었다. 특히 몽타주의 발견으로 편집이라는 독자적 영역을 확보하고 마침내 장르적 정체성을 깨닫게 된 영화가 문학(특히 시)의 고객을 상당 부분 흡수해 버릴 것이라는 위기감을 느꼈다. 그것은 가장 최근에 탄생한 예술 장르가 가장 오래된 시 장르를 몰아낼 수 있다는 생각이었다.

시는 일찍이 평민과 타협하기 위하여 귀족적인 '리듬'을 버리고 산문시로서 나타난 때가 있었다. '알렉산드란'의 엄격한 '틀'을 세운 고객 때문에 그만 깨어버리고 자유시의 새 옷을 입고 나오기도 하였다. 그러나 현대에 예술의 분야를 활보하고 있는 것은 소설이다. 그것은 그 자신의 발전을 위하여 때때로 예술의 이름 밖에 서는 것조차 주저하지 않는다. 그것보다 '시네마'가 현대의 관중에게 가지고 있는 매력은 가경할 정도에 있다.[25]

산문(특히 소설)과 경쟁하고자 옛 시의 귀족적인 리듬을 버리고 '자유시'로 재탄생했던 근대시가, 이제 다시 영화와 경쟁하고자 그리고 더 이상 고객을 잃어버리지 않고자 또 다른 변화의 압력을 받고 있다는 것이다. 영화의 매력이 "가경可驚할 정도"에 도달한 이상, 소설이 부상할 때 그랬던 것처럼 향후 근대시의 변화는 영화적 정체성을 수용하는 쪽으로 흐를 것임을 김기림은 예견하고 있다. 이때 영화적 정체성의 진수가 숏과 숏의 자유로운 이동과 편집 기술에 기원하는 몽타주에 있는 이상, 근대시는 생존을 위해서 몽타주라는 영화적 기술을 도입하지 않을 수 없다. 하지만 이미 몽타주는 푸돕킨의 연결 몽타주와 에이젠시테인의 충돌 몽타주로 양분되어 있었는데, 이때 김기림이 우려하는 영화의 대중적 흡입력은 쿨레쇼프에서 푸돕킨으로 이어지는 '연결 몽타주'에서 주로 발견된다. 그것은 수동적이고 이해력이 빈약한 대중을 상대로 이미지의 직접성을 활용하여 '영화적 현실'에 몰입하게 만드는 기술적 장치로 기능했다. 이는 특히 '단편서사시'로 불리는 임화의 일련의 변

(25) 김기림, 〈근대 시의 弔鐘〉, 《동아일보》, 1931. 7. 30. ~8. 9. 《전집2권》, 317쪽에서 재인용.

사조 배역시에서도 발견되는 기법이다.[26]

하지만 김기림에게 있어서 영화적 기술의 수용은 푸돕킨의 선형적이고 서사적인 방향을 받아들이는 데서 그치지 않는다. 그것은 영화의 대중 영합적 성향에 시인들이 무작정 동조하는 것에 불과하기 때문이다. 그래서 그는 오히려 에이젠시테인의 비선형적이고 극적인 '충돌 몽타주'의 가능성에 주목한다. 그것은 그 자신의 거점에 해당되는 이미지즘의 발상에도 상당히 근접하기 때문에 오히려 자연스러웠다. 하지만 그렇다고 해서 훨씬 대중적인 형식이라 할 푸돕킨의 연결 몽타주를 배제했다고는 볼 수 없다. 그것은 최소한의 선형적 서사를 유지하는 데 유용하게 사용되었기 때문이다. 따라서 김기림은 에이젠시테인과 푸돕킨의 극단적 입장을 동시에 결합하는 제3의 길을 모색하게 된다. 그러한 실험의 결과물이 〈기상도〉이다. 1936년 이상李箱의 개입으로 출간된 그의 시집《기상도》는 가히 영화적 몽타주 기술의 총합이라고 할 만큼 현란한 몽타주의 전시를 자랑한다. 작품 전체로는 '연결 몽타주'를 통해서 서사적 연속성을 유지하지만, 내부적으로는 '충돌 몽타주'가 풍부하게 산재하여 불연속적 이미지들이 충돌하면서 비선형적인 진행을 연출한다.

....

(26) 문혜원은 임화의 시 작품을 '연결 몽타주'의 관점에서 분석하고 있다. 문혜원, 앞의 글 참조.

영화적인 것의 핵심에 놓인 '시적인 것'

김기림의 〈기상도〉가 발간되기 한 해 전인 1935년 10월 4일은 식민지 조선의 영화사에 획기적인 사건이 발생한 해이다. 영화 〈춘향전〉에 초보적인 형태이긴 하지만 사운드가 도입된 것인데, 이는 무성영화 시대가 종언을 고하고 유성영화의 시대가 개막되었음을 알리는 사건이었다. 기술적인 면과 재정적 문제가 동시에 해결되면서 가능해진 이 대사건에 대중들이 보였을 열광적인 반응은 충분히 예측 가능하다. 이처럼 이미지와 사운드가 결합되면서 '변사'라는 직업군은 무성영화 시대의 유물로서 역사에서 사라지는데, 그에 따라서 임화가 한때 지향했던 변사조의 배역시도 자연스럽게 낡은 형식이 되고 말았다.

이와 같은 영화계의 기술적 비약을 목전에 두고 임화와 김기림, 그리고 박용철 삼자가 시의 기술과 기교 문제를 두고 논쟁을 벌였다는 것은 의미 있는 일이다. 1935년 12월, 한 해의 시적 성과를 정리하는 글(〈담천하의 시단 일년〉)에서 임화가 시적 기교와 관련된 김기림의 글을 비판적으로 언급하면서 시작된 일명 '기교주의 논쟁'은 영화계의 기념비적인 사건을 목격한 이후 시단에서 시적 기술을 재점검하는 자리이기도 했다. 이 논쟁은 변사조의 배역시가 무력해지는 것을 경험한 임화의 처지를 반영하면서, 연결 몽타주와 충돌 몽타주의 시적 총합으로 기술적인 도약을 감행하고자 했던 김기림의 도전적 시도를 앞두고 양자 사이의 접점을 찾는 계기가 되었다. 이를 계기로 해서 김기림은 자신이 제안했던 '전체시'의 구체적인 위상을 새삼 재점검하고, 영화적 기술의 비약적 발전이 시적 기술에 큰 변화를 요구할 것임을 새삼 실감하게 되었다.

하지만 '편집'이라는 영화적 정체성의 발견 이후 영화적 기술이 비약적으로 성장하면서 시적 기술에 몽타주와 같은 영화적 편집 기술이 광범위하게 도입된 것은 단순히 '시의 위기'라는 의식에서만 그런 것이 아니다. 1920년대 에이젠시테인이 구상했던 '충돌 몽타주'는 궁극적으로 숏과 숏 사이의 충돌을 통해 양자 사이의 은유적 관계를 환유적 단계로까지 발전시킨 것이며, 결국에는 '새로운 리얼리티'를 제시하는 '낯설게 하기' 이론에 근접하고 있기 때문이다. 이때 1920년대 슈클롭스키Victor Shklovsky가 제시한 '낯설게 하기'는 근본적으로 산문적 세계를 '시적으로' 바라보는 방식이기도 하다.[27] 게다가 몽타주 이론에서 그리 멀지 않은 러시아 형식주의와 영미 이미지즘에서 멀리 떨어져 있지 않은 영미 신비평에서 모두 각자 자신의 방법으로 '시적인 것'을 구제하고자 했다는 것은 의미심장한 일이다. 양자는 모두 일상적 언어와 시적 언어의 차이를 극단적으로 대비시켜 '시적 언어'를 예술적 경험의 정점에 올려놓았다. 몽타주와 낯설게 하기의 근접한 거리를 계산한다면, 가장 영화적인 형식이라 할 '몽타주'가 거꾸로 궁극적으로 '시적인 것'에 도달하려는 욕망의 표현이라는 사실이 드러나게 된다. 그렇다면 1930년대 영화적인 것의 출현으로 인한 식민지 조선 시단의 술렁임은

....

(27) "초기 형식주의자들은 '문학적인 것'과 '시적인 것'을 동일한 것으로 보는 경향이 있었다." 레이먼 셀던, 현대문학이론연구회 옮김, 《현대문학이론》, 문학과지성사, 1987, 22쪽.

시적인 것을 포기하고 영화적인 것으로 전향하는 것이 아니라, 오히려 영화적인 것을 받아들임으로써 '시적인 것'에 근접하려는 희망적 역설의 발견에 다름 아니다. 이 역설적 과정을 김기림은 이미 알고 있었을 것이다. 김기림이 인용하는 다음의 진술이 낯설게 하기의 본질에 근접한다는 것은 명백하기 때문이다.

'꼭또'는 이런 말을 했다. "진짜 '리얼리티'는 우리들이 날마다 접촉하고 있음으로써 기계적으로밖에는 보이지 않는 사물을 마치 그것을 처음 보는 것처럼 새로운 각도로서 보여주는 것이다."

김기림의 경우를 통해 알 수 있는 것처럼, 영화적 기술의 발전에서 기원하는 시의 위기는 오히려 '시적인 것'의 본질에 접근하는 계기가 되었다. 러시아의 몽타주와 영미의 이미지즘이 비평적 관심으로 확산된 형태가 러시아 형식주의와 영미의 신비평이라고 한다면, 그것들이 공히 '시적인 것'을 지향하고 있음은 결코 무시할 지점이 아니다. 시적인 것이 영화적인 것의 핵심에서 매혹적일 수 있었던 것은, 그것이 다른 장르들에 비해서 재현적 사고를 넘어서는 지점을 가리키고 있기 때문이라 할 수 있다. 김기림은 그것이 '리얼리티'가 아니라 "진짜 '리얼리티'"임을 알고 있었던 것이다. 그것이 시적인 것에 잠재되어 있음을 영화가 먼저 보았던 것이고, 영화가 일깨워 준 시적인 것의 본질을 실행에 옮김으로써 현대시의 새로운 도약이 가능해진 것이라 하겠다.

정지용의
종교시

정지용의 시 세계 전체를 조망하는 방법으로는 통상 '3분법'과 '2분법'이 쓰인다. 3분법을 적용하면 '이미지즘-종교시-자연시(산수시)'의 3단계가 제시되고, 2분법으로 압축하면 종교시 단계를 생략한 채 서구적 취향의 초기 시와 동양적 고전의 후기 시로 양분하고 초기의 '바다'와 후기의 '산'을 기준으로 서술하는 경우가 많다. 이처럼 정지용의 시 세계 분석에 3분법과 2분법이 동시에 허용되는 것은 그의 중기 '종교시' 단계가 크게 주목받지 못한다는 데에 그 원인이 있다. 실제로 그의 대표작은 대개 초기와 후기에 집중되어 있으며, 종교적 단계에서는 대표작을 내지 못한 것으로 평가된다. 이 때문에 정지용을 일러 '종교적 시인'이라고 평하는 경우는 드물다. 더군다나 그의 시 세계는 시와 종교 사이의 상호 간섭 현상을 입증하는 데도 실패하여, 한용운이나 윤동주를 능가하지 못한다는 것이 분명해 보인다.[1]

이처럼 중간 시기의 종교시 단계가 별다른 평가를 받지 못함에도 불구하고 정지용의 시 세계에서 이 시기를 쉽게 삭제하지 못하는 것은 그가 독실한 가톨릭 신도로 정평이 나 있기 때문이다. 평전에 따르면 그는 일본 유학 시절을 마감하기 직전에 개신교에서 가톨릭으로 '개종'했으며(1928. 7.), 그 뒤 평생토록 가톨릭 신도로서 살았는데, 심지어 그의 차남이 신부가 되기를 바랄 정도로 신앙심이 깊었다고 한다.[2] 더구나 정지용은 가톨릭으로 개종하기 이전부터 기독교에 입문한 상태였다. 이 점은 휘문고보 시절의 활동에서도 확인된다. 예컨대 휘문고보를 졸업하기 직전(1923)에 교지 《휘문》의 창간 작업을 돕게 된 그는 창간호에 타고르의 《기탄잘리》의 일부분을 번역 게재했으며,[3] 그의 처녀작이자 첫 번째 종교시로 평가받는 〈풍랑몽風浪夢1〉의 실제 창작 연도가 그보다 앞선 1922년으로 기재되어 있다. 다음은 〈풍랑몽1〉의 일부이다.

....

(1) 최근 연구에서는 후기 작품을 종교적 관점에서 재해석하려는 경향이 늘고 있어 주목된다. 그러한 경향을 대표하는 것은 금동철로서, 그는 〈정지용 시론의 수사학적 연구〉(《한국시학연구》, 2001.)에서 정지용의 후기 시론의 정신주의를 종교적으로 해석하고 있으며, 〈정지용 시 《백록담》에 나타난 자연의 의미〉(《우리말글》, 2009.)와 〈정지용 후기 자연시에 나타난 기독교적 자연관〉(《한민족어문학》, 2007.) 등을 통해서는 후기 시를 '동양적' 관점으로만 해석하는 관행을 비판하고 '기독교적' 관점에서 재독하는 일을 진행하고 있다.

(2) 이석우, 《정지용 평전》, 푸른사상, 2006, 152쪽. 이하 본문에서 쪽수만 밝힌다.

(3) 정지용의 《기탄잘리》의 번역은 그의 종교적 심성을 짐작하게 하는 것일 뿐, 문학사에서 선구적인 의미가 있는 것은 아니다. 이미 1920년 7월과 8월에 걸쳐서 동인지 《창조》에 오천석의 번역본이 실려 있기 때문인데, 시인 지망생인 그가 그것을 알지 못했을 리 없다. 다만, 교지의 성격상 소개를 목적으로 중복 번역이 허용되었을 가능성이 많다.

당신 께서 오신다니
당신은 어찌나 오시랴십니가.

끝없는 우름 바다를 안으올때
葡萄(포도)빛 밤이 밀려 오듯이,
그모양으로 오시랴십니가.

첫 대목만 살펴보더라도 이 작품이 타고르의《기탄잘리》문체를 모방하고 있음을 금세 알아차릴 수 있다.《기탄잘리》의 일부를 번역하여《휘문》창간호에 게재할 정도로, 정지용은 1920년대 초반부터 조선을 휩쓴 '타고르 열풍'에 동참하고 있었다. 우리 시인들의 타고르 문체 응용은 한용운의《님의 침묵》(1926)에서 그 절정을 보이지만, 시인 지망생 정지용 또한 그 문체를 이용하여 '다시 오실 당신'을 향한 시적 화자의 애타는 기다림을 효과적으로 표현했다. 물론 이때의 '당신'은 나중에 그의 종교시 〈갈릴레아 바다〉에서 다시 등장하게 될 '예수'를 향한다. 이처럼《기탄잘리》번역과 그 문체를 흉내 낸 처녀작 〈풍랑몽1〉의 종교적 성향을 반영하기라도 하듯, 그의 일본 유학은 미국인 선교사의 도움으로 세워진 기독교계 사립학교와 도시샤(同志社) 대학으로 이어졌다. 그곳에서 그는, 적어도 1928년 대학 졸업을 앞두고 가톨릭으로 개종하기 전까지는 기독교인으로 지냈다. 결국 시를 쓰기 시작한 뒤부터는 종교를 항상 곁에 두고 있었던 것이다.

하지만 일본 유학과 더불어 화려하게 출발한 그의 초기작에서 종교적 흔적은 거의 발견되지 않는다. 적어도 대학을 졸업하기까지, 그가 설사 기독교인으로 생활했다는 것이 분명하다고 할지라도 종교가 그의 시적 영감의 근원으로 작용하지는 못했던 것이다. 가톨릭으로 개종한 직후에도 그렇다. 심지어 1930년 귀국과 함께 조선을 대표하는 종현 천주교(지금의 명동성당)의 청년회 임원 직을 맡을 정도로

_정지용.

청년회 활동에 주도적으로 참여했을 때조차도(이석우 152), 그는 여전히 '종교적' 시인은 아니었다. 그렇기 때문에 그가 1933년부터 1936년까지 《가톨릭청년》에 종교시를 집중적으로 발표했을 때, 그것은 상당히 낯설고 충격적인 '변신'에 가까운 시도였다. 그런데 변신도 잠시, 《가톨릭청년》 폐간 이후 정지용의 후기 작품에서 종교시는 다시 자취를 감추고 만다. 그래서 주로 《가톨릭청년》에 한정되는 정지용의 종교시 창작은 전기 작품(모더니즘)과 후기 작품(자연시)을 이어 주는 가교로 해석되기는커녕 오히려 일종의 돌출 행동이거나 문학적인 실패로 간주된다.

　그렇다면 여기에서 우리가 우선 살펴야 할 점은 무엇보다도 정지용의 전체 시 세계에서 종교시가 차지하는 위상으로, 종교시 창작이 과연 맥락 없는 돌출 행동이었는지, 종교시와 후기 작품 사이에는 정말로 연

결 고리가 없는지를 확인하는 것이다. 이를 위해서는 그가 종교시를 창작하게 된 배경을 살피고, 종교시를 통해서 어떤 시적 성취를 이루었는지, 아울러 종교시의 성격이 후기 작품에 끼친 영향을 순차적으로 드러내야 할 것이다. 이것은 결국 정지용의 종교시가 전기와 후기를 잇는 가교로서 기능했음을 밝히는 일이기도 하다.

'가톨릭청년'과 '구인회' 사이에서

정지용은 가톨릭으로 '개종'한 이후부터 종교적 열정에 휩싸였다. 그의 종교적 열정은 대학을 마치고도 귀국을 늦출 정도로 강렬했으며,[4] 이는 귀국 후에도 이어진다. 귀국 후 휘문고보 영어 교사로 재직하면서도 그는 명동성당의 청년회 임원이 되어 서울 지역 선교 기관지 《별》의 편집에 관여한다. 《별》은 사실상 《가톨릭청년》의 모태가 된 잡지로서, 정지용은 아직은 본격적이라고 말할 수 없지만 《별》지에 이미 종교시를 선보인 바 있다.[5]

....

(4) "그는 1928년 7월 22일 천주교로 개종하였으므로 그 이전에 이미 개신교의 신앙을 가지고 있었고 유학 시절에는 교회에서 서무부장으로 선출되어 귀국이 늦어질 만큼 열렬한 신자였다."(이석우 152) "지용의 졸업이 실제 3개월 정도 늦어진 것은 도시샤의 기독교가 아닌 성교에 귀의하여 열정을 보인 데서 그 원인을 찾는 이도 있다. 실제 지용은 주일날 학생모임에서 신교를 비판하는 성토 원고를 들고 탁자를 치며 열광적으로 강연했다는 것이다. 당시 조선유학생들 사이에는 지용이 종교활동 때문에 졸업이 늦어졌다는 소문이 퍼지기도 하였다."(이석우 78)

서울 교구 선교 기관지 《별》이 폐간되고 《가톨릭청년》이 전국 교구를 아우르는 새로운 선교지로 탄생한 데에는 정지용도 참여한 '청년회'의 노력이 있었다. 청년회의 주도적인 노력으로 서울 교구가 평양과 대구를 비롯한 전국 교구를 대표하여 적극적으로 《가톨릭청년》의 발간을 추진할 수 있었던 것이다. 그 발단은 '조선교구 설정 100주년'이 되는 해(1931)로 거슬러 올라간다. 100주년 기념행사를 누구보다 먼저 기획하고 추진하면서 주도권을 갖게 된 서울 교구 가톨릭청년회연합회는 이후의 '가톨릭청년운동'을 구상하는 데서도 선편을 쥐게 된다. 일종의 평신도 계몽운동에 해당하는 '가톨릭청년운동'의 한 부분으로서 출판을 통해서 선교하는 '문서선교文書宣敎'의 전국적 통합이 제시되었고, 그 결과 평양·대구·서울 교구에서 각각 별도로 간행되던 선교 목적의 기관지를 통합하여 '가톨릭청년'이라는 잡지로 단일화하는 데 합의하게 된다.[6] 이에 따라 서울 교구에서도 기존의 지역 선교지 《별》을 폐간하고 이를 토대로 전국적 규모의 《가톨릭청년》으로 전환한다. 이 과정에서 《별》에서부터 편집에 참여했던 청년 정지용이 자연스럽게 《가톨릭청년》에도 개입하게 된 것이다.

이처럼 《가톨릭청년》은 서울 교구 가톨릭청년회연합회가 중심이 되

---

(5) 《가톨릭청년》으로 통합되기 이전에 당시 평양, 서울, 대구 교구에서는 각각 기관지를 발간하고 있었는데, 《별》은 서울 교구 기관지였으며, 정지용은 여기에다 이미 〈성부활주일〉(1931. 4. 10.)과 같은 행사시를 선보였다. 그 결과, 순수 문예지 《시문학》에도 종교시 〈무제〉(1931. 3. 나중에 '그의 반'으로 제목 변경)를 게재하는 등 《가톨릭청년》 이전부터 종교시의 징후를 조금씩 보여 주기는 했다.

(6) 《별》에서 《가톨릭청년》으로 이어지는 과정에 대해서는 김수태, 〈1930년대 천주교 서울교구의 가톨릭 운동－《가톨릭청년》을 중심으로〉, 《한국근현대사연구》, 2009. 여름; 윤용복, 〈근대 가톨릭에서의 종교 담론－《가톨릭청년》을 중심으로〉; 김종수, 〈《가톨릭청년》의 문학 의식과 문학사적 가치 연구〉, 《교회사연구》, 2006 참조.

어 전국 단위의 선교를 목적으로 의욕적으로 발간한 잡지였다. 따라서 이 잡지에는 기본적으로 가톨릭 평신도를 위한 계몽운동의 성격이 반영되었다. 또한 계몽 대상이 '청년'으로 한정되었다는 점에서 그것은 일종의 '청년운동'이자, 1930년대 중반의 '브 나로드ᵥ narod' 운동처럼 종교적 성격의 '계몽운동'이었다. 그러므로 《가톨릭청년》에 집중적으로 게재된 정지용의 종교시는 일종의 종교적 성격을 지닌 청년 계몽운동의 관점에서 바라볼 수 있다. 그만큼 계몽주의적 성격이 강했던 것이다. 이런 점에서 《가톨릭청년》의 종교시편은 반계몽주의적 성향의 정지용에게는 어울리지 않는 시도였다.

여기서 눈여겨볼 것은, 정지용이 《가톨릭청년》에 관여했던 시기와 순수문학을 표방하고 김기림·정지용 등이 결성한 문학동인회 '구인회九人會'의 존속 기간이 일치한다는 점이다. 양자는 공히 1933년에 시작되어 1936년에 종료됨으로써, 정지용의 시 세계에서 기묘한 평행선을 이루고 있다. 그 기간에 정지용은 계몽주의적 성격의 종교시를 대량으로 생산하는 한편으로, 반계몽주의적 성향의 모더니즘 작가 운동에 깊이 개입되어 있었던 것이다. 한 시인 안에 계몽주의와 모더니즘이 공존하는 이 모순된 상황을 설명하기 어렵기 때문에 구인회 활동을 강조하고 종교시 창작의 의미를 축소하는 경우가 많다. 하지만 그 모순의 의미를 이해하는 것이 중기의 종교시와 후기의 자연시를 연결해 주는 중요한 열쇠가 될 것이다.

특이한 사실은, 《가톨릭청년》에 정지용의 종교시만 실린 것이 아니라 다른 '구인회' 작가들의 작품도 게재되었다는 점이다. 특히 이상과 김기림의 주요 작품의 일부가 《가톨릭청년》에 실린 것은 주목할 만하다.[7] 구인회의 해산에는 이상과 김기림의 일본행(1936)이 결정적인 계기가 되었다는 점을 상기한다면,《가톨릭청년》에 발표된 그들의 작품은 모더니즘에 대한 정지용의 친연성이 간접적으로 표현된 것으로 볼수 있다. 그렇다면 정지용의 종교시는 순수하게 계몽주의적 성격으로만 간주될 수 없으며, 어떤 식으로든 모더니즘과 연관성이 있다고 판단할 수 있다. 그리고 이것은 비단 언어적 기법 수준의 문제가 아니라 오히려 '정신'의 문제에 닿아 있다고 가정할 수 있다.

이 문제는 그의 거의 '마지막 종교시'라고 평가되는 작품을 통해서 역으로 추정해 볼 수 있다. 일반적으로 사람들은 〈슬픈 우상〉을 정지용 종교시의 최후 작품으로 평가한다. 이 시는 본래 1937년 《조선일보》에 연재되었던 에세이 〈愁誰語(수수어)〉의 일부(Ⅲ-4)를 산문시 형식으로 개작하여 다시 발표한 특이한 작품이다. 산문에서 산문시로 장르가 바뀐점도 관심을 받을 만하지만, 이 작품을 기점으로 종교에서 동양적 자연으로 관심이 전환되었다는 점에서 이 시는 정지용 시 세계에서 중요한위치를 차지한다. 제목에서도 알 수 있듯이, 신앙의 대상을 '슬픈 우상'으로 표현한 것부터가 종교적 환멸의 체험을 반영하고 있다. 공교롭게도 바로 이 시점에 〈옛글, 새로운 정〉이라는 에세이가 발표되었는데,[8] 여기에는 '옛글', 그중에서도 조선 여성들의 편지글인 '내간체'의 아름

---

(7) 이상의 〈거울〉, 〈이런 시〉, 〈꽃나무〉, 김기림의 〈한여름〉, 〈바다의 서정시〉, 〈밤의 S.O.S.〉 등 난해한 모더니즘 작품들이 실려 있다. 이렇게 난해한 작품들이 실릴 수 있었던 것은 《가톨릭청년》이 '지식청년'을 대상으로 하는 고급의 선교잡지였기 때문에 가능했다.

다음이 피력되어 있다. 정지용의 후기 시가 고전적 전통주의에 닿아 있다는 점을 상기한다면, 이는 〈슬픈 우상〉으로 표현되는 신을 떠나보내고 〈옛글, 새로운 정〉, 즉 동양적 고전의 세계로 관심이 이동하는 시점을 절묘하게 드러낸다고 할 수 있다. 다음은 〈愁誰語 III-4〉의 끝 부분이다.

거듭 말슴이 번거러우나 원래 이 세상은 비인 껍질가티 허탄하온대 그 중에도 어찌하사 고독의 성사城舍를 차정差定하여 계신 것이옵니까. 그리고도 다시 명징한 비애로 방석을 삼어 누어게신 것이오니까. 이것이 나로는 매우 슬픈 일이기에 한밤에 짓지도 못하올 암담한 삽살개와 가티 창백한 찬 달과 함께 그대의 고독한 성사城舍를 돌고돌아 수직하고 탄식하나이다. 불길한 예감에 떨고 있노니 그대의 사랑과 고독과 정진으로 인因하야 그대는 그대의 온갓 미와 덕과 화려한 사지四肢에서 오오, 그대의 전아典雅 찬란한 괴체塊體에서 탈각脫却하시여 따로 다가설 아침이 머지안허 올가 하옵니다.

그날 아침에도 그대의 귀는 이오니아 바다ㅅ가의 흰 조개껍질가티 역시 듯는 맵시로만 열고 게시겟습니까. 흰 나리꽃으로 마지막 장식을 하여드리고 나도 이 이오니아 바다ㅅ가를 떠나가겟나이다.(정지용 48)

이것이 산문 형식으로 된 원래의 〈슬픈 우상〉이다. 여기에서 몇 군데를 삭제하고 행갈이를 시도한 후, 한자어 표기를 더 늘리고, 최소한의

(8) 양자 모두 1937년 6월에 발표되었다.

운을 맞추려고 종결어미를 '~옵니까'와 '~옵니다'로 통일한 것이 산문시 〈슬픈 우상〉인 것이다. 여기에서는 세상을 버리고 성스러운 곳에 홀로 누워 있는 '그대', 그리고 늦은 달밤에 홀로 칩거하는 '그대'가 한편에 있고, 그 맞은편에는 '그대'를 향해 삽살개처럼 짖어 대는 시적 자아가 있어서 서로 대조를 이룬다. 이렇게 짖어 대던 시적 자아는 마침내 조개껍질같이 오로지 듣기만 하는 그대의 귀에 실망하여 그를 마지막으로 장식해 주고 떠나간다. 이처럼 사람들의 울부짖음에도 불구하고 침묵하며 듣고만 있는 '근대적' 신의 모습을 가리켜서 골드만Lucien Goldmann은 '숨은 신Hidden God'이라 했다.[9] 정지용은 그러한 신의 이름을 '슬픈 우상'이라 한 것이다. 신은 이처럼 멀리 계시고, 신이 떠난 세상은 텅 빈 껍데기에 불과하다. 이 말은 신이 떠나 버린 시대, 즉 근대 문명에 대한 간접적인 비판의 의미를 담고 있다.

그리고 이 자리를 대신해서 장식하는 것이 '옛글'이다. 후기의 정지용에게 '옛글'은 신이 떠나 버린 시대를 견디려는 그의 의식儀式이자 "마지막 장식"인 것이다. 잘 알다시피 1938년부터 정지용은 국토대장정에 버금가는 '산행'과 '여행'을 단행하면서 엄청나게 많은 양의 산문들을 쏟아 내기 시작한다. 이후에 그가 뛰어난 문장가로 알려지게 된 것도 대개는 이때의 산문에서 기원한다고 볼 수 있을 정도이다. 이 경험은 시에도 영향을 미쳐 초기 시에서는 딱히 산문시라 할 만한 것이

---

(9) "인간과 통화할 수 있는 유일한 기관인 〈물리적 우주와 공동체〉가 상실된 상태에서, 신은 인간에게 더 이상 말을 할 수 없어 이 세상을 떠나 버렸다." 골드만, 송기형·정과리 옮김 ,《숨은 신》, 연구사, 1986, 42쪽.

없었는데, 1938년 4월부터는 갑자기 〈삽사리〉, 〈온정溫井〉, 〈장수산1〉, 〈장수산2〉, 〈백록담〉, 〈도굴〉, 〈예장〉, 〈나븨〉, 〈호랑나비〉, 〈진달래〉 등 다수의 산문시가 제작되었다. 나중에 《백록담》에 묶일 작품의 전체 숫자에 비하면 많다고는 할 수 없지만, 형식상의 실험으로는 주목할 대목이다. 그의 산문시는 산문을 그대로 옮긴 듯한 〈슬픈 우상〉과는 완전히 달라서, 단어와 단어 사이에 상당히 긴 휴지를 두어 시각적으로도 일반 산문과 다를 뿐 아니라, 느낌표와 물음표를 제외하고는 마침표와 쉼표 등의 구두점을 생략하여 문장의 종결을 불확실하게 하면서 산문적 읽기를 방해한다.

산문시의 도입으로 서술 방식에도 달라지는 부분이 생긴다. 우선 '이야기 형식'을 도입했다는 점, 특히 3인칭 주인공이 등장하는 이야기가 대개 '자살'(〈예장〉)과 '죽음'(〈도굴〉, 〈호랑나비〉)을 소재로 했다는 점이 특징적이다. 더군다나 그들의 죽음은 아름답게 묘사된다. 일종의 '미적으로 승화된 죽음 이야기'인 것이다. 이를 통해서 우리는 죽음을 대하는 정지용의 자세를 짐작할 수 있다. 죽음을 달관하고 심지어 아름다운 장면으로 그려 낼 수 있게 되었다는 점에서 우리는 '종교시' 단계가 그의 시 세계에 영향을 미쳤음을 보게 된다. 그가 가톨릭으로 개종하고 종교적 열정을 분출할 수 있었던 시점에 '자식의 죽음'이 놓여 있음은 잘 알려져 있다.[10]

정지용에게 죽음의 문제는 신앙으로 극복해야 할 첫 번째 도전 대상

---

(10) 그는 10명의 자식을 낳았지만, 4명의 자식을 제외한 나머지를 모두 잃는 비극을 체험했다.

이었던 것이다. 그러므로 종교시 단계에 진입하기 전에 씌어진 〈유리창〉(실제 창작일은 1929. 12.)이 자식의 죽음을 배경으로 하고 있지만, 거기에는 여전히 자식을 그리워하는 아버지의 안타까움과 슬픔이 농축되어 있어서 도무지 죽음을 객관화한다든지 하물며 미화할 상황이 아니었다. 적어도 종교시 단계에 진입하기 이전에는 죽음의 문제가 그의 시에서 가장 극복하기 힘든 고통스런 경험에 속했던 것이다. 하지만 정지용의 후기 산문시에 이르러서 죽음은 오히려 아름답게 그려진다. 죽음에 대한 태도에 어떤 변화가 일어난 것인가.

이것은 다시 종교시 단계로 되돌아가서 확인해 볼 수 있다. 그가 죽음의 공포를 극복할 수 있었던 데에는 신앙의 힘을 무시할 수 없을 것이기 때문이다. 이는 무엇보다도 자신의 죽음을 미리 앞질러 시의 소재로 삼고 있는 〈임종〉이라는 작품에서 확인된다. 《가톨릭청년》에 게재된 이 작품에서는 그의 신앙의 깊이가 전해진다.

나의 림종하는 밤은
귀또리 하나도 울지 말라.

나종 죄를 들으신 神父(신부)는
거룩한 産婆(산파)처럼 나의 靈魂(영혼)을 갈르시라.
(중략)
永遠(영원)한 나그내ㅅ길 路資(노자)로 오시는
聖主(성주) 예수의 쓰신 圓光(원광)!

나의 령혼에 七色(칠색)의 무지개를 심으시라.

나의 평생이오 나종인 괴롬!

사랑의 白金(백금)도가니에 불이 되라.

이 작품에서 '죽음'은 슬픔의 대상이 아니다. 오히려 귀뚜라미조차
도 울어서는 안 되는 어떤 의식, 요컨대 '영혼'을 출산하는 절차로 그려
진다. 그리하여 그 영혼에 예수의 빛이 새겨지는 사건인 것이다. 죽음
은 이미 새로운 탄생을 가리키는 것이지 결코 비극적 사건을 뜻하지 않
는다. 더군다나 그것은 평생을 따라다니는 '괴롬'에서 탈출할 수 있는
유일한 기회가 아닐 수 없다. 여기에서 우리는 죽음을 대하는 시인의
자세에 큰 변화가 있었음을 확인할 수 있다. 자식의 죽음을 앞두고 슬
픔을 억누르며 이를 시적으로 승화시키려 애쓰던 시인의 태도는 이 작
품에 이르러 종교적 초극超克의 관점에서 죽음을 바라보는 것으로 변경
되고 있다. 이처럼 자신의 죽음을 종교적 초극의 자세로 바라볼 수 있
었기 때문에, 후기의 자연시에 등장하는 '죽음'이 비극적 사건이 아니
라 미적으로 승화된 장면으로, 다시 말해서 긍정적으로 수용될 수 있었
던 것이다.

그러나 정지용의 초월적 시선은 '인간의 죽음'에만 한정되지 않는
다. 인간의 죽음은 하나같이 '자연'으로 둘러싸여 있는데, 문제는 그 자
연이 '죽음'을 닮아 있다는 것, 따라서 견딤과 초극의 대상이라는 사실
에 있다. 이 대목은 죽음을 대하는 시인의 자세가 간접적으로 드러나는
장면이다.

추상 충동과 반反원근법 정신

정지용의 후기 시는 여행과 더불어 시작된다. 신문사의 요청으로 그는 전국의 명승지를 순례하면서 기행산문과 기행시를 쏟아 내는데, 이것이 후기 시의 중핵을 형성한다. 그러나 그의 여행은 유쾌한 장면으로 채워지지 않는다. 오히려 '고난의 순례'를 연상시키는 대목이 많다. 예컨대 겨울 산행의 고단함과 극한의 추위, 고산식물의 고통, 그리고 깊은 산에 고립된 사람들의 초연한 자세에 이르기까지 그의 기행, 특히 산행山行은 여행이라기보다 오히려 고행의 길에 가깝다는 인상을 준다. 사실 도시에 살고 있는 사람에게 여행이란 오랜만에 고향을 찾아가는 데서부터 신명나는 일일 터인데도, 그의 여행에는 신명이 없다. 그러고 보면 그의 시 〈고향〉(1932. 7.)에서도 드러나듯, 고향은 더 이상 옛 고향이 아니다.(11) 그럼에도 불구하고 사람들은 나이가 들수록 고향을 찾는다. 이러한 심정을 그는 다음과 같이 묘사한다.

> 할머니
> 무엇이 그리 슬어 우십나?
> 울며 울며
> 鹿兒島(녹아도)로 간다.

---

(11) "고향에 고향에 돌아와도/그리던 고향은 아니러뇨."(〈고향〉의 첫째 연)

해여진 왜포 수건에

눈물이 함촉,

영! 눈에 어른거려

기대도 기대도

내 잠못들겠소.

내가 이가 아퍼서

故鄕(고향) 찾아 가오.

— 〈기차〉의 일부

이 작품에서 늙은 할머니는 그의 인생처럼 닳고 닳아서 "해여진 왜포 수건"으로 연신 눈물을 닦아내면서, 그야말로 "울며 울며" 고향을 향해 달려가고 있는데, 달려가는 그 순간조차도 고향이 눈에 어른거려서 잠도 안 온다고 말한다. 하지만 잔인하게도 그는 같은 잡지 같은 호(《동방평론東方評論》 2호)에 〈고향〉을 나란히 실어 할머니의 귀향이 결코 만족스럽지는 못할 것을 예감케 하고 있다.

물론 정지용의 산행도 일종의 귀향과 같은 의미를 지닌다. 그것은 도시를 떠나 원시적 자연에 접근하려는 어떤 시도와 통해 있기 때문이다. 그것은 어쩌면 자연과의 일체감을 회복하려는 도시인의 도전적 시도이기도 하다. 그러나 여행에서 어떤 의미를 발견하기까지 그의 여행길은 결코 순탄치 못하다. 대개는 어렵고 힘든 여정으로 묘사되는 가운데, 특히 '산'은 험난한 여정을 더욱 돋보이게 하는 역할을 맡는다. 이는 자연이라는 것이 여행의 대상으로 되는 순간, 결코 아름다운 대상으로만 간주될 수 없음을 뜻한다.

그래서 산행 과정에서 묘사되는 산의 모습을 보아도 독자는 결코 감정이입의 충동을 느끼지 못한다.[12] 그의 산행 자체가 힘들고 고통스런 과정이라는 이유도 있지만, 그보다는 시인이 주관적 감상을 자제하고 거리를 두고 자연 대상을 묘사하려는 의지가 강한 탓이 더 크다. 일반적으로는 대상에 대한 시적 화자의 직접적 감정이 표현되면 독자가 감정을 이입하기 쉽고 시적 화자 및 그 대상에 대해서도 친밀감과 일체감을 경험하기 쉬운데, 정지용은 그것을 애써 차단하고 있는 것이다. 이는 그의 시작법의 원칙으로 잘 알려진 태도, 즉 "안으로 熱(열)하고 겉으로 서늘옵기"(정지용 250)의 전략을 철저히 준수한 결과이다. 이처럼 그의 자연시는 감정이입의 충동을 자극하지 못하는데, 의도적으로 감정이입을 차단한다는 인상을 받게 된다. 이를 통해서 그의 시에서 '자연'이 어떤 존재인지를 짐작해 볼 수 있다.

《추상과 감정이입》의 저자 보링거Wilhelm Worringer에 의하면 미술사에서는 추상 충동과 감정이입 충동이 번갈아 등장하는데, 이때 양자의 차이를 결정짓는 것은 사람들이 상대하는 자연의 성격에 있다고 한다. 요컨대, 광활한 사막처럼 인간을 위협하는 적대적 자연 앞에서는 자연의 공포를 극복하고자 추상 충동이 발현되지만, 자연 자체가 그렇게

---

(12) 몇몇 예외적인 대상이 있는데, 특히 진달래가 그러하다. 그것은 그의 마음과 몸을 붉게 물들이는 독특한 성질을 가지고 있다. 정지용에게는 상호텍스트성을 연상시키는 습관적 반복이 있는데, 특히 유리창 앞에 서는 장면과 진달래의 물들임 모티프는 여러 작품에서 반복된다.

거칠지 않아서 비교적 인간과 친화적 관계를 유지할 수 있는 곳에서는 감정이입 충동이 지배적이라는 것이다.(보링거 11-66) 이를 통해서 보자면, 근대문명처럼 자연과 적대적 관계를 유지하는 사회에서는 추상 충동이 강해질 수밖에 없다. 마찬가지로 추상 충동이 강한 사회에서는 자연에 친화적 감정을 느끼기 어렵다. 문제는 정지용이 마주하는 자연이 결코 친화적이지 않다는 데에 있다. 그의 자연은 감정이입을 시도하기에는 지나치게 황량하며, 심지어 극한의 배경을 이룬다. 간혹 신비로운 고요를 포함하는 경우도 있지만 그것조차 결코 아름다운 장면이 아니다.

伐木丁丁(벌목정정) 이랫거니 아람도리 큰솔이 베혀짐즉도 하이 골이 울어 맹아리 소리 쩌르렁 돌라옴즉도 하이 다람쥐도 좃지 않고 뫼ㅅ새도 울지 않어 깊은산 고요가 차라리 뼈를 저리우는데 눈과 밤이 조히보담 희고녀! (중략) 시름은 바람도 일지 않는 고요에 심히 흔들리우노니 오오 견듸란다 차고 兀然(올연)히 슬픔도 꿈도 없이 長壽山(장수산) 속 겨울 한밤내―

―〈장수산1〉 일부

비록 밤이 깊었다는 의미에서 다람쥐도 좃지 않고 산새도 울지 않는다고 했지만, 그렇지 않아도 깊은 산은 충분히 고요하다. 심지어 바람조차 불지 않는다. 정지용에게 '바람'은 살아 있다는 것을 입증하는 '고통'의 원인이자 생명 활동에 가까운 의미로 쓰이는데, 바람 한 점 없는 깊은 산의 고요는 오히려 '죽음'을 연상시킨다. 보통은 바람이 마음을 흔들어 놓지만, 여기에서는 고요가 마음을 심난하게 한다. 이렇게 죽음처럼 고요한 산속 풍경은 아름답기는커녕 무섭고 두려운 공포의 장면일 뿐이다. 그리고 자연으로부터 전해지는 죽음의 느낌은 산의 깊이에서보다는 높이에서 더 잘 나타난다. 예컨대 그의 시 〈백록담〉은 산 정상을 향해서 올라가는 과정을 상세하게 묘사하는데, 정상에 오를수록 몸이 피곤해지는 것은 물론이고 '고산식물'의 생존 투쟁 또한 더욱 처절해진다는 인상을 준다.

2.
白樺(백화) 옆에서 白樺(백화)가 觸髏(촉루)가 되기까지 산다. 내가 죽어 白樺(백화)처럼 흴 것이 숭없지 않다.

3.
鬼神(귀신)도 쓸쓸하여 살지 않는 한모롱이, 도체비꽃이 낮에도 혼자 무서워 파랗게 질린다.

하얀 백화나무는 그 흰색으로 인해 인간의 노화와 죽음(하얀 뼈)을 동시에 연상시켜 정지용의 후기 작품에 단골로 등장하는 나무인데, 여기에서도 시인은 백화나무에서 자신의 죽음을 읽어 낸다. 한 단계 더 올라가면 "귀신도 쓸쓸하여 살지 않는" 곳이 나오는데, 그곳에 서식하는 꽃의 파란색은 "무서워 파랗게 질린" 표정으로 읽힌다. 백록담은 이처럼 정상으로 올라가며 마주치는 고산식물과 동물들에 대한 관찰을 중심으로 서술되는데, 그것들은 결코 아름다운 자연 풍경으로 그려지지 않는다. 차라리 극한 상황에서도 살려고 몸부림치는 처절한 몸부림이 강조될 뿐이다.[13] 그렇기 때문에 백록담에 대한 시인의 소감은 마지막 한 마디로 집약된다. "백록담은 쓸쓸하다. 나는 깨다 졸다 祈禱(기도)조차 잊었더니라." 그의 산행도 물론 고독하지만 그가 만나는 나무들, 짐승들, 꽃들조차도 고독하기는 마찬가지다. 정신적으로도 육체적으로도 피곤해진 그는 그만 기진하여 정상에 올랐어도 소원을 빌어 볼 엄두가 나지 않는다.

그렇다면 정지용의 후기 작품에서 '자연'은 어린 시절의 '고향'과 마찬가지로 더 이상 인간을 품어 주는 대상이 아니라 오히려 두려움과 공포의 대상, 그리하여 초월을 가르쳐 주는 시련의 장소로 기능한다. 그것이 도道가 실현되는 유가적 자연, 즉 전통적 자연의 모습은 아닐 것이다.[14] 따라서 그가 자연을 그리는 데 한시의 표현법을 이용한다든지 《시경》의 일부를 차용한다든지 하는 행위를 근거로 그의 자연이 곧바로 '동양적 자연'이라 단정할 수는 없다. 그것은 자연에서 전해지는

....

(13) 정지용의 시집 《백록담》에 나타난 자연에서 죽음과 공포를 읽어 내는 연구로는 금동철b가 대표적이다. 그는 "한라산을 구성하는 갖가지 자연 사물이 자신의 자리에서 풍성하고 여유로운 태도로 자아에게 안식을 주는 것이 아니라, 오히려 결핍된 존재로 그려지거나 자아를 위축되게 만드는 두려움의 대상으로 그려지고 있음"(금동철b 11)을 강조하고, 그러므로 그것이 "유가적 자연관과는 달리 자연 사물들이 죽음에 가까이 다가가 있고 생명력 자체가 위축되고 소멸되어 가는 공간으로 형상화되고 있는 것"(금동철b 12)이라고 해명하고 있다.

(14) 그러므로 정지용의 후기 시를 오로지 '동양', '유가', '산수'의 관점에서만 바라보는 것은 일면적이라는 평가를 피하기 어렵다. 오히려 그것이 서구적 시선과 결합된 형태로 보아야 한다.

'죽음'의 냄새와 그에 대한 '공포'를 설명할 수 없기 때문이다. 그것이 적어도 자연 친화적 관계에서는 도출될 수 없는 감정인 까닭이다.

여기에서 보링거의 해석은 우리에게 많은 도움을 준다. 〈백록담〉에 나타난 자연 묘사에서 원근법이 무시된다는 점은 그동안 자주 지적되었다. 원근법이라는 것이 한 장소에서 고정된 화자의 시점으로 풍경을 조망되는 방식이라면, 정지용의 경우에는 시적 화자가 정상을 향해 올라가는 단계에 맞춰 초점이 계속 이동하는 '동시점투시動視點透視'의 동양화 기법이 사용되었다고 한다.(진수미 192) 이러한 투시법은 동양인이 자연을 묘사하는 방법의 하나로, 이를 근거로 하여 '동양화'에 나타나는 자연관이 그대로 반영된 것처럼 설명하는 경우가 있다.

하지만 오히려 그 반대일 가능성도 많다. 정지용은 이미 서양의 원근법을 충분히 알고 있었다. 고향에 돌아와도 이미 옛날의 그 고향은 아니라고 했던 것처럼, 비록 동양의 자연으로 돌아왔지만 그 자연을 정지용은 더 이상 동양인의 관점으로 볼 수 없었다. 그러므로 '동시점투시'와 같은 동양화 화법은 오히려 '동양적 고전의 회복'(전근대적 본질 회복)이 아니라 '원근법의 부정'(탈근대의 방향)에 맞춰 살펴야 한다. '동양적 고전의 회복'이 가능해지려면 자연에 대한 감정이입 충동을 회복해야 하지만, 그것은 더 이상 불가능하다는 것이 입증되었다. 고향은 더 이상 옛 고향이 아닌 까닭이다. 그렇다면 동양화법의 도입은 원근법의 부정을 통해 무한 상상력의 비전을 열어 준 '추상 충동'의 방향을 향하는 것으로 볼 수 있다. 자연은 더 이상 친화적 대상이 아니라 두려움과 공포가 잠재하는 장소이기 때문이다.

정지용은 이미 서양인의 눈으로 자연을 보고 있다. 그러므로 서양인의 시선을 일방적으로 취소하고 다시 동양인의 눈을 회복하기는 이제 불가능하다. 이처럼 전통으로 회귀하고자 하지만 그것이 불가능한 지점에서 정지용의 고전주의가 시작된다. 그가 가장 고전적인 지점으로 회귀하려 하면 할수록 오히려 그것은 가장 현대적인 상상력으로 접근하는 것이다. 이는 정지용의 철저한 고향 상실 의식, 그리고 자연에서 죽음과 공포를 전달받는 그의 근대적 감수성에서 기원한다. 그러나 그 근원을 추적하면 '죽음'을 향해서 초월적 시선을 확보하려 노력했던 종교시의 단계에 도달하게 된다. 다만, 그 초월적 시선은 이미 '원근법'에 근거하지 않는다는 점에서 종교적 단계와 구별될 뿐이다.

잘 알다시피 서양 미술사에서는 인상주의 시기를 전후해서 일본화풍이 유행한 적이 있는데, 그것은 서양의 화가들이 원근법을 알지 못하는 일본화에서 자유의 기운을 감지했기 때문이다. 원근법에서 해방된 화가들이 전통적 재현 회화에 도전하게 되고, 결국에는 회화에서 색채가 대상 재현의 수단이기를 포기하고 그 자체로 독립하게 되는 과정에 이르러 결국 추상회화의 길을 열게 된다. 원근법의 붕괴와 추상화의 등장이 모더니즘 회화의 동력이 되었던 것이다. 따라서 근대적인 원근법의 시점을 버리고 추상 충동을 복원시키는 정지용의 후기 시에서 모더니즘이 여전히 유효하다는 것은 말할 필요도 없다. 이처럼 그가 전기와 후기의 시 세계를 견고하게 연결할 수 있었던 것은 종교시 단계에서 '초월'의 가능성을 연습한 결과라 할 수 있다. 정지용의 시 세계에서 만약 종교시의 단계가 없었다면 가장 고전적인 시도가 가장 현대적인 실험으로 전환되는 후기 시의 통찰은 아마도 존재하기 힘들었을 것이다. 그렇다면 그의 종교시에서 여전히 모더니즘의 관점이 관철되면서도 어떤 변화가 발생했음을 짐작할 수 있다.

∷∷∷∷ 종교시의 ∷∷∷∷ 반근대적 관점과 자연시

정지용의 후기 시를 보건대 종교시 단계의 흔적이 '부정적인negative' 방식으로 존재한다고 볼 수 있다. 그의 자연은 동일성이 붕괴되어 있으며, 인간으로서는 견디기 힘든 장소에 가깝지만 그것 자체가 '아름다움'의 본질을 구성한다. 말하자면 정지용의 후기 시는 자연과 친화적 관계를 기반으로 산출되는 전통적인 자연시가 아니라 척박한 자연을 상대로 고독을 견디며 자신을 완성하는 '추상적 자연시'에 가깝다고 할 수 있다.

정지용의 자연이 이렇게 추상성을 띠게 된 것은 《가톨릭청년》 시절에서 기원한다. 앞서 말했듯이 계몽주의와 모더니즘이 공존하던 그 시기에 그는 중요한 자연 모티프들을 형성하는데, 그중 가장 대표적인 것이 '하늘'이다. 천도교에서도 그렇듯이 하늘에 종교적 의미가 부여되는 경우는 흔한 일이지만, 정지용의 경우에는 약간의 설명이 필요하다. 정지용의 하늘은 우선 두 겹으로 되어 있다.

그의 모습이 눈에 보이지 않았으나

그의 안에서 나의 呼吸(호흡)이 절로 달도다.

물과 聖神(성신)으로 다시 낳은 이후
나의 날은 날로 새로운 태양이로세!
(중략)
靈魂(영혼)은 불과 사랑으로! 육신은 한낮 괴로움.
보이는 한울은 나의 무덤을 덮을뿐.

그의 옷자락이 나의 靈魂(영혼)에 사모치지 안었으나
그의 그늘로 나의 다른 한울을 삼으리라.

— 〈다른 한울〉의 일부

    단순하게 말하자면, 우선 '눈에 보이는 하늘', 즉 자연적인 하늘이 있는데, 그것은 다만 "나의 무덤을 덮을뿐"이다. 다시 말해서, 그를 육체적으로 죽일 수 있는 위력을 지녔지만 그 위력은 "뿐"이라는 단어에서 보듯 격하되어 표현된다. 그 대신에 '눈에 보이지 않는 하늘'이 있는데, 그것은 비록 육체의 '오관'으로는 포착되지 않지만 그 안에 있게 되면 숨 쉬는 것조차 달다. 이처럼 감각적이고 육체적인 자연으로서의 하늘이 있고, 비감각적이고 영혼을 통해 포착되는 초자연적 하늘이 있어서 하늘은 둘로 나뉜다. 이런 상태에서 비록 육체는 죽음을 경험하고 괴로움에 시달린다 해도, 영혼은 다른 하늘을 예감하며 이를 극복할 수 있게 되는 것이다.

육체가 경험하는 고난이 이 시에서는 바로 "그늘"로 표현되어 있다. 인생에서 어둡고 괴로운 부분이 있다 할지라도 오히려 그것은 '다른 한울'이 드리우는 "그늘"의 순간일 수 있다. 절망적으로 견딜 수 없는 고통이 엄습한다 해도 거기에는 항상 초자연적 하늘이 그늘을 드리우고 있다. 죽음조차 극복할 수 있게 하는 초자연적인 힘은 이처럼 '다른 한울'이 드리우는 "그늘"에서 발견된다. 그늘은 양면적 모순존재의 전형으로 존재한다. 그러므로 그에게는 다음과 같은 삶이 허용된다.

> 얼골이 바로 푸른 한울을 울어렀기에
> 발이 항시 검은 흙을 향하기 욕되지 않도다.

— 〈나무〉의 일부

나무처럼 "검은 흙"에 아무리 깊이 뿌리내리고 있더라도 항시 "푸른 한울"을 우러르며 이중의 삶을 살아갈 수 있는 것은 '두 겹의 하늘'이 배경을 만들어 주고 있기 때문이다. 이처럼 두 겹의 하늘을 배경으로 하는 모순적인 삶이 허용되지 않았던 구약의 시대가 있었지만 "新約(신약)의 太陽(태양)" 이래로 그러한 이중적 삶이 비로소 가능해진 것으로, 정지용이 예수 그리스도를 소중하게 여기는 까닭이 여기에 있다. 무엇보다도 그를 통해서 두 개의 하늘이 화해할 수 있는 길이 열렸던 것이다. 두 개의 하늘이 화해하면서 나타난 가장 큰 변화는, 그가 비로소 "날로 새로운 태양"(〈다른 한울〉)을 소유하게 되었다는 사실이다. 날마다 새로운 태양이 뜨는 생활을 생각해 보면 그것은 언제나 똑같은 태양이 뜨고 지는 일상의 습관적 삶과 대조된다. 그 결과 일상의 권태에서 죽음의 냄새를 맡기는 어렵지 않다. 그에 대해서는 〈시계를 죽임〉과 〈귀로〉를 참조할 수 있다.

일어나 쫑알거리는 〈시간〉을 비틀어 죽이다.
잔인한 손아귀에 감기는 간열핀 목아지여!

오늘은 열시간 일하였노라.
피로한 理智(이지)는 그대로 齒車(치차)를 돌리다.

나의 생활은 일절 분노를 잊었노라.
유리 안에 설레는 검은 곰 인양 하품하다.

— 〈시계를 죽임〉의 일부

이성(理智)의 시간은 언제나 균등한 시간이다. 시간표로 일상을 통제하고 관리하는 근대적 시간관은 항상 같은 시간이 반복되어 "하품"을 나게 하는 지루한 삶을 선사한다. 그런 의미에서라면 문명인들은 "유리" 안에 갇혀 사육되는 "곰"에 불과하다. 언제나 똑같은 '톱니바퀴'(齒車)를 돌리는 시계처럼 현대인의 삶은 이미 시간의 노예가 되어 있다. 그리하여 "정각에 꼭 수면하는 것이/고상한 무표정"이 되어 버린 현대인에게 "꿈과 같은 이야기"는 존재하지도 않는다. 언제나 같은 날의 반복에서는 내일이 없기 때문이다. 그들의 삶이 습관에 따라 '살아진다'

는 것은 다음과 같은 구절에서 암시된다.

> 걸음은 절로 드딜데 드디는 三十(삼십)적 分別(분별)
> 詠嘆(영탄)도 아닌 不吉(불길)한 그림자가 길게 누이다.

— 〈귀로〉의 일부

서른을 넘어선 어른이 되면 그의 귀갓길은 발길이 알아서 인도해 준다. "걸음"이 알아서 자동으로 "드딜데 드디"는 일을 반복하기 때문이다. 이처럼 자동적인 삶, 습관에 의지한 삶은 결코 "영탄"을 알지 못하며, 따라서 그러한 삶은 그 자체가 죽음에 근접해 있는 "불길한 그림자"에 가깝다. 잘 알다시피 어린 시절에는 모든 것이 새롭고 두려운 것이었지만 어른이 되어 삶이 자동화되면 새로울 것도 두려울 것도 사라지고 만다. 가장 안전한 삶의 방식에 정착하게 되기 때문이다. 이렇듯 자동화된 삶, 습관화된 삶을 흔들어 깨우는 것이 '날마다 새롭게' 살아가게 만드는 '보이지 않는 하늘'과 그 태양의 역할이다. 그렇다면 자동화된 삶을 '낯설게' 만드는 예술적 작업은 '날마다 새로움'을 경험케 하는 종교적 경험과 쉽게 결부될 수 있다. 여기에서 모더니즘과 종교적 계몽주의가 만나는 장면을 보게 된다.

죽음을 두려워하고 슬픔을 이기지 못하며 고통 속에서 살아가던 삶에서 벗어나서 죽음을 당당하게 마주하고, 슬픔을 객관화하며, 고통을 오히려 활력의 밑거름으로 만들 수 있는 시적 실천은 이미 종교적 경험에서 완성된 것이다. 그것은 "다른 한울"이 드리운 "그늘"이기 때문이다.

그러므로 그의 삶에서 어둠이 일방적으로 부정적인 것만을 포함하는 경우는 없다. 이는 그의 시에 자주 등장하는 '바람'이 대변해 준다. 앞서도 말했듯이 바람에는 인생의 안정을 뒤흔드는 고뇌와 고통이 포함되어 있다. 그의 처녀작 〈풍랑몽〉에서부터 바람에는 그러한 부정적인 의미가 지배적이었다. 〈갈릴레아 바다〉에도 비슷한 형태로 등장한다.

나의 가슴은
조그만 〈갈릴레아 바다〉.

때없이 설레는 波濤(파도)는
美(미)한 風景(풍경)을 이룰수 없도다.

예전에 門弟(문제)들은
잠자시는 主(주)를 깨웠도다.

— 〈갈릴레아 바다〉의 일부

바람 속에 장미가 숨고
바람 속에 불이 깃들다.

바람에 별과 바다가 씻기우고
푸른 뫼ㅅ부리와 나래가 솟다.

— 〈바람1〉의 일부

앞에 인용한 〈갈릴레아 바다〉에서는 "나의 가슴"이 풍랑이 멈추지 않는 갈릴리 바다라고 고백하면서, 예수 그리스도를 깨워 그 풍랑을 멈추게 해야 할 대상으로 그렸다. 여전히 부정적인 고난의 의미가 크게 부각되어 있지만, 그럼에도 불구하고 오히려 그러하기 때문에 풍랑을 통해서 "잠자시는 주"를 깨워 신앙의 활력을 되찾을 수 있다는 뜻이 함축되어 있다. 반면에 뒤에 인용한 〈바람1〉에서 그는 바람에서 긍정적인 기능을 더 많이 찾아낸다. 바람은 장미를 키우고, 불을 돋우며, 우러러볼 별뿐 아니라 거친 바다, 산봉우리를 씻어 내고, 무엇보다 새를 날아오르게 만들어 준다. 바람은 산 정상의 고산식물을 고통스럽게 만들고, 바다를 뒤흔드는 고난의 원인이지만, 동시에 새를 날아오르게 만들고 고난을 통해 영원을 만나게 한다. 불길한 〈풍랑몽〉에서 시작된, 바람에 대한 두려움과 불안은 이제 종교적 단계를 거치면서 '다른 하늘'이 드리운 '그늘'의 의미를 통해 극복되고 있다. 그 결과, 정지용은 '비극'조차도 예사롭지 않게 바라보게 된다.

〈悲劇(비극)〉의 힌얼골을 뵈인적이 있느냐?
그손님의 얼골은 실로 美(미)하니라.
(중략)
가리어 듣는 귀가 오직 그의 노크를 안다.

— 〈비극〉의 일부

베토벤의 〈운명 교향곡〉을 연상시키는 '노크 소리'는 '비극'이 찾아오는 장면을 표현하고 있다. 그 비극의 얼굴을 똑바로 쳐다본 사람이 있다면, 그 얼굴에서 '아름다움'을 발견할 수 있다는 것이다. 생각해 보면 '다른 하늘'에서 드리우는 '그늘'이 곧 비극의 내용일 터인데, 그것은 그것을 '가려서 듣는 사람'("가리어 듣는 귀")만이 알아챌 수 있는 아름다움일 것이다. 이처럼 비극을 비극 이상의 것으로 통찰하는 능력이 종교시의 정신적 통찰을 구성하고 있다. 정지용의 후기 자연시에는 겨울 산행의 괴로움과 척박한 자연, 죽음을 연상시키는 장면이 자주 등장하는데, 그럼에도 불구하고 여기에서 그는 오히려 아름다움을 발견하고자 노력한다. 그것은 그가 척박한 자연에서 '그늘'을 발견했기 때문이다. '그늘'에는 비록 어둠만이 가득하지만 그는 그 어둠 속에서조차 초월적 신의 활동, 즉 영원의 현존을 감지하고 있다. 자연이 어둡고 거칠게 느껴질수록 '그늘'은 더욱 짙어지겠지만, 그럴수록 그 안에서 작용하는 '다른 하늘'의 관점은 더욱 선명해질 것이다. 그러한 관점이 비극적인 장면에서 오히려 아름다움을 발견하게 만든다.

결론적으로 정지용의 후기 자연시는 신이 떠나 버린 시대, 즉 근대의 자연에서 두려움과 공포를 포착하지만, 그는 그것을 미적으로 승화시키고 있으며 그 동력은 죽음을 이겨 낸 종교시의 단계에서 마련되었다고 할 수 있다. 초자연의 관점으로 바라본 자연에는 언제나 어두운 그늘이 있지만, 그 그늘이야말로 초자연의 개입이 확인되는 지점이기 때문이다.

박인환을
절망시킨
'불행한 신'

센티멘털리즘을 떠받치는
전쟁과 죽음

　박인환에 대한 세인들의 기억은 '통속적'이다. 〈목마와 숙녀〉의 버지니아 울프, 〈세월이 가면〉의 창작 에피소드, 그리고 서른 한 살의 젊은 나이로 요절한 멋쟁이 시인의 흑백사진 속 이미지가 통속성을 강화한다. 과거에는 학계의 평가도 다르지 않았다. 특히 값싼 센티멘털리즘, 부족한 한국어 구사력은 시인으로서의 자질을 의심케 하는 요인이 되곤 했다.

　박인환이 이러한 편견에서 벗어나기 시작한 것은 비교적 최근의 일이다. 1950년대 모더니즘 시운동을 주도한 '후반기後半期' 동인의 존재가 학계의 조명을 받으면서, 그 중심에 박인환이 있다는 사실이 새삼 부각되었기 때문이다. 더욱이 '후반기'보다 앞서서 해방 직후에 조직된 동인의 잡지《신시론新詩論》으로까지 관심 영역이 확장되면서 박인환의 비중은 더욱 높아졌다. 박인환의 열정으로 '신시론'에서 '후반기'로 이어지는 전후 모더니즘 시운동의 계보가 중단되지 않고 이어졌음이 강조되면서, 박인환은 전후 모더니즘 시운동의 기반을 마련한 시인으로 기록될 수 있었다. 하지만 이것이 시인 박인환 개인에 대한 평가라고는 할 수 없다.

박인환의 개인적인 이력을 들여다보면 특이점이 많이 발견된다. 강원도 인제에서 태어나 평양에서 의학을 공부했고, 해방 이후 서울로 내려와 '마리서사茉莉書肆'라는 서점을 운영하였다는 것도 특이하다. 문인들이 '출판사'를 차린 경우는 많아도 '서점'을 경영한 사례는 흔치 않기 때문이다. 더군다나 그의 서점은 단순히 생계 수단만은 아니었다. 마리서사는 해방 직후 미군 부대의 진출과 더불어 시작된 '아메리카니즘americanism'의 산실로서, 다시 말해 일종의 문화운동 방식으로 이해될 수 있기 때문이다. 이는 마치 1970~80년대 대학가 주변에 즐비했던 인문사회과학 서점들이 당시 청년문화운동의 중심에 있었던 사실에 견줄 만하다. 당연한 일이지만 박인환이 대단한 애서가愛書家였다는 사실은 그의 작품과 여러 에피소드를 통해 전해진다.

내가 옛날 위대한 반항을 기도하였을 때
서적은 백주白晝의 장미와 같은
창연하고도 아름다운 풍경을

_박인환(왼쪽 사진 오른쪽)이 경영했던 서점 '마리서사'와 흑백사진 속 박인환.

마음속에 그려 주었다.

(중략)

나는 눈을 감는다.

평화롭던 날 나의 서재에 군집했던

서적의 이름을 외운다.

한 권 한 권이

인간처럼 개성이 있었고

죽어간 병사처럼 나에게 눈물과

불멸의 정신을 알려 준 무수한 서적의 이름을…

—〈서적과 풍경〉 부분

전쟁 기간에 쓰인 작품이긴 하지만 책에 대한 박인환의 애정을 엿볼수 있다. 모든 책에서 그 개성을 읽어 내고 이름을 불러 주는 행위는 '서적의 인격화'를 지향한다. 박인환에게 책은 살아 있는 인격체와 같았다. 그는 책과 더불어 "위대한 반항"을 시도하고, 미래의 "아름다운 풍경"을 설계할 수 있었다. 그러나 전쟁이 발발하면서 그것은 어느덧 과거의 일이 되어 버렸다. 그의 책은 "죽어간 병사"로 전락했다. 책은 죽었다. 이는 책을 통한 미래의 설계가 좌절되었음을 뜻한다. '책의 죽음'은 곧 미래의 죽음, 인간의 죽음, 그리고 신의 죽음으로 이어지는 어두운 통로를 개방하는 사건에 속한다. 그 중심에 한국전쟁(1950)이 있음은 물론이다.

> 전쟁 때문에 나의 재산과 친우가 떠났다.
> 인간의 이지를 위한 서적 그것은 잿더미가 되고
> 지난날의 영광도 날아가 버렸다.
>
> ―〈잠을 이루지 못하는 밤〉 부분

박인환의 10년 시작詩作 생활(1946~1956)을 굳이 전기와 후기로 나눈다면, 그 기점에 한국전쟁의 체험이 자리할 것이다. 후기 시를 장악하고 있는 '죽음'의 테마가 이를 확증해 준다. 그의 대표작으로 알려진 〈목마와 숙녀〉, 〈세월이 가면〉에서도 죽음의 이미지는 쉽게 확인할 수 있는데, 이 작품들 또한 후기 시에 속한다. 세인들은 이를 다만 '센티멘털리즘'으로 치부해 버리지만, 거기에는 전쟁으로 인한 '죽음의 발견'

이 자리하고 있음을 무시해서는 안 된다. 그것으로부터 인간의 죽음, 미래의 죽음, 신의 죽음, 그리고 무엇보다 책의 죽음으로 이어지는 일련의 세부 주제들이 파생된 것이다. 이처럼 박인환의 센티멘털리즘에는 심오한 철학적 배경이 뒤를 받치고 있다.

오든 그룹과 '위대한 반항기'

한국전쟁 이전의 박인환은 달랐다. 그는 결코 허무주의자가 아니었다. 그렇기는커녕 진보적 시간을 신뢰하는 '미래파'였다. 미래는 열려 있었고, 과거는 청산의 대상이었다. 무엇보다 박인환을 중심으로 결성된 '신시론新詩論'이라는 동인지 명칭이 이를 잘 말해 준다. '신시론'은 서정주, 조지훈 등으로 대표되는 구舊시론('전통 서정시')에 맞서겠다는 의지의 표현인 것이다.

적어도 한국전쟁 이전까지 박인환은 '진보적' 시인으로 분류되기에 충분했다. 〈목마와 숙녀〉, 〈세월이 가면〉 등으로 알려진 절망의 시인이 아니었다. 한국전쟁 이전의 시인 박인환에게는 세간에 알려진 것과는 전혀 다른 모습이 숨겨져 있었다. 다만 세간에 많이 알려진 후기 시의 센티멘털리즘이 복잡한 맥락을 통해 이해되어야 하는 것처럼, 그동안 잘 알려지지 않았던 전기 시의 진보적 성격 또한 신중하게 접근해야 한다.

박인환 전기 시의 특징으로서 주목할 점은 반자본주의, 반제국주의 테마를 적극 수용했다는 사실이다. 이것이 바로 앞서 살펴본 "위대한 반항"(〈서적과 풍경〉)의 실질적인 내용을 구성한다. 훗날 그는 이 시절의 열정을 가리켜 "한때 청춘과 바꾼 반항"이라면서 그것도 "이젠 서적처럼 불타버렸다"(〈부드러운 목소리로 이야기할 때〉)는 고백을 남긴다. 곧, 박인환의 "위대한 반항"은 한국전쟁 이전으로 한정된다는 뜻이다.

박인환의 "위대한 반항"은 1930년대 영미의 진보적 모더니스트 시인 그룹인 '오든 그룹Auden Group'(일명 '뉴 컨트리파New Country School')의 영향으로 이루어진 것이라는 분석이 많다. 그의 직접적인 진술이 그 첫 번째 근거이다. 그는 "나는 오래전부터 S. 스펜더 시의 시 작품과 그 문예비평 또한 그의 시인으로서의 사회적 참가에 크게 공명共鳴한 나머지 해외의 시인으로서는 그의 오랜 친우인 W. H. 오든과 아울러 가장 존경했고 건방진 표현이긴 하나 크게 영향을 받은 바 있다고 스스로 자부"(〈S. 스펜더 별견〉)한다고 말했다. 이 진술에서는 "시인으로서의 사회적 참가"에 방점이 찍혀야 한다. 박인환 초기시의 반자본주의, 반제국주의가 이러한 "사회적 참가"에 속함은 물론이다.

이러한 직접적 진술 외에도 '오든 그룹'의 흔적은 박인환의 작품 곳곳에서 발견된다. 예컨대 문제의 공동시집 《새로운 도시와 시민들의 합창》(1949)에 실린 작품 〈열차〉에는 스티븐 스펜더Stephen Spender의 유명한 작품 〈The Express〉에서 인용한 구절이 서두를 장식했고, 〈일곱 개의 층계〉는 오든의 작품 《불안의 시대the Age of Anxiety》를 배경으로 창작된 것이며, 그의 유일한 시집 《선시집選詩集》(1955)은 스펜더의 《전시집

Collected Poems》(1955)을 모방했다는 추측 등이 대표적이다. 이 밖에도 박인환은 〈현대시의 불행한 단면〉(1952), 〈S. 스펜더 별견〉(1953) 등의 산문을 통해서 '뉴 컨트리파'를 상세히 소개하고 분석했다. 이것은 적어도 '오든 그룹'에 대한 박인환의 애정이 후기까지 이어졌음을 입증한다.

그중에서도 "자본의 군대가 진주한 시가지는 지금은 증오와 안개 낀 현실이 있을 뿐"으로 시작되는 《새로운 도시와 시민들의 합창》 서문은 가장 급진적이었던 시절을 대변한다. 여기서 특기할 점은 이 시집에는 아시아 일대의 식민지에 대한 박인환의 연대 의식이 반영되어 있다는 사실이다. 이때 조선은 이미 식민지에서 해방된 후였다. 해방된 후에도 여전히 식민지 문제를 거론한다는 것도 쉽지 않은 일인데, 일국의 경계를 넘어 식민지 문제를 아시아 전체로까지 확장하는 시야는 박인환만의 특장에 해당한다. 이는 일종의 아시아 국제주의라고 할 수 있다. 예컨대 그의 초기작 〈인천항〉, 〈인도네시아 인민에게 주는 시〉, 〈남풍〉 등은 각각 영국의 식민지 홍콩, 네덜란드의 식민지 인도네시아, 프랑스 식민지 베트남과 캄보디아 등지에서 여전히 진행 중인 탈식민지 해방운동을 상기한다.

민족의 운명이

크메르 신의 영광과 함께 사는

앙코르 와트의 나라

월남 인민군

멀리 이 땅에도 들려오는

너희들의 항쟁의 총소리

—〈남풍〉 부분

삼백 년 동안 너의 자원은
구미 자본주의 국가에 빼앗기고
반면 비참한 희생을 받지 않으면
구라파의 반이나 되는 넓은 땅에서
살 수 없게 되었다 그러는 사이
가물란은 미칠 듯이 울었다

—〈인도네시아 인민에게 주는 시〉 부분

베트남, 캄보디아, 인도네시아 등 식민지를 경험했거나 경험 중인 동남아시아 국가들을 중심으로 하는 '아시아 연대' 의식은 시를 통해 새롭게 시도한 '동양주의'로 볼 수 있다. 이것은 일본 제국주의 관점에서 구성된 동양주의와 구별되는 것으로, 탈식민지와 탈제국주의, 탈자본주의를 중심 내용으로 삼는다. 박인환의 동양주의는 그러므로 해방 이후 '구시론' 측에서 제출한 '전통 서정시'의 복고주의적 경향과는 정반대로 상당히 진보적인 경향성을 띠었다.

이러한 '진보적 동양주의'의 맥락이 갑작스럽게 단절된 데에는 한국전쟁보다 앞서 발생한, 박인환 개인에게 들이닥친 불행한 사건이 전제되어 있다. 최근 몇몇 연구자들에 의해 밝혀지고 있듯이, 박인환이 국가보안법 위반 혐의로 체포된 사건이 그것이다. 1949년 7월 당시《자유

신문》 기자로 근무하던 박인환은 다른 신문사 소속의 기자 네 명과 함께 남로당 평당원 혐의로 체포되었다가 곧 혐의를 벗고 풀려났다. 확실하지는 않지만, 체포 사건이 그가 진보적 동양주의 계열의 시편들(〈인천항〉, 〈인도네시아 인민에게 주는 시〉, 〈남풍〉 등)을 발표한 직후에 일어났다는 점에서 둘 사이의 관련성을 의심할 만하다.

실제로 이 사건 이후로 박인환의 '정치적' 진보성이 작품에서 사라지게 된다. '문학적' 진보성과 '정치적' 진보성의 공존 시도가 무산된 것이다. 또한 이것은 박인환이 조직했던 '신시론' 동인의 실험적 성격이 붕괴된 것을 의미하기도 한다. '신시론'은 1947년 하반기에 결성된 시동인의 이름이지만 시인이 아닌 사람들(소설가, 평론가, 학자)까지 포함할 정도로 느슨한 조직이었으며, 남북한 단독정부 수립 이전의 정치적 상황에서 진보적인 인사들까지 대거 포함하고 있었다. 숱한 내분을 겪으면서도 1948년 4월에는 《신시론》 1집을 발간하고, 1949년 4월에는 《신시론》 2집을 대신해서 공동시집 《새로운 도시와 시민들의 합창》을 간행했지만, 앞서 말했던 국가보안법 위반 사건을 기점으로 박인환은 더 이상 진보적 성향의 인물들과 공존할 수 없게 된다. 이 사건이 '신시론' 동인의 발전적 해체를 촉진하는 기폭제가 된 것이다.

해가 바뀌어 1950년 4월이 되었지만 《신시론》 3집은 발간되지 않는다. 그 자리를 〈1950년의 만가〉가 대신했다.

무거운 고뇌에서 단순으로
나는 죽어 간다

지금은 망각의 시간

서로 위기의 인식과 우애를 나누었던

아름다운 연대를 회상하면서

나는 하나의 모멸의 개념처럼 죽어 간다

— 〈1950년의 만가〉 부분

박인환의 관점에서 '신시론' 시절은 한때 "서로 위기의 인식과 우애를 나누었던/아름다운 연대"로 기억된다. 따라서 신시론 동인의 해체는 박인환 시의 모태라고 할 수 있는 '오든 그룹' 스타일의 "무거운 고뇌"에서 그가 풀려났음을 의미한다. 그는 더 이상 반자본주의와 반제국주의와 같은 "무거운 고뇌"에서 시적 기원을 찾지 않게 되었다. 이를 대신할 새로운 변신이 필요했다. 하지만 "무거운 고뇌"가 사라지자, 사고가 "단순"해지면서 "죽어간다"는 자의식에 사로잡힌다. 신시론 동인의 해체는 그의 인생 전반부를 마감하는 상징적 죽음 같은 사건이었던 것이다.

한국전쟁이 불러낸 '검은 신神'

한국전쟁 직전에 박인환은 자신의 죽음을 애도하는 '만가晩歌'를 만들어 두었다. 시적 변신을 모색하던 바로 그때, 전쟁이 찾아왔다. 당시 그는 둘째 아이의 출산을 앞둔 아내 때문에 피난도 가지 못한 채로 3개월 동안 서울에서 죽음의 공포를 온몸으로 체험한다.

> 기총과 포성의 요란함을 받아 가면서
> 너는 세상에 태어났다 주검의 세계로
> 그리하여 너는 잘 울지도 못하고
> 힘없이 자란다.
>
> —〈어린 딸에게〉 부분

전쟁의 한복판에서 태어난 딸을 보면서 그는 이 세상이 "주검의 세계"라는 생각에 도달하게 된다. 그것은 인간의 '유한성'에 대한 새삼스러운 확인, 더 정확히는 죽음을 통한 '시간성'의 발견으로 이어진다. 특히 미래가 보장되지 않는 불확실성에 대한 인식은 '진보'를 신뢰하던 옛날의 박인환과 구별되는 부분이다.

> 언제 죽을지도 모르는 나는
> 생에 한없는 애착을 갖는다.
>
> —〈잠을 이루지 못하는 밤〉 부분

> 나는 영원히 약속될
> 미래에의 절망에 관하여 이야기도 하였다.
>
> —〈밤의 노래〉 부분

그저 간직한 페시미즘의 미래를 위하여

우리는 처량한 목마 소리를 기억하여야 한다.

— 〈목마와 숙녀〉 부분

미래는 불확실성과 절망의 근원이며, 앞을 내다볼 수 없는 어둠으로
둘러싸여 있다. 아무것도 약속된 것은 없고, 약속된 것이 있다면 '절
망'이 기다리고 있다는 사실뿐이다. 전쟁을 통해서 박인환은 미래를 지
배하는 것은 빛이 아니라 어둠임을 깨닫는다.

여기에서 박인환 후기 시의 독특한 테마가 형성된다. 미래의 어둠을
지배하는 '신', 즉 '검은 신'의 출현이 그것이다. 그것은 밝은 미래를 약
속하는 진보의 신이 아니라, 어둠의 미래를 약속하는 퇴폐의 신이다.
니체F. Nietzsche에 따르면, 이 신은 빛과 질서의 신 아폴론이 아니라 어둠
과 혼돈의 신 디오니소스에 가깝다. 혹자는 그것을 벤야민Walter Benjamin의
'새로운 천사'에 견주어 해석하려 하지만, 박인환의 '검은 신'에는 니
체와 벤야민으로는 충분히 설명되지 않는 독창성이 내재되어 있다.

예컨대 그의 작품 〈검은 신이여〉는 한용운의 〈님의 침묵〉과 유사하
게 '침묵하는 신'에게 띄우는 절망적인 호소문이다. "누구입니까", "무
엇입니까" 등의 질문 형식도 만해의 작품과 유사한데, 다만 훨씬 더 절
규에 가깝다는 점이 다르다. 이 시의 또 다른 특징은 한 행을 한 연으로
처리하여 줄과 줄 사이에 여백을 만들어 두었다는 점이다. 아마도 신의
답변이 있어야 할 자리를 공백(=침묵)으로 남겨 둔 시적인 장치가 아닐
까 한다. 그리고 몇 차례의 질문에도 침묵으로 일관하는 신을 향해서

시의 마지막에 이르러 절망적인 호소를 쏟아 낸다.

슬픔 대신에 나에게 죽음을 주시오.

인간을 대신하여 세상을 풍설로 뒤덮어 주시오.

— 〈검은 신이여〉 부분

이 시로 유추하건대 박인환의 '검은 신'은 침묵하는 신, 응답하지 않는 신, 그리하여 검은 베일에 가려져 있는 신이다. 인간들이 서로 죽고 죽이는 피의 현장에조차 직접 개입하거나 출석하지 않는 신이다. 물론 신과 인간 사이의 소통이 단절되고, 그 사이를 중재할 수 있는 사람이나 장소에 대한 신뢰가 사라진 것은 근대사회의 일반적인 현상에 속한다. 인간은 절망적으로 부르짖지만 신은 결코 응답하지 않는 상황의 참혹함을 〈검은 신이여〉는 시의 구조로써 재현해 보인다.

하지만 전쟁을 통한 살육전은 그 이상의 것을 말해 준다. 신의 침묵은 근대적 인간이 가장 확실하게 믿고 따를 수 있었던 존재, 곧 진리의 근원이 사라진 자리를 보여 준다. 미래의 불확실성과 절망만이 그 자리를 대신할 뿐이다. 이처럼 절망의 늪에 빠진 인간이 호소할 수 있는 존재를 '신'이라 불러도 좋을 것이다.

여윈 목소리로 바람과 함께
우리는 내일을 약속치 않는다.

승객이 사라진 열차 안에서

오 그대 미래의 창부여

너의 희망은 나의 오해와

감흥만이다

— 〈미래의 창부娼婦 — 새로운 신에게〉 부분

　여기에서 신의 이름은 "내일", 그것도 약속된 내일이 대신한다. 약속된 내일이 사라졌다는 것은 곧 신의 침묵에 비견할 수 있는 사건이다. 이 약속을 다른 말로 하면 '미래'가 될 터인데, 미래가 사라진 모습이 "승객이 사라진 열차"를 통해 감각적으로 재현되고 있다. 그 열차는 데뷔 초기 박인환이 모방했던 스티븐 스펜더의 진보적인 직진 열차를 상기시킨다. 그 열차는 "깨진 유리창 밖 황폐한 도시의 잠음을 차고/율동하는 풍경으로/활주하는 열차"(〈열차〉)였다. 도시 문명과 자본의 장막을 뚫고 "아름다운 풍경"을 꿈꾸며 미래로 질주하는 진보의 대명사였다. 하지만 전쟁과 함께 그 열차에 올라탔던 승객들이 사라져버렸다. 미래에 대한 믿음이 사라졌기 때문이다.

　당시에는 '열차'가 신의 다른 이름이었다. 하지만 전쟁 이후에는 '창부娼婦'가 신의 새로운 이름이 되었다. '창부'라는 단어는 거짓된 미래를 제시하여 남성을 유혹한 후 종국에는 파멸로 유도하는 행위를 지칭한다. 과거에는 믿고 의지할 수 있는 든든한 열차가 있었다면, 전쟁 이후에는 사방에 온통 믿을 수 없는 창부만이 즐비해진 것이다. 전쟁 이후에 등장한 새로운 신은 인간에게 거짓된 미래를 제시하여 파멸로 몰아가는 창부의 역할을 자처하고 있다.

과거는 무수한 내일에
잠이 들었습니다.
불행한 신
어디서나 나와 함께 사는
불행한 신
당신은 나와 단둘이서
얼굴을 비벼 대고 비밀을 터놓고

— 〈불행한 신〉 부분

신이란 본래 무소부재無所不在를 그 속성으로 한다. 그것은 신의 초월성을 전제로 하는 속성으로 전지전능全知全能과 상통한다. 하지만 이 작품에서 "불행한 신"은 초월성을 상실한 것처럼 보인다. 신은 너무나도 나의 삶에 밀착해서 "어디서나 나와 함께" 살고 있으며, 심지어는 "얼굴을 비벼 대"는 친밀성에 심취하여 서로 "비밀"조차 없어졌다. 인간의 비밀을 신이 알 수는 있지만, 신의 비밀을 인간이 알아차린다면 그것은 '신의 불행'이다. 비밀이 없는 신, 모든 비밀을 인간에게 들켜 버린 신이야말로 '불행한 신'이다. 본래 신이 가지고 있는 최고의 비밀은 '인간의 죽음'과 관련된 것이다. 인간이 언제 어떻게 죽을지를 결정하는 것은 전적으로 신의 몫이기 때문이다. 죽음의 비밀을 알지 못하는 인간은 신에게 삶을 구걸하게 된다. 그러나 전쟁으로 인해서 죽음은 사방에 널려 있는 흔한 일이 되어 버렸다. 죽음은 더 이상 비밀이 아니다.

> 그러나 허망한 천지 사이를
> 내가 있고 엄연히 주검이 가로놓이고
> 불행한 당신이 있으므로
> 나는 최후의 안정을 즐깁니다.

―〈불행한 신〉 부분

"허망한 천지 사이"에 인간의 죽음이 "엄연"한 사실로 드러나 있다면, 그 사이에서는 오히려 "최후의 안정을 즐"길 수 있는 역설이 가능하다. 그러므로 신을 테마로 하는 박인환의 작품은 결코 '기도문'이 아니다. '검은 신'은 검은 베일에 가려져 침묵하는 신, 응답하지 않는 신이기 때문이다. 미래에 대한 약속을 줄 수 없는 '검은 신' 앞에서 분명한 것은 '인간의 죽음'뿐이다. 박인환의 '검은 신'은 미래의 불확실성과 죽음의 절망을 어둠 속에 펼쳐 놓는다.

여기에서 박인환의 '현대성' 정신이 발원한다. 그의 유일한 시집 《선시집》의 후기에서 박인환은 "신조치고 동요되지 아니한 것이 없고 공인되어 온 교리치고 마침내 결함을 노정하지 아니한 것이 없고 또 용인된 전통치고 위태에 임하지 아니한 것이 없"음을 상기한다. 신조와 교리, 전통에도 불멸은 허용되지 않는다. 왜냐하면 확실성의 신은 사라졌기 때문이다. 이제 불확실성의 '검은 신', 죽음의 신이 인간 세상을 지배하게 된다.

영원히 봉인된
박인환의 아메리카니즘

공교롭게도 박인환이 한국전쟁 기간에 몰두했던 '검은 신'의 이미지는 그가 《경향신문》 기자로 근무하던 기간과 중복된다. 당시의 《경향신문》은 가톨릭 재단에서 발간하던 신문으로, 박인환의 시에 자주 등장하는 교회, 성당, 신부, 천사 등등의 기독교 이미지에 상당한 영향을 주었을 것으로 보인다.

'검은 신' 이미지로 미래의 불확실성과 죽음을 통한 절망에 탐닉하던 박인환은, 전쟁 기간에 '신시론'의 후신이라 할 수 있는 '후반기' 동인 결성에도 중요한 역할을 담당한다. 사실 '신시론'과 '후반기'를 하나로 묶어서 보는 경향이 있는데, 양자 사이에는 연속성보다는 불연속성이 많음을 유념할 필요가 있다. 전쟁의 한가운데서 결성된 '후반기'는 '신시론'의 실패를 거울삼아 정치적 진보성을 삭제하고 문학적 진보성의 척도를 강조하여 순수 시동인지로 기획되었다. 문학적으로는 진보적이지만 정치적으로는 반공주의적 보수 성향을 보이는 시인 조향趙鄕이 그 색깔을 대변한다. 하지만 '후반기'는 동인지도 한 번 제대로 만들어 보지 못한 채 허망하게 해체된다. 이때부터 박인환은 문학이 아닌 영화 쪽에 더 집중한다. 휴전협정 직후 박인환은 '후반기'를 통해 인연을 맺게 된 김규동, 이봉래 등과 함께 '영화평론가협회'(1953)를 결성하는 데 적극 개입한다. 이때부터는 시인으로서보다는 영화 평론가로서 더욱 활발히 활동하게 된다. 반자본주의 정신으로 무장하고 시단에

들어선 박인환이 이제는 자본집약형 예술의 옹호자로 돌아선 것이다.

마찬가지로 반제국주의 구호에서 시작된 그의 시작詩作 인생은 1955년 제국의 현장을 19일간 여행하는 것으로 마무리되는데, 이 또한 아이러니하다. 박인환은 1955년 3월 5일 출발하여 4월 10일에 귀국하기까지 한 달 넘는 기간 동안 미국을 여행할 기회를 얻는다. 물론 그중 절반 정도는 태평양 바다 위에서 소진하고 순수하게 미국을 여행한 기간은 19일뿐이었다. 비록 3주도 안 되는 짧은 기간이었지만, 이 생애 최초의 해외여행이 안겨 준 충격은 쉬이 가시지 않았다. 같은 해 10월에 발간된 《선시집》에 '아메리카 시초詩抄'가 실리고, 적지 않은 양의 산문에도 미국 여행을 회상하는 내용이 등장한다. 문제는 그가 받은 충격의 내용이다.

> 대낮보다도 눈부신
> 포틀랜드의 밤거리에
> 단조로운 글렌 밀러의 랩소디가 들린다.
> 쇼윈도에서 울고 있는 마네킹.
> ……
> 천사처럼
> 나를 매혹시키는 허영의 네온.
> 너에게는 안구眼球가 없고 정서가 없다.
>
> ─〈새벽 한 시의 시〉 부분

미국 사회에서 박인환이 받은 인상은 "쇼윈도에서 울고 있는 마네킹"이 대변해 준다. 겉으로는 화려해 보이지만 거대한 대중적 소비문화의 뒷면에는 '고독한 군중'의 모습이 숨겨져 있는 것이다. 실제로《고독한 군중》(1961)의 저자 데이비드 리스먼David Riesman은 미국 군중들이 타인의 승인을 받아 내려는 심리적 불안 상태에 시달리고 있다며, 이를 '타인 지향형' 사회의 특징으로 진단했다. 이는 전통 지향의 아시아와 내적 지향의 유럽 사회와 구별되는 현대성의 징표로 자주 인용된다. 아시아-유럽-미국으로 이어지는 성격 유형의 시대적 변천 과정을 고려한다면, 미국으로 건너간 한국 시인 박인환이 느꼈을 심리적 소외감에 충분히 공감할 수 있다.

바람에 날려온 먼지와 같이

이 이국의 땅에서 나는 하나의 미생물이다.

아니 나는 바람에 날려와

새벽 한 시 기묘한 의식으로

그래도 좋았던

부식된 과거로

돌아가는 것이다.

—〈새벽 한 시의 시〉 부분

박인환의 시계視界에서 아시아는 "부식된 과거"에 멈춰 있다. 그가 반제국주의와 반자본주의를 내세우며 범아시아 지역연대의 희망을 꿈꾼

것이 불과 10년 전이다. 그로부터 10년 뒤, 이제 아시아는 "좋았던/부식된 과거로" 되돌아가고 있다. 한때 미래형이었던 진보적 동양주의는 미국 여행 이후에 다시 과거형 동양주의로 후퇴한다. 박인환은 다시 오리엔탈리즘의 덫에 걸리고 말았다. 심지어 미국에 간 동양인 박인환은 "바람에 날려온 먼지"고 "하나의 미생물"로 전락한다. 심리적으로 그는 이미 고향을 향해 달려가고 있다.

> 당신은 일본인이지요?
> 차이니스? 하고 물을 때
> 나는 불쾌하게 웃었다
> 거품이 많은 술을 마시면서
> 나도 물었다
> 당신은 아메리카 시민입니까?
> 나는 거짓말 같은 낡아 빠진 역사와
> 우리 민족과 말이 단일하다는 것을
> 자랑스럽게 말했다.
>
> ─〈어느 날의 시가 되지 않는 시〉 부분

박인환의 미국 여행은 자신이 동양인이라는 것, 더군다나 일본인도 중국인도 아니고 한국인이라는 것, 그리고 한국인이라는 사실이 무엇을 뜻하는지를 알려 주는 정체성 확인 여행이 된다. 그는 끊임없이 질문한다. "저기/가는 사람은 나를 무엇으로 보고 있는가."(〈여행〉) 타인의 시선은 내가 나 자신에게 질문을 던지도록 유도한다. 스스로 자신의 정체성에 대해 묻고 답해야 하는 황당한 체험은 박인환의 미국 여행에서 매우 주목해야 할 대목이다. 미국인은 누구이며, 미국 사회는 어떤 사회인가라고 묻는 것은 바로 그렇게 질문하는 나는 누구이고, 우리 사회는 어떤 사회인가를 되묻는 것과 같다. 이방인의 시선은 나의 정체성을 내가 스스로 심문하도록 만든다.

한국에서는 묻지 않아도 될 것, 당연한 것들이 미국이라는 사회를 배경으로 하는 순간 이상한 것, 부자연스러운 것이 된다는 것은 소중한 경험이다. 비록 미국에 한정된 경험이긴 하지만, 이 경험은 젊은 혈기에 아시아 연대를 부르짖었던 관념적 탈식민주의자를 실질적 탈식민주의자로 거듭나게 하는 계기가 되었다. 당시 그는 이제 막 그러한 경험을 하고 돌아온 것이다. 그러나 그의 미국 여행이 이후 결실로 이어졌을지는 영원히 알 수 없게 되었다. 1956년 3월, 서른 한 살의 젊은 나이에 그는 삶을 서둘러 마감했기 때문이다. 모든 것이 다시 원점으로 돌아갔는데, 모든 것이 다시 처음부터 시작될 수 있었는데 말이다.

장미는 강가에 핀 나의 이름
집집 굴뚝에서 솟아나는 문명의 안개
'시인' 가엾은 곤충이여
너의 울음이 도시에 들린다.

— 〈기적인 현대〉 부분

시에서
찾은 구원,
박두진의 신앙시

'자연-인간-신', 박두진의 시적 연대기

박두진의 '시론'[1] 전반에 걸쳐서 지속되는 문제는 문학과 종교의 화해 가능성이다. 사실 박두진은 여러 차례 자신의 시적 연대기가 "자연, 인간, 신의 세 단계"[2]로 이루어져 있다고 주장했다. 이러한 주장은 연구자들 사이에서 박두진 연구의 기본 틀로 널리 받아들여지고 있다. 이것이 통상 시인의 생애를 초·중·후기로 구별하고자 하는 전기적 문학 연구의 관습에 부합하기 때문이다. 박두진의 경우, 초기는 1940년대로서

---

(1) 이 글이 다루는 '시론詩論'은 박두진의 '산문'에 나타난 '시에 대한 진술'을 그 대상으로 한다. 따라서 그의 진술은 그의 시적 실현과 일치하지 않을 수도 있으며, 전적으로 '시론'에 한정된 견해로 간주하고자 한다.

(2) 박두진, 《박두진 문학정신7 - 시적 번뇌와 시적 목마름》, 신원문화사, 1996, 89쪽. 이하 《번뇌》로 약칭한다.

대체로 '자연'에, 중기는 1950~60년대로서 대체로 '인간'에, 그리고 후기는 1970~80년대로서 대체로 '신'에 집중하고 있음이 확인된다.[3]

여기서 놀라운 것은 "자연, 인간, 신의 세 단계"가 세월의 흐름에 따라 우연히 형성된 것이 아니라, "시를 처음 쓰기 시작했을 때"부터 철저하게 "설정"되었다는 사실이다.(《번뇌》, 같은 쪽) 박두진의 입장에서는 이것이 전혀 놀라운 일이 아니다. "자기가 일생을 두고 어떠한 시를 어떻게 써야 하겠다는 작시作詩 단계와 그 노선을 정하는 것은 있을 수 있는 일"이며, "사려 있는 시인들은 처음부터 미리" "정해져 있"는 것이 당연하다고 생각하기 때문이다.[4] 따라서 처음부터 3단계를 정해 놓았다는 사실이 박두진으로서는 전혀 이상한 일이 아니며, 다만 처음에 세운 계획을 과연 실행에 옮길 수 있는지가 문제였다.

그러나 '자연-인간-신'으로 이어지는 흐름은 각각 배타적으로 분리 고립된 단계들이 아니다. 그것은 결코 차례로 성취되어야 할 단계의 이름이 아니라는 것이다. 박두진의 진술은 결코 각 단계를 제시하는 데 그 목적이 있지 않았다. 이를 이해하려면 박두진이 처음 3단계를 작정할 당시의 상황으로 되돌아갈 필요가 있다.

이 [등단] 당시의 내 신앙 체험이 겨우 5,6년밖에 되지 않은 것이기 때

---

(3) 초기에는 《청록집》(1946), 《해》(1949)가, 중기에는 《오도》(1954), 《거미와 성좌》(1961), 《인간밀림》(1963), 《하얀 날개》(1967) 등이, 후기에는 《고산식물》(1973), 《사도행전》(1973), 《수석열전》(1973), 《속수석열전》(1976), 《야생대》(1977), 《포옹무한》(1981), 《수석영가》(1984) 등이 해당된다.
(4) 박두진, 《박두진 문학정신1 – 고향에 다시 갔더니》, 신원문화사, 1996, 115쪽. 이하 '고향'으로 약칭한다.

문이었는지 혹은 내가 나가던 어느 교파에 있어서의 철저한 청교도적인 생활과 한동안 탐닉했던 신비적 경건주의 때문에 문학을 하고 시를 쓰는 행위 자체까지가 정욕에 속한 것이고 신과 가까이하는 데 방해가 되는 일이 아닐까를 회의했던 그 여세의 영향이었는지도 모르지만, 내 사상의 유일한 기조를 기독교 정신에다 두었고 이 기독교 정신을 형상화하려는 의욕이 적지 않게 강했음에도 불구하고 나는 의연히 점점 더 진중해만 갔을 뿐 자연을 소재로 한 시만을 몇 해고 계속하여, 신앙시란 것을 써서 성공해 보지를 못했습니다.(《고향》, 117쪽)

인용문에 나타난 바와 같이, 등단 무렵 박두진의 최대 고민은 문학과 종교의 '불일치' 문제를 해소하는 데 있었다. 등단 초기, 박두진에게 종교는 한없이 금욕적이었고, 문학은 종교에 비해 "정욕에 속한 것이고 신과 가까이하는 데 방해가 되는" 활동이었다. 더군다나 "《문장》지의 추천을 받을 무렵" "정신생활의 중심은 문학에보다 종교적인 데 놓여져 있었"(《고향》, 132쪽.)다는 진술을 참조한다면, 등단 무렵 박두진에게 "기독교 정신을 형상화하려는 의욕이 적지 않게 강했음"을 충분히 짐작할 수 있다.

여기서 중요한 사실은, 그가 그와 같은 "의욕"을 자제하려 했다는 데 있다. 당시 박두진에게 종교와 문학은 서로 전혀 다른 세계에 속할 뿐 아니라 금욕과 정욕의 관계처럼 서로 정반대를 지향하는 것이었다. 이런 상태에서 무리하게 '신앙시'를 시도하는 것은 문학과 종교라는 양극단의 통합을 강제하는 결과를 낳게 된다. 그렇다고 해서 그것이 꼭 성공하리라는 보장도 없었다. 박두진은 문학을 위해서 종교를 희생할 수 없는 것처럼, 종교를 위해서 문학을 희생할 수도 없었다. 종교 못지 않게 문학도 중요했기 때문이다. 그는 공연히 조급하게 '신앙시'를 시도한 결과 문학적으로 실패할 수도 있음을 두려워했다.[5]

　그래서 신앙시에 대한 열망이 매우 강했음에도 불구하고, 당시 문단 새내기에 불과했던 박두진은 문학과 종교가 서로 화해의 지점을 발견하기 전까지 무기한 그 열정을 보류할 수밖에 없었다. 그의 초기작에 표현된 '자연'은 종교에 의한 문학의 희생을 최대한 억제한 상태를 반영한 것이다. 이처럼 시의 첫 단계를 비록 자연에서 시작했다고 할지라도 언젠가는 신앙시에 도달하고야 말겠다는 그의 의욕은 의식의 밑바닥에 그대로 남아 있었다. 그때부터 그가 꿈꾸는 신앙시는 종교와 문학이 서로 대등하게 화해하는 먼 미래의 과제가 되었다. 그러므로 "자연, 인간, 신의 세 단계"는 신앙시에 대한 박두진의 열망의 크기와 최대한 지연된 그 실행 시점을 표시하는 완벽한 설계 도면이라고 하겠다.

----

[5] 이와 관련하여 중요한 구절을 인용한다. "나의 초기 시가 그 뒤의 여러 시의 한 기조인 시의 종교 신앙적 특성과 함께 아주 본질적이며 근원적인 시의 개성을 이루는 것이라고 생각된다. 만일 섣불리 시에다 처음부터 종교 냄새를 피우려 했거나, 섣불리 기독교 신앙적인 비한국적 이미지를 시험했다면 으레 그것은 실패로 돌아갔을 것이다. 시의 방법이나 기술보다는 사상과 시적 근원 자체를 더 중시하여 그것에 투철하려 했던 나로서는, 내 종교나 신앙의 열도와 깊이와는 또 달리 종교 신앙을 시의 세계로 옮기는 데 신중을 기하고, 저절로 그것이 이루어지기를 기다렸다." 박두진, 《번뇌》, 215쪽.

수석水石에서 발견한
화해 가능성

그리고 시를 쓰기 시작한 지 30년 만에 박두진은 드디어 신앙시에 손을 대기 시작한다. 그런데 그렇게도 열망했던 신앙시의 단계에 돌입하면서 박두진의 삶에는 큰 변화가 찾아온다. 그가 "시를 시작한 것과 거의 동시에 등산을 시작한 사실"을 기억하는 사람이라면, 또한 그가 마침내 "그렇게 좋아하던 산, 30여 년을 즐기던 산을 버리고 강으로"[6] 가게 되었음에 주목하지 않을 수 없다. 그야말로 30년을 "산에 오르던 사람이 강으로 가게 된 것이다". 이렇게 보면 마치 그의 시에서 급격한 단절점이 생긴 것처럼 보인다. 하지만 그가 30년 동안 신앙시를 쓸 날만을 손꼽아 기다렸다는 사실을 상기한다면, 그것은 결코 단절이라 할 수 없다. 그의 말마따나 그는 "저절로 그것이 이루어지기를 기다렸"(《번뇌》, 215쪽)을 뿐이다. 그리고 마침내 그때가 찾아왔다. 그토록 두려워했던 신앙시를[7] 과감하게 쓸 수 있는 결정적인 기회가 주어진 것이다. 그것이 무엇이든지 간에, 그가 '산'을 박차고 '강'으로 내려올 때에는 그만 한 이유가 있었으리라 짐작된다.

그러나 박두진이 '강'에서 발견한 것은 고작 '수석水石'[8] 한 덩어리에 불과했다. 그는 수석에서 과연 무엇을 본 것일까? 결론부터 말하자면,

----

(6) 박두진, 《돌과의 사랑》, 청아출판사, 1986, 24쪽. 이하 《돌사랑》으로 약칭한다.

(7) "나는 이 신앙시라는 것을 대단히 어려워하게 되었고 지금도 섣불리 손을 댈 수 없는 무척 어려운 것이라고만 생각하고 있습니다." 박두진, 《고향에 다시 갔더니》, 117쪽.

박두진은 '수석'에서 '신앙시'의 가능성을 보았다고 할 수 있다. '신앙'(=종교)과 '시'(=문학)의 일치 가능성을 보았던 것이다. 양자의 화합은 그가 처음 시를 쓰기 시작할 때부터 장기적인 과제로 삼았던 것으로, 박두진 문학의 최종적 도달점이라고 할 수 있다. 그 문제가 해결되지 못했기 때문에 박두진은 30년 동안 '산'에서 내려올 수 없었던 것이다. 산 위에서 멀리 바다를 보고 태양과 별과 달을 둘러 그 통합의 가능성을 점쳤지만,[9] 그 우주적 스케일에도 불구하고 종교와 문학의 일치는 여전히 요원해 보였다. 그의 삶에서 여전히 신앙은 신앙이었고 시는 시였던 것이다. 독실한 기독교 신자였던 박두진에게 그러한 이중적 생활은 견딜 수 없는 위선과 기만의 세월이었으리라 짐작된다. 그는 '신앙인으로서의 삶'과 '시인으로서의 삶'이 일치하기를 열망했다. 그것은 '신앙'(=종교)과 '시'(=문학)가 일치되는 순간에 한꺼번에 해결될 수 있는 문제였다. 하지만 그 문제를 해결하는 데 30년이 걸렸다.

시의 궁극과 신앙의 궁극이 서로 만나고 일체화, 초점화한다는 것은 기독교적 신학과 시의 창조적 본질의 관계와는 상관없이 결국은 가능하고 가능해야 한다는 것을 체험적으로 긍정하게 된 것은 극히 최근

---

(8) 박두진은 '수석'의 한자어로 '壽石'을 거부하고 '水石'을 택하고 있다. 그 이유는 두 가지인데, 하나는 후자의 경우 "강 속, 물속에서 닦이고 물에 의해서 형성된, 물과의 관련의 돌"(《돌사랑》, 109쪽)이라는 사실이 강조된다는 점, 다른 하나는 '壽石'에서는 '전통적 산수'가 기대되지만 '水石'에서는 '현대적 추상'이 더욱 부각된다는 점이다.

(9) 박두진은 초기 시에서 높은 산에 올라 먼 바다 위에서 떠오르는 태양을 노래하는 경우가 많았는데, 이에 대해서는 졸고, 〈박두진 초기 시의 종교적 성격〉, 《겨레어문학》, 2007. 12. 참조.

5,6년 사이의 일에 속한다. 그것을 갈망할 만큼 어려움을 느꼈고, 주저한 만큼 조급했던 것이 사실이지만, 시의 형이상적인 의미와 종교의 형이상적인 의미의 근본적인 차이에도 그 주저와 갈등의 원인은 있다.(《번뇌》, 82~3쪽)

박두진은 이 글에서 자신이 '신앙과 시의 일치 가능성'을 "체험적으로 긍정하게 된 것은 극히 최근 5,6년 사이의 일"이라고 했는데, 이는 그가 '강'에서 '수석'을 발견한 1970년 무렵의 시점을 가리킨다. 물론 그 때는 그가 '산'에서 내려온 시점이기도 하다. 산에서 내려오는 시점에서부터 신앙인의 삶과 시인의 삶이 행복하게 일치할 가능성이 열린 것이다. 1970년은 그토록 "갈망"하면서도 "주저"했던 시작詩作 생활 30년의 "갈등"이 한꺼번에 해소되는 체험의 원년이기도 하다. 필경 30년 묵은 체증이 한꺼번에 내려가는 듯한 놀라운 체험이 있었을 터인데, 그와 더불어 오랫동안 풀리지 않았던 신앙과 시, 혹은 종교와 문학의 관계 문제가 일시에 해결되었음은 말할 필요도 없다. 그 결과 1970년대 이래로, 그러니까 '신앙시'와 '수석시水石詩'의 출현 이후로 유독 시 혹은 문학과 관련된 박두진의 진술이 봇물 터지듯 활발히 쏟아졌다. 그 시론 혹은 문학론의 상당 부분이 30년 동안 풀리지 않았던 시와 신앙, 혹은 문학과 종교의 관계에 집중되었다는 사실은 충분히 이해하고도 남음이 있다.

박두진의 시적 연대기에서 일반적으로 세 번째 단계로 분류되는 '신앙시' 혹은 '종교시' 단계는 신앙과 시, 혹은 종교와 문학의 일치 가능성 문제가 수석을 매개로 해서 해소되는 시기를 가리킨다. 물론 처음 시를 쓰기 시작했을 때부터 '산'을 매개로 하여 종교와 문학의 대립과 갈등을 해소하고자 노력했지만, 그 궁극적인 해결은 생애 후기의 과제로 연기된 바 있다. 수석의 단계에 이르러서야 박두진은 오래된 과제의 해결 가능성을 엿보게 된 것이다.

관념과 관능, 형이상과 형이하의 세계가 영靈과 육肉, 자연과 인간이 결코 분리될 수도 상극될 수도 없는 하나의 근원이며, 그 영원한 실태임을 증명하는 시적 실현임을 말할 수 있는 것이다. 어떤 대상을 시로 주제화하든, 언제나 허공을 치는 것 같던 시의 체험이 수석의 세계에 몰입함으로써 비로소 시의 실체를 잡아 보는 느낌을 얻게 됐다. 돌 자체의 형질로 상징화되는 놀랍게 미시적이고 놀랍게 거시적인 시간과 그 공간성은 필자의 시에 결정적인 충격과 변혁을 주었다. 시가 말초적이 아니고 근원적이며 순간적이 아니고 영원적인 것임을 깨닫게 했다. 이제 시의 새 출발을 하기에는 이미 많은 시간을 낭비해 버렸다. 그러나 자연, 우주 전체의 상징적 구상체로서의 돌, 그 수석에 몰입함으로써 얻은 시의 눈은 하나의 영원과 궁극을 열고 내다보는 새로운 창을 얻은 것임을 알게 됐다.(《돌사랑》, 136~7쪽)

시와 신앙 혹은 문학과 종교는 박두진의 시적 연대기에서 지속적으로 이원적 '상극'의 관계를 유지하고 있었다. 박두진의 세계관에서 관념, 형이상形而上, 영혼, 자연이 종교적 세계를 가리킨다면, 관능, 형이하

形而下, 육체, 인간은 문학적 세계를 대표한다. 종교적 세계와 문학적 세계의 반목과 갈등은 해결점을 찾지 못하고 박두진의 시에서 지속되었다.[10] 그렇게 30년을 지속하던 이원론적 세계관이 수석의 발견과 더불어 상극의 관계를 청산하고 하나의 근원으로 수렴되면서 그의 세계관은 급기야 '일원론'으로 탈바꿈하게 되었다.

인용문에 따르면 수석의 발견 이전까지 그의 시는 "말초적"이고 "순간적"인 것을 대상으로 했지만, "수석의 세계에 몰입함으로써" 그의 시는 드디어 "하나의 영원과 궁극을 열고 내다보는 새로운 창"이 된 것이다. 그렇기 때문에 시와 신앙 혹은 문학과 종교가 수석을 통해 하나로 통합되는 사건을 박두진은 "충격"이라고 적고 있다. 향후 전혀 다른 시 세계가 펼쳐질 가능성이 열렸기 때문이다. 그 결과, 그는 "자연과 나와 신과의 관계를 재조명, 재인식하게"(《돌사랑》, 137쪽) 되었다. 장장 30년 동안 이원론적 세계관에 의지했던 시적 세계를 청산하고, 자연과 인간과 신이 일원론적으로 통합되는 새로운 세계관을 수립함으로써 박두진은 "여기서 나는 전혀 새로운 시의 세계, 시의 분야를 개척하기로 했다"(《번뇌》, 125쪽)고 선언한 것이다. 이것이 박두진의 시적 연대기의 세 번째 단계를 구성하는 '신앙시'이며 '수석시'인 것은 말할 것도 없다.

----

(10) 시작詩作 초기 단계에서 종교의 문학 사이의 갈등을 박두진은 다음과 같이 회상한다. "시를 처음 쓰려고 할 때 대뜸에 다 걸린 난관이 바로 이 청교도적인 철저한 금욕 생활의 신조와 현세적이고 인간적이고 감각적인 쾌락을 가져다주는 시의 생활이 서로 일치할 수 있느냐 하는 문제였다." 박두진, 《고향에 다시 갔더니》, 106쪽.

신앙 체험이 곧 시적 체험인 궁극적 일치의 시

　그렇다면 수석을 통해 자연, 인간, 신을 종합하기 전까지 박두진은 어떤 식의 종합을 꿈꾸었던 것일까? 그가 결코 포기할 수 없었던 종교적 욕구와 문학적 욕구는 어떻게 병존할 수 있었는가? 그는 평생에 걸쳐서 '종교적 체험'과 '시적 체험'이 일치하기를 희망했다. 다시 말해서, '신앙인으로서의 삶'과 '시인으로서의 삶'이 하나로 통합되는 체험을 갈망했다. 따라서 박두진이 지향한 시의 세계는 "신앙시와 신앙시가 아닌 시의 구별이 불가능한 시, 시가 곧 종교적 신앙에 바탕하고 그 미학을 성취하는 것, 종교적 신앙 체험이 곧 시적 체험, 바로 그것일 수 있는 궁극적 일치의 시"(《번뇌》, 86쪽)라는 말로 집약된다.

　그러나 박두진이 아무리 궁극적 일치의 경지를 갈망했다 할지라도 종교와 문학이 각자의 독자성을 잃어버리는 방식의 일치라면, 그것은 문제의 해결이 아닐 것이다. 그것은 어느 한쪽이 주도하는 일방적인 흡수 통합의 방식이기 때문이다. 그리고 그것은 박두진이 가장 두려워했던 문학적 실패로 귀결되기 쉽다. 그렇다고 해서 산술적 종합을 지향할 수도 없는 일이다. 따라서 양자의 독자성을 최대한 존중하는 방식의 통합의 발견이란 박두진에게 거의 기적에 가까운 사건이었다. 그것이 얼마나 어려웠는지는 박두진의 30년 시 세계가 잘 말해 준다. 그는 "지금까지 수십 년 동안 종교시에 자신을 갖지 못한 까닭이 종교적 궁극의 순수성과 시적 궁극의 순수성이 나의 안에서 일치하지 못한"(《번뇌》, 83

쪽) 데 있다는 고백을 남겼다. 여기에서도 시와 신앙(혹은 문학과 종교) 양자의 순수성 훼손 불가의 방침은 거듭 확인된다. 훼손은커녕 양자는 상대방의 순수성을 더욱 강화해 주는 역할을 해야만 한다. 박두진은 불가능에 가까운 그러한 통합의 방식을 꿈꾸었던 것이다.

양자의 통합을 불가능하게 만든 또 다른 난관은 미학적인 데서 찾아진다. 박두진에게는 문학과 종교가 접점을 찾기 어려울 만큼 극한 대립의 관계를 유지했듯이, 미학적으로도 문학이 지향하는 미학과 종교가 지향하는 미학은 서로 정반대의 길을 가고 있었다. 그리하여 양자는 모순과 대립, 갈등을 기본으로 하는 박두진의 세계에서만 아무런 문제 없이 병존할 수 있었다. 그 내용은 다음과 같다.

1) 시의 가장 처음 목적은 시 자체의 본질에 충실하고 그것에 봉사하고 그것에 육박하는 것임을 알 때에 비로소 시는 이루어지고 시를 써야 할 다음 기능과 사명도 있을 수 있는 것이다. 아무리 절실하고 크고 뜻있는 목적을 시의 바깥 세계에 세워 놓고 시로써 그것에 봉사시키려 할 때도 어디까지나 그것은 시로서의 원만한 성과를 얻은 다음의 일이요, 시가 시로서의 본질적인 가치를 잃었을 때 그것은 벌써 시가 아니었음을 알아야 할 것이다.(《고향》, 102~3쪽)

2) 시는 신의 영광을 위해 써져야 하고, 인류는 신의 사랑의 섭리 아래 하나로 완성될 것임을 궁극의 이념으로 표현하려는 것이 나의 시작 생활의 현재의 한 방향이며 신념이다. 쓰고 또 쓰고 노래하고 또

노래해도 이러한 주제는 다함이 없는 것이요, 온 일체의 인간 영위의 궁극의 목표를 신의 사랑의 세계의 완성에 두지 않고는 그것은 참말로 무의미 무가치하고 생명이 안 깃들인 싸늘하고 암담한 죽음의 세계와 같은 것이겠기 때문이다.(《고향》, 108쪽)

1)에서 박두진은 시의 자기목적성과 자율성을 옹호하며 그것이 "아무리 절실하고 크고 뜻있는 목적"일지라도 시 이외의 목적을 위해서 시가 "봉사"해서는 안 된다고 힘주어 말한다. 하지만 곧이어 2)에서는 태도가 달라진다. "시는 신의 영광을 위해 써져야" 하며, 신의 섭리와 같은 "궁극의 이념"이 시를 통해서 표현되어야 한다고 주장하는 것이다. 여기서는 신의 영광과 같은 외부적 목적을 위해서 시가 봉사하는 것이 당연해 보인다. 양자의 관계를 다시 정리하면 다음과 같다.

1)의 요구는 '문학'의 입장을 대변하면서, 칸트적인 의미의 '미적 자율성'의 요청에 가깝다. 반면 2)의 요구는 '종교'의 입장을 대변하면서, 헤겔적인 의미에서 '이념의 감각적 현현'이라는 미의식에 근접하고 있다.

사실상 박두진의 시 세계에서는 문학을 중심으로 하는 '미적 자율성'에 대한 요구와 종교를 중심으로 하는 '타율적 이념의 실현'에 대한 요구가 서로 갈등을 일으키지 않고 병존하고 있었던 것이다. 만약 두 가지 미학적 지향이 충돌하더라도 박두진은 두 가지 입장을 동시에 고수하려 했을 텐데, 그러한 모순된 요구가 내적 갈등의 원인으로 기능했을 것이다. 그러나 수석(시)에서는 그러한 모순적 결합조차도 노골적으로 허용된다는 점이 중요하다. 수석은 그동안 병존하면서 갈등을 일으켰던 모순들에 실질적 병존의 가능성이 허용되는 유일한 형식이기 때문이다.

모순 병존의 조건, 자연미의 우월성

이처럼 박두진에게 '수석木石'은 그의 시 세계를 관류하며 형성되었던 모든 대립과 모순을 일거에 화해시키는 마법적 기능을 수행한다. 그 중에서 신앙과 시의 오랜 상극 관계가 수석을 계기로 통합되어 '신앙시'를 탄생시켰다는 것은 박두진으로서는 가장 잊지 못할 사건이라 할 것이다. 그것은 오랜 숙원이었던 '신앙인으로서의 삶'과 '시인으로서의 삶'의 일치를 실현시켜 주었기 때문이다. 이는 '종교적 체험'(혹은 숭고의 체험)과 '시적 체험'(혹은 미적 체험)이 일치하는 기적의 발생을 배경으로 한다. 이 모든 사태는 수석이 지닌 양면적 성격에서 파생했다. 그 양면성에 대해서 박두진은 여러 곳에서 언급하고 있는데, 그 일부를 들어 보면 다음과 같다.

소박한 자연이 지니고 있는 자연미보다는 인간이 창조하는 예술미가 더 높은 차원에 속한다고 말하는 것이 상식이다. 이를 뒷받침하는 가장 적절한 예를 회화나 음악에서 들을 수 있을 것이다. 그러나 같은 예술 중에서도 조각 예술에 관한 한 자연미와 예술미의 우열의 한계를 어떻게 정해야 할지 모를 만큼 자연이 가지는 조형미는 놀라운 인간의 창조미를 능가하는 것 같이 보여진다.(《돌사랑》, 91쪽)

인용문은 수석의 미적 위상을 가장 압축적으로 언급한 대목이다. 여기에는 서로 모순되는 두 가지 진술이 병렬되어 있다. 첫째, 일반적으로 예술미가 자연미보다 우월하다는 진술. 둘째, 어떤 자연미는 예술미보다 우월하다는 반대 진술. 첫 번째 진술은 수석을 제외한 나머지 모든 자연의 경우를 들면서, "소박한 자연이 지니고 있는 자연미"라는 것이 예술미보다 열등한 것은 당연하다고 주장한다. 하지만 두 번째 진술은 오로지 수석에만 해당되는 것으로, 수석처럼 탁월한 "자연이 가지는 조형미"라는 것이 그 어떤 예술미보다 우월한 것이라는 주장을 담고 있다.

이 내용을 다시 정리하자면, 일반적으로는 예술미가 자연미보다 우월한 것이 사실이지만, 자연미가 예술미보다 우월한 경우가 있는데 그것이 바로 수석이라는 것이다. 이러한 관점에 따르면, 수석은 자연미에 속하면서도 유일하게 예술미를 능가하는 '예외적 자연'에 해당됨을 알 수 있다. 수석은 비록 자연에 속해 있기는 하지만 다른 모든 평범한 자연을 초월해 있는 유일한 존재인 것이다. 간단히 말해서 수석은 자연이면서 자연이 아니며, 거의 예술에 가까운 자연이라 할 수 있다. 그런 까닭에 수석에서 전해지는 아름다움이 있다면 그것은 모든 자연미 중에서도 가장 예술미에 근접한 경우에 속한다.

이처럼 수석은 미적 지위로 따지자면 상당히 모순된 양면성을 지녔는데, 이는 수석에서만 나타나는 것이지 다른 자연에서는 찾아볼 수 없는 성질이다. 다른 한편 박두진은 수석을 가리켜서 "자연이 만들어 낸 가장 자연다운 것"(《돌사랑》, 112쪽)이라는 평가를 내린다. 수석에서 발견되는 아름다움은 자연미 중에서도 자연미의 본질에 가장 가까운 최고의 자연미에 해당된다는 것이다. 하지만 '최고의 자연미'인 수석은 더 이상 '자연미'에 속하기를 거부한다. 만약 그것을 '자연미의 극한'이라고 칭할 수 있다면, 자연미의 극한에 자리한 수석의 아름다움은 오히려 예술미에 근접하게 된다는 것이다. 이는 매우 역설적인 사태라고 할 수 있다. 이러한 역설은 수석의 양면적 지위에서 파생한다. 가장 자연다운 자연인 수석은 가장 자연다운 순간에 자연을 벗어나서 예술에 근접하는 양면성을 지니고 있다.

여기에서 그치는 것이 아니다. 가장 자연다운 자연인 수석에서 발산되는 예술미는 인간이 만들어 낸 인공적인 예술미조차도 초월해 있기 때문이다. 자연의 본질은 예술로 통하며, 그때의 예술미가 예술의 궁극을 구성한다는 생각이다. 이를 통해서 알 수 있듯이 수석에서 우리는 자연미와 예술미를 동시에 느낄 수 있을 뿐 아니라, 인간이 만든 예술의 아름다움을 능가하는, 자연이 만든 예술의 더욱 뛰어난 아름다움에 감탄하게 된다. 이로써 수석을 통해서 자연의 신비에 근접하는 경험을 하게 된다.

수석에 대한 사랑은 자연의 미가 인간의 예술미를 능가하는 신비에 있으며, 자연이 자연대로의 우연의 결과라기보다 자연 자체가 가지는 어떤 미적 형성력을 지니는 그 신비와 경이에 있다. 자연과 인간과의 가장 정신적이고 심미적인 만남이 한 개 선택된 소박한 자연으로서의 그 수석과의 깊은 만남에 있다.[11]

　결국 자연을 대표하는 수석을 만남으로써 인간은 자연과 가장 "심미적인 만남"을 경험할 수 있게 되는 것이며, 동시에 그 만남의 "신비와 경이"를 잊지 못하게 된다. 자연과 인간의 만남에서 이보다 더 놀라운 만남은 있을 수 없다. 수석과의 만남은 "자연을 대하는 우리 인간의 가장 정결하고 겸허한 마음"(《돌사랑》, 66쪽)을 요구하며, "자연미 자체를 가치 있게 경탄하고 즐기고 배우"(《돌사랑》, 101쪽)는 기회를 제공한다. 그러나 따지고 보면 그것은 자연 그 자체와의 만남이라기보다는 결국에는 수석을 통해서 "누군가 인간 이상의 어떤 초자연적인 의도와 솜씨"(《돌사랑》, 28쪽)에 대한 감탄과 경이로 이어지게 된다. 다시 말해서 자연을 매개로 하여 인간과 신의 경이로운 만남이 성립되는 것이다. 그리고 그것은 시인 박두진이 오랫동안 꿈꾸었던 시의 경지를 앞질러 보여 주는 것이기도 하다. 따라서 "수석의 세계가 바로 시의 세계가 아닌가"(《돌사랑》, 111쪽) 하는 깨달음이 이어지는 것은 너무도 자연스럽다.

----

(11) 박두진, 《박두진 문학정신4 – 밤이 캄캄할수록 아침은 더 가깝다》, 신원문화사, 1996, 178쪽.

신앙시의 조건, 미와 숭고의 병존

초창기부터 그랬지만 특히 수석의 발견 이후 박두진은 '예술미'를 능가하는 '자연미'의 매력에 빠지게 된다. 등단 초기에 박두진은 당시 시단에서 "무기력한 눈물로 짓비벼진 감상의 시"와 "경박한 외래취를 유행적으로 발산하는" "사이비 모더니스트들의 시"를 극복하고자 했는데(《고향》, 135쪽), 이들이 하나같이 '예술미'의 우위를 인정하고 있었다는 점에 비쳐 본다면 상대적으로 '자연'의 편에 서고자 했던 박두진의 입장이 반영되는 대목이다. 하지만 초기의 '자연'이 순수한 자연 그 자체에 머물렀다고 한다면, 후기의 '수석'은 "예술미에 대응하는 가장 대표적인 자연미"로서 "예술미를 압도"(《돌사랑》, 124쪽)한다는 데 그 특징이 있다.

사실상 이는 자연미와 예술미의 구별을 초월해 있는 '아름다움 그 자체'에 육박하는 상황을 가리키는 것으로, 오로지 "자연이면서 예술품"(《돌사랑》, 28쪽)인 '수석'에서만 발견된다는 독자성이 있다. "그러므로 궁극적으로 수석이 지니는 어떤 놀라운 개성미는 다른 자연, 다른 예술의 그것에서는 찾을 수 없는 기대할 수 없는 그런 세계를 가지고 있다." 그것은 평범한 자연미를 능가한다는 점에서 "나무에서도 꽃에서도 새에서도 풀에서도 찾을 수 없"는 것이며, 인간이 만든 예술미를 능가한다는 점에서 "그림에서도 조각에서도 서도에서도 공예에서도 나타낼 수 없"는 아름다움인 것이다.(《돌 사랑》, 121쪽) 수석이 아니고서는 어떠한 자연도, 어떠한 예술품도 실현할 수 없는 독특한 미의 세계라고 할 수 있다.

이때 "자연 그것과 일부인 수석이 어떻게 예술 작품과도 비길 수 있는 매력과 가치를 가지는가"(《돌사랑》, 같은 쪽) 하는 점은 신비에 속한다. 그 비결에 대한 박두진의 해석은 항상 "대자연 혹은 어떤 초월적인 질서가 능동적 의도적 의장적으로 창조 형성해 놓은 것으로밖에 볼 수 없"(《돌사랑》, 78쪽)다는 데로 모아진다. 그렇기 때문에 평범한 자연과 인간적 예술품에 대한 미적 경험이 '아름다움'에 머물게 되지만, 오직 수석에 대해서는 경이와 놀라움을 동반한다는 점에서 '숭고'의 경험으로 상승하게 된다. 수석은 언제나 인간의 "기대와 상상을 초월하는 작품"으로서, 인간이 "아무리 상상하고 아무리 미리 어떤 범주를 정하고 돌밭에 임해도 그것은 쓸데없는 아주 작은 일, 하찮은 짓거리"로 만듦으로써 '위대한 자연'에 대한 한없는 존경심을 유발하기 때문이다. 이는 오로지 인간이 만든 예술품의 아름다움을 능가하는 '수석'의 자연미에서만 경험할 수 있는 독자적인 것이다.

이처럼 수석만의 독자적 미학은 '미의 체험'과 '숭고의 체험'이 결합된다는 데서 찾을 수 있는데, 이는 사실상 '시적 체험'과 '종교적 체험'의 일치를 갈망하던 등단 초기의 목적이 달성되는 장면이기도 하다. 그런 뜻에서 박두진은 수석을 가리켜서 "막연하게 찾던 시가 아주 구체적인 모습으로 나타난 것"(《돌사랑》, 111쪽)이라 했던 것이다. 수석이야말로 신앙시와 종교시의 살아 있는 모델인 까닭이다.

수석을 하나의 자연으로 대한다고 칠 때라도 그 자연의 가장 정수, 가장 궁극적인 정신과 美(미)로써 대해야 한다. 그 자연을 대하는 우리 인간의 가장 정결하고 겸허한 마음, 가장 담담하고 순수한 마음이 아니고는 수석 자체가 지니는 그 순수성과 정신의 깊이와 美의 높이에 접할 수 없을 것이기 때문이다. …… 결국 詩石一如(시석일여)랄까 하는 경지, 至純至粹(지순지수)한 경지에서 두 세계가 하나의 세계로 융합 일체화되는 것이며 그것을 실현하는 하나의 표현자인 나는 전혀 거기에 개입할 여지가 없고 오직 그것을 매개하고 거기에 봉사할뿐이라고.(《돌사랑》, 66쪽)

수석시의 이상이라 할 수 있는 시석일여詩石一如의 경지에서는 '인간의 작품'과 '자연(혹은 초자연)의 작품'이 하나를 이루게 된다. 이는 예술도 자연도 아니면서, 또한 동시에 예술이자 자연이기도 한 수석의 세계를 통해서만 도달할 수 있는 경지라고 할 수 있다. 이처럼 자연과 인간, 그리고 신이 융합하는 수석의 경지에서 시인이 위치하는 자리는 독특하다. 여기에서는 자연을 가공하여 예술을 이루고자 하는 '창조'의 열정이 필요치 않다. "수석을 채집하는 사람은 그 수석의 미의 창조에 실질적으로는 참여할 수가 없다"(《돌사랑》, 124쪽)는 평범한 사실에 따르자면, 인간은 "그 미를 창조하기보다는 선택 발견하는"(《돌사랑》, 125쪽) 자이기 때문이다. 이때 시인의 사명이란 "인간으로서는 도저히 미치지 못하는 자연미의 우월성을 기리고 배우는 것"에 있다고 할 수 있다. 추측컨대 '대자연의 사제'야말로 박두진이 꿈꾸는 시인의 자리일 것이다. 그리고 그것은 아주 오래전에 소멸한 시인의 초상이기도 하다.

이로써 박두진이 등단 초기에 지향했던 시의 모델이었던 '신앙=시'의 단계가 '수석시'에 이르러 실현되는 과정을 목격하게 된다. 초기에는 시와 신앙이 불일치한다는 불안감에 휩싸였지만, 후기에 이르러 드디어 그 불일치와 균열 상태가 오히려 신앙시의 본질에 속함을 알게 된 것이다. 그러한 불일치와 균열을 보존한 상태에서의 종합을 가능하게 만들어 준 것이 바로 수석의 발견이다. 수석은 예술미와 자연미의 화해를 가능케 했을 뿐 아니라, 자율성의 요구와 타율성의 요구를 융합하고, 궁극적으로 아름다움과 숭고의 통합을 요청하고 있기 때문이다. 이처럼 모순 병존의 상태를 본질로 하는 수석시의 미학은 박두진의 신앙 시론의 독창성을 입증한다. 따라서 '자연'에서 시작하여 '수석'에 이르는 박두진 시의 궤적은 시와 신앙의 모순이 병존하면서 화해하는 독자적 시론의 형성 과정이라 하겠다.

민족과
전통

해방기
'민족'을 둘러싼
'담론 전쟁'

:::::::: 일본산 '동양'
:::::::: 담론을 삭제하라!

우리 역사에서 '해방기'(1945~1948)는 시기적으로 식민지 시대에서 분단 시대로 이행하는 과도기에 해당한다. 그래서 해방기라는 명칭은 식민지의 시대는 이미 지나갔지만 아직 분단의 시대는 아닌, 다소 모호한 성격을 반영한다. 좋게 보면 해방기는 식민지의 억압에서, 그리고 분단의 상처에서 '해방'을 만끽할 수 있었던 유일한 시대였음을 뜻한다. 하지만 해방기는 결코 해방이 완성된 시대가 아니었다. 오히려 식민지의 잔재를 청산하고 '식민지로부터의 해방'을 종결짓고 해방을 완성해야만 하는 과제를 떠안은 시대였다.

그렇다면 해방기 제일의 급선무는 식민지의 흔적을 삭제하고, 식민지와의 단절을 완성하는 것이었다. 이를 담론 차원으로 축소하자면, 우선적으로 식민지 시대에 유효했고 식민지 체제를 유지하는 데 복무한 모든 담론들부터 그것들이 더 이상 유효성을 주장할 수 없게 만드는 절차가 필요했다. 특히 중일전쟁(1936~1938)에서 태평양전쟁(1942~1945)까지 일본에서 생산된 모든 군국주의 담론들의 무효화 작업이 필요했다. 최우선 청산 대상은 동아협동체東亞協同體, 동아신건설東亞新建設, 대동아신건설大同亞新建設, 대동아공영大東亞共榮, 근대의 초극 등과 같은 이른바 일본산 '동양' 담론[1]이었다. 잘 알다시피 일본에서 생산된 동양 담론은 동양에 대한 식민 지배와 서양을 상대로 하는 전쟁을 합리화하는 제국주의 이데올로기에 속한다. 따라서 그 이데올로기의 무효화 작업은 식민지 시대의 종언을 확인하는 중요한 절차 중 하나였다.

생각해보면 멀게는 개화기에서부터 가깝게는 1930~40년대에 이르기까지 가장 광범위하게 유포되어 설득력을 인정받은 것이 일본산 동양 담론이었다. 따라서 그 담론의 퇴출은 결코 쉬운 일이 아니었다. 어쩌면 식민지 시대 대부분의 담론들이 자세히 보면 직접적으로든 간접적으로든 동양 담론에 대한 입장을 정리하는 과정에서 형성되었다고도 할 수 있기 때문이다. 특히 중일전쟁 이후 일본의 동양 담론이 거의 학문적 경지에 도달하게 되었을 때, 그것이 사회주의자건 자유주의자건 상관없이 파시즘으로 유인하는 매력을 장착하게 되었던 점을 고려

---

[1] 일본의 제국주의적 식민화 전략을 지원하고자 생산된 각종 동양 담론을 일컬어서 여기서는 '일본산 동양 담론'이라고 칭한다.

해야만 한다. 그것은 심지어 식민지 조선의 비판적 지식인들까지도 매혹시키는 지점이 많아서, 전향한 사회주의자들과 역사철학자들, 그리고 구인회九人會에 참여한 모더니스트들, 심지어 민족주의자들조차도 일본산 동양 담론에 쉽게 말려들었다. 해방 이후 친일 경력의 문인들 사이에 자행된 '자기반성'에서조차 수치심보다는 오히려 일종의 신념 비슷한 것을 느끼게 되는 것도 이러한 사정에서 기인한다.[2]

따라서 해방기 매체들에서 일본산 동양 담론을 연상시키는 내용이 일거에 사라졌으리라고 기대하는 것이 오히려 이상한 일이다. 실제로 해방이 된 다음에도 아시아 혹은 동양에 대한 진술은 사라지지 않았다.[3] 다만 동양 담론의 성격이 바뀌었을 뿐이다. 중국 대륙을 겨냥한 제국주의적 동양 담론은 해체되고, 태평양 바다를 향하는 새로운 동양 담론이 그 자리를 차지하게 된다. 적어도 표면상으로는 동양 담론에서 제국주의적 요소가 거의 제거된 것이다. 하지만 동양 담론에서 식민지 시대의 흔적이 완전히 사라졌다고는 볼 수 없다. 오히려 그것들이 침묵의 형식으로 일종의 전제 조건처럼 존재했을 가능성을 배제할 수 없다. 비록 각종 매체의 표면적 진술에서는 그것들이 사라졌다고 해도, 과거 동양 담론과 어울렸던 인접한 개념들에 깊이 침투해 있을 가능성이 높다. 따라서 인접한 개념들에서조차 식민지 시대에 생산된 동양 담론의

---

(2) 유철상은 해방 이후 문인들의 자기반성 유형을 수치심과 양심을 기준으로 구별하고 있어 주목된다. 유철상, 〈해방기 민족적 죄의식의 두 가지 유형〉, 《우리말글》, 2006 참조.
(3) 해방 이후 아시아 담론의 변천 과정에 대해서는 김예림, 〈냉전기 아시아 상상과 반공 정체성의 위상학〉, 《상허학보》, 2007 참조.

흔적이 완전히 검출되지 않았을 때, 그제야 비로소 진정한 소멸을 얘기할 수 있을 것이다. 이때 '민족' 개념은 식민지 시대에 생산된 동양 담론의 소멸을 검증할 수 있는 '리트머스' 역할을 한다. 일제 말기에 형성된 '민족' 개념의 배경에는 서양과 동양의 차이를 강조하고, 민족성을 동양의 지방적 속성으로 간주하는 '동양' 담론이 전제되어 있기 때문이다. 그러므로 해방 이후에는 민족 개념을 동양 담론의 자장磁場에서 구해 내는 것이 진정한 해방을 향한 첫걸음이었을 것이다.

좌익이 선점한 '민족/반민족' 담론

당연한 현상이겠지만, 해방기에 가장 많이 사용된 단어는 바로 '민족'이다. '민족'은 해방의 주체였으며, 해방은 항상 '민족해방'을 의미했다. 이런 의미에서 식민지 경험은 '반反민족'의 체험에 속했다. 따라서 민족해방의 과제를 완성하기 위해서는 반민족적인 요소, 즉 친일적 요소의 제거가 필연적으로 요청되었다. 친일적 요소, 친일적 행위에 대한 '기억'은 친일적 요소를 제거하는 사전 단계에 속했다. 그것이 양심에 의한 것이든 강요에 의한 것이든 친일에 대한 모든 기억은 자기반성과 고백의 과정을 거쳐야 했다. 따라서 자기반성과 고백이라는 의식과 절차를 내세워 반민족적 친일 행위에 대한 '기억'을 선점하는 세력이 해방기 담론의 주도권을 잡는 것은 당연했다. 해방기의 '민족' 개념이

식민지 시대의 '반민족'적 상황을 끌어들이면서 민족 개념의 첫 번째 의미가 구성되었던 것이다.

이와 관련하여 우선 두 가지 좌담회를 주목할 수 있다. 하나는 1945 년 12월 '문학자의 자기비판'이라는 주제로 봉황각에서 진행된 좌담회 [4]로서, 여기에 주로 좌익 진영의 사람들이 대거 참가하면서 자기비판의 분위기를 선도하게 된다. 이 중에서도 임화가 제시한 자기비판의 내용에는 근본적인 데가 있다. 임화의 자기비판은 실질적인 친일 행위에만 국한되지 않고, 가능적 친일 행위까지 비판 대상에 포함시켰기 때문이다. 그는 이렇게 말했다. "가령 이번 태평양전쟁에 만일 일본이 지지 않고 승리를 한다. — 이렇게 생각해 볼 순간에 우리는 무엇을 생각했고 어떻게 살아가려고 생각했느냐고 묻는 것이 자기비판의 근원이 되어야 한다." 이처럼 비밀로 묻어 둘 만한 잠재적 친일 행위에 대한 고백까지 동반했을 때 비로소 자기비판이 "새로운 조선문학의 정신적 출발점의 하나"[5]가 될 수 있다는 것이 임화의 생각이다. 이러한 규정이 잠재적 친일 행위는 말할 것도 없고 실질적으로도 친일 혐의에서 자유롭지 못했던 대부분의 문인들을 겨냥했음은 분명해 보인다.

눈발은 세차게 나리다가도
곰시에 어지러히 허트러지고

---

(4) 자기비판이라는 이름으로 이루어진 좌담회 및 개인적 고백은 1946년까지 지속적으로 이어진다.
(5) 〈문학자의 자기비판〉, 《중성》 창간호, 1946. 2; 김윤식 편, 《한국현대현실주의비평선집》, 나남, 1989, 68쪽에서 재인용.

내 겸연쩍은 마음이

共靑(공청)으로 가는 길

동무들은 벌써부터 기다릴텐데

어두운 땅에는 불이 켜지고

굳은 열의에 불타는 동무들은

나같은 친구조차

믿음으로 기다릴텐데

— 오장환, 〈共靑으로 가는 길〉(1946) 부분

이 작품에서처럼 "겸연쩍은 마음"까지 고백하는 순간, "나같은 친구
조차/믿음으로 기다"려 주는 동무들 앞에 비로소 설 수 있게 되는 것이
다. 철저한 자기비판이 선행되지 않는다면 새로운 민족문학의 주역으로
참여할 수 없게 된다. 이렇게 해방기 새로운 민족문학 건설의 전제 조건
으로 민족적 자기비판을 제시함으로써 좌익 문인들은 해방기 문단의 주
도권을 장악하게 된다.[6] 그리고 좌익 문인이 민족 담론을 선점함으로써
해방기 문단의 첫 번째 과제는 자연스럽게 '민족/반민족'의 대립 구도
위에 성립하게 되었다. 이에 따라 좌익 문학인 단체를 대표하는 조선문
학가동맹朝鮮文學家同盟은 해방기의 시급한 과제로 계급해방보다는 민족해

---

(6) 좌익의 자기비판을 《전위시인집前衛詩人集》 발간의 배경으로 이해하는 경우로는 이기성, 〈고백의 윤리와
숭고의 가면쓰기〉, 《2008년 상허학회 가을 학술대회 자료집》 참조.

방을 내세우고, '민족문화' 혹은 '민족문학'의 건설을 주도하고자 했다.

하지만 따지고 보면 이는 식민지 시대부터 설정된 좌익 문인들의 목표에서 크게 벗어난 것이 아니었다. 식민지 시대에도 민족해방과 계급해방을 하나로 생각하는 사회주의자들이 많았기 때문이다.[7] 사실상 이것은 한국 사회주의의 본질적 성격에서 파생된 현상이기도 하다. 사회주의자들 중에는 민족 독립 활동을 벌이다가 민족해방을 위한 새로운 이념으로 사회주의를 받아들인 경우가 적지 않았다. 그들에게 운동의 일차적 과제는 민족의 독립과 해방이었지 프롤레타리아 독재 권력의 즉각적 수립이 아니었다. 따라서 민족해방을 위해서라면 언제든지 민족주의 세력과 연대할 준비가 되어 있었다.[8] 다만, 좌익 문인들의 이러한 성향이 해방기 들어 더욱 노골적으로 드러난 것일 뿐이다. 이때 설정된 민족과 반민족의 대립 구도는 '반민족' 세력을 제외한 상태에서 계급을 초월한 광범위한 민족 연대의 가능성을 내포했다.

민족 담론의 전환점, 학병동맹사건

민족/반민족의 대립 구도를 통해서 식민지 시대를 기억하고자 하는

---

(7) 류준범, 〈1930~40년대 사회주의 운동가들의 '민족혁명'에 대한 인식〉, 《역사문제연구》, 2000, 115쪽 참조.
(8) 이준식, 〈한국근대사에서 사회주의계열 민족해방운동의 역사적 실체〉, 《내일을 여는 역사》, 2006, 77~8쪽 참조.

행위는 해방과 더불어 귀환한 '학병學兵'의 입을 통해서 더욱 구체화되었다. 일본 식민 지배의 직접적인 피해자인 그들은 일본인 및 일본 식민지에 동조한 사람들에 대한 '기억'을 구성하는 데 핵심적인 역할을 담당하게 된다. 문인들의 경우와 마찬가지로 해방 직후 사회주의 성향의 학병 출신 학생들은 별도로 '학병동맹'을 결성하고(1945. 9.), 《학병學兵》이라는 기관지를 발간하는 등(1946. 1.), 정치 세력으로 성장할 준비를 마쳤다. 이와 관련하여 《신천지新天地》 창간호(1946. 2.)에 마련된 '귀환학병의 진상 보고'라는 좌담회는 가장 대표적인 기억의 현장이라 할 수 있다.[9] 기성 문인들의 자기반성으로 채워진 이전의 봉황각 좌담회와는 달리, 학병들의 좌담회는 전쟁터 한가운데서 경험한 생생한 회고담을 통해 '피해자'의 위치에서 '가해자'를 호명할 수 있는 가장 적절한 구도를 제시했기 때문이다. 그리하여 이 좌담회는 민족/반민족의 관점을 가장 선명하고 생생하게 기억하게 하는 계기가 되었다.

하지만 민족/반민족의 대립 구도는 오래가지 못했다. 그 사이에 상황이 돌변했기 때문이다. 변화의 기점은 이른바 '학병동맹사건學兵同盟事件'이었다. 《학병》이 창간될 무렵(1946. 1.)은 모스크바 3상회의三相會議(1945. 12)에서 결정된 '한반도 신탁통치안'을 두고 좌·우가 찬탁/반탁의 입장으로 갈려 첨예하게 대립하던 때였다. 사건이 발생한 1946년 1월 20일은 학병들이 전쟁터로 끌려간 지 2주년이 되는 해로서, 기념행

---

(9) 학병에 대한 자세한 연구로는 최지현, 〈학병의 기억과 국가〉, 《한국문학연구》, 2007 ; 이혜령, 〈해방(기) : 총든 청년의 나날들〉, 《2008년 상허학회 가을 학술대회 자료집》을 참조.

사 준비차 서울 삼청동 학병동맹 본부에 수많은 학생들이 운집해 있었다. 그런데 이때 우파 학생들이 본부를 기습 공격하면서 양자 사이에 총격전이 벌어졌고, 이어서 경찰이 출동하여 학병 학생 세 명이 경찰의 총에 맞아 사망했던 것이다. 이 사건은 당시 좌익운동을 바라보는 미군정 및 경찰의 입장을 선명하게 드러낸 것으로, 그해 《학병》 2호는 문학가동맹 회원이 중심이 된 추모 특집으로 꾸며졌고, 1월 30일 사회장 규모의 합동장례식이 진행되었다. 이때 장례식에서 학병 대표로 조서를 낭독한 사람 중에는 학병 출신의 신진 시인 김상훈도 포함되어 있었다. 김상훈은 그 뒤에도 여러 편의 학병 관련 시를 발표하여 해당 사건의 의미를 부각시키는 역할을 담당했다. 이 사건 이후 좌익 문인들 사이에서 피해 학생을 애도하는 시들이 양산되었음은 물론이다.[10]

학병동맹사건은 해방기를 바라보는 관점에 큰 변화를 가져오게 하였다. 무엇보다도 그전까지 해방기를 조망하던 틀이었던 '민족/반민족'의 대립 구도가 다시 '민족/제국'의 대립으로 환원되는 계기가 되었다. 여기서 '제국'은 미국으로 바뀌었지만, 미국은 식민지 시대 일본의 자리를 대신하는 부정적 세력으로 간주되었다. 민족에 대립하는 것은 '일본' 혹은 '친일파'가 아니라 '친일파'를 비호하는 '미국'으로 관점이 이동한 것이다. 이렇게 해서 만들어진 민족과 제국이 대립한다는 발상은 사실상 식민지 시대의 관점을 반복하는 것이었다. 해방기의 한복

---

(10) 예컨대, 〈분한의 노래−피격학생의 노래〉(김상훈), 〈무덤〉(김상훈), 〈전사자 S야〉(김상훈), 〈북악산 산바람 불어내린 날〉(조남령), 〈모자를 벗자−희생된 학병의 영전에〉(동령), 〈눈 감으라 고요히〉(유진오), 〈조국은 울고〉(김광현) 외에도 《학병》 2호에는 많은 수의 추모시가 게재되었다.

판에서 민족해방과 반제국주의의 구호가 다시 부활하게 된 것이다.

　높이 들어라 반팟쇼의 깃발을
　높이 불러라 반팟쇼의 노래를

　거꾸러졌다 독일의 팟쇼도
　거꾸러졌다 이태리의 팟쇼도
　그리고 일본의 팟쇼도
　민주주의의 억센 철퇴 밑에
　민주주의의 억센 발길 밑에
　모조리 거꾸러졌다. 세계의 큰 팟쇼는

　그래도 꿈틀거리기 시작하느냐
　이 땅의 팟쇼들은
　일제의 잔재와 손을 마주잡고
　제법 장난치려느냐
　범 무서운 줄 모르는 강아지처럼
　민족통일의 큰 뭉치를 깨뜨리려고
　민족의 꽃봉지를 꺾으려고
　악을 쓰느냐 뛰며 구느냐

　부서라 팟쇼를 팟쇼의 머리통을

또다시 쳐들지 못하게

뽑으라 팟쇼의 독한 이빨을

또 다시 덤비지 못하게

― 권환, 〈부셔라 팟쇼를〉 부분

골목엔 새로 밤의 윤리가 벌어졌다

황해 건너 밀수한 호콩

럭키 스트라이크

미국 병정의 입다 버린 군복

캔디―쪼꼬렛

비누 향수 만년필

싸구려! 싸구려! 미국 물건이 싸구려!

아직 자리잡지 못한 미국의 국외 시장에

생활이 빚어낸 불량소년들은

일곱 살부터 상품의 이윤을 배운다

(중략)

8월 15일이 그리워진다

전설처럼 멀어진 8월 15일이

그것은 민중의 고향이었다

박해당한 민중의 것이다

천대에도 사역에도 소처럼 견디었으나

죽음이 앞에 닥쳤을 때

민중은 또한

고삐 놓은 황소처럼 억세다

8 · 15를 찾자!

우리의 8 · 15를 찾자!

— 김상민, 〈황혼의 가두〉 부분

이 두 작품이 보여 주듯이, 이제 일본과 미국의 차이가 사라지면서 식민지 이전과 이후의 차이도 무의미해졌다. 미국은 '새로운' 파쇼이고, 미군정기美軍政期(1945. 9. 8~1948. 8. 15)는 새로운 식민지 시대이며, 미국의 '신' 식민지에서 해방되는 '새로운' 8월 15일이 필요해졌다. 다시 '반파쇼'와 '민족해방'이라는 식민지 시대의 구호가 부활한 것이다. 인용한 시 속에서 시인들은 해방 혹은 탈식민은 이미 완성된 것이 아니라 하나의 과제로 주어진 것임을 확인하고 있다. 그래서 "태평양 건너서 던져온/군침 발린 가짜 〈독립처방전〉"을 가리켜 "아니꼽다! 우리는 모멸로써 그것을 백악관으로 돌려보"(김상오, 〈우리는 모멸로써 그것을 돌려보낸다〉)내자는 목소리가 힘을 얻게 되었다.

실제로 군정기 미국은 새로운 점령군과 다르지 않았다. 미군정은 좌익 문인들이 제시한 '민족/반민족'의 해방기 과제를 정면으로 무시하고, 오히려 민족문학 건설 현장에서 배제되어야 할 '반민족 세력'을 구제하여 광범위한 우익 세력의 결집을 돕고, 그들로 하여금 오히려 '좌익 척결'에 매진하게 했다. 친일 혐의에서 자유롭지 못했던 우익 세력은 미군정의 보호를 받으면서 다시금 친미 세력으로 부활하게 된 것이다. '민족/제국'의 담론 구도가 부활하면서 미국과 좌익 문인들 간의 불편한 관계는 더욱 나빠졌고, 결국 1946년 9월 총파업과 10월 항쟁을 기점으로 점차 극단으로 치닫게 된다.[11]

이처럼 해방이 물리적 차원의 문제가 아니라는 사실을 깨닫기까지는 그리 오랜 시간이 필요하지 않았다. 해방 이후 6개월도 지나지 않아 해방이 쟁취되어야 할 새로운 과제라는 생각이 좌익 세력들 간에 공유된 상식이 되었다. "어제는 〈게이죠〉/오늘은 SEOUL/내일은 또 무슨 문패를 달테냐"(조허림, 〈이국의 서울〉)라는 조롱은 해방기가 사실상 식민지 시대의 연장이라는 통찰을 담고 있다. 겉으로는 "왜인들도 모조리 쫓겨갔기에/해방이네 자유네 들떠들기에/서울서는 독립정부를 세운다는 소문이 끊일 새 없기에/이제야 살 길이 터지나보다 했었"(여상현, 〈보리씨를 뿌리며〉)지만, 실상은 전혀 그렇지 못했던 것이다. 해방의 꽃은 사실상 눈을 속이는 "해방의 조화造花"(김상훈, 〈고개가 비뚤어진 동무〉)에 불과했다. "진정 눈앞에 해방이 없다"(여상현, 〈영산강〉)는 깨달음은 해방기 민족 담론이 처한 절망적 상황을 잘 말해 준다. 식민지 시대와 해방기의 차이가 사라진 것이다. 그리하여 다시 "언제나 살기 좋은 날은 오느냐?"(임학수, 〈언제나 오느냐〉)는 푸념이 자연스럽게 이어졌다. 진정한 독립과 해방은 다시 후일의 희망으로 이월되었던 것이다.

그러나 민족을 제국에 대립시키는 것은 근대 초기의 담론적 상황을 반복하는 것이기도 하다. 달라진 점이 있다면, 제국주의에 대한 직접적

----

(11) 대표적인 작품으로 이용악, 〈기관구에서 – 남조선 철도파업단에 드리는 노래〉, 《문학》, 1947. 2가 있다.

비판이 해방 직후 '잠시 동안' 허용되었다는 것뿐이다. 애국계몽기(1905~1910)에도 민족의 이름으로 제국에 대립하는 담론이 형성되었던 것이다. 당시에는 민족 개념 형성의 대립물이 일본 제국주의였는데, 해방기를 맞이하여 다시 등장한 제국주의 비판 담론을 통해 '민족' 개념에 견고한 의미가 내장內藏된 것이다.

이처럼 식민지 초창기 담론의 기본 구도, 즉 '민족/제국'의 구도로 회귀함으로써 해방기 좌익 진영의 민족 담론은 일제 식민지에 대한 저항 담론의 성격을 계승하게 되었다. 특히 민족과 제국의 대립이 선명해질수록, 이는 민족을 제국 담론에 포섭하려 한 일제 말기의 제국주의적 동양 담론과 선명하게 구별되었다. 알려졌다시피 일제 말기의 동양 담론에서 (조선)민족과 (일본)제국은 결코 대립하는 관계가 아니었다. 당시 조선민족은 제국이라는 보편에 특수로 속하는 '신질서'를 받아들여야만 했기 때문이다. 이 상황에서 민족 개념은 결코 보편의 자리를 차지할 수 없었다.

하지만 해방기 좌익 진영의 민족 담론에서 민족 개념은 다시 제국의 지배를 거부하는 보편의 자리를 회복하게 된다. 더 나아가 국가보다 상위에 위치하고 때로는 국가와 대립하는 위치에까지 이르게 된 것이다. 심지어 분단 시대로 접어들면 민족은 이제 두 개의 국가를 통합하는 상위 개념으로까지 받아들여진다. 이처럼 민족 개념이 국가보다 상위에 놓이게 되는 현상은 제국에 대립하는 민족 개념의 구상에서 발전한 것이라 할 수 있다.

우익의 전략, 순수문학=민족문학

이처럼 민족 개념을 그 자체로서 규정하기보다는 '반민족' 혹은 '제국'과 같은 대립자를 통해서 구성하려 한 것이 좌익 문인들의 전략이었다. 반면에 우익 문인들은 '민족'의 내적 속성 자체를 부각시키는 방식으로 민족을 구성하려 했다는 점에서 큰 차이를 보인다. 물론 우익 문인들의 민족 개념에도 대립자가 없었던 것은 아니지만, 그것조차도 민족의 내적 속성이 해명되는 과정에서 자연스럽게 드러난다는 인상을 주었다.

해방 직후 잠시 좌익에 문단의 주도권을 빼앗겼던 우익 문인들이 주도권을 재탈환하게 되는 데는 오랜 시간이 걸리지 않았다. 앞서 학병동맹사건에서도 보았듯이 찬탁과 반탁의 대립 구도가 선명해지는 1946년으로 접어들자 자신감을 얻은 그들은 3월과 4월에 각각 조선문필가협회와 조선청년문학가협회를 조직하게 된다. 하지만 해방 직후에 문단의 주도권을 좌익에게 빼앗김으로써 특히 '민족' 개념을 선점하지 못한 것은 큰 실책이었다. 해방이란 무엇보다도 민족해방일 수밖에 없음에도 불구하고, 좌익 문인들이 먼저 '계급'보다 '민족' 개념을 이념적으로 선점하였으니 우익으로서는 차별적인 의미를 확보하는 것이 큰 과제였다. 따라서 이후 좌익과 우익 문인들 사이에서 '민족'이라는 개념의 정의를 둘러싼 일종의 '개념 전쟁'이 벌어진 것은 자연스런 절차였다.

목하 조선에는 민족문학 수립이란 유일한 목표 아래 대략 두 가지 주요한 문학적 경향이 흐르고 있다. 하나는 이것을 계급적 각도에서 규정하려는 유물론적 합리주의적 경향이 그것이오 다른 하나는 민족적 각도에서 이것을 규정하려는 창조적 휴맨이즘적 경향이 그것이니 전 경향파 계열의 문학동맹 산하 문학인들은 전자에 속하는 것이요 문학 정신의 옹호를 주창하는 순수문학파 계열의 문학인은 후자에 속한다.[12]

우익 문단의 선두에서 민족 개념을 정립하고자 한 김동리의 진술이다. 김동리의 구도에 의하면 해방기의 좌/우 대립은 식민지 시대 "경향파"와 "순수문학파"의 대립이 재현된 것에 불과하다. 그러므로 좌익에서 아무리 '민족'을 강조한다 할지라도 그것은 여전히 "계급적 각도"에서 바라본 민족일 뿐이고, 오히려 "민족적 각도"에서 민족을 바라보는 쪽은 순수문학파에 한정된다. 민족적 각도에서 민족을 바라보았을 때 '순수문학'이 가능한 것이고, 그것이 진정한 의미에서 민족문학이라는 것이다. 김동리의 관점에서 '순수문학=민족문학'은 결코 포기할 수 없는 등식이었다. 민족은 심지어 국가(혹은 정치)로부터 초연한 장소에서 문학을 선도하는 정신적 기조가 되어 갔다.

여기서 주목할 것은 김동리의 '순수문학=민족문학'에서 핵심을 이루는 개념들, 즉 문학의 순수성, 자율성, 인간성 등의 주요 개념들이 이미 식민지 시대에 크게 강조되었던 개념들이라는 사실이다.[13] 그러므

(12) 김동리, 〈창조와 추수〉, 《민주일보》, 1946. 9. 15.

로 순수문학과 민족문학이 같은 것이라는 파격적 주장보다 더욱 중요한 사실은, 식민지 시대와 해방기 사이에 뚜렷한 차이가 존재하지 않는다는 김동리의 무의식적 판단이다. 김동리의 관점에서 해방기의 문단 구성과 문학적 쟁점들은 식민지 시대부터 이미 존재했던 대립 구도의 재탕에 불과하다. 식민지 시대와 해방기 사이에 결정적 차이가 없다면, 해방기의 문학적 과제가 식민지 시대의 연장선상에 놓이는 것은 당연하다. 그렇다면 해방기에 김동리가 펼친 순수문학론이 일제 말기 '순수-세대론'의 연장선상에 놓여 있다는 주장은 전혀 놀랍지 않다.

그런데 1939년부터 《문장文章》과 《인문평론人文評論》을 중심으로 전개된 '신세대론'의 핵심은 '순수문학'에 있지 않았다. 신세대론은 오히려 중일전쟁 이후 일본에서 제출된 '동아신질서'에 대한 식민지 조선 문인들의 사상적 반응[14]으로 보는 것이 합당하다. '동아신질서'란 앞서도 말했듯이 일본산 동양 담론의 완성된 형식으로서 전향한 사회주의자들이 만든 제국주의 이데올로기를 가리킨다. 그것은 자본주의와 사회주의를 포괄하면서, 자유주의자와 사회주의자, 민족주의자들을 동시에 만족시키는 초국가주의 담론의 결정판이었다. 그것이 이미 일제 말기 김동리의 '순수'가 지향하는 '초역사성'을 관류하고 있었던 것이다. 그리고 그 정신은 해방기라고 해서 달라진 것이 아니었다. 식민지

---

(13) 식민지 시대와 해방기의 연속선상에서 김동리의 순수문학을 바라보는 경우로는 강경화, 〈해방기 김동리 문학에 나타난 정치성 연구〉, 《현대소설연구》, 2003 ; 김한식, 〈김동리 순수문학론의 세 층위〉, 《상허학보》, 2005 참조.

(14) 김철, 〈명랑한 형/우울한 동생〉, 《상허학보》, 2009, 165쪽 참조.

시대와 마찬가지로 해방기에도 일제 말기 제국주의 담론의 '근대의 초극' 정신은 여전히 유효성을 잃지 않고 있었다.

그러나 식민지에서 해방기로 이어지는 제국주의적 반근대 담론은 비단 김동리에서 그치는 것이 아니다. 그것은 여전히 서구적 근대 문명의 타락에 견주어 동양적인 것(일본적인 것/조선적인 것)의 심미성을 강조했던 이태준[15]을 비롯한 '문장파'의 입장과 맥이 닿아 있었다. 그런데 알려졌다시피 미군정기에는 문장파의 이병기, 조지훈과 더불어 우익 문인을 대표하는 서정주 등이 국어 교과서 편찬을 주도했던 것이다. 특히 미군정기 교과서 편찬 사업에서 이병기가 주도적인 역할을 했다는 사실[16]은 《문장》을 중심으로 생산된 일제 말기의 문학 담론들이 해방기에도 계승될 수 있었다는 뜻이다. 그들의 민족문학론에 '고전', '전통' 등의 하위 개념들이 포함되는 것은 당연했다. 김동리의 '순수문학=민족문학' 등식이 시문학 분야에서도 조지훈과 서정주 등의 지원으로 확실성을 보장받게 된 것이다. 일제 말기에 '신세대론'의 한 부분으로 등장한 순수문학론이 해방기에 다시 '구세대론'이 되어 부활하는 순간이었다.

....

(15) 정종현, 〈제국/민족 담론의 경계와 식민지적 주체〉, 《상허학보》, 2004, 124쪽.

(16) 이에 대해서는 이명찬, 〈중등교육과정에서의 김소월 시의 정전화 과정 연구〉, 《독서연구》, 2008. 328~9쪽 참조. 이에 따르면 이병기는 군정청 문교부 편수관을 지냈고, 조지훈은 부독본 편찬에 간여했으며, 서정주는 문교부 예술과장을 지내면서 교과서 편찬에 주도적 역할을 했음을 알 수 있다. 이들에 의해서 형성된 식민지 시대 시문학 정전正典이 이후에도 지속적인 영향력을 행사한다는 점은 주목해야 한다. 김수영의 〈푸른 하늘을〉이 특별히 중등 교과서에 반복적으로 실렸던 조지훈의 〈마음의 태양〉을 염두에 두고 있었다는 것은 이제는 상식에 속한다.

초역사적인 순수문학의 한계

여기서 중요한 사실은 조지훈과 서정주 등이 제시한 순수시의 세계에서는 '해방'이 정치적으로든 문학적으로든 큰 의미를 지니지 못한다는 데에 있다. 그들은 마치 아무 일도 없었다는 듯이 해방 이전에 구상했던 작업을 해방 이후에도 이어 나가는 모습을 보인다. 예컨대 일제 말기 동양주의에서 파생된 것이 분명한, 전통과 영원성의 탐구를 특징으로 하는 해방 이후 서정주의 시적 태도는 식민지 말기에 작성된 〈시의 이야기〉(1942. 7. 12~17)에서 이미 그 이론적 단초가 발견된다.

동아공영권이란 또 좋은 술어가 생긴 것이라고 나는 내심 감복하고 있다. 동양에 살면서도 근세에 들어 문학자의 대부분은 눈을 동양에 두지 않았다. …… 시인은 모름지기 이 기회에 부족한 실력대로도 좋으니 먼저 중국의 고전에서 비롯하여 황국의 전적들과 반도 옛것들을 고루 섭렵하는 총명을 가져야 할 것이다. 동양에의 회귀가 성히 제청되는 금일이다.

동양과 서양의 대립적 인식, 동양의 고전에 대한 관심, 이른바 "동양에의 회귀"가 〈귀촉도〉(1940) 이후 서정주 시의 큰 줄기를 형성하고 있음은 무시할 수 없는 사실이다. 그 무렵 서정주가 화랑정신과 풍류정신에서 서구 근대 문명의 위기를 극복할 수 있는 대안을 찾고 있었던 김동리의 형 김범부의 영향을 받았다는 사실[17]까지 포함하면, 해방 이후 서정주의 시 세계에서 식민지 시대의 동양 담론의 뿌리를 찾기란 그리 어렵지 않다. 이런 의미에서 서정주의 시적 세계에서 식민지 시대 이전과 이후의 차이를 찾는 것은 근본적으로 무의미한 일인지도 모른다. '역사'는 이미 사라졌기 때문이다. 이처럼 가장 정치적인 담론인 '대동아공영론'에서 어떻게 이토록 초역사적인 '순수'의 에너지가 도출될 수 있었는지는 여전히 수수께끼에 속한다.

사태는 《문장》의 정신을 이어받은 조지훈의 '순수시=민족시' 관념에서도 반복된다. 해방 이후 정지용의 무기력한 행보에 비한다면, 조지훈은 '신세대'의 정신으로 우익 문단의 민족 담론을 적극적으로 구축하는 명민함을 과시했다. 그러므로 윤동주와 이육사의 유고시집 발간과 마찬가지로, 일제 말기 시 정신의 집약체인 《청록집青鹿集》(1946)의 발간은 식민지 시대에 이미 형성된 정신을 해방기에도 이어받으려는 우익 문인들의 정통성에 대한 집착에 닿아 있다.

이처럼 해방기 우익 문인들 사이에서 성립하는 민족 개념의 뿌리를 일제 말기 일본의 제국주의적 동양 담론에서 찾을 수 있다면, 이들에게서 분출되는 '반공反共'의 에너지도 미군정에 의해서 새롭게 도입된 것이 아닐 수 있다. 그것은 이미 일본 파시즘 미학의 반사회주의 논리의 연장선상에 있는 것이다. 일제 말기에도 그러했듯이 이때의 민족 개념

---

(17) 서정주와 김범부의 관련성에 대해서는 홍용희, 〈전통지향성의 시적 추구와 대동아공영권〉, 《한국문학연구》, 2008, 282~287쪽 참조.

은 결코 국가에 비판적으로 대립하는 기능을 포함하지 않는다. 오히려 우익의 민족문학은 초시간성을 빙자하여 국가의 지배를 용인하는 국가주의로 발전할 가능성이 많았다.[18] 이것은 향후 서정주 시문학의 발전에서 예견되는 경로이기도 하지만, 이는 해방기를 통해서 민족 혹은 민족문학 담론에 큰 변화를 꾀하지 못한 우익 문학의 내재적 한계라고 할 수 있다.

'해방'이 빠진
해방기 우리 문단

해방기는 식민지 체제에서 냉전 체제로 편입되는 과도기이므로 복합성을 보이기 마련이다. 식민지 체제와는 달리 우리의 해방기는 미군정에 의한 신식민지로의 편입과 군사적 · 이념적 분단의 내면화가 동시에 태동하는 격변기에 해당한다. 이처럼 비교적 새로운 성격의 시기가 도래했음에도 불구하고, 해방기의 문단 상황은 식민지 시대의 담론 틀을 크게 벗어나지도 못했을 뿐 아니라 그것을 비판적으로 극복하는 데에도 실패했다. 적어도 남북한 양쪽에서 단독정부가 수립되기 전까지 해방기 문단은 좌익에서건 우익에서건 일제 말기의 담론을 어떻게

---

(18) 근대 이후 민족(네이션)과 국가의 관계를 통해서 근대문학사를 조망한 사례로는 오문석, 〈근대문학의 조건, 네이션≠국가의 경험〉, 《한국근대문학연구》, 2009를 참조.

극복할 것인지에 대한 공개적인 논의가 없었다. 마치 과거의 악몽이 모두 사라진 것처럼 식민지 시대 전체를 관류하던 동양 담론에 대해서 침묵하는 것을 당연시했다. 하지만 과거의 담론을 철저하게 검증하고 반성하지 않았다는 것은 그 자체만으로도 식민지 시대의 담론 구도가 암묵적으로 존속했음을 보여 주는 증거가 될 수 있다.

일반적으로 해방기 문학에 대한 연구는 좌익과 우익의 이념적 갈등을 중심으로 서술된다. 이런 시각은 일면 진부하고 편향되어 보인다. 한편으로는 냉전 체제가 정착되는 해방기 상황에서 좌익과 우익의 이념적 대결을 제쳐 놓고 문학만을 논한다는 것은 불가능할뿐더러 온당한 접근법이라 할 수도 없다. 다만 그 갈등의 뒷면에서 해방기를 다시 조망할 수 있는 또 다른 관점을 찾는 작업이 필요할 뿐이다. 그런 의미에서 지금까지 살펴본 대로, 문학을 둘러싼 담론 차원에서 식민지 전 시기에 걸쳐 팽배했던 동양 담론은 해방이 된 후에도 완전히 소멸하지 않고 존속했다는 사실은 주목할 만한 대상이다. 이는 해방기에서 1950년대까지 이어지는 전통 서정시 담론의 진원 문제와도 무관하지 않다. 이와 관련하여 이렇게 물을 수 있다. 해방 이후에 전통 서정시 담론이 지배력을 획득했다면, 또한 그것이 일제 말기 동양 담론의 연장선상에 놓여 있음이 분명하다면, 그것은 일제 말기의 동양 담론이 해방기를 무사히 통과했다는 것을 의미하는데, 어떻게 그런 일이 가능할 수 있었을까?

이를 추적하기 위해 이 글은 먼저 해방기의 민족 담론에서 해방이 어떤 의미를 지니고 있었는지를 묻고자 했다. 실제로 해방기에 좌익과 우익 모두 '민족문화의 건설'을 목표로 했다는 사실은 해방이 지닌 역사적 의미에 부합하는 것이었다. 해방기 좌익의 민족 개념은 초기에는 반민족, 후기에는 제국과의 대립적인 관계를 통해서 그 의미가 구성되는 개념이었다. 해방 직후 좌익 문인들은 계급혁명보다 시기적으로 민족혁명의 시급함을 인정하고 반민족·친일파의 청산을 시대적 과제로 제시했던 것이다. 하지만 해방 이후 불과 6개월도 못 되어서 찬탁/반탁의 대립, 학병동맹사건 등으로 미국의 제국주의적 성격이 노출되면서, 좌익 문인들은 일본에 이어 미국이 신식민지의 주인으로 들어섰음을 자각하고 이를 비판하게 되었다. 그 결과, 제국과의 적대적 관계로 민족 개념이 재구성되면서 마치 애국계몽기와 유사한 상황이 재현되었다. 그러면서 민족 개념은 국가를 능가하는, 국가에 비판적으로 개입하는, 국가보다 우월한 개념으로 성장하였다.

　반면에 우익 문단에서는 '민족'이 외형상 '순수'를 매개로 해서 구성되는데, 이는 식민지 말기 '동아신질서'를 배경으로 벌어진 '세대-순수' 논쟁에서 파생한 개념이다. 김동리에게서 발견되는 '민족문학=순수문학'의 기본적 구상은 이미 식민지 말기 '신세대 논쟁'에서 형성된 것이다. 차이가 있다면, 당시에는 그들이 신세대였지만 해방기에는 이미 '구세대'를 대표하게 되었다는 데서 발견된다. 이로써 우익 문단의 민족 개념이 일제 말기 동양 담론의 영향 아래서 형성되었음을 알 수 있다. 동양과 서양의 대립, 동양 고전에 대한 관심, 그리고 영원성으로 이어지는 '민족문학=순수문학'의 견해는 특히 서정주의 사례에서 알 수 있듯이 식민지 이전에 형성되어 해방 이후까지 꾸준히 이어졌다. 이렇게 보면 그들에게 식민지 이전과 이후의 차이란 거의 무의미하다. 이처럼 순수문학의 초역사성이 가장 역사적이고 정치적이었던 일본산 동양 담론에 닿아 있다는 것은 일종의 수수께끼다. 따라서 그들의 민족문학이 국가주의를 수용하는 과정이라든지, 반공주의에 기초한다는 사실은 일제 말기 제국주의 담론의 성격을 통해서 거꾸로 이해할 수 있는 부분이 많다.

사태가 이러했다면 적어도 민족을 둘러싼 담론에 한정한다면 좌익에게도 우익에게도 진정한 해방은 찾아오지 않았던 것이다. 민족과 국가의 상관성을 비롯하여, 식민지 시대에 형성된 문학적 대립의 구도조차 비슷한 방식으로 반복되었다. 특히 식민지 시대에 일본산 동양 담론을 배경으로 형성된 민족 개념과 민족문학 이념은 해방기를 통과하는 과정에서 별다른 검증 작업을 거치지 않고 계승되었던 것이다. 바꿔 말하면, 동양, 전통, 민족, 그리고 반공, 순수 등이 결합되는 순수문학과 전통 서정시의 형성 과정에서도 해방기가 별다른 도전으로 기능하지 못했다고 할 수 있다. 이는 해방을 지연시키고 식민지를 연장하는 해방기 문학 담론의 불구적 성격을 잘 보여 주는 사례에 속한다.

근대문학의 화두,
전통과 현대성

한국전쟁 이후 충돌한
두 가지 충동

흔히 근대문학을 바라보는 지배적인 관점으로 '전통 지향성'과 '모더니티 지향성'이란 양극을 설정한다. 이는 식민지 시대로부터 해방 이후까지 널리 통용되는 관점이기도 하다. 이러한 관점에 따르면, 한국의 근대(현대)문학은 '전통'과 '모더니티modernity'(근대성/현대성)라는 두 가지 상반된 충동의 교차적 지배 혹은 적대적 공존 속에서 형성된 것이다. 그러므로 매 시기마다 용어는 달랐지만 '전통'과 '모더니티'라는 이항 대립적 개념이 생산되고, 그것이 그 시기의 문학적 쟁점이 되는 경우가 많다.

특히 한국전쟁(1950) 직후에 이르러 이러한 갈등은 전면전 양상을 보였고, 이는 문학사에서 매우 드문 현상으로 기록되었다. 전통과 모더니티 담론의 심화와 분화가 활발하게 이루어졌다는 것은 그 시대가 그만큼 격변기이자 이행기였다는 것을 간접적으로 말해 준다. 겉으로 보기에 전후戰後의 '전통' 담론은 해방 직후부터 문학 담론에서 세력을 확장해 가던 '모더니티' 지지자들(=신세대들)에 대한 구세대들의 대응 방식처럼 보인다. 전통 담론이 1955년에 이르러서 갑작스럽게 확산되기 시작하여 그 후 2~3년간 순식간에 지배적인 담론으로 정착하는 과정은 그러한 의혹을 불러일으킬 만하다.

한국전쟁을 전후로 해서 모더니티 지지자들이 다시 등장했다는 사실은 해방 이후 문단의 주도권을 장악한 김동리와 서정주를 중심으로 하는 보수적 민족주의자들에게는 모처럼 경험하는 도전이었을 것이다. 특히 1930년대 모더니즘의 정신을 계승하기 위해 1951년 박인환 등이 피란지 부산에서 조직한 '후반기' 동인을 중심으로 하는 모더니티 지지자들의 '전통' 비판은 당시 문단의 '정통성'마저도 흔드는 급진적인 데가 있었다. 따라서 비록 명백히 표면화되지는 않았지만 전통과 모더니티의 관계를 둘러싼 담론 전체의 테두리를 가리켜서 여기서는 '전통 담론'이라 칭하고, 그 담론의 구도를 확인하고자 한다. 우선 전후 비평에서 전통과 모더니티가 형성하는 관계를 입체적으로 조명하고자 이 글에서는 다음과 같은 접근법을 취하려 한다.

첫째, 전통과 모더니티의 관계를 재구성할 수 있는 담론장을 설정한다. 전통과 모더니티는 특별한 담론장을 배경으로 하여 매번 다른 방식으로 관계를 맺는다. 그것을 여기서는 각각 ①고전문학과 현대문학,

②민족문학과 세계문학, ③근대문학과 현대문학으로 표기한다. 그 각각의 담론장을 배경으로 하여 전통과 모더니티가 서로 다르게 관계 맺는 방식을 해명할 것이다.

둘째, 전후의 전통 담론에 내재하는 식민지적 무의식을 조망하고자 한다. 전통과 모더니티의 대립이 근대 이후 지속되었다는 사정을 감안한다면, 전통 담론은 사실상 식민지 시대의 지배적 담론과 연결될 수밖에 없다. 따라서 식민지 시대에 전통 담론의 발원지였던 민족주의 혹은 동양주의 담론과의 관련성을 살필 필요가 있다. 식민지 시대의 담론과 해방 이후 담론의 연속성을 고려할 것이다.

셋째, 전후에 전통과 모더니티의 대립적 관계를 중재하는 부류의 입장에 주목하고자 한다. 전통 담론이 근대문학의 정통성에 연결된다는 점을 주목하고, 근대문학의 정통성에서 현대성 혹은 세계성의 발판을 마련하고자 하는 입장의 미묘한 차이를 정리한다. 이 과정에서 전후 민족문학의 보수적 분위기를 벗어나는 진보적 경향이 드러날 텐데, 이들은 이후 진보적 민족문학 및 진보적 모더니즘의 실마리로 기능한다. 이를 통해서 1950년대와 1960년대로 이어지는 문학사적 연속성의 흔적을 발견할 수 있을 것이다.

담론장場에 따른 '전통'과 '모더니티' 논쟁

　앞서 언급했듯이 한국전쟁 이후 전개된 전통과 모더니티 담론은 그것이 작동하는 담론장場의 상황에 따라서 다른 방식으로 관계를 맺는다. 예컨대 '전통(문학)'이라는 용어는 각각 '고전문학', '민족문학', '근대문학'과 유사한 개념으로 사용된다. 그러므로 전통이라는 용어의 의미는 각각의 유사 개념들이 상대하는 상관 개념들(차례로 '현대문학', '세계문학', '현대문학')과의 관계 속에서 재규정된다고 하겠다.

　그런데 지금까지는 이와 같은 담론장을 설정하지 않은 채로 단지 그 용어가 사용되었다는 것만으로 '전통'을 일률적으로 이해하려 했으며, 그것이 수많은 오해의 원인이 되었다. 예컨대 '고전문학과 현대문학'에서 사용되는 전통과 '근대문학과 현대문학'에서 등장하는 전통은 확연히 다르다. 전자의 '전통'에서는 '전근대적 성격'이 크게 강조된다면, 후자의 경우 '전통'에서는 '근대적 성격'이 두드러진다. 전자에서 전통주의는 근대(문학)에 대한 비판의 성격이 있지만, 후자의 전통주의는 근대(문학)에 대한 옹호를 뜻하는 것이 된다. 이처럼 맥락에 따라서 전혀 이질적이고 때로는 정반대의 의미로 쓰일 수 있기 때문에 각각의 용어가 배경으로 하는 담론장을 중시해야 한다.

1) 고전문학과 현대문학

　한국전쟁 이후의 전통 담론에서는 '전통' 못지않게 '고전'이라는 용어가 자주 등장한다. 일반적으로 그것은 '낭만적'에 대립하는 의미에서 '고전적'이라는 뜻으로 사용되지만, 전후 비평에서는 '현대문학'에 대립되는 '고전문학' 일반을 가리키는 용어로 자주 사용되었다. 다시 말해서, 현대문학에 대립되는 고전문학 일반을 가리키는 '문학사적인 의미'로 쓰였다.

전후의 전통 담론에서는 이태극, 정병욱, 조윤제, 이희승 등 대학에서 고전문학을 연구하는 국문학자들의 개입이 활발했다. 식민지 시대부터 현대문학 연구가 현장비평가에게 맡겨진 당시의 국문학계 풍토를 고려한다면, '고전문학'이란 표현은 그 자체만으로도 '국문학'을 상징하는 것이었다. 그러므로 '고전문학'을 강조하는 국문학자들의 발성은 해방 이후 크게 주목받게 된 '국문학'의 위상을 대변하는 것이기도 하다. 이 국문학자들에 의한 '전통 옹호'는 사실상 국문학이라는 분과학문의 위상에 대한 재확인이면서, 고전에서 현대까지 이어지는 일국문학사—國文學史의 연속성을 확인함으로써 한국문학의 '정체성'을 강조하려는 뜻을 포함한다. 서구문학의 모방이라는 비난 속에 '정체성' 상실 위기에 직면한 전후 문단 상황에서, 이 국문학자들은 '전통' 담론의 틈바구니에서 '국문학'의 '정체성'을 옹호했던 것이다.

이들에게 전통이란 비교적 '객관적' 실체로서 실존한다는 인식이 강하다. 그것은 우선 '고전문학'이라는 물리적 대상으로 존재할 뿐만 아니라, 그것들을 관통하는 정신적 실체로서 존재한다는 믿음이 있다.

우리 문학의 전통의 줄거리는 주체성의 견지에 있었고 그 표현형태는 '멋'에 있었다. 그런데 이 주체성의 견지란 곧 외래문화를 신속하고 다각적으로 받아들이기는 하였으되 언제나 우리의 생리와 체질에 맞도록 그 원형을 '데포름'하여 받아들였다는 우리의 태도를 말함이었다. …… 그러기 때문에 논자에 의하여는 우리 문학을 중국 문학의 식민문학으로 보지 않을 수 없다는 비관적인 결론을 내리는 사람까지도 있게 마련이다. …… 덮어놓고 외국문학을 '수박겉핥기'로 추종할 것이 아니라 우리의 필요에 응하는 냉철한 비판과 반성을 거쳐서 단순한 '모방'이나 '번안'의 경지를 넘어서 새로운 것을 창조해내는 훈련을 또한 쌓지 않으면 안 된다.[1]

이 글에서도 드러나는 것처럼 고전문학은 언제나 '중국문학의 식민문학'이라는 의심에서 자유로울 수 없었다. 식민지 시기에도 중국문학으로부터의 해방을 진정한 근대문학의 조건으로 여긴 사람들이 많았던 것처럼, 중국문학은 한국(고전)문학의 정체성 형성에 커다란 장애요인이었다. 해방 이후에는 중국문학에서 한국의 고전문학을 구제할 사명은 대부분 '국문학자'에게 넘겨졌다. 그러므로 고전문학의 진정한 상대는 '중국문학'이었던 것이다.

중국문학과 고전문학의 지배/종속 관계를 이론적으로 탈피하기 위해서는 먼저 한국의 고전문학이 중국문학의 '주체적 모방'(=데포름 deformation)이었음을 증명할 필요가 있었다. '전통'이란 바로 '주체적

....

1) 정병욱, 〈우리 문학의 전통과 인습〉, 《사상계》 1958. 10.

모방'이라는 방법 속에 이미 내재하는 것이다. 그런데 그들의 눈에는 중국문학과 한국(고전)문학의 관계가 다시 서구문학과 한국(현대)문학의 관계에서 반복되는 것처럼 보였다. 물론 서구문학의 수용은 이미 어쩔 수 없는 필연성에 속했다. 그러므로 '주체적, 창조적 모방'이라는 정신적 전통의 강조는 한국(현대)문학을 구제하여 일국문학사의 연속성을 보존하려는, '국문학계'라는 제도권의 최소한의 개입이었던 것이다.

2) 민족문학과 세계문학

한국전쟁 이후에는 '전통' 못지않게 '세계'라는 단어가 크게 유행했다. 두 번에 걸친 세계대전을 통해서 유명해진 '세계'라는 단어는 한국전쟁을 계기로 한국인들의 가슴에 새겨졌다. 심지어 조용만은 "6·25 동란은 우리에게 헤아릴 수 없는 재난과 불행을 가져왔지만", "'코리어'라는 이름을 널리 세계에 선전하여 준 것"[2]만은 틀림없다고 말한다. 전후에 이르러 사람들은 우리가 서구문학의 수용을 당연하게 받아들이는 것처럼, 한국문학이 세계에 알려지고 널리 인정받아야 한다는 사실을 크게 중시했다. 여기에서 '전통'은 과거적 성격을 갖는다기보다는 세계라는 평면에서 공간적 차이를 표시하는 '지방색'에 가깝게 되었다. 앞서서 국문학계의 전통 개념이 연속성과 동일성(정체성)을 강조하는 것이었다면, 여기서 전통은 '차이'의 의미로 받아들여졌다. 국문학계에서 전통은 그 자체만으로도 차이를 표시하는 기호였지만, 여기서 그것

---

(2) 조용만, 〈한국문학의 세계성〉, 《현대문학》 1956. 11.

은 차이를 통해서 사후적으로 획득되는 동일성의 다른 이름이다.

한국문화가 자기를 지킨다고 해서 지나치게 자리를 둘러싸거나 또는 부질없이 바깥을 두려워하거나 해서는 안 됩니다. 자기를 지킨다는 것은 본래 남을 만나고 남 속에서 남과 어울리면서 자기를 이지러지지 않은 둥근 자기로 짜나아가는 것으로서 처음부터 남을 만나지 않는다고 하면 자기를 지키는 일조차 있을 수 없고 또 지켰댔자 그것은 전연 아무런 의미도 가져오지 못하고 맙니다. …… 그런데 남을 만나지 않고 남에 매개되지 않고 자기를 새로 일으킬 일이 가능하겠습니까.[3]

이 글에서처럼 자기의 정체성은 이미 내재되어 있는 것이 아니라 외부와의 부단한 만남을 통해서 비로소 정립되는 것이다. 즉, 민족문학 (혹은 민족문화)의 전통이란 세계문학과의 부단한 접촉을 통해서 형성되는 어떤 것이다. 이때 세계문학과 민족문학의 불가분성을 해명하고자 사람들은 '가장 민족적인 것이 가장 세계적인 것'이라는 괴테J. W. von Goethe의 진술을 반복해서 인용한다. 그런 뜻에서 괴테의 '세계문학' 개념은 엘리엇T. S. Eliot의 '전통' 개념과 더불어 전후 비평에서 가장 많이 언급된 전거로 기억될 수 있다.

그러나 한국문학이 세계문학과의 부단한 접촉을 통해 비로소 민족문학으로 성장할 수 있다는 생각에는 세계문학과 한국문학의 격차에

----

(3) 김기석, 〈민족문화와 그 이상〉, 《협동》 1953. 4.

대한 인식이 깔려 있다. 이때의 세계문학이란 곧바로 '서구문학'을 가리키는 것이기 때문에 세계문학과 민족문학의 관계에는 서양에 대한 동양의 오리엔탈리즘이 자리하고 있다. 그래서 명시적으로든 암시적으로든 아시아적 정체停滯 의식이 빈번히 등장하게 된다. 이때 전통은 숙명적인 자기부정의 과정을 통해 주어진다.

서구에서는 근대를 어떻게 넘어서느냐가 역사의 과제가 된 데 반하여 아세아는 어떻게 해서 근대화로 들어가느냐 하는 것이 과제가 된 것이다. …… 그런고로 민족적 시력의 초점을 전 세계의 정신적 시력과 국제적 시점으로 높일 수 있는 가능성도 성립할 수 있는 것이다. 서장에서도 말했거니와 오늘의 전세계의 정신적 시력의 초점은 민족과 민족과의 연립체를 구성하는 데 있으며 이는 전세계적인 정신적 시력과 국제적인 시점을 지향하는 데 있는 것이다.[4]

아시아가 근대의 단계로 진입하는 순간, 서구는 이미 탈근대의 입구에 들어섰다는 것은 아시아와 서구의 시간적 격차를 상징적으로 말해주고 있다. 아시아는 서구의 과거이고 서구는 아시아의 미래이다. 과거와 미래의 동시적 공존으로 존재하는 세계 속에서, 인용문의 필자는 그 시간적인 격차를 최소화하는 방법으로 정신의 '국제적 시력'을 강조한다. 끊임없는 자기부정을 통해서 세계문학의 대열에 일개 민족문학으

....

(4) 김양수, 〈민족문학 확립의 과제〉, 《현대문학》 1957. 12.

로 참여하는 것이 민족문학의 확립이요 과제인 것이다. 그러므로 세계문학의 일환이 될 수 있는 '민족의 문학'이라야 진정한 민족문학이라는 것이다.

　모든 민족은 문학을 가졌다고 할 수 있다. 그러나 그 모든 민족의 문학이 그대로 모두 세계문학이 될 수는 없는 것이다. 그러나 모든 세계문학은 그것을 산출한 모든 민족의 민족문학인 것이다. 그러므로 어느 한 민족이 그들의 민족문학을 수립시켰느냐 못했느냐 하는 문제는 그 민족이 그 민족 고유의 문학을 가졌느냐 못 가졌느냐 하는데 있지 않고 그 민족이 진실로 자기의 것으로써 세계문학이라고 세계가 (세계의 교양있는 인류가) 인정할 수 있는 문학을 가졌느냐 가지지 못했느냐 하는데 있는 것이다.[5]

　다시 말해서, 진정한 '민족의 문학'이란 곧 '세계적 문학'을 가리킨다. 모든 민족문학이 세계문학인 것은 아니지만, 모든 세계문학은 민족문학이다. 세계문학이야말로 민족문학 여부를 측정하는 높이와 척도이다. 이와 관련하여 혹자는 세계적 문학의 가능성이란 "세계사적인 사건들을 짊어지고 해결해야 할 운명을 지고 있는 민족이나 집단"에게 주어지는 것으로, 특히 "강대국보다도 오히려 약소민족"에게 더 절실하게 체험된다고 말한다.[6] 한국전쟁과 같은 세계사적 사건을 통해 주

---

(5) 김동리, 〈민족문학의 이상과 현실〉, 《문화춘추》 1954. 9.

어진 과제를 주체적으로 해결하는 작품에 세계문학의 가능성이 주어지는 것이다. 이러한 논의의 틀에서 배타적 민족문학은 세계문학과의 격차를 좁힐 수 없게 하는 퇴행적 문학에 불과할 뿐이다.

세계문학으로서의 민족문학이라는 발상은 "현대와 같이 세계의 각 민족이 거의 일상적으로 서로 교섭되어 있는 시대"[7]에 적합한 형식이다. 이렇게 하여 세계문학의 궁극적 도달점이 민족문학이 되고, 민족문학의 궁극적 도달점이 세계문학이 되는 독특한 순환 고리가 형성된다. 민족문학의 중심에 세계문학이 들어서고, 세계문학의 중심에 민족문학이 들어서는 방식으로 총체적 동일성의 세계를 구축하게 되는 것이다. 이는 민족문학(=세계문학)이라는 환상에 담긴 제국주의적 성격이 드러나는 대목이다.

3) 근대문학과 현대문학

한국전쟁 이후에는 '근대'와 '현대'의 구별이 보편적으로 행해졌다. 그 구분 방식은 다양했지만 대략 19세기를 근대라고 하고 20세기를 현대라고 하는 명명법이 널리 유통되었다. 이처럼 19세기와 20세기의 구별을 확정적으로 증명한 두 번의 사건이 '세계대전'이다. 일반적으로 제1차 세계대전 이전을 '근대'에 배치하고, 2차 세계대전 이후를 '현대'로 규정한다. 근대와 현대를 세계대전으로 구별한다는 것 자체가

---

(6) 정태용, 〈민족문학론〉, 《현대문학》 1956. 11.

(7) 조연현, 〈민족적 특성과 인류적 보편성〉, 《문학예술》 1957. 8.

'서구식' 시대구분이기 때문에, 이러한 구분법에 의지하는 한 서구 사회를 기준으로 사고할 수밖에 없다. 이때 사용되는 '전통'이라는 말조차도 서구 사회의 전통을 가리킨다.

근대와 현대의 구별법에서 '전통'은 19세기적, 근대적 문학을 가리킨다. 소설에서는 19세기의 리얼리즘이, 시에서는 19세기 낭만주의가 대표적인 '전통'으로 지목된다. 앞에서의 '전통' 담론이 전통과 모더니티의 연속성을 강조하는 것이었다면, 여기에서는 둘 사이의 단절이 크게 강조된다. 현대문학은 근대문학의 전통에서 벗어나는 다양한 방법을 통해 성립하는 개념인 것이다. 이들의 시간은 미래지향적이다.

혹자는 민족문화에서 우리의 전통을 발견할 수 있다고 주장할 것이다. 그러나 그것은 한갓 허세에 불과한 것이다. 왜냐하면 진실한 의미에서의 전통이란 과거에서 현재에 통하는 가치가 아니라 오히려 미래에서 현재에, 현재로부터 과거에 통하는 영속적인 가치이기 때문이다. 토속적인 취미, 풍토적인 미감각 이러한 것이 결코 전통이 될 수 없다는 것은 여기서 새삼스레 말할 필요조차 없을 것이다. …… 여기서 다시 T. S. 엘리오트의 말을 인용한다면 "어떤 후진 사회에 있어서의 전통은 천재의 출현으로써 기대할 수 있다"고 하였는데 이렇게 생각한다면 우리 문학의 전통도 앞으로 출현할 천재의 힘에 의하여 실현될 수 있는 것인지도 모른다.[8]

....

(8) 이봉래, 〈전통의 정체〉, 《문학예술》 1956. 8.

19세기적 근대를 '전반기'로 규정짓고 스스로 20세기적 현대인 '후반기'를 살아간다고 주장한 사람들은, '전통'이란 것이 '모더니티'의 움직임 속에 포함되어 있다고 믿었다. '현대'의 속성인 '현대성' 속에서 전통이 창조되고 또다시 파괴되는 영속적인 혁신을 강조한 것이다. 이들은 전통 담론을 주도하는 구세대(특히 청록파와 서정주를 위시한 전통 서정시인들)의 전통과는 다른 전통을 모색했다. 19세기 문학의 전통은 결코 20세기 문학으로 계승되지 않는다. 20세기에는 20세기의 전통이 있기 때문이다. 그 전통의 이름은 '전통을 만들어 내는 전통', 즉 '현대성'이다. 그들에게 근대에서 현대로 이행하는 것은 '진보'하는 것이며, 그 반대는 '퇴행'일 뿐이다.

이렇게 놀라운 속도로 발달하는 문명의 세계에 있어서 어쩌면 시인의 머리만이 홀로 19세기의 상태에 오래 머물러 있어야만 옳단 말인가? 19세기 이전의 시인들의 예술은 단순하고 알기 쉬웠는데 현대에 사는 시인들의 예술은 복잡하고 난해하다. 즉, 전자는 지적 차원이 훨씬 낮았는 데 비하여 후자는 비약적이라고 해도 좋을 만큼 그것이 높아졌다. 19세기 인간의 감정을 오늘 이해 못하는 사람은 드물 것이나 현대인의 높은 감정을 지적 훈련 없이 이해하기는 어려운 일일 게 분명하다.[9]

이 글에서 19세기는 여러모로 '열등'하고 20세기는 '우월'하다. 이들

(9) 김규동, 《새로운 시론》, 산호장, 1956, 42쪽.

에게는 사람이 나이를 먹듯이 역사는 '열등'한 것에서 '우월'한 것으로 흐른다. 과거를 돌아본다는 것은 있을 수 없다. 과거에서 새로운 것을 발견하는 것도 미래와 현재의 몫이다. 19세기와 20세기 사이에 있는 장벽처럼 과거와 현재, 미래 사이에는 '상대성'이 존재하며, '시대착오'는 가장 경계해야 할 관념이다. 앞서 민족문학과 세계문학에서는 '공간적 차이'가 중요하고 그 격차를 해소하는 과제가 주어졌다면, 여기에서 공간적 차이는 아무런 의미도 없다. 오히려 '시간적 차이'를 줄여서 '동시대성'에 살고 있다는 의식을 획득하는 것이 중요하다.

19세기와 20세기는 문학사의 발전에도 연결된다. 문학사에도 후진과 선진이 있다. 전통적인 서정시는 새로운 현대적 서정시에 길을 내주어야만 한다. 자연적 영감을 받아 정서에 호소하기 위해 운율에 의존하는 시작법詩作法은 19세기의 유산이다. 새로운 시대에는 산문을 통해 의도적으로 새로운 의미를 생산하는 지적 작업이 요청된다. 여기에서 한국전쟁 과정에서 사라진 진보의 목소리가 조심스럽게 살아나는 장면을 보게 된다. 역설적이지만 전통을 부정하고 오직 전진만을 강조하는 '현대성'의 시인을 통해서 '진보적 민족문학'의 서막이 열린 것이다. 이는 세계문학과 민족문학의 틈새에서 '보수적 민족문학'의 가능성을 타진했던 사람들과 구별된다.

전통 담론의 무의식과 양가성

서구적 근대성의 도입 이후 전통과 모더니티의 대립은 다른 모습으로 항상 존재했다. 한국전쟁 이후 형성된 대립 구도 또한 그 연장선상에 있다. 그런 의미에서 '전통'의 의미는 항상 모더니티와의 관계를 통해서 결정되었다고 할 수 있다. 전통 그 자체의 의미보다는 모더니티와의 관계를 통해 구성된 의미가 중심을 차지했다. 그렇다면 전통은 그 의미를 구성하는 데 항상 외부적 타자로서 모더니티를 요청했다고 할 수 있다. 전통 담론은 당대의 모더니티를 호명하는 방식이었던 것이다.

전통 담론이 모더니티를 적극적으로 호명하고 규정짓는 방식에서 가장 으뜸은 일제 말기의 '조선주의'였다고 할 수 있다. 물론 그 사상적 배경에 일본 제국주의 담론인 '동양주의'가 있음은 부인할 수 없는 사실이다. 일본의 동양주의란 것이 서양의 근대성을 극복한다는 명분으로 동양의 탈근대적 성격을 크게 강조하고, 동양 전체가 연대하여 서양의 근대적 사유를 격파할 것을 다짐하는 전쟁 이데올로기였음은 이미 알려진 사실이다. 그것은 동아신질서, 대동아신질서, 대동아공영권 등의 이름으로 변형되어 일본 제국주의가 중심이 되는 아시아 연대의 비전을 제시했다. 서구적 근대성의 관점에서 '전통'이 후진적 상태를 가리켰다면, 일본 제국주의 동양주의 담론에서 '전통'은 동양의 본질이 보존되는 탈근대의 거점으로 부상한다. 《문장》(1939)지를 중심으로 하는 전통주의 혹은 조선주의 정신의 확산은 직접적이든 간접적이든 일본 제국주의의 동양주의 담론에 연루되어 있는 것이다.

식민지를 관류하던 동양주의 담론은 해방 이후에도 사라지지 않고, 김동리와 서정주를 비롯한 보수적 민족주의자들에 의해서 '민족문학'이라는 이름으로 계승되었다. 따라서 전후의 전통 담론에 대한 검토는 해방과 전쟁으로 계승되는 일본 제국주의 담론, 즉 동양주의의 행방을 추적하는 데 중요한 역할을 한다.

1) 동양주의와 아시아적 후진성

전후의 전통 담론에서 자주 등장하는 대립 쌍이 '동양과 서양'의 관계이다. 설사 '세계문학'이라는 명칭이 통용된다 할지라도 세계문학의 모델은 당연히 서구문학이었다. 우리의 민족문학이 세계문학이 되려고 할 때 가장 문제가 되는 것이 "우리나라 문학을 서구사람에게 이해시키는"[10] 것일 정도이다. 고전문학과 현대문학, 세계문학과 민족문학, 근대문학과 현대문학이라는 전통의 담론장 전반에 걸쳐서 '동양과 서양'의 관계는 항상 무의식적 기반으로 잔존했던 것이다.

이때 '동양과 서양의 관계'를 중심에 두고 사유한 가장 중대한 '전통'은, 바로 식민지배를 정당화하고 서양과의 전쟁을 합리화한 '동양주의'에서 발견된다. 중요한 사실은 전통 혹은 민족이라는 이름이 그 자체만 보면 배타성을 띠는 것처럼 보이지만, 사실상 그 안에는 이미 일본이라는 외래적 요인이 내재하고 있다는 점이다. 특히 식민지 말기

---

(10) 조용범, 〈한국문학의 세계성〉, 《현대문학》 1956. 10.

의 민족 담론이 항상 동양이라는 대전제를 수용한 상태에서 성립되었음을 주목해야 한다. 민족 혹은 민족문화는 그 자체로는 아무런 의미가 없으며 동양 속에 위치했을 때만 그 존재를 인정받았던 것이다. 조선의 민족과 조선적 전통이 유의미해지려면 그 속에 일본 중심의 아시아 연대를 수용해야만 했다. 일제 말기의 민족 담론은 반민족적 담론을 수용해야만 그것이 성립되는 역설을 감수했던 것이다.

문제는 그것을 적극적으로 수용했던 일제 말기의 조선주의, 민족주의가 해방 이후 그리고 전쟁 직후에도 민족 혹은 전통의 이름으로 전승되었다는 데 있다. 전승자들은 민족과 전통을 강조할 때마다 동양과 서양의 대립을 전제했다. 그들의 장점이 잘 드러나는 때는 서구적 근대성을 비판적으로 진술할 때였다.

근대의 문명은 그러한 자연을 지배하려는 무한한 가능성의 약속에 의해서 실현되지 않았을까. 완전무결한 신, 아니 인간은 따라서 자연이나 신 앞에 배알할 필요가 없었다. 그것들은 정복할 수 있는 객체에 불과했으니까. 한데 주체의 완전무결을 확립하기 위해서 객체를 정복해야만 한다. 이원 대립이다. 그러한 대립에 의해서 진보는 가능했던 것이다. 문명은 아무래도 좋다. 계승의 방법 또한 그 예외일 순 없었던 것이다. 현실주의의 방법이 그것이다. 자연을 지배하려는 인간의 욕망은 당연히 인간 그 자체까지를 객체로서 대상화해야 했다. 주체를 확립하기 위해선 객체를 이용해야 했던 것이다.[11]

여기서 자연을 객체로서 지배하는 근대적 자연관은 서구적 근대성의 핵심에 해당한다. 고대와 중세, 그리고 르네상스 및 근대를 거치면서 신-자연-인간의 관계가 재정립되는 과정에 대한 진술은 전후의 잡지 곳곳에서 발견된다. 이때 문명, 진보, 주체, 객체 등의 관념은 한결같이 '휴머니즘' 혹은 '인간주의'의 발전으로 연결된다. 근대에 대한 비판은 따라서 인간주의에 대한 반성, 혹은 휴머니즘에 대한 반성에 이어진다. 인용한 글의 필자에게 그 자리를 비집고 들어서는 것은 "조상들의 자연관"이며, 그것은 "자연과의 혼연일치"를 그 특징으로 한다. 조상들의 경우 "자연은 결코 인간과 별개의 존재가 아니었고, 인간은 자연의 일부분이었던 것이다. 따라서 그것을 정복할 순 없었다. 자연은 인간과 대적적 존재가 아니었기 때문이다". 이 글에서 인간이 중심이 되어 자연을 지배하는 서구적 자연관은 인간과 자연이 상생하는 동양적 자연관과 대조를 이룬다.

이때 "조상들의 자연관"이 동양적 자연관의 전통을 그대로 계승한다는 것은 말할 것도 없다. 민족 혹은 전통이 동양이라는 상위 개념의 지배력을 자연스럽게 수용하고 있음을 알 수 있다. 이처럼 민족과 동양, 전통과 동양의 긴밀한 관계를 거듭 상기하는 인물로 김동리를 빼놓을 수 없다. 일제 말기부터 김동리는 동양과 서양의 대립, 그리고 동양 정신의 조선적 실현에서 문학적 근원을 발견했기 때문이다. 전후에도 그는 자연과 인간의 새로운 관계를 여전히 '동양'에서 찾았다.

---

(11) 김상일, 〈고전의 전통과 현대〉, 《현대문학》 1959. 2.

여기서 우리는 '근대 휴머니즘'의 원동력이 된 '헬레니즘'의 '자연' 이외의 다른 성격의 '자연'을 생각할 수 있는 것이다. 새로운 '자연'을 거점으로 하는 새로운 '휴머니즘'의 새로운 인간상과 동시에 어디까지나 초자연적 원칙에서만 존재하는 '헤브라이즘'의 신이 아닌, 새로운 성격의 새로운 신과의 공존과 악수는 반드시 불가능한 것이나 절망적인 것만은 아니리라 믿는다. 여기서 동양의 신과 자연을 그대로 옮겨 본다거나 절충할 수 있는 것은 아니라 하더라도 5천년간의 동양에 있어서의 신과 자연은 얼마나 우호적이며 공존적이며 동일한 호흡으로 맺어져 있었는가를 생각할 때 세계는 아직 끝난 것이 아님을 믿어도 좋을 것이다.[12]

이 글에서 동양적 자연관은 서구 문명의 양쪽 기둥인 헬레니즘Hellenism 과 헤브라이즘Hebraism을 '종합'하는 새로운 자연관, 동시에 새로운 인간관(이른바 제3기 휴머니즘)의 모범으로 강조되고 있다. 여기에서 자연은 '새로운 신'으로 등장하지만, 잘 알다시피 그것은 애니미즘animism의 현대적 복원이거나 크게 보아 샤머니즘shamanism에 해당한다. 동양적 자연관에서 신-자연-인간은 행복한 화해에 도달하게 되는 것이다. 이어서 김동리는 이렇게 말한다. "사람은 근본적으로 진정한 의미에서의 신을 '살해'하거나 '추방'하고 살 수는 없다. 그것은 우리의 머리 위에 펼쳐진 저 하늘과 같이 '무한'과 '영원'을 상징하는 이름이기 때문에 '무한'

----

(12) 김동리, 〈'휴머니즘'의 본질과 과제〉, 《현대공론》 1954. 9.

과 '영원'을 표준으로 해야 하는 인간 생명의 본질과 통해 있는 것"이라고 말이다. 이처럼 '무한'과 '영원'에 기초하는 동양적 자연관에 의존함으로써 김동리 등은 '진보'나 '역사'를 다시 '서구적 자연관'으로 몰아넣었다. 모든 것이 서구적 근대성에서 비롯된 것처럼 보인다.

우리와 더불어 같이 울어주고 우리를 포근히 안아주던 그러한 자연은 아무데도 없다. 우리는 이제 친밀하였던 전통적 세계를 상실하였고, 우리들은 고독하고 불안하게 되었다. 우리 뒤에 다가서는 산악이나, 우리 앞에 막아서는 저 바다는 우리와 아무런 인연이 없고 인간과는 상통할 수 없는 비정적 물체로 타락하고 말았다. 저 들꽃과 흐르는 냇물과 지저귀는 산새들과는 이제 대화의 상통도 바랄 수 없고, 과거의 선인들처럼 현실을 버리고 표표히 나서서 의지하였던 은둔처도 없다. (13)

이것은 급격한 산업화의 끝에서 들려오는 목소리가 아니다. 전쟁의 폐허에서, 재건설의 기운이 생동하는 현장에서 '근대적 자연관'이 비판의 대상으로 지목되었다. 진정한 의미에서 반근대의 목소리가 아니라 오히려 동양과 전통을 이어 주는 자연관의 환영에 사로잡혀 있다는 느낌을 줄 정도이다. 이에 따라 전후에 "우리는 지금 구라파의 황혼을 바라보고 있다"(14)는 고백은 일상적으로 들을 수 있는 상식에 속한다.

....

(13) 문덕수, 〈전통과 현실〉, 《현대문학》 1959. 4.
(14) 이어령, 〈동양의 하늘─현대문학의 위기와 그 출구〉, 《한국일보》 1956. 1. 19.

그렇기 때문에 이렇게 말하기도 쉽다. "서양의 하늘에서 이 현대의 위기를 극복할 수 있는 출구를 발견하는 것은 하나의 도로에 불과하다. 우리는 다시 한 번 '동양의 하늘'을 향해 피로한 시선을 돌려야 한다. 현대의 위기는 서양적인 사고형식과 생활양상에 기인된 것이기 때문에 이제 그와는 다른 동양적인 요소에서 그 출구를 발견할 가능성을 지녀야 할 것이다." 이처럼 서구적 근대성의 실패를 기정사실로 가정하고, 새로운 탈출구로 동양을 주목하는 사고의 단순성은 오히려 '동양과 서양'이라는 이원적 관계가 확고하게 뿌리내리고 있음을 증명한다.

동양에서 새로운 출구를 찾으려 하는 것에는 거꾸로 이제까지 동양에서 한 번도 출구를 찾지 못했던 사람들의 자괴감이 깔려 있다. 이른바 아시아적 정체성 혹은 그 후진성에 대한 인식 때문에 오히려 동양적 출구에 대한 집착이 더욱 강해진 것이다. 출구에 대한 집착이 강하면 강할수록 동양적 후진성에 대한 인식은 더욱 무의식으로 가라앉기 마련이다. 동양적 후진성의 핵심이 그 자체로 선진성의 발판으로 변장하는 지점이다.

2) 근대성(=근대문학)에 대한 상반된 평가

서구적 근대성에 대한 반성은 곧바로 서구적 근대성에 뿌리를 내렸던 '근대문학'에 대한 비판으로 이어졌다. 동양과 전통을 억압하는 대가로 성취된 서구적 근대성은 그 자체만으로도 문제적이었기 때문에, 그것을 모방한 동양의 근대성에 대한 전면적 반성과 비판이 일어나는 것은 자연스러웠다.

서구에 있어서의 근대가 붕괴하는 단계에 있어 아세아가 근대화에 직면했다고 하는 사태의 복잡함에 원인이 있는 것이다. 서구에서는 근대를 어떻게 넘어서느냐가 역사의 과제가 된 데 반하여 아세아는 어떻게 해서 근대화로 들어가느냐 하는 것이 과제가 된 것이다. 조연현씨는 그의 《한국현대문학사》 가운데서 "우리 한국에 있어서는 엄격한 의미에 있어서의 '근대'가 없었을 뿐만 아니라 한국의 근대적인 과정도 따지고 보면 구라파의 근대적인 과정을 벗어난 것이 아니었음을 알 수 있게 된다. 그러므로 한국의 근대사적인 과정은 그 출발과 함께 구라파의 현대적인 과정과 교통되었기 때문에 한국의 근대사적인 과정은 그것이 한국의 현대사적인 과정이기도 했으며 한국의 현대사적인 과정은 그것이 한국의 근대사적인 과정이기도 했던 것이다."[15]

서구적 근대성을 넘어서는 지점에서 '현대'가 시작된다는 발상이 당시에 보편적이었음은 앞서 말한 바 있다. 중요한 것은 동양에서 근대성이 실현될 무렵 서양에서는 현대성이 부상하고 있었다는 시간적 격차에 있다. 이것이 아시아적 후진성에 대한 두려움의 골자이기 때문이다. 서구적 근대를 비판하고 대안적 시대를 구상하는 전후의 담론적 상황 자체도 이미 서구에서 종료되었을지 모르는 현대성 논의의 모방 혹은 재탕에 불과할 수 있었다. 서구적 근대에 대한 비판이 일반화되더라도, 비판 대상과 방법까지도 비판받는 당사자에게 빌려 오는 불합리한 상

---

(15) 김양수, 〈민족문학 확립의 과제〉, 《현대문학》 1957. 12.

황이 문제였던 것이다.

이것은 근대문학의 '정통성' 자체에 대한 비판으로 이어지기 쉬웠다. 식민지 시대를 배경으로 탄생한 근대문학이 서구문학에 대한 잘못된 모방, 후진적 왜곡에 불과하다면 식민지의 근대문학과 전후의 현대문학 사이에 반드시 연속성을 상상할 필요는 없게 된다. 오히려 전후의 세계문학과 문제의식을 공유함으로써 빠른 속도로 현대문학으로 진입할 필요성이 더 커지는 것이다. 식민지 근대문학이 '전통'을 형성하지 못했다면, 그 '정통성' 또한 인정받기 어려운 것이 당연하다. 특히 근대문학의 전통(정통성)을 부정하고 현대성의 확보를 강조한 '후반기' 동인을 비롯한 모더니스트들의 경우가 그러하다.

이에 대해 정통성 확보에 주력할 수밖에 없었던 보수적 민족문학론자 김동리는 "오늘날에 오히려 모더니즘이란 표어로써 현대문학이나 20세기 문학이란 뜻으로 사용하는 문학인들은 세계에서 한국을 제외하고는 아마 어떠한 사회에서도 찾아볼 수 없을 것"[16]이라며 모더니즘의 반근대성에 맞선다. 하지만 김동리의 경우에도 근대문학의 극복을 지향하는 현대문학은 세계문학과 동의어이지만, 이때의 세계문학은 "세계의 교양 있는 인류", 즉 서구인들에게 인정받을 수 있는 문학으로 귀결된다.

서구적 근대성을 극복한 현대문학의 성패 또한 서구인들의 인정을 통해서 결정된다는 것은 모순적이다. 하지만 여기서 모순을 느끼지 못

....

(16) 김동리, 〈민족문학의 이상과 현실〉, 《문화춘추》 1954. 2.

하는 것은 민족문학의 불가피성에 대한 확신에서 기인한다. 근대문학의 성립 이래로 모든 문학은 민족문학의 한계에서 벗어날 수 없지만, 민족문학의 한계 그 자체에서 어떤 가능성을 발견하는 순간 세계문학으로서의 현대문학이 확보된다는 생각이다. 근대문학은 현대문학의 필수적 조건인 셈이다. 김동리는 오로지 "자신의 것으로써" 현대문학으로 진입할 수밖에 없다고 믿었기 때문에, 전통과 민족 등의 용어를 거부하는 신인들, 특히 식민지 이래 근대문학의 유산을 거부하는 '모더니즘'이 현대문학을 대표할 수 없다고 주장했다.

이처럼 소극적으로 근대문학을 구제하려 한 김동리와 달리, 적극적으로 근대문학과 현대문학의 계승적 관계를 확보한 경우도 있다. 이들은 비록 근대 이후의 문학이 민족문학의 한계를 벗어날 수 없다고 하더라도 그 한계 안에서 세계문학으로 성장할 기반을 발견하는 데 몰두했다.

어떠한 시대 어느 지역 혹은 나라의 작가들이 의식적이고 아니고 간에 그 시간적 공간적 위치가 그 시대의 세계사적인 사건들을 짊어지고 해결해야 할 운명을 지고 있는 민족이나 집단에 소속해 있으며 그 작가 또한 의식, 무의식임을 막론하고 그 문제를 문학적 정신으로서 실천했다면 그러한 작품들은 가장 민족적인 동시에 세계문학의 대표작으로서 능히 그 자리를 확보할 수 있을 것이다.[17]

....

(17) 정태용, 〈민족문학론〉, 《현대문학》 1956. 11.

이 글에서 정태용은 "'민족'이란 말은 근대 시민사회와 더불어 형성되어진 '민족국가'와 함께 등장된 개념"임을 지적한다. 민족 혹은 민족문학은 민족국가가 등장하면서 비로소 형성된 불가피성이 있는 것이다. 아무리 세계화가 대세를 이룬다 할지라도 민족국가의 테두리가 유지되는 한, 민족 혹은 민족문학의 테두리를 벗어날 수는 없는 것이다. 세계문학이 민족문학의 테두리를 인정하면서도 그것을 벗어나라고 요구하는 것이라면, 오히려 자국에서 발생한 "세계사적 사건"에 주목해야 한다. 그는 "세계사적 사건이란 강대국보다도 오히려 약소민족이 더 절실히 체험"하는 것으로, "8·15 해방 후의 남북의 분단과 그 후의 혼란을 거쳐서 6·25 사변에 이른 제 경과는 그것이 바로 민족사적인 것인 동시에 세계사적인 것"임을 강조한다. 민족사적인 것과 세계사적인 것이 일치하는 사건에 집중함으로써 민족문학과 세계문학의 갈등을 봉합하고 현대문학으로 진입할 가능성을 타진하는 것이다.

이처럼 민족문학의 한계 속에서 세계문학으로의 진출을 타진한 이들 가운데서, 특히 "근대문학의 전통주의"[18]와 현대문학의 세계주의를 연결하고자 노력한 인물 중에서는 최일수가 단연 돋보인다. 1950년대 중반부터 장문의 비평으로 유명했던 최일수는 당대의 문학적 경향을 크게 두 부류로 나누었다. ①"현대사조의 첨단에 서서 민족보다는 세계적 입장을 반영하는" "세계주의", ②"주로 민족적인 작품을 쓰고 있는 선배들의 작품을 그대로 이어 받"는 "전통주의"가 그것이다. 그 다음

---

(18) 최일수, 〈신인의 배출과 문학적 상황〉, 《자유세계》 1958. 4.

으로 이 양자를 종합하는 의미에서 "민족과 세계의 합일 속에서 현대라는 특수한 역사적 단계를 사조사적으로 의식하고 이를 어떻게 하면 근대적인 민족문학을 현대화시킬 수 있는가"를 고민하는 그룹을 제안한다. "서구 문학의 모방"에 그치는 부류와 "선배작가들의 기계적인 답습"의 부류 사이에서 제3의 길을 제시하려 한 것이다. 최일수가 제시하는 제3의 길은 "역사적 전통의 계승과 현대성의 섭취라는 2대 명제"[19]를 달성하는 것인데, 이때 중요한 것이 "교류"이다.

아무리 그 나라의 문학이 오래인 역사적 기반을 가졌다 하더라도 그 것은 중국이나 인도나 '페르샤'의 문학처럼 그 교류가 중단된다면 오늘날처럼 세계적인 성격을 띠울 수 없을 뿐만 아니라 세계적인 발전을 할 수도 없는 것이다. …… 참으로 근대적인 문명의 발달은 문학을 한 종족이나 민족에 한정된 비좁은 공동성으로부터 세계적인 범위로 확대시켰을 뿐만 아니라 현대의 고속도 문명은 근대에서 지반을 개척해 놓은 세계화의 길을 철저하게 실행하면서 아직 불완전했던 민족적 기초를 보다 굳건하게 세워주는 그러한 합일성을 가지고 있는 것이다.[20]

이 글에서처럼 최일수는 "비행기와 기선이나 기차" 등의 "문명의 이기"들이 세계화의 속도를 가속화시키고 있으며, 활발한 교류를 통해서

---

(19) 최일수, 〈현대문학과 민족의식〉, 《조선일보》 1955. 1. 12.
(20) 최일수, 〈문학의 세계성과 민족성〉, 《현대문학》 1957. 12~1958. 2.

오히려 민족적 기초가 더욱 튼튼해질 것이라고 확신했다. 그에 따르면 "서구 문학의 모방"은 불가능하다. 왜냐하면 어느 민족문학이든지 "서구문학의 '코스'를 그대로만 고스란히 따를 수 없는 또 하나의 새로운 시대적 환경 속에 살고 있"기 때문이다. 따라서 세계화에 의해서 전통이 사라질 가능성은 없는 것이다. 오히려 세계화의 길을 철저히 수행했을 때 민족적 기반에 더욱 굳세게 뿌리내릴 가능성이 커진다. 민족문학의 초월적 영원성의 동양적 자질을 통해서 세계문학으로 진출하려 한 김동리의 전략과 달리, 최일수는 세계문학으로 진출하려는 부단한 노력이 민족문학의 한계점을 세계화의 발판으로 만들어 준다고 믿었다.

이때 최일수가 주목한 현대성의 정신은 "근대적인 불합리에 대한 저항"[21]으로 모아진다. 이른바 탈근대성의 정신인 것이다. 만약 그렇다면 최일수는 우리의 근대문학이 "근대의 불합리에 저항"한 대표적인 사례에 해당한다고 보았다. 따라서 "우리 문학이 후진 상태에 놓여 있으면서도 문학사적으로는 선진적인 요소"를 가지고 있음을 강조하고, "우리 문학에 전통이 없다는 가정 밑에서 서구문학에서 현대성을 받아들이자 하는 것은 우리 문학을 좀 더 깊이 있게 통찰하지 않은" 것이라고 지적한다. 아무리 후진적인 문학이라도 "서구문학의 경로를 그대로 좇아가는 것은 결코 아"니다. 근대문학은 그 자체로 민족문학인 까닭이다. 그럼에도 불구하고 한국의 근대문학에서 탈근대를 지향하는 현대성의 정신이 발현되었다는 점에서 현대성의 전통을 찾아볼 수 있다는

---

(21) 최일수, 〈현대문학의 근본 특질〉, 《현대문학》 1956. 12~1957. 1.

것이다. 근대문학의 전통에서 탈근대의 현대적 전통이 발견됨에도 불구하고 "왕왕히 문학적 색맹들은 흥분과 자기도취에 빠진 나머지, 분별없이 이어받아야 할 유산에 대해서까지도 총을 겨누고 있는 것"[22]이다. 그러므로 세계화를 지향하면서 가장 경계해야 할 것은 "자기가 모든 역사의 새로운 기점이며 선배들의 유업을 아무런 분석도 없이 그리고 이것을 정정하고 비판함이 없이 그대로 동댕이쳐 버린 채 자기만이 새롭다고 광신하는 것"이다.

그러나 최일수의 중재에도 불구하고, "전통이 없는데 그 없는 전통을 타파한다고 덤비는 것도 우스운 일이지만 없는 전통을 덮어놓고 육성하자고 부르짖는 것도 또한 '넌센스'"[23]라며 근대문학의 전통 혹은 정통성을 부인하는 세계주의자의 비판은 수그러들지 않았다.

'현대'라는 말을 쓸 적마다 어쩔 수 없는 부끄러움을 느끼게 되는 것은 우리가 살고 있는 이 '현대'가 과연 '근대의 계승자로서의 현대'인가 의문이 앞서기 때문이다. 그러한 의문은 과연 우리가 '근대'를 가졌던가 하는 점에 대해서도 동일한 것이 있다. …… '모더니스트'들은 항상 전통의 타파를 주장하였다. 허나 그것은 한갓 '넌센스'에 불과하였다. 왜냐하면 우리 한국에 진정한 의미에서의 '근대'가 존재하지 않았던 것과 마찬가지로 진정한 의미에서의 전통이 수립되어 있지 못하였

---

(22) 최일수, 〈문학상의 세대의식〉, 《지성》 1958, 가을.
(23) 이봉래, 〈전통의 정체〉, 《문학예술》 1956, 8.

기 때문이다.[24]

이처럼 전후의 급진적 모더니스트들의 특징은, 근대문학을 부정한다는 데 있는 것이 아니라 아예 근대문학의 존재 자체를 부정한다는 데에 있다. 식민지 시대를 관류하면서 형성된 근대문학의 유산을 유산으로 인정할 수 없다는 것이다. 한국 근대문학의 정통성을 부정한 상태에서 그들이 부정해야 할 전통은 오히려 서구적 근대성이었다. 그들이 보기에는, 존재하지도 않는 근대문학의 전통에 관여하며 부정하고 계승할 것을 가늠하는 것보다 차라리 세계문학과 교류하면서 현대성의 정신을 실현하는 것이 우선이었다. 물론 서구적 근대성을 부정한다고 해서 동양에서 출구를 찾을 가능성은 없었다. 동양은 이미 근대에서 현대로 이행하는 근현대문학의 흐름에서 배제되어 있기 때문이다. 서구적 근대성의 부정은 서구적 현대성의 정신으로만 실현될 수 있었다.

우리에게 이어 갈 전통이 있는가?

한국전쟁 이후는 전통과 모더니티 담론이 광범위하게 논의된 시기로 기억된다. 전쟁을 통해 단절된 역사를 우선적으로 봉합하고 다시 정

---

(24) 이봉래, 〈한국의 모더니즘〉, 《현대문학》 1956, 4~5.

체성을 구축하고자 한 구세대와, 단절을 더욱 강조하고 정체성의 부재를 증명하려 한 신세대 사이의 갈등이 이 논의의 밑바탕에 깔려 있다. 그러나 전통과 모더니티 담론에는 세대 간의 격차 문제를 뛰어넘는 여러 가지 복합적인 문제가 내포되어 있었다. 당시 전통은 한 번은 '국문학과'와 '국문학사'라는 제도의 구축을 위한 필수 요청 사항으로 강조되었고, 또 한 번은 '세계문학'의 시대에 적응하기 위해 세계와의 공간적 격차를 해소하려는 과정에서 형성된 차별 의식으로 이해되었으며, 마지막으로는 20세기 문학이 청산해야 할 19세기적 문학 유산으로 호명되고, 세계사의 대열에 동시적으로 합류하려는 열정 그 자체에서 '현대성'과 하나가 되는 방식으로 나타나기도 했다. 이 과정에서 전통과 모더니티는 서로 대립적 관계를 맺기도 하고 상대방의 핵심에 자리 잡기도 하는 등 다양한 관계를 맺었다.

생각해 보면 전통과 모더니티의 대결 관계는 비단 전후에 한정되지 않는 근대문학사 일반의 특성임을 알 수 있다. 특히 한국전쟁 이후의 전통 담론을 주도한 '보수적 민족문학' 옹호자들은 일제 말기에 형성된 일본 제국주의의 동양 담론의 영향권에서 크게 벗어나지 못했다. 전후의 전통 담론을 주도한 이들은 서구적 근대성을 비판하면서도, 그 대안으로 동양적 사고방식을 주목하여 일제 말기의 동서東西 대립 관점을 반복했다. 민족적 전통을 동양주의의 하위 단위로 설정한 것도 식민지 담론과 유사했다. 비록 겉으로는 세계문학으로의 진출을 강조한다 할지라도, 그들은 민족문학의 특성을 보존해야만 세계문학에 등재될 수 있다는 보수적 민족주의 태도를 유지했다.

이에 반해, 문단 한쪽에서는 근대문학과 현대문학으로 이어지는 과정에서 근대문학의 정통성 자체를 전통의 문제로 파악하는 경향이 있었다. 근대문학을 비판하거나 극복하고자 할 때 한국 근대문학의 지위를 비판과 극복의 대상으로 삼을 수 있는지의 여부에 근본적인 의문을 제기한 것이다. 여기서 근대문학의 정통성을 인정하고 전통과 반전통의 대립을 해소하려는 입장이 갈라져 나왔다. 이들은 민족문학의 폐쇄성을 부정하면서 세계문학으로의 초민족적 이탈도 부정하여 전통과 현대성 양자에 대해 비판적 거리를 유지했다. 이들은 당시 문단의 양분된 입장을 비판적으로 극복하고 역사적 민족성과 세계사적 과제를 연결하는 진보적 문학의 길을 열게 하였다.

4 · 19라는
문학사적 전통

우리 근대문학사에도
4 · 19가 일어났는가?

한국의 근대문학사가 10년 단위로 분절되어 서술되는 데에는 정치적 대사건[1]의 주기적 반복이 큰 역할을 한다. 1910년의 한일강제병합을 시작으로, 1950년의 6 · 25, 1960년의 4 · 19, 1980년의 5 · 18 등이 대

....

(1) 최근 '사건event'이라는 단어에 철학적 의미를 부여한 사람은 프랑스 철학자 알랭 바디우Alain Badiou이다. 물론 바디우 이전에 하이데거도 '사건'에 해당하는 'Ereignis(生起)'라는 개념을 제시한 바 있고, 바디우의 사건 개념도 거기에서 기원한 것이다. 바디우의 주저 《존재와 사건》(1988)이 하이데거의 《존재와 시간》을 연상시킨다는 점에서도 그러하다. 따라서 하이데거에서 바디우로 이어지는 '사건' 개념은 '진리의 드러남'이라는 현상학적 의미를 포함한다. 이때 진리 혹은 존재가 드러나는 현상을 가리켜서 '사건'이라 한다면, 사건을 통해서 드러난 진리 혹은 존재의 성격에 따라서 사건의 의미도 달라진다. 바디우는 기존의 사유 체계를 붕괴시킬 만한 새로운 것의 출현, 한 번도 존재하지 않은 '다른 것'들의 출현을 가리켜 '사건'으로 규정하고 있어서 어찌 보면 '혁명'에 근사한 의미를 '사건'에 부여하고 있음을 알게 된다. 특별히 4 · 19를 '사건'의 관점에서 바라본 사례로는 김형중, 〈문학, 사건, 혁명 : 4 · 19와 한국문학〉, 《국제어문》, 2010. 8 참조.

표적으로 거론되는 정치적 분기점들이다. 정치적 대사건을 문학사적 시대구분의 기준점으로 삼는다는 것은 우리 근대문학의 정치적 민감성을 반영한다. 우리의 근대문학사에서 정치적 충격에 문학적으로 반응한 사례가 그만큼 흔하다는 것이다. 하지만 그 반대의 경우는 흔치 않다. 즉, 정치적 사건의 기원에 문학이 놓이는 경우, 다시 말해서 문학사적 사건이 정치사적 단절의 계기로 등장한 사례는 많지 않다는 것이다. 정치사에 종종 문학작품의 필화 사건이 등록되어 있긴 하지만, 그것이 정치사에서 변화를 이끌어 낼 정도는 아니었다. 이처럼 문학이 '정치적 아방가르드(전위前衛)'로 등장한 사례가 많지 않다는 사실로 인해 근대문학사는 그 시대구분의 근거를 정치적 사건에 맡기는 수모를 감내하게 되었다.[2]

문학과 정치의 불평등한 교환 관계는 4·19라고 해서 다르지 않다. 4·19가 정치적으로 중요한 사건이라는 데에는 이의를 달 수 없으며,[3] 이 사건이 문학사에 무시할 수 없는 흔적을 남겼다는 점도 부정할 수 없다. 그럼에도 불구하고 여기서 이런 물음을 던져 보려고 한다. "근대

....

(2) 이렇게 되면 문학(혹은 문화)과 정치의 선후 관계가 인과관계로 이해될 가능성이 많으며, 원본과 복사본의 반영론적 관점이 문학사를 지배하게 된다. 표면적으로는 계몽주의, 낭만주의, 리얼리즘, 모더니즘 등 다양한 문예사조들이 열거되어 있다 하더라도 그것이 정치사의 시대구분법을 용인하는 한 문학사와 정치사 사이의 반영론적 관계를 벗어나기는 힘들어 보인다.

(3) "4월 혁명은 1940년대 후반 분단 체제의 성립 이후 국가에 대한 시민사회의 최초의 전면적인 저항이자, 1960년대 이후 일련의 사회운동들에게는 원형적 체험으로서의 위치를 차지한다." 김호기, 〈4월 혁명의 재조명 : 사회학적 해석〉, 《문학과사회》, 2000. 5, 687쪽. 그런 의미에서 문학사의 시대구분을 위해 도입된 정치적 사건들 중에서 4·19만큼 '사건'의 본질에 부합하는 경우는 흔하지 않다. 과거의 지배적 관념을 종결짓고 낯설지만 새로운 사유의 공간을 열어 주었기 때문이다. 그 용어상의 문제점에도 불구하고 여전히 사람들이 4·19를 굳이 '혁명'으로 명명하는 까닭도 4·19가 던져 준 정치적·사회적 충격의 강도를 달리 표현할 방도가 없다는 뜻이기도 하다.

문학사에도 4·19가 일어났는가?"

　이 물음은 정치적 대사건이 문학사에 '반영'된 결과를 향하지 않는다. 다시 말해서 4·19와 같은 정치적 사건이 문학사에 남긴 영향과 흔적을 묻는 것이 아니다. 문학사는 정치사의 반영이 아니기 때문이다. 오히려 이 물음은 정치사에서 4·19가 차지하는 고유한 위상이 있듯이, 4·19에 '비교할 만한' 사건이 문학사에서도 발생했는지를 묻는다. 모든 정치적 사건을 같은 물음으로 전환할 수는 없겠지만, 적어도 이런 식의 물음은 정치사적 시대구분을 받아들이는 데 문학사의 독자성을 확인하게 한다. 그러므로 여기에서 우리는 4·19를 문학사적 사건으로 바라볼 것이며, 4·19가 문학사에 어떻게 '반영'되었는지가 아니라 그와 같은 사건이 문학사에서 어떻게 '실현'되었는지에 초점을 맞출 것이다.

　하지만 4·19라는 정치적 사건이 과연 문학사 방면에서도 '사건'으로 기재될 수 있는지에 대해서는 몇 가지 검증 절차가 필요해 보인다. 우선, 정치사에서 의미 있는 사건으로 4·19가 차지하는 위상이 있다면, 그에 버금가는 비중으로 문학사에서도 4·19가 사건으로 기능했는지를 물어야 한다. 다시 말해서, 문학사에서도 정치사에서 4·19가 형성한 것만큼의 단층斷層 분화가 감지되어야 한다는 것이다. 정치사에서 아무리 혁명적 사건이라 할지라도 그것이 문학사에서도 '혁명적 사건'으로 기억되느냐는 별개의 문제이다. 다행히도 근대문학사에서 4·19만큼 일종의 '정신'으로 추앙되는 정치적 사건도 흔치 않다. 적지 않은 사람들이 이른바 '4·19 정신'에 감염되어 심지어 '4·19 세대'라는 별칭으로까지 문학사에 등재되어 있기 때문이다.[4] 특히 '4·19 세대'라는 별칭은 일종의 종교적 결사체의 자기고백처럼 들리기도 한다.[5] 4·19는 이처럼 문인들 사이에서 '정신'을 형성할 정도로 충격적인 사건적 체험 내용을 포함하고 있다. 이는 다른 말로, 이 사건이 문학사에서 '혁명'에 근사한 정신적 단절점을 형성했다는 의미다.

이 단절점을 확인하려면 4·19를 전후하여 앞서 논의한 '전통'을 바라보는 관점에 어떠한 변화가 생겼는지를 먼저 살펴야 한다. 이 관점에서 어떤 획기적 변화가 발견된다면 그 변화를 토대로 4·19의 문학사적 '실현'을 확인할 수 있을 것이다. 이처럼 '전통' 개념을 변화와 혁신을 측정하는 기준점으로 삼는 데에는 중대한 이유가 있다. 잘 알다시피 전통과 근대의 대립의 역사는 근대문학이 시작될 때부터 최근에 이르기까지 줄기차게 이어져 오는 문학사의 큰 줄기를 이룬다. 이때 '전통'은 외래적 '근대성'과 구별되면서 내재적 성격을 포함하고, 그것이 고착되면 민족적 보수성을 대변하는 위치를 차지하게 된다. 그 결과, 전통 지향성과 근대지향성으로 양자의 차이와 대립이 강조되고, 쉽게 해소되지 않는 간격을 통해 서로 갈등하는 것처럼 보이게 된다. 앞질러 말하자면 4·19는 그러한 대립이 사실상 거짓이었음을 폭로한다.

....

(4) 《창작과비평》과 《문학과지성》을 주도한 초창기 비평가들(백낙청, 염무웅, 김현, 김치수, 김병익, 김주연 등)이 '4·19 세대'를 대표한다는 것은 잘 알려져 있다. 그 외에도 두 잡지의 주변에 배치된 비평가, 문학 연구자, 그리고 두 잡지의 주요 원로 시인 및 소설가들도 넓게 보면 '4·19 세대'에 속한다. 문학사에서 '4·19'는 이 '4·19 세대'라는 거대한 군단의 활동으로 형성된 내용성을 가리킨다. '4·19'의 문학사적 의미는 따라서 이 '4·19 세대'의 업적에 대한 평가와 무관하지 않다. 이에 대해서는 최강민, 〈4·19 세대의 신화화를 넘어〉, 《실천문학》, 2010. 2 참조.

(5) 이에 대해서는 자주 인용되는 것이지만 김현의 진술을 들 수 있다. "내 육체적 나이는 늙었지만, 내 정신의 나이는 언제나 1960년의 18살에 멈춰 있었다. 나는 거의 언제나 사일구 세대로서 사유하고 분석하고 해석한다. 내 나이는 1960년 이후 한 살도 더 먹지 않았다." 김현, 〈책머리에〉, 《분석과 해석》, 문학과지성사, 1988, 4쪽.

전통은 근대와 대립하기는커녕 근대와 공모했으며, 전통은 항상 '근대적 전통'[6]이었다는 것이다. 그러므로 전통 개념의 혁신과 변혁은 오히려 '근대적 전통'으로 전통의 존재 방식을 폭로하고, 그러한 '근대적 전통'과 단절하는 데서 찾아진다. 여기서는 '근대적 전통' 항목에 서정주를 정점으로 하는 한국문인협회韓國文人協會('문협') 정통파를 배치하고, 그 반대쪽에 신동엽과 김수영을 세워 그 단절점을 강조하고자 한다. 전통 개념을 통해서 신동엽과 김수영이 만들어 놓은 단층의 성격이 제대로 드러난다면, 그것이야말로 4·19에 버금가는 '문학사적 사건'의 발견에 해당할 것이다.

서정주가 불러낸 신라정신, 혹은 중세적 전통

근대문학사에서 '전통'의 역사는 유구하다. 서구적 근대가 도입되었

---

(6) 잘 알다시피 '근대Neuzeit'(새로운 시대)라는 관념은 자신의 시대를 그 이전 시대와 구별하려는 낭만주의적 시간관에서 비롯되었다. 따라서 근대 이전의 시대를 구별하여 '중세' 혹은 '전통'으로 명명하는 것은 근대적 사고를 배경으로 했을 때만 가능한 발상이다. 그렇다면 '순수 전통'이란 사실상 근대인들의 발명품일 뿐이며, 세간의 용어를 빌리자면 '만들어진 전통'(홉스봄)일 가능성이 많다. '근대적 전통'이라는 말은 그런 의미에서 사용된 것이며, 전통을 만들어 내려는 적극적 의지, 혹은 전통을 상대하는 진정한 관계성을 형성하려는 근대인의 의지적 행동을 지칭한다. 이런 의미에서 1950~60년대의 "전통론 속에서 시종일관 논의의 핵심을 이루었던 전통의 부재나 빈곤이란 사실은 그것을 발견해 낼 수 있는 근대적 시선의 부재이자 근대 자체의 빈곤이었다고 할 수 있다. 이런 사실을 좀 더 분명하게 확인하게 되는 것은, 한국 고전문학에 대한 다양한 연구가 본격적으로 추진되기 시작한 1970년대 이후의 일이다. 실체로서의 전통이 확실한 근거를 지니고 눈앞에 드러나기 위해서는 다른 무엇보다도 모더니티의 성숙이 필요했던 셈이다."(서영채, 〈민족, 주체, 전통−1950~60년대 전통논의의 의미〉, 《민족문학사연구》, 2007, 43쪽.

을 때부터 전통은 그것이 동원되는 맥락과 그것을 포함하는 상위 개념만 계속 바뀌었을 뿐 언제나 근대문학사의 중심에 위치했다. 또한, 앞서 지적했듯이 '근대성/현대성'에 의해 호출되었다는 의미에서 전통은 언제나 '근대적 전통'이라는 점이 특징이다. 전통을 향해 단절을 명령하는 경우(=전통단절론)는 물론이려니와, 심지어 그것과의 연대를 지시하는 경우(=전통계승론)조차도 그 명령과 지시의 근거는 항상 근대성(현대성)에 있었다. 따라서 근대성의 완성이 지상명령으로 제시되었을 때부터 전통은 두 가지 서로 다른 모습을 하고 등장했다. '계승해야 할 전통'은 자부심과 긍지의 바탕이 되었으나, '단절해야 할 전통'은 부끄러움과 수치의 다른 이름이었다.

그런데 역설적이게도 근대성의 성취가 지상 목표로 설정된 이후, 오히려 전통이 긍지의 대상으로 부상하는 경우가 더욱 잦아졌다. 이는 전통 담론이 근대성의 지원으로 성장하고 있음을 잘 말해 준다. 여기에서 알 수 있는 것이, 전통과 근대성이 순수한 단절적 관계도 순수한 계승적 관계도 아닌 복잡성을 통해 절합絶合(articulation)되어 있다는 점이다. 그 절합의 지점에서 전통은 근대의 지원을 받으면서 근대에 저항하는 모호한 지위를 얻을 수 있었다.

'근대적 전통'의 복잡성은 동도서기東道西器[7]의 접합을 모색하던 시기부터 이미 시작되었다. 이때 근대라는 서구적 물질문명은 동양의 전통

---

(7) 동도서기론을 "동도의 우월성에 대한 자부심 속에서 제한적인 서기 수용을 통한 부국강병책"(장영숙, 〈동도서기론의 정치적 역할과 변화〉, 《역사와 현실》, 2006. 6., 1쪽)으로 정의한다면, 동서 관계를 우열 관계로 파악하여 긍지와 자부심을 확보하려는 심리적 복합 기제의 작동을 일찍부터 확인하게 된다.

적 정신문화를 통해 보충되어야 할 불완전한 대상으로 인식되었다. 전통과 근대는 그러므로 정신과 물질, 동양과 서양의 관계를 그 내부에서 반복하면서 상호 간에 필수적 보충 관계를 확정하게 된다. 그 결과 조선주의, 민족주의, 동양주의 등으로 이름만 바꿔서 등장하는 '근대적 전통'이 형성되는데, 이것들은 모두 '근대적 전통'의 복잡계界를 살아가는 조선인들에게 용기를 주는 동력원으로 기능했다. 이때부터 이미 조선, 민족, 동양의 이름으로 근대에 참여하는 것은 전혀 모순이 아니었으며, 하물며 부끄러운 일도 아니었다. 근대는 전통을 통해서, 그리고 전통은 근대를 기준으로 해서만 이해될 수 있는 상관적 개념이었기 때문이다.

그러나 양자 사이에 시간적 계기가 개입하면 논의는 더욱 복잡해진다. 시간을 대입하면 전통은 항상 과거를, 근대는 항상 현재 혹은 미래를 차지하게 된다. 문제는 '근대적 전통'의 시간성을 구성하는 일이다. 과거, 현재, 미래를 조합하여 통일된 시간관을 만들어 내어야 하기 때문이다. 만약 전통을 호출하는 주체를 근대로 보게 된다면, 과거(전통)를 불러내는 것은 현재 혹은 미래의 몫이다. 이렇게 되면 '근대적 전통'에는 곧바로 '현재적 과거' 혹은 '미래적 과거'의 시간 형식이 수여된다.

우리는 특히 식민지 시대를 통과하면서 전통의 부활과 회복을 넘어서 그것을 대안적 미래로 변장시키는 탁월한 능력을 발휘한 바 있다. 1960년대를 상한선으로 했을 때, 단군 시대로까지 소급되는 시조의 부흥(1920년대의 최남선)에서부터 조선 선비의 탈속의 정신(1930년대의 이병기)을 거쳐 풍류에 붙들린 신라정신(1950년대의 서정주)에 이르기까지 전통의 숭상은 항상 어떤 '정신의 회복'을 가리켰다. 그리고 그 '정신'은 서구적 근대 문명의 유입으로 이미 망실된 과거이거나 소멸을 앞두고 있는 '위기 상황'을 전제한다. 전통의 복원은 그러므로 서양 문명에 대립하는 '동양 정신'의 모습으로 '미래'로부터 귀환하는 형태가 되었다. 전통의 소환은 '과거의 복원'이 아니라 '복원된 미래'에서부터 내려지는 명령의 다른 표현이다. 전통 복원의 명령 체계는, 미래적 상상에서부터 과거를 복원하라는 명령이 하달된다는 점만을 놓고 보면 시간을 역행하는 구조이다. 그리고 그 체계가 순환성을 요구하고 있음은 분명하다. 과거의 전통이 현재로 되돌아올 때는 항상 '미래의 이름'을 달게 되기 때문이다.

전통의 순환적 복귀 체제는 전통이 '긍지'의 대상일 경우에 더욱 두드러진다. 전통이라는 것이 긍지의 대상으로서 대안적 상상의 세계에 속하는 순간, 즉 미래를 거쳐서 현재로 복귀하는 순간, 전통은 항상 '순수'의 이름으로 복귀하게 된다. 아무리 훼손과 망실의 위협에 시달린 전통이라 할지라도 그것이 미래적 소망의 모습으로 복귀하는 순간에는 항상 '순수'의 모습으로 정화되어 부활한다. 그러므로 전통이 한 번쯤 통과하게 되는 미래적 소망의 통로는 전통을 정화시키는 기계장치와 같은 기능을 부여받게 된다. 그 전통이 단군 시대로까지 소급될 정도로 아무리 멀리 떨어져 있는 것이라 할지라도, 단 한 번이라도 미래적 대안의 통로를 통과하면, 그것은 이미 '순수'의 시험을 통과한 것이 된다. 이렇게 정화의 기능이 부여된 통로를 통해서 전통이 '순수'의 모습으로 '서정시' 형식과 결합되어 나타난 것이 바로 서정주를 정점으로 하는, 1950년대의 순수 서정시 혹은 전통 서정시의 존재 방식이다.

서정주가 신라정신을 발견한 때가 1955년쯤으로, 그때를 전후해서 1950년대 후반까지 느닷없이 '전통론'이 활발하게 제기되었다는 사실은 주목을 요한다.[8] 잘 알려져 있듯이, 한국전쟁을 전후한 시점에 시단의 지배적 담론은 '후반기' 동인으로 대표되는 현대적 시인들(=모더니스트)이 장악하여 이미 '현대성'이 대세를 이루고 있었기 때문이다.[9] 하지만 1955년 무렵 서정주의 '신라정신'을 필두로 하여 '멋'이라든가 '은근과 끈기' 등 전통을 지칭하는 개념어들이 대거 등장하면서 박재삼, 김관식 등으로 이어지는 1960년대식 '전통주의' 시인들이 힘을 받게 된다.

1950년대 서정주가 발견한 신대륙 '신라'는 (1960년대 신동엽이 발견한 '백제'와는 반대로) 불교적 순환(윤회)과 주술적 반복이 시간을 초월하여 영원 반복하는 역사의 기원으로 자리한다. 그러므로 서정주 등에게 전통이란 과거의 한 시점에 머물러 있는 것이 아니라 현재를 중심점으로 같은 거리에서 순환하는 거대한 천체를 형성하고 있다. 과거와 미래를 잇는 선이 현재를 중심에 놓고 원환圓環적으로 둘러싸고 순환하는 모습은 지구를 중심으로 천체가 돌고 있다고 믿었던 중세적 우주관을 연상시킨다. 천동설이 우주의 원리를 설명해 주었던 고대와 중세를 사는

---

(8) 1950년대 전통론의 등장 배경에 대해서는 한수영, 〈근대문학에서의 '전통' 인식〉, 《소설의 일상성》, 소명출판, 2000 참조.

(9) 그런 의미에서 1955년 《현대문학》의 창간은 〈후반기〉에서부터 '현대성'을 구출해 내고, 그것을 '전통'과 결합시키려는 노력의 산물이라 할 수 있다.

인간들의 경우처럼, 이 시인들의 경우 삶은 종교적·신화적 세계에 둘러싸여 있다. 그리고 그 영원 회귀의 순환 구조가 서정시의 정신적 원류에 부합한다는 것은 잘 알려진 사실이다.[10] 서정주가 전통적 의미에서 뛰어난 서정시인으로 손꼽히는 까닭도 여기에 있다. 그에게 전통은 비유컨대 지구를 둘러싸고 끝없이 돌고 있는 우주적 천체이고 하늘이었던 것이다.[11] 서정시인치고 혹은 전통에 접속하고자 노력했던 시인들 중에서 그와 같이 전통이 자신을 둘러싸고 순환한다고 믿은 신화적 우주관의 바깥을 본 사람은 많지 않았다.

:::::::: 신동엽이라는
:::::::: '코페르니쿠스'

그런 의미에서 신동엽의 문학사적 위치는 특히 서정주에 견주었을 때 가장 잘 드러난다. 외형상으로 신동엽과 서정주 양자는 동일하게 전통 서정시의 구조를 공유하고 있는 것처럼 보인다. 전통을 대변하는 신

---

(10) 내면과 외면의 일치, 주체와 객체의 동일성 등은 전통적으로 서정시의 일반적 원리로 거론되었지만, 이를 현상학적 배경으로 검토하기 시작한 것은 에밀 슈타이거Emil Staiger이다. 그의 《시학의 근본개념》에 따르면, 주체와 객체의 거리를 전제하는 현대인의 일상 배경에는 주체와 객체의 동일성이라는 근원적 차원이 깔려 있는데, 그것은 일상을 가능케 하긴 하지만 그 자체가 직접 드러나지는 않는다는 점에서 하이데거의 '존재' 개념에 가까운 현상이다. 그 존재의 현시顯示를 가능케 하는 것이 서정시의 근원적 성질에 맞닿아 있다는 것이다. 서정시의 급진성이 가능하다 할지라도 그것은 오히려 서정시의 근원적 성질 자체가 급진성으로 기능할 때라고 볼 수 있다. 이처럼 현상학적 차원에서 현대시의 본질을 해명한 사례로는 미셸 콜로의 박사논문 《현대시의 지평구조》, 정선아 옮김, 문학과지성사, 2003이 있다.

(11) 서정주의 경우에 전통은 '신神'과 등가를 이루며, 따라서 신의 발견과 그 영원성의 회복이라는 중세적 소망으로 이어진다. 박연희, 〈서정주 시론 연구〉, 《한국문학이론과 비평》, 2007. 12., 124쪽 참조.

화적 세계의 거점이 백제냐 신라냐 하는 지점에서만 차이를 보일 뿐, 그 신화적 세계를 지배하는 정신이 이상적 미래상으로 투사되어 원환적 천체를 구성한다는 점에서는 다르지 않기 때문이다. 그럼에도 불구하고 서정주와 신동엽은 적어도 이념적인 차원에서는 정반대의 모습을 하고 나타난다. 도대체 어떤 점에서 동일한 천체 구조를 전제하는 두 시인에게서 이러한 차이가 발생한 것일까?

그 차이는 우선 전통이 '부활'하는 방식에서 찾을 수 있다. 식민지 시대의 시조의 부활에서부터 해방 이후 서정주의 신라정신의 부활에 이르기까지 전통은 항상 부재의 방식으로 그 존재를 알렸다. 문제는 그 부재하면서 존재한다는 이중적 지위에 있다. 전통이 부활의 대상이 되는 순간, 부활에 대한 기대감이 전통을 과거에 존재했던 것, 그러므로 지금은 존재하지 않는 것으로 만들 뿐 아니라, 그러한 기대감은 다시 그것을 미래에는 존재할지도 모르는 것으로도 만든다. 즉, 부활의 대상으로 지명하는 순간, 전통은 이미 지나간 과거의 것이면서 아직 도래하지 않은 미래의 것이라는 이중의 지위를 부여받게 된다. 물론 이미 지나간 것이라는 점에서, 그리고 아직 오지 않은 것이라는 점에서 전통은 부재의 방식으로 그 존재를 알린다.

천오백년 내지 일천년 전에는
금강산에 오르는 젊은이들을 위해
별은, 그 발밑에 내려와서 길을 쓸고 있었다.
그러나 송학宋學 이후, 그것은 다시 올라가서

추켜든 손보다 더 높은 데 자리하더니,

개화 일본인들이 와서 이 손과 별 사이를 허무로 도벽塗壁해 놓았다.

— 서정주, 〈한국성사략韓國星史略〉의 일부

적어도 송나라(10세기 이후)에서 유학儒學이라는 학문이 성립되기 이전까지는 손을 뻗으면 닿을 수 있는 지점에까지 별이 내려와 있었지만, 지금에 와서 그 거리는 복원될 수 없을 정도로 멀어졌다. 우리 역사로 치면 신라가 망하고 고려가 들어서면서부터 별은 손의 높이보다 멀어지기 시작했다. 그렇게 천 년을 사이에 두고 더욱 높아진 별이, 이제 시인 서정주에 의해서 드디어 부재의 방식으로 그 존재를 알려 오기 시작한 것이다. 시인이 부재를 선언하는 바로 그 순간이 손을 뻗으면 닿을 수 있는 높이에서 별이 상상의 통로를 따라서 다시 존재하게 되는 때인 것이다. 고려와 조선, 그리고 식민지를 거치면서 멀어지기만 했던 친밀감의 높이가 상상을 통해서 순식간에 극복되는 장면이다. 신화적 세계는 비록 상상의 방식으로밖에는 그 존재를 회복할 방도가 없지만, 그 임무를 맡는 것이 서정시의 역할인 이상, 회복되지 못할 정도의 거리에서 머물러 있을 때에만 비로소 시인은 존재 이유를 부여받게 된다.

이처럼 신라의 별은 비록 지금은 부재해도 멀리서 우리를 둘러싸고 회전하면서 우리의 소박한 삶을 안정시키는 역할을 수행한다. 이는 서구 역사에서 기독교적 세계관이 천체를 회전하게 만들었던 중세적 인식에 견줄 수 있다. 서정주가 보았던 신라의 하늘은 프톨레마이오스가 상상했던 천체의 형상처럼 언제나 저만큼의 높이에서 우리를 감싸며 돌고 있다. 그리고 그렇게 돌고 있는 천체가 바로 전통의 존재 방식이기도 하다. 우주 전체가 지구를 중심으로 돈다고 생각했을 때 중세인들은 자신들이 우주의 중심에 있다는 '긍지'를 느낄 수 있었다. 신이 창조한 위대한 인간, 그 인간들이 살고 있는 이 지구를 둘러싸고 저 하늘의 별과 모든 행성이 인간을 축복하듯 회전했다. 마찬가지로 한 송이 국화꽃을 피우기 위해 모든 우주가 동원된다고 했을 때, 살아 있는 것은 그 자체로 축복이고 우주적 사건으로까지 격상될 수 있었다. 그런 의미에서라면 "가난이야 한낱 남루에 지나지 않는다".(〈무등을 보며〉) 고작 헤진 옷(=襤褸)쯤이야 우주적 축복에 비한다면 아무것도 아니기 때문이다.

그렇다면 신동엽의 백제 하늘은 어떤 모습으로 존재하는지를 살펴보자. 신동엽의 시에는 '하늘'이 자주 등장하며 특히 중요한 상징적 기능을 수행한다. 그 근본에 '하눌님'과 '후천개벽'으로 이어지는 동학이 종교적 기반으로 자리하고 있다는 것은 잘 알려진 사실이다. 다음은 그의 장시 〈금강〉의 일부분이다.

누가 하늘을 보았다 하는가,
누가 구름 한 송이 없이 맑은
하늘을 보았다 하는가.
네가 본 건, 먹구름
그걸 하늘로 알고
일생을 살아갔다.

—〈금강〉 제9장의 일부

신동엽의 시에서 하늘은 이처럼 두 겹으로 층이 나뉘어 있다. 우리 가까이에는 하늘인 것으로 착각하게 만드는 거짓된 검은 하늘(=먹구름)이 있고, 더 높은 곳에 검은 하늘을 헤치고 드러나는 "맑은 하늘"이 있다. 평생토록 검은 하늘만을 볼 수 있고 또 그것이 맑은 하늘인 줄로만 알고 살다가 죽는 사람들이 있었는가 하면, 끝내 맑은 하늘을 보고자 했던 사람들도 있다. 그런데 그렇게 맑은 하늘은 아무 때나 수시로 볼 수 있는 것이 아니다. 역사를 통틀어 사람들이 맑은 하늘을 보았던 순간은 많지 않아 보인다.

우리들은 하늘을 봤다
1960년 4월
역사를 짓눌던, 검은 구름장을 찢고
영원의 얼굴을 보았다.

— 〈금강〉의 서시 일부

그렇게 보기 어렵다는 맑은 하늘이 4·19를 통해서 그 얼굴을 드러낸 벅찬 감격을 이 작품은 전하고 있다. 서정주의 별이 시인의 상상적 통로를 통해서 늘 손에 닿을 듯 가까운 곳에 존재한다는 환상을 낳아 우리 삶을 축복으로 받아들이게 한다면, 신동엽의 하늘은 다른 표정을 하고 있다. 손에 닿을 듯이 가까운 곳에 있다는, 서정주의 '환상 속의 하늘'을 가리켜 신동엽은 그것이 '검은 구름'일 가능성이 많다고 판단한다. 이처럼 검은 하늘이 우리의 일상을 뒤덮고 있는데, 우리는 그것을 맑은 하늘로 착각하면서 환상 속에서 살아가는 경우가 많다는 것이다. 혹 어떤 사람이 "하늘을 봤다"라고 말할지라도 그것이 진정 맑은 하늘인지는 장담하기 힘들 정도로 검은 하늘의 장막은 두텁다. 따라서 두텁게 하늘을 가리고 있는 검은 구름의 장막을 "찢고" 드디어 맑은 하늘이 드러나는 날은 일종의 사건이라 할 수 있다. 서정주의 별이 부재의 방식으로나마 우리 곁에서 우리의 일상을 축복으로 만들어 준다면, 신동엽의 하늘은 일상을 통해서는 거의 얼굴을 드러내지 않다가 '사건'처럼 출현하는 충격과 감격의 요소를 포함하고 있다.[12] 일상을 축복으로 만들어 주는 종교적 하늘이 서정주의 하늘이라면, 일상의 미혹迷惑을 찢어 내고 진정한 삶의 환희를 경험하게 하는, 마치 '사건'처럼 출현하는 맑은 하늘이 신동엽의 하늘이다. 서정주가 온갖 우주적 축복 속에서 '긍지'를 가지고 살아가는 순수 서정시의 소박한 세계상을 보여 준다면, 신동엽은 저주받은 일상에서 벗어나는 어떤 충격을 경험하게 하는 맑은 하늘의 위력을 입증해 보인다. 이처럼 신동엽은 서정주가 일구어 놓은 일상의 축복을 돌연 저주받은 일상으로 순식간에 뒤바꿔 놓는다. 문제는 일상이 아니라 '사건의 체험'에 있기 때문이다.

스칸디나비아라든가 뭐라구 하는 고장에서는 아름다운 석양 대통령

---

[12] 그런 의미에서 신동엽의 시에서 혁명이 갖는 의미를 '억압하는 자들의 지속적인 승리에 갑작스런 정지를 초래하는 순간'으로 해석하고, 동질적이고 공허한 근대적 시간을 폭파하는 시간이라는 의미에서 벤야민의 '현재시간Jetztzeit'으로 풀이하는 경우도 있다. 강계숙, 〈신동엽 시에 나타난 전통과 혁명의 의미〉, 《한국근대문학연구》, 2004. 10., 249쪽 참조.

이라고 하는 직업을 가진 아저씨가 꽃리본 단 딸아이의 손 이끌고 백화점 거리 칫솔 사러 나오신단다. 탄광 퇴근하는 광부들의 작업복 뒷주머니마다엔 기름묻은 책 하이데거 럿셀 헤밍웨이 장자 휴가여행 떠나는 국무총리 서울역 삼등대합실 매표구 앞을 뙤약볕 흠쓰며 줄지어 서 있을 때 그걸 본 서울역장 기쁘시겠오라는 인사 한 마디 남길 뿐 평화스러이 자기 사무실문 열고 들어가더란다.

— 신동엽, 〈산문시1〉의 일부

이것이 아마도 신동엽이 생각하는 '맑은 하늘'의 일부일 것이다. 그것은 대통령과 광부, 국무총리와 서울역장 사이에 모든 계급적·신분적·문화적 차별이 사라지는 순간이다. 그리고 이렇게 맑은 하늘이 우리의 과거 역사에서도 충분히 발견된다는 것이 신동엽의 입장이다.[13]

우리들에게도
생활의 시대는 있었다.
(중략)
지주도 없었고,

---

(13) 과거의 역사 속에서 저항적 전통을 발견하려는 시도는 이미 1950년대 최일수의 비평에서 발견된다. 이처럼 1950년대에는 전통 계승과 전통 부정을 둘러싸고 첨예한 대립을 보임으로써 자연스럽게 민족문학론의 양대 진영이 구축되었는데, 김동리와 서정주의 민족문학론이 한편에 있다면, 다른 한편에는 정태용, 최일수 등의 진보적인 민족문학론이 자리했다. 민족문학론과 전통론에서 새롭게 출현한 진보적 맥락은 신동엽과 김수영의 전통 개념에 지대한 영향을 미친다. 1950년대의 민족문학론과 전통론에 대해서는 전승주, 〈1950년대 한국 문학비평 연구 - '전통론'과 '민족문학론'을 중심으로〉, 《민족문학사연구》, 2003 참조.

관리도, 은행주도,

특권층도 없었었다.

반도는,

평등한 노동과 평등한 분배,

능력에 따라 일하고

필요에 따라 분배,

그 위에 백성들의

축제가 자라났다.

― 〈금강〉 제6장의 일부

　계급과 차별이 없는 사회, 말하자면 원시공동체 사회가 신동엽이 전통 속에서 찾아낸 맑은 하늘의 모습이다. 그것이 백제 사회로까지 끌어올려진 것은 시적인 윤색에 해당하지만, 전설로 남아 있는 그 축제의 세계를 미래 사회의 모델로 삼고 있다는 것은 분명하다. 서정주의 구도에서는 오래된 신라의 풍속은 실현 가능한 미래적 비전이 아니지만, 신동엽의 경우에는 오래된 옛날의 풍속이어서 지금은 사라진 지 오래되었다 할지라도 그것이 오늘날 실현하지 못할 이유는 되지 않는다. 아무리 오래된 전통일지라도 미래를 통해서 그 회복을 기원할 수 없다면, 그것은 더 이상 전통으로서 의미가 없다. 그것이 미래에 다시 부활하고 회복되어 현실이 될 것을 바랄 수 있을 때, 전통의 자격이 주어지는 것이다.

그러므로 전통이란 우리의 일상을 둘러싸고 있는 축복의 하늘이 아니라 우리가 그 주변을 끊임없이 맴돌면서 미래의 어느 순간 사건처럼 실현되기를 꿈꿔야 하는 태양과 같은, 우리 삶에서 중심을 차지하는 어떤 것이다. 신동엽과 서정주의 차이는 다음 시에서 선명하게 드러난다.

오늘 우리는 책끼고 출근버스 기다리는 독립문 근처
상전국 사신의 숙소 모화관이 있었다.
지금으로 말하면 무슨 호텔, 아니면 무슨 대사관
상전국 사신, 술과 고기와 계집으로 접대했다.

신라 왕실이 백제, 고구려 칠 때
당나라 군대를 모셔왔지
옛날 사람 욕 할 건 없다.
우리들은 끄덕하면 외세를
자랑처럼 모시고 들여오지.

— 〈금강〉 제6장의 일부

신동엽의 역사책에서 신라는 자국의 통일을 위해서 외세를 끌어들인 나쁜 선례를 남긴 국가로 기록되어 있다. 여기에서 서정주가 찬양한 '신라정신'은 외세를 끌어들였다는 점 하나만으로도 미래 사회의 모델이 될 수 없으며, '전통'의 자격이 없다.[14] 신라의 정신은 우리의 평범한 일상을 축복의 천으로 덮어 주는 하늘이 아니라, 하늘로 가장하여 진정으로 맑은 하늘을 가리고 있는 먹장구름이거나 검은 하늘에 불과하다. 그 축복의 장막을 걷어 올렸을 때 우리의 긍지가 거짓된 것임을 깨닫고, 진정으로 맑은 하늘을 중심으로 자발적으로 회전해야 하는 것이 우리의 몫이 되는 것이다. 몸소 자전自轉(volution)하지 않는다면 맑은 하늘을 삶으로 초대할 수 없다는 생각은, 일상이 언제나 축복은 아니며 대부분은 기만과 허위의식으로 가려져 있다는 생각과 더불어 스스로 하늘의 빛을 중심으로 움직이는 능동적인 삶을 요청한다.

자전의 노력이 없으면 혁명(re-volution)의 기회도 없다는 것을 신동엽은 잘 알고 있었다. 그러한 노력이 4·19에서 실현되었으며, 그 순간 언젠가 보았던 맑은 하늘이 먹장구름을 찢고 드러났음을 신동엽은 기억하고 있다. 이처럼 4·19가 '혁명'인 까닭은 신동엽이 '전통'으로 호명한 미래 사회의 모델이 4·19를 통해 순간적으로 펼쳐졌다는 데에 있다. 그에게 전통의 자격을 갖춘 사회상의 완전한 복귀는 곧 혁명을 의미했기 때문이다. 4·19는 전통이 곧 혁명이라는 신동엽의 신념이 확인되는 사건이었다. 그리고 일단 혁명의 경험으로 등재된 4·19는 동학농민혁명과 3·1운동이 그랬던 것처럼 다시 미래 사회의 모델을 제시한 전설적인 사건, 즉 전통으로 기억된다. 전통과 혁명의 순환 구조가 성립된 것이다. 이렇게 해서 우리 문학사에서도 혁명으로 기능하는 전통, 그리고 다시 전통으로 회귀하는 혁명이라는 새로운 전통 개

---

(14) 서정주의 신라정신이 유럽의 그리스 정신을 모델로 삼았다는 점도 서정주의 전통에서 그 기원의 외래성을 살필 수 있는 대목이다.

념이 정착하게 된 것이다.[15]

∷∷∷ 김수영, 전통의 중력을 떨치고
∷∷∷ 날아오르다

　그러나 또 다른 전통이 있다. 서정주와 신동엽처럼 '긍지'를 전해 주는 전통이 아니라 '수치심'의 대상인 전통이 그것이다. 전통에 대해 수치심과 부끄러움을 느끼는 경우는 대개 타인의 시선에서 비롯된다. 그래서 서구 문화에 대한 동경으로 전통을 부정적으로 평가하고 전통과의 단절을 요구하는 경우는 대개 모더니스트에 한정된다. 예컨대 모더니스트 김기림의 도를 넘어선 동양혐오증은 잘 알려진 사례이다. 그가 동양의 피리 구멍 숫자를 서양의 것과 비교하여 열등의 근거로 삼은 일은 유명하다.[16] 그러나 맹목적인 서구 취향이 이처럼 겉으로 드러난 경우는 그리 많지 않다. 하물며 전통 자체를 '수치심'의 대상으로 진술한 경우도 거의 없다. 다만, 서양과 비교하여 열등감을 호소하고 후진성을 개탄한 경우는 종종 있었다. 〈오감도〉 연재가 중도에 좌절된 시인 이상이 우리 문화의 후진성을 크게 우려한 진술은 유명하다.

---

(15) 신동엽을 가리키는 '뒤돌아보는 예언자'라는 평가는 이러한 사정을 잘 말해 준다. 유종호, 《서정적 진실을 찾아서》, 민음사, 2001., 133쪽.

(16) "서양인의 피아노는 키가 수십 개나 되는데 동양인의 피리는 구멍이 다섯 개밖에 안 된다. 타고어가 그만한 성공을 한 것은 우연하게도 그가 위대한 우울의 시대를 타고난 까닭인가 한다." 김기림, 《김기림전집2》, 심설당, 1988, 161쪽.

이런 모더니스트가 전통과 결탁한 사례가 많다는 것은 우리 근대문학사의 특징이라면 특징이다. 현대적 시인치고 전통적 사고, 형식, 양식 등을 도입하지 않은 경우가 드물 정도이다. 특히 식민지 후반부로 접어들면서 동양주의로 전향한 모더니스트들 사이에서 전통주의가 유행한 것은 특기할 사례이다. 이처럼 전통을 두고 열등감과 수치심을 호소한 경우가 많지 않았다는 것은 근대문학사에서 전통이라는 개념이 얼마나 강렬한 흡입력을 발휘했는지를 웅변해 준다.

그러나 이것이 1950년대의 모더니스트에게는 해당되지 않는다. 특히 이봉래와 같은 사람은 전통을 후진성의 항목에 집어넣고 맹렬하게 비판했다. 현대적 서정시를 옹호하고자 전통적 서정시를 집중적으로 비판했던 그는, 전통적 서정시의 전통이 후진적 세계에 속한다는 것을 조리 있게 설명했다.[17] 요컨대 전통 서정시는 전근대적인 사회를 배경으로 출현한 형식이므로 현대의 도시문명에는 어울리지 않는 열등한 형식이라는 것이다. 이때 이봉래가 문제 삼은 전통은 서정주나 신동엽처럼 고대사를 탐색하여 얻어 낸 오래된 전통이 아니라 현대시의 전 단계에 속하는 근대시의 전통을 가리킨다. 이때의 전통은 '문협' 정통파라는 명칭에서 사용되는 '정통'이라는 표현에 더 가깝다. 다시 말해서, 이봉래는 현대시의 대두를 지지하면서 근대시의 정통성을 비판한 것이다. 현대시를 지향한 '후반기'의 동인이었던 이봉래가 충분히 주장할 수 있는 내용이다.

....

(17) 이봉래의 현대성 인식에 대해서는 졸고, 〈전후 시론에서 현대성 담론 연구〉, 《현대문학의 연구》, 2005 참조.

후반기의 동인이기도 했던 김수영의 사고도 이봉래의 진술에 근접했다는 것은 분명하다. 다만 김수영의 경우에는 전통이 쉽게 단절할 수 없는 타성에 근접한 개념으로 사용되고 있어서 이봉래와 같은 손쉬운 선언적 단절 의식은 찾기 힘들다. 더군다나 김수영의 전통 개념에는 두 가지 맥락이 동시에 포함되어 있다는 점도 문제이다. 김수영에게 전통은 서양 문화에 비해서 낙후된 전근대적 문화의 흔적이면서, 짧은 근대문학사적 경험으로 인한 후진적 근대문학의 풍토를 모두 가리킨다. 인습에 가까운 전통과 관습에 다름없는 정통, 이 양자에 대해 김수영은 지속적으로 비판적인 태도를 유지한다. 김수영에게 전통은 사라지고 없는 것이 아니라 끊임없이 자신을 괴롭히는 '살아 있는 관습'과 같은 것이었다. 더군다나 그것이 자신의 몸에 새겨졌다는 데에서 그의 고민은 더욱 깊어진다. 베르그송Henri-Louis Bergson의 충고에 따르면 몸에 새겨진 기억은 머리로 기억한 것보다 오랜 수명을 유지한다는데, 김수영의 과제는 그 기억을 떨쳐 버리는 데에 있었다는 점이 특징적이다.[18] 그의 온몸의 시학은 그러므로 망각의 시학이기도 하다.

　　푸른 하늘을 제압하는
　　노고지리가 자유로웠다고

......

[18] 베르그송은 기억을 두뇌의 문제로 보지 않고 몸의 관점에서 바라보았는데, 이때 몸의 기억은 '습관기억'과 '순수기억'으로 나뉜다. 습관기억은 일상생활의 무의식적이고 기계적인 행위에서 비롯된다. 김수영에게 가장 큰 문제는 바로 이러한 습관기억에서 해방되는 일이다. 베르그송의 기억에 대한 간략한 이해는 최미숙, 〈베르그송과 기억의 문제〉, 《철학》, 2007. 11 참조.

부러워하던

어느 시인의 말은 수정되어야 한다.

자유를 위해서

비상하여 본 일이 있는

사람이면 알지

노고지리가

무엇을 보고

노래하는가를.

어째서 자유에는

피의 냄새가 섞여 있는가를.

—김수영, 〈푸른 하늘을〉의 일부

서정주와 신동엽이 이미 사라진 고대사에서 전통을 끌어 오려 했던 것에 비한다면, 김수영의 전통은 끈질기게 살아남아서 자신을 끌어당기는 중력에 가까운 힘을 행사하는 현재적인 사태이다. 인용한 시에서 중력을 망각하고 자유롭게 날아다니는 조지훈의 '노고지리'[19]를 신뢰하지 않는 것은 이 때문이다. 전통은 자유롭게 날아오르려는 새의 날개를 잡아당기는 대지의 힘, 중력에 다름 아니다. 김수영의 시는 그 중력

....

(19) "푸른 하늘로 푸른 하늘로/항시 날아오르는 노고지리같이/맑고 아름다운 하늘을 받들어/그 속에 높은 넋을 살게 하자." 조지훈, 〈마음의 태양〉에서.

을 이기고 날아오르는 순간의 고통스러움에 대해서 진술하고 있다. 이 시의 주제에 해당하는 자유는 그러므로 중력으로 기능하는 전통, 관습, 인습, 정통 등을 떨치고 날아오름에서 비롯된다. 전통은 되찾기 전에 부정되어야 한다는 그의 진술은 이러한 인식에서 나왔다. 그렇기 때문에 전통은 항상 열등감, 설움, 후진성의 신호로서 읽히며, 전통에서 벗어나려는 몸부림이 자유의 조건이다.

그런 의미에서 김수영이 4·19를 통해서 본 것은 전통을 끌어안고 날아오르는 방법이라 할 수 있다. 중력이 부재하는 무중력 상태에서도 살아갈 수 있는 시인이 있는가 하면, 언제나 중력의 무게를 떨쳐 버리고자 날기를 연습하는 시인이 있는 법이다. 김수영으로서는 무중력을 비행하는 시인의 몽상은 신뢰할 수 없는 것이며, 중력을 이기고 힘겹게 날아오르는 장면이야말로 경이로움을 전해 준다. 그런 의미에서 4·19는 척박한 대지, 무기력한 소시민적 삶의 무게를 이겨 내고 날아오를 수 있다는 것을 알려 준 모범적 사례에 해당한다. 전통이라는 중력을 이겨 내는 방법을 알게 된 것이다. 〈거대한 뿌리〉와 〈어느날 고궁을 나오면서〉, 그리고 결정적으로 〈풀〉로 이어지는 그의 '뿌리지향성'은 중력을 이용해서 지상으로 뻗어 나가는 식물적 상상력을 보여 준다. 대지를 박차고 하늘로 날아오르려면 오히려 척박한 대지에 더욱 깊이 뿌리박아야 한다는 것이 그의 생각이다.

하지만 그것은 '가장 민족적인 것이 가장 세계적인 것'이라는 상투적 뿌리내리기와 닮아 있다. '거대한 뿌리'라는 말에서 연상되는 튼튼하고 안정적인 자세는 그런 오해를 낳기 쉽다.[20] 김수영은 말로만 그치는 전통단절론을 신뢰하지 않는 것처럼, 전통에 굳게 뿌리박겠다는 심지 굳은 민족주의자들도 가까이 하지 않았다. 문제는 온몸을 통해 전해져 오는 전통의 위력에 순응하면서도 그것에서 효과적으로 벗어날 수 있는 방법을 모색하는 것이었다. 그러한 방법의 모색과 성공적 발견이 "전통은 아무리 더러운 전통이라도 좋다"(〈거대한 뿌리〉)라는 진술의 당당함을 떠받친다. 김수영에게 전통은 이미 크고 위대하고 신비로운 대상이 아니다. 더군다나 지금은 사라져 버린 유물적 대상도 아니다. 전통은 떨쳐 버리고 싶지만 차마 떨칠 수 없는 모습으로 김수영의 몸에 새겨진, 그의 일상을 장악하고 있는 그런 존재이다.

그래서 김수영이 말하는 혁명은 본질적으로 '고독한 혁명'일 수밖에 없다. 그것은 온몸에 새겨진 전통, 관습, 인습, 정통성 등과 벌이는 치열하고 외로운 싸움이기 때문이다. 공동의 목표를 향한 울분의 토로가 아니라 자신의 몸에 새겨졌으므로 자신만의 전통이라고 할 것들과 싸워 나가는 지속적인 활동이 곧 혁명이라 할 수 있다. 이와 같은 '혁명의 일상화'는 김수영이 '축복받은 일상'을 노래한 서정주와 대척점에 서 있었음을 말해 준다. 그의 방식은 전통에서 혁명을 발견하고 그 혁명을 다시 전통으로 되돌려 주는 신동엽의 방식과도 다르다고 할 수 있다.

....

(20) 〈거대한 뿌리〉를 전통의 관점에서 바라본 사례로는 나희덕, 〈김수영 시에 있어서 '전통'의 문제〉, 《배달말》, 2001을 들 수 있다. 이 글은 "이 시를 흔히 '전통의 재발견'이라고 해석해 왔는데", "이 시를 반전통적인 태도에서 전통에 대한 긍정으로 변화하는 분기점으로만 읽을 것이 아니라, 더러운 전통까지도 끌어안을 만큼 민중들의 삶에 밀착해 들어가 그것을 역사로 인식하게 되는 한 극점으로도 읽을 수 있다"(나희덕, 같은 글, 104~5쪽)는 관점을 제시한다. 기존의 공식적인 전통에서 소외되어 있는 계층까지 전통에 포함해서 끌어안으려는 김수영의 기획을 감안한다면, 여기에서 배제되고 망각되었던 전통의 새로운 측면을 확인할 수 있다.

그는 이미 오래전에 사라져 버린 전통에서 혁명의 동력을 얻을 수 있다고 생각하지 않았기 때문이다. 더군다나 혁명은 단 한 번에 만사를 해결하는 비책이 될 수 없었다. 결정적으로는 혁명이 '개인의 몫'이라는 점에서 김수영과 신동엽은 갈라진다.

4·19가 남긴 전통, 전통과 단절하는 전통

물론 4·19 이후에도 서정주가 닦아 놓은 전통의 하늘에는 마치 아무 일도 없었다는 듯이 새들이 자유롭게 날아들었다. 전통은 우리의 남루한 일상을 축복하며 선회하는 우주적 신화의 세계이기 때문이다. 이러한 전통 의식이 1950년대 이후 전통 서정시의 근본적인 정신 구조를 이루게 된다. 가난조차 삶의 축복으로 받아들이는 박재삼의 사례는 그 일부에 해당한다. 그러한 서정시에는 자잘한 일상 전체를 신의 축복으로 받아들이게 하는 종교적 힘이 내재한다고 할 수 있다.

그러나 축복받은 일상은 4·19로 그 허구성을 드러내고 만다. 전통은 '순수한 전통'이 아니라 근대의 필요로 만들어 낸 허구적 구조물이었던 것이다. 신동엽은 서정주의 축복받은 일상을 거부하고 '저주받은 일상'이라는 새로운 패러다임으로 전통을 재구성한다. 전통은 일상을 축복하는 우주적 현상이 아니라 오히려 일상의 미망에서 해방시키는 충격적 사건, 개벽의 현재적 사건이었던 것이다. 일상의 장막을 찢고 순간적으로 폭발하는 미래적 비전의 역사 반복적 사건이 전통의 골자를 이루게 된다. 전통은 곧 혁명의 기원에 속하게 된다. 따라서 혁명으로부터 가장 멀리 떨어진 안전한 서정주의 '전통'이야말로 가장 경계해야 할 대상이다.

김수영은 이와는 다른 지점에 위치한다. 김수영은 서정주의 축복받은 하늘 밑을 선회하는 조지훈의 '노고지리'를 비판적으로 바라보며, 저주받은 일상의 무게를 감당하는 자유의 가능성을 모색한다. 그에게 전통은 신라나 백제처럼 먼 과거에 있는 것이 아니라 일상을 살아가는 우리 몸에 새겨진 가장 친숙한 것이다. 전통은 되찾아질 것이 아니라 일단은 부정하고 극복해야 할 대상인 것이다. 몸에 새겨졌기 때문에 친숙한 모든 인습과 관습이 전통의 살아 있는 모습이다. 그렇게 살아서 우리를 지배하는 관습의 굴레에서 끊임없이 벗어나고자 몸부림치는 것이 곧 '혁명'의 시작이다.

그러므로 김수영에게 혁명은 신동엽처럼 일회적인 사건이 아니라 일상화되어야 할 지속적인 과제이다. 저주받은 일상이라는 점에서는 비슷하지만 일상의 바깥이 아니라 그 내부에서 혁명의 가능성을 발견하려 한다는 점에서 신동엽과 다르다. 이는 리얼리스트와 모더니스트의 거리라고 할 수 있다.

하지만 김수영과 신동엽의 등장으로 '전통' 개념은 드디어 혁명과 결합했으며, 중세적 미신에서 해방되었다. 이러한 과정은 마치 천동설에 사로잡힌 중세인의 관점을 뒤집으며 지동설을 설파한 코페르니쿠스, 그리고 지구와 행성 사이의 숨겨진 중력이라는 힘을 발견한 뉴턴에 견줄 수 있다. 그들 역시 근대적 인간형이라는 점에서 더욱 그러하다. 김수영과 신동엽이 전통 개념에서 이렇게 과감한 단절점을 형성할 수 있었던 것은, 그것이 4·19라는 정치적 사건의 문학적 반영이기 이전에 4·19 정신이란 것의 실체를 확인해 준다. 이것을 통해서 4·19는 진정한 문학사적 사건으로, 다시 말해서 정신의 혁명으로 등재될 수 있었다.

80년대
민족문학론,
그 고통의 축제

'70~80'이라는 표현이 있다. 20~30년대가 식민지 시대를 가리키는 것처럼 70~80년대라는 표현은 국가권력과 시민 세력이 첨예하게 대립한 시대, 두 세력이 '민주화' 코드로 약분된 시대라는 뜻을 함축한다. 그만큼 1970년대와 1980년대 사이에서는 정치적·사회적 유사성이 많이 발견된다. 문학사에서도 70~80년대는 연속성을 갖는 것으로 평가되는데, 이때 사용되는 개념이 '민족문학'이다.

일반적으로 70~80년대는 근대문학사를 민족문학의 생성과 그 전개과정으로 규정짓는 데 결정적으로 기여한 시대로 기억된다. 하지만 70~80년대에 생성된 민족문학을 문학사 전체에 투사되는 초시대적 개념과 혼동해서는 안 된다. 70~80년대의 민족문학은 시대를 초월하여 자기를 보존한다는 우파적 민족(문학) 개념과 결별함으로써 가능해졌기 때문이다. '민족' 개념의 초월론적 성격은 70~80년대의 민족문학과는 사실상 무관하다. '민족문학=근대문학'이라는 가정에는 그것이 시공간적 한계를 딛고 '운동'을 통해 형성·전개된다는 생각이 깔려 있다. 시대 초월적인 우파적 '민족(문학)' 개념의 영구 집권은 70~80년대 민족문학의 등장으로 폐기되었으며, 영구 집권은 영구 혁명으로 대체되었다. 그렇기 때문에 70~80년대 민족문학을 그 시대와 분리해서 파악하고 평가하는 것은 민족문학의 본성에 부적합한 접근법이다. 심지어 민족문학의 연속성을 강조할 때조차도 그 내부에 상존하는 불연속과 부조화를 무시해서는 안 된다. 불연속과 부조화 속에서 연속과 조화를 보는 것이 70~80년대 민족문학을 평가하는 합당한 시각이다.

1980년대만 한정해서 보더라도 '민족문학'이라는 명칭에서 연상되는 단일 이미지와는 달리 그 시대가 '다양성'의 시대였음을 알게 된다. 문학사에 비춰 봤을 때 80년대는 '중심의 상실'을 경험한 희귀한 시대에 해당된다. 바흐친Mikhail Bakhtin의 용어를 차용하자면, 70년대를 풍미했던 특정 민족문학의 '독백적 성격'이 80년대에 이르러 그 권위를 잃었고, 그러므로 하늘에서 지상으로 끌어내려진 민족문학이 다른 민족문학들과 '대화적 관계'를 맺는 형식으로 재구성된 것과도 관련된다. 아이로니컬하게도 유사 이래 가장 독백적이었던 정권이 그러한 대화의 장을 마련해 준 것이다. 70년대 민족문학을 이끌었던 백낙청은 그러한 역설적 사태를 다음과 같이 진술한다.

적어도 두 가지 면에서 당국의 (폐간―인용자) 조치를 우리는 차라리 고맙게 여기고 있기조차 하다. 첫째는 사업의 직접 담당자들에게 귀중한 자기 점검의 시간을 주었다는 점이요, 둘째로는 계간지라는 구심점의 상실이 도리어 80년대 문화 운동의 바닥을 넓히고 뜻있는 개개인의 창의와 실천력을 자극하기도 했다는 점이다.(백낙청, 〈부정기간행물 《창작과비평》을 내면서〉, 《창작과 비평》 57호, 1985.)

백낙청뿐만이 아니다. "역설적이게도 《창비》와 《문지》가 폐간됨으로 말미암아 양대 구심점을 상실한 것이 아니라 오히려 다양화와 저변확대에 공헌하고 있는 측면이 있다."(홍정선, 《역사적 삶과 비평》, 1986)는 증언을 남긴 이들이 많다. 이것은 결코 《창비》와 대립하던 우파 민족주의자들의 목소리가 아니다. 증언을 남긴 사람들은 1980년에 폭력적으로 단행된 《창작과비평》과 《문학과지성》(이하 《창비》와 《문지》)의 강제 폐간을 성토하고 규탄하는 단계를 넘어선다. 기이하게도 이들은 모두 양 계간지의 폐간으로 비로소 가능해진 어떤 '해방의 경험'을 환기한다. 심지어 이렇게 말하는 사람도 있다. "만약 계간지들이 폐간되지 않았다면 《창비》《문지》를 통해서 작품 활동을 하려고 아등바등거렸을 것이고 지금과 같은 운동성이나 실천성은 획득하지 못했을"(좌담, 〈80년대와 지방문학운동〉, 《실천문학》, 1984) 것이라고 말이다. 이 정도라면 《창비》와 《문지》의 강제 폐간이라는 사약(gift)이 혹시 전두환 정권이 내려준 하사품(gift)은 아닌지 의심해 볼 일이다. 그 독/약이 향후 민족문학의 운명을 바꿔 놓았기 때문이다.

70년대 민족문학을 끌어내린 '80년대 민족문학'

1980년, 봄호를 마지막으로 계간지 《창비》와 《문지》가 폐간되었다. 폭력적인 언론통폐합 조치의 연장에서 이루어진 정기간행물 강제 폐간은 70년대 민족문학의 입장에서 보면 사형선고나 다름없는 사건이었다. 70년대 민족문학은 정권이 내린 사약으로 사망할 위기에 처한 것이다.

생각해 보면 1940년대 일제 말기의 암흑기에도 비슷한 일이 있었다. 그때 사람들은 1930년대까지 이어진 조선문학의 전통을 되살리는 것을 당연한 과제로 여겼다. 죽어 가는 조선문학을 되살리는 것은 후손의 몫이었다. 그런데 70년대 민족문학의 중심 매체가 독재 권력에 의해 사형선고를 받았을 때 사람들이 보인 반응은 달랐다. 물론 이 사태를 애도한 사람도 있고 부활을 기도(1985년 《창작과비평》이 부정기간행물로 출간된 경우)하기도 했지만, 많은 사람들이 오히려 그 사망을 '완성'하려고 시도했다. 그것도 한 번이 아니라 70년대, (민족)문학, 중심, 매체순으로 잘게 쪼개어 사망 확인 절차를 반복했다. 80년대의 민족문학은 70년대 민족문학을 지탱했던 중심 매체의 사망을 완성함으로써 민족문학의 갱생을 도모한 것이다. 중심은 사라졌다. 모든 것을 그러쥐던 구심력은 작동을 멈추었다.

이렇게 해서 70년대 민족문학은 두 번 사망하게 된다. 그 당시 권력 피라미드의 제일 꼭대기에서 내려진 압력이 첫 번째 사망 원인이라면, 권력 피라미드의 맨 아래층에서부터 두 번째 사망이 시도되었다. 70년대 민족문학이 위와 아래에서, 말하자면 정권과 민중의 합동작전으로 압사했을 때, 그 빈자리와 부재를 배경으로 한 경험의 기록이 80년대 민족문학의 내용을 이룬다. 70년대 민족문학이 근대문학의 역사를 완성하려 했다면, 근대문학의 종언을 기정사실로 만듦으로써 탄생한 것이 80년대 민족문학인 것이다.

그러므로 80년대 민족문학이 출현했을 때 70년대까지 가능했던 '단일한 민족문학'은 더 이상 가능하지 않게 되었다. 70년대처럼 '단일한'('통일'지향적) 민족문학이 군림하는 곳에 80년대 민족문학은 들어설 여지가 없었다. 70년대 민족문학이 있었던 자리를 공백으로 비워 두고 다양한 민족문학 '들'이 서로 대화적 관계로 맺어진 네트워크가 80년대 민족문학의 본래 모습인 것이다. 70년대의 고상한 민족문학이 80년대의 저급한 민족문학 위에 군림하지 않고 지상으로 끌어내려져 함께 뒤섞였을 때, 비로소 민족문학은 80년대의 테두리 안에서 '새로운 탄생'을 경험하게 된 것이다. 물론 우리가 지금 논의하는 것은 민족문학 일반이 아닌, 80년대 민족문학의 존재 방식이다. 그러므로 70년대까지 적용될 수 있을 법한 '단 하나의 민족문학'에는 통용될 수 있는 비판일지라도 그것을 80년대의 민족문학 '들'에 대입할 때에는 좀 더 신중해야 한다. 70~80년대라는 상투적 표현은 그 연속과 불연속의 기호화된 표기법으로 읽혀야 한다.

《창비》와 《문지》 등 70년대 민족문학의 중심 매체가 공중분해되자, 땅 위에서 다양한 목소리들이 산발적으로 무질서하게 솟아나왔다. 마치 이때를 기다렸다는 듯이 사방에서 무수히 많은 '부정기간행물'이 돌출되어 황홀한 축제를 벌였다. '부정기간행물'의 축제는 1980년 처음으로 '무크Mook'(잡지형 단행본) 형태로 출현한 《실천문학》(자유실천문인협의회 기관지)을 기점으로 하여 서울의 《반시反詩》(70년대부터 존재했다.), 《시와 경제》, 《시운동》, 《언어의 세계》, 《우리 세대의 문학》을 비롯하여 광주의 《오월시》, 부산의 《열린 시》, 《지평》, 대구의 《자유시》, 마산의 《마산문화》 등 전국적으로 확산되었다. 1988년 봄이 오고 《창비》와 《문지》가 다시 복간되는 그 순간까지 무크 혹은 동인지로 불리는 '부정기간행물'의 물결이 끝없이 이어졌다. '정기간행물'의 구심력이 사라진 곳에 '부정기간행물'의 원심력이 작동한 것이다.

이를 통해서 우리는 우리 문학사에서 처음으로 '구심적 문단'이 아니라 '원심적 문단'이 실험적으로 구축되는 장면을 목격한다. 이 원심적 문단에서 70년대까지 통용되던 문학적 관행들이 하나하나 '회의주의'의 법정에 세워졌다. 배심원들로만 구성된 '원심적' 법정에서 그 유효성을 검증받아야 했던 것이다. 예컨대 김도연은 다음과 같이 말한다.

이즈음의 동인지 발간이 그전 시기의 것들과 성격을 달리함은 발간 주체 중에 문단에 포함되지 않는 무명 신인들의 소집단이 적지 않은 비중을 차지한다는 사실이다. 신춘문예·추천제 형식 같은 통상적인 등단방식에 구애받지 않고 동인지를 통하여 문학수업을 시작한 새로운 세대가 다수 형성되고 있다. 이는 80년대 문학질서가 기왕의 메카니즘과 구별되는 중요한 기준이 된다. 실상 몇몇 원로격 대부代父들에 의한 파벌집단 성향을 벗어나지 못한 한국문단의 폐쇄구조는 문자행위를 일부 전문독점집단에 귀속시켜 문학의 대중화를 가로막는 제도적 장치가 되어 왔다. 기성문단의 흐름과 관계없이 자기 나름의 독자적인 목소리를 구축하는 동인지 문인들의 신선한 작업은 문학 담당층의 보편적 확산이라는 측면에서 평가를 받을 만한 괄목할 변화라 하겠다.(김도연, 〈장르 확산을 위하여〉, 《민족, 민중 그리고 문학》, 1985)

여기에서 '한국문단'은 '문학의 대중화를 가로막는 제도적 장치'로 규정되고 있다. 그동안 한국 사회의 민주화를 위해 전력투구했던 70년대까지의 한국 문단이 오히려 가장 비민주적인 '전문독점집단', '파벌집단'에 지나지 않았다는 것이다. 만약 '한국문단의 폐쇄성'이 '문학의 대중화', "문학의 민주화"(김도연, 같은 글)를 제도적으로 차단하고 있었던 것이 사실이라면, 70년대 민족문학이 그토록 소망하던 '시민혁명'은 먼저 '문학 제도'에서부터 시작되어야 했다.

이렇게 해서 80년대는 문학 제도의 권력 독점 방식을 해체하고 '문학의 민주화'를 실험할 수 있었던 유일한 시대가 되었다. 서울 중앙 문단의 정기간행물을 중심으로 유지되었던 70년대까지의 민족문학의 물리적 기반이 사라지면서 지방 주변 문단의 수많은 부정기간행물들의 축제가 시작되었다. 그 축제의 장에는 《창비》와 《문지》조차도 부정기간행물 형식으로만 참여할 자격이 주어진다. 이렇게 시작된 '문학의 민주화'를 통해서 "문학에 대한 기왕의 상식들이 심각히 도전받는 국면"(김도연, 앞의 글)이 이어졌다. 제도로서 호명된 문학과 문단은 그에 대한 전면적 회의주의를 피해 갈 수 없었다.

:::::::: 체험과 표현이 일치하는
:::::::: 노동자문학의 등장

　물론 '제도로서의 문학'에 대한 전면적 회의주의는 정치권력의 선물이 아니었다. 당시 권력은 특정한 문학잡지를 폐간할 수는 있어도 문단이라는 제도까지 제거할 능력은 없었다. 문단이라는 제도의 장벽은 그로 인해 억압적으로 배제되었던 수많은 타자적 목소리들의 동시적 함성으로만 무너질 수 있었다. 70년대 후반부터 돌베개, 풀빛, 일월서각 등의 군소 사회과학 출판사에서 간행된 노동자들의 수기, 일기, 르포르타주 등이 바로 그것이다.

　석정남, 유동우, 송효순 등에 의해 제출된 '비문학 장르'는 기존 언론에 의해 은폐되었던 노동 현장의 목소리를 생중계하는 대체 언론으로 주목받았다. 기존 언론의 무능력을 대리하고 보충하는 대체 언론의 확산은 기존 문단의 무능력을 대리하고 보충하는 대체 매체의 확산과 절묘하게 만났다. '비–문학 장르'와 '부–정기간행물'은 기왕의 '문학 장르'와 '정기간행물'을 대리하고 보충하는 새로운 장르, 새로운 매체의 이름이 되었다. 그 '부정적' 존재 방식은 기존 문학과 기성 문단의 존재 방식에 대한 전면적 회의를 통해 성립된 80년대 민족문학의 성격을 집약해서 보여 준다. 이때 '원심적 문학'과 '원심적 문단'의 실험이 의미를 가지려면 그 부정적 존재 방식에 대한 긍정적 규정이 필요했다.

　소시민 지식인 작가의 소설과 기층 노동자 작가에 의한 체험수기를 비교하여 평가하는 태도는 자칫 잘못하면 이분법적인 우위론이나 배타적 논리로 귀결될 수 있다는 점은 경계하지 않으면 안 된다. …… 소설과 체험수기의 감동효과에 있어서 상대적인 우열이 노동현장에서 드러나는 인간적인 제관계, 모순·갈등·대립, 그리고 발전법칙 등을 관찰자적·방관자적 입장에서 외부로부터 묘사하는 것과 참여자적·체험자적 입장에서 내부로부터 그려내는 점에 근거를 두고 있음은 분명하다. 그러나 체험의 직접성이나 현장성의 면에 있어서 체험 당사자에 의한 수기보다 상대적으로 불리한 지식인의 소설은 이러한 점에도 불구하고 소설 나름의 독특한 현실인식의 기능을 수행할뿐더러 구체적인 형상을 통해 보편적인 진리를 드러내기 때문에 사회의 총체성을 생생하게 구현할 수 있고, 바로 이러한 점에서 수기나 실록 등의 르뽀물을 능가할 수 있는 가능성을 지니는 것이다.(이재현, 〈문학의 노동화와 노동의 문학화〉, 《실천문학》, 1983)

그 당시 '비문학 장르'의 장점은 은폐된 사실을 폭로하는 대체 언론의 기능에 있었다. 다시 말해서, '내부자'에 의한 진술이라는 실감이 강점으로 기능했다. '내부'의 사실을 '외부'로 드러내는 수기와 르포르타주는 그 폭로 형식을 놓고 보면 '내면'의 진실을 고백한다는 일기 형식과 구조적으로 유사한 면이 많다. 내부와 내면이 선행함으로써 '폭로'와 '고백'이 가능해지는 것이 아니라, '폭로'와 '고백'이라는 형식을 통해서 비로소 내부와 내면이 형성되는 것이다. '내면'의 형성과 그 표현은 소시민 지식인 작가(70년대 민족문학의 주체)에게는 쉬운 일이다. 하지만 그러한 경험이 없는 기층 노동자 작가(80년대 민족문학의 주체)들은 수기와 르포르다주, 일기 등의 형식을 통해서 비로소 자신들의 내면을 형성하게 된다. 70년대 후반에서 80년대 초반에 걸쳐 크게 늘어난 폭로와 고백의 형식은 이처럼 80년대 민족문학의 '내면' 형성에 이바지했다. 이렇게 80년대 민족문학의 '내면'이 형성되면서부터 70년대 민족문학은 상대화될 수 있었다.

외부적·사회적 형식으로 형성되었음에도 불구하고 모든 내면은 '개별적'이다. 노동자 작가라고 해도 예외는 아니다. 그런데 앞의 인용문에서도 나타나는 것처럼 노동자 작가의 '내면'에 대한 고찰에는 특별한 점이 있다. 노동자 작가의 '내면'은 그가 체험한 '외적 현실'과 구별되지 않는다. 단적으로 말해서, 내면과 외면 사이에 구별이 없다. 젊은 비평가의 눈에는 노동자 작가가 단지 그의 내면을 표현했을 뿐인데도 그 안에 외부의 현실이 생생하게 살아 있는 것처럼 보였다. 지식인 작가들의 표현에서는 표현이 그의 체험과 반드시 일치하지 않지만, 노동자 작가들의 체험 수기에서 "체험과 표현 사이에는 어긋남이 조금도 없다".(이재현, 같은 글) 불완전한 형태로나마 노동자 작가의 출현으로 인해서 체험하는 사람(=노동자)과 표현하는 사람(=작가)의 불일치가 해소된 것이다. 루카치Gyorgy Lukacs에 따르면 고대 그리스 서사시에서나 가능할 법한 일이 발생한 것이다. '노동자'의 체험수기를 '작가'의 소설과 차등적으로 구별하려 했던 70년대 민족문학은 여기에서 한계에 부딪히게 된다. 그것은 노동자(=체험)와 작가(=표현)의 분업(=불일치)을 통해 유지되는 체제였기 때문이다.

70년대 민족문학에서 보면 '노동자'는 '작가'가 아니다. 물론 노동자도 작가가 될 수 있지만 그렇게 하려면 작가 수련을 거쳐야 한다. 작가 수련이란 구체적으로 체험과 표현의 불일치를 봉합하는 여러 기술적 장치들의 습득을 가리킨다. 체험하지 않고도 마치 체험한 것처럼 표현할 수 있을 때 비로소 작가가 된다. 그러나 80년대 민족문학은 아무런 기술적 장치의 도움이 없이도 체험과 표현이 일치하는 장면을 목격했다. 체험에서 분리된 표현중심주의, 노동자에서 분리된 작가중심주의는 70년대의 몫이 되었다.

:::::: 박노해
:::::: 그리고 김명인

1984년 박노해의 출현은 '노동자=작가'의 이념이 확인되는 순간이었다. 80년대 민족문학의 이념형이 현실로 나타난 것이다. 다음은 70년대 민족문학을 대표하는 백낙청이 이에 대해 보인 반응이다.

역시 지식인의 미덕은 냉정한 것이니까, 냉정을 잃지 말고 비판할 것은 비판해야 합니다. 박노해의 시집 《노동의 새벽》을 두고도 비슷한 이야기를 할 수 있겠습니다. 물론 이것은 노동자만이 쓸 수 있는 훌륭한 시들이기는 하지만 어디까지나 시라는 장르적 특성을 잘 살렸기 때문에 훌륭한 것이고, 그리고 한국시를 어느 정도 읽어본 사람들이라면 박노해의 이런 시가 나오기까지 가령 김수영이라든가 신경림·김지하 등 기성 문인들의 작업이 밑거름이 됐다는 것을 금방 알아차릴 수 있다고 봅니다.(백낙청, 〈민족문학과 민중문학〉, 《민족, 민중 그리고 문학》, 1984)

인용된 글의 서두에서 백낙청은 "최근의 활발한 민중문학 논의는 70년대 민족문학론의 심화과정이라고"(백낙청, 같은 글) 주장했다. 백낙청은 80년대를 민족문학의 심화 과정으로 규정함으로써 80년대만의 독자적 성격을 부정하고 70년대 민족문학의 유효성을 주장한 것이다. 백낙청의 관점에서 보면 박노해의 작품에 대한 평가는 그가 노동자(=체험)이기 때문이 아니라 작가(=표현)이기 때문에 가능했던 문학적 성과를 기반으로 이루어져야 한다. 체험과 표현의 일치, 노동자와 작가의 일치를 통해서 독자성을 주장한 80년대 민족문학의 입장과는 달리, 백낙청은 체험과 표현, 노동자와 작가를 엄격하게 분리해서 평가하려는 입장을 고수하고 있다. 반면 80년대 민족문학은 체험과 표현의 일치, '노동자=작가'를 통해서만 이론적 수명을 유지할 수 있었다. 따라서 박노해와 같은 '노동자=작가'(노동자 출신 작가)가 지속적으로 출현해주면 문제가 없지만, 그것이 불가능하다면 그 이론적 입지가 불투명해질 우려가 있었다.

1987년 6월의 민주화 항쟁과 그해 7월부터 이어진 노동자 파업투쟁은 노동자계급의 정치적 역량을 입증하고 정국 전환의 계기를 마련해주었다. 이에 따라 80년대 민족문학론도 1987년에는 새로운 국면에 접어들게 된다. 사회과학 분야와 학생 운동권 사이에서도 '사회구성체'

논쟁이 활발하게 전개될 무렵이었다. 사회과학적 기반이 취약한 70년대 민족문학에 비해서, 1987년 이후부터는 민족문학론에도 사회구성체 논쟁을 비롯한 사회과학적 성과가 반영되기 시작하였다. 70년대 민족문학은 이제 이론적으로, 특히 마르크스주의로 무장된 새로운 계급문학과 대면하게 된 것이다. 70년대 민족문학과 80년대 민족문학의 관계는 점차 계급적인 대립의 차원으로까지 논의가 확대되기 시작하였다. 그 선봉에 김명인이 있었다.

시민적 세계관을 날실로 하고 시민적 문학론을 씨실로 하여 짠 낡은 그물을 생산대중의 광대한 자기표현의 바다에 던져 놓고 그물에 걸려드는 '먹이'들만 도마 위에 올려놓고 이러저러하게 해부하고 이해하려는 기왕의 시민적 한계를 벗지 못한 민족문학론은 그 그물에 걸리지 않는, 말하자면 장르라든가 미학이라든가에 관련된 시민적 문학관이 만들어 놓은 기준에 의해 예선을 통과하지 못한 많은 문학적 산물들이 실제로 민중적 삶의 현장에서 생산되고 유통되고 있다고 해도 어떤 적극적 의미를 부여할 수 없을 뿐만 아니라 부여하려고 하지도 않는다. 이러한 생산대중의 문학에 대한 소시민 비평가들의 계급적 편향성은 흔히 '좋은 작품이 있으면 어디 내놔 봐라'는 식으로 표출된다.(김명인, 〈지식인 문학의 위기와 새로운 민족문학의 구상〉,《문학예술운동 I 》, 1987)

김명인은 70년대 민족문학의 계급적 기반인 '소시민계급'이 몰락하여 노동자와 자본가계급으로 분해·흡수되고 있다고 진단하고, 소시민

지식인 중심의 민족문학도 동일한 선택에 직면해 있다고 주장하여 파문을 일으켰다. 김명인에 따르면 80년대에 이르러 소시민적 지식인 계급의 이중생활이 보장되었던 지금까지의 상황이 종결되었으니, 70년대 민족문학은 지배계급과 노동자계급 사이에서 계급적 기반을 재설정해야 할 처지에 놓이게 된 것이다. 따라서 소시민적 지식인은 계급의 주도권을 포기하고 '문학의 민주화'를 향한 연합전선의 대열에 백의종군해야 한다.

범민중적 연합전선을 뜻하는 김명인의 '민중적 민족문학'은 몰락하는 소시민계급과 떠오르는 노동자계급이 연대하여 '문학의 민주화'를 달성하는 것을 새로운 과제로 삼았다. 이때 몰락하는 소시민 지식인 작가들이 범민중적 연대에 참여하려면 반드시 시민적 미학과 시민적 문학관을 버려야 한다. 그러므로 '민중적 민족문학'의 관점에서는 70년대 민족문학으로는 평가할 수 없었던 모든 실험적인 문학 활동이 미학적 기준과 무관하게 적극 권장된다. 민중적 민족문학에서 '노동자=작가'는 더 이상 '작가주의'의 눈치를 볼 필요가 없다. 오히려 '체험과 표현의 일치'를 약간 변형한 "현장성과 운동성의 일치"(채광석)가 새로운 민족문학의 원칙으로 재천명되었다.

민주주의 민족문학이냐, 노동해방문학이냐

《창비》와 《문지》를 "원래 같은 태내에서 나온 쌍생아"(김명인, 같은 글)라고 전제하고 시작된 김명인의 도발적 선언은, 1988년 봄 《창비》와 《문지》의 복간과 더불어 새롭게 정비된 시민문학의 연합전선 측에서 집중포화를 받았다. 비판의 주된 내용은 소시민계급의 몰락이 아직 검증되지 않았으며, 시민미학을 대체할 미학적 원칙이 없고, 연합전선에서 노동자계급의 주도성 문제를 해결해야 한다는 것이었다. 이 부분을 보충한 것이 조정환의 민족문학론이다.

(백낙청의—인용자) 민족문학론은 민중적 입장과 시민혁명적 객관성의 변증법적 이해에도 불구하고 민중성에 대한 추상적 이해로 말미암아 결과적으로 시민혁명 그 자체까지 관념화·추상화시키게 되었다. 노동문학론은 민중구성에 대한 구체적 이해를 통해 문학운동을 새로운 시각에서 살펴보려는 의도에도 불구하고 민족문학론이 가졌던 객관성, 총체성의 개념을 상실하는 한편 노동계급적 당파성에 대해서도 그것을 노동자적 성격과 동일시함으로써 그릇된 방향으로 정립되었다. 외관상의 대립성·차별성에도 불구하고 이 두 가지 문학의 공통된 기반은 현재의 민주주의와 민족통일, 민족해방을 위한 운동을 가장 철저하게 이 운동을 추진시킬 계급의 입장에서 보고 있지 않다는 점이다.(조정환, 〈80년대 문학운동의 새로운 전망〉,《서강》, 1987)

민주화를 최종 목표로 삼고 있는 김명인에 비해서, 조정환은 '민주화 이후' 노동자계급이 독자적으로 자본주의를 철폐하고 무계급사회를 이뤄야 한다는 장기적 전망을 고려했다. 그렇기 때문에 처음부터 레닌의 '당파성' 원칙을 고수하려 한 것이다. 시민미학의 포기를 연합전선의 조건으로 내세우고 모든 실험적 문학에 개방적이었던 김명인에 비해서, 조정환은 노동자계급의 미학적 원칙에 관심을 집중함으로써 루카치를 비롯한 시민미학의 장점을 최대한 활용하려는 입장이었다. 따라서 그것을 노동자계급이 시도했다는 이유만으로 모든 문학적 실험이 긍정적인 평가를 받을 수는 없으며, 오로지 그것이 노동자계급의 미학적 원리에 부합했을 때 그 작품은 의미 있는 실험으로 인정받을 수 있었다.

'노동자 출신 작가'를 중심에 놓을 수밖에 없는 김명인의 현장 중심 원칙은 조정환에 의해 변경된다. 출신과 무관하게 '노동자적 당파성의 관점을 가진 작가'만이 노동자계급의 전위에 설 수 있게 된 것이다. 그러므로 노동자의 계급적 체험을 존중하는 김명인에게 조정환은 '대중추수주의'라든가 '경험주의'라는 꼬리표를 붙인다. 물론 김명인의 입장에서 보면 조정환은 '엘리트주의'라든가 '선험주의'라는 비난을 피할 수 없었다. 연합전선의 원칙으로 각각 '인민성'과 '당파성'을 내세우는 두 가지 입장은 1988년의 월북 문인 해금 조치를 통해 폭발적으로 늘어난 대학 내 카프 작가 연구 열풍에도 큰 영향을 끼쳤다.

조정환은 처음에는 자신이 주장하는 민족문학을 '민주주의 민족문학'이라고 규정지었지만, 이내 '노동해방문학' 개념을 제출하고 민족문학의 영역에서 크게 벗어나게 된다. 결국 《노동해방문학》에 이르러서 민족문학은 계급문학의 우위에서 새롭게 재편될 상황에 처했다. 하지만 민족문학과 계급문학의 새로운 만남은 결국 사회주의권의 몰락으로 좌절을 경험해야 했다.

:::::::: 우리 문학사에 존재하는 유일한 해방기

70년대 민족문학의 위기를 기점으로 시작된 80년대 민족문학의 광범위한 실험은 문학과 문단의 제도적 성격을 문제적 대상으로 등재시키고, 중심 없는 문단과 형식의 고려 없는 문학적 실험을 허용했으며, 사회과학과 연대하여 문학에 운동적 감각을 도입하는 등 우리 문학사에 카니발적인 순간을 조성하였다. 그 풍부한 목소리들의 난장을 일일이 기록할 수는 없지만, 하나로 통일될 수 없는 다양한 목소리들의 돌출과 자기반성을 통한 변신은 당시 이원적으로 대립하던 문단에 활기를 가져왔고, 경직된 문학관에 숨결을 불어넣었다. 그것은 문단의 일시적 공백 상태, 몰형식적 작품의 집중적 등장에서 시작되었지만, 결국에는 민족문학의 수명을 단축시키게 될 계급문학까지 포괄하는 등 개방성의 극치를 보여 주었다.

80년에 해산된 중앙 문단이 새롭게 체제를 정비하게 되는 1988년부터 이와 같은 해방의 경험은 사라졌다지만, 90년대부터 시작된 '문학의 위기' 담론과 문학을 둘러싼 모든 신화의 제거를 목적으로 하는 '계보학적 검증' 등의 논의는 이미 80년대를 통해 화려하게 개화한 것임을 잊지 말아야 한다. 그럼에도 불구하고 80년대가 우리 문학사에서 하나밖에 없는 해방기였다는 사실을 기억하는 사람이 별로 없다. 우리는 오직 억압적 정권에 대한 불쾌한 기억과 민족문학이라는 단일 범주를 적용한 사후적 인상으로 '축제와 해방의 기억'을 억압하고 있는 것은 아닌지 물어야 한다. 혹은 문단의 권위가 사라진 상태에서 벌어지는 난장의 기억을 추방하려는, 모종의 망각적 기억을 통해 오히려 그 당시를 억압적 이미지로 채색하고 있는 것은 아닌지 물어야 한다. 다시 한 번 말하지만 80년대 민족문학이 개방한 곳은 규범을 강요하는 폐쇄된 법정이 아니었으며, 그것은 모든 문학적 규범에 대한 회의주의를 허용하는 열린 법정이었던 것이다.

문학사와
교육

근대문학의 조건,
네이션≠국가의 경험

:::::: 한자와 일본어,
:::::: 그 결정적 차이

한국 근대문학사의 첫 대목에는 언제나 말과 글의 일치, 즉 '국어=
국문'운동의 성립이 자리하고 있다. 이는 근대문학의 기원을 언문일치
言文一致에서 찾으려는 심리의 반영이다. 이처럼 말과 글의 일치를 근대
문학의 기원에 놓게 되면, 말과 글이 일치하지 않았던 근대 이전의 문
학과 쉽게 분리할 수 있다는 장점이 있다. 언문일치의 성립을 기준으로
문학사는 그 이전과 이후로 크게 나뉘게 된다. 하지만 언문일치의 성립
이 근대문학사에서 언제나 관철되었던 것은 아니다. 예컨대 1930년대
후반 《문장》의 편집인들 사이에는 언문일치의 실용성에 대한 비판이
제기된 적도 있다.[1] 《문장》 역시 근대문학의 범주에 속한다는 사실을

감안하면, 근대문학과 언문일치 지향성이 항상 일치한다고 볼 수는 없다. 그럼에도 불구하고 근대문학의 기원에 언문일치가 놓인다는 사실에는 변함이 없다. 언문일치체의 성립은 그 자체로 '배제'와 '포함'이라는 근대적 이분법의 체계를 실현하고 있기 때문이다. 언문일치에 대한 부정도 동일한 원리를 전제한다.

잘 알다시피 '국어=국문'의 근대적 동일성 체계에서 제일 먼저 배제된 것은 '한자'이다. 언문일치체의 성립 과정은 한자문화권에서의 이탈을 전제한다. 말은 한글로 하면서 글은 한자로 써야 하는 한자문화권의 관습은 빠른 속도로 소멸한다. 말과 글의 일치를 불가능하게 했던 한자를 배제함으로써 한글은 드디어 '미디어media'로 거듭나게 된다.[2] 여기에 신문이라는 매스미디어가 결합하면서 근대문학의 물적 기반이 성립하게 된 것이다.

하지만 한국의 근대문학은 '한자/한글'의 관계에서 벗어나자마자 다시 '일본어/조선어'라는 이중언어적 상황을 맞이했다는 데에 특이성이 있다. '국어=국문'의 일치를 경험한 이후에 다시 말과 글의 불일치를 경험할 가능성이 열린 것이다. 식민지가 성립하면서 '한자' 대신 '일본어'가 '국어'의 위치를 차지했기 때문이다. 하지만 이때 '한자'가 '일본어'로 바뀐 것은 단순한 대체를 의미하지 않는다. 예상과 달리 '일본어/조선어'의 이중언어적 상황에서 말과 글의 불일치 현상은 발생하지

---

(1) 배개화, 〈《문장》지의 내간체 수용 양상〉, 《현대소설연구》, 2004, 141쪽 참조.
(2) 한글의 미디어적 속성에 대해서는 이혜령, 〈한글운동과 근대 미디어〉, 《대동문화연구》, 2004 참조.

않았던 것이다. '국어=국문'의 경험 이후에 맞이한 '일본어/조선어'라는 이중언어적 상황은 중세적 질서를 반영하는 '한자/한글'의 병존 형식과는 달랐던 것이다.

물론 한글(혹은 조선어)에 비해서 한자와 일본어가 우월적 지위를 차지한다는 점에서는 큰 차이가 없다. 그것은 일본어를 국어로 강요하는 상황에서는 당연한 사실이다. 다만 '한자/한글'의 우열 관계 상황에서는 한글이 '국어=국문'을 경험하기 이전에 속했지만, '일본어/조선어'의 우열 관계 상황에서 조선어는 이미 '국어=국문'의 경험을 통과한 이후라는 사실은 양자 관계에서 큰 차이를 만들어 낸다. '한자/한글'의 관계에서는 말(한글)과 글(한자)이 굳이 일치할 필요가 없었기 때문에 한자와 한글은 얼마든지 병존이 가능했다. 하지만 '일본어/조선어'의 관계에서는 양자 공히 말과 글의 일치, 즉 언문일치체를 기반으로 하는 근대적 언어를 경험한 상태였기 때문에 말과 글의 역할 분담을 전제로 하는 행복한 공존이 어려워졌다. '일본어/조선어'의 이중언어적 상황에서는 두 언어의 동시적 병존이 불가능했으므로 양자택일의 문제에 직면하게 된 것이다.

두 언어의 병존 불가능성의 문제는 행정적 언어보다는 문학적 언어에서 더욱 심각한 것이었다. 이중언어로 이루어진 창작은 상상하기 어려웠던 것이다. 따라서 근대문학의 성립 초창기에는 문학의 영역에서 일본어가 의도적으로 배제되었지만, 1930년대 후반기에 접어들면서 조선어를 배제하려 한 것은 근대문학의 언어적 성질상 불가피한 선택이었다. '한자/한글'의 병존이 가능했던 근대문학 초창기와는 달리, 한번 언문일치체가 성립한 이후에는 더 이상 '국한문혼용체'와 같은 과도기적 표기가 불가능해진 것이다.

이처럼 언어적 차원에서만 접근하면 근대문학의 배타적 동일성이 강조될 수밖에 없다. '네이션$_{nation}$'[3]은 이런 상황에서 출현한다. 언문일치체의 확립으로 배타적 동일성이 강화되고 특정한 '국어=국문'을 공유하는 언어공동체가 성립했을 때, 그 상태를 일컬어 '네이션'이라고 명명할 수 있다. 네이션은 '국어=국문'의 가능성의 근거인 것이다. 네이션은 말과 글의 일치를 통해서만 존속할 수 있기 때문에, '국어=국문'이 해체되거나 소멸하면 동시에 그 의미를 상실하게 된다. 네이션은 '미디어로서의 언어'를 통해서만 그 수명을 유지할 수 있는 것이다. 특정 언어가 미디어로서의 기능을 상실하는 순간, 네이션도 소멸한다.

그런 의미에서 언어의 미디어적 기능은 네이션의 장벽을 넘지 못한다. 네이션과 네이션 사이에서 언어는 미디어적 기능을 상실하고 '번역'이라는 전혀 다른 기능을 작동시켜야 하기 때문이다. 미디어적 기능은 균질성을 전제하지만, 번역적 기능은 비균질성을 전제한다는 데서 차이를 보인다. 그렇다면 두 가지 언어가 각축을 벌이는 식민지 구조에서는 언어의 미디어적 기능 속에 이미 번역적 기능이 작동한다고 가정

---

(3) '네이션nation'이라는 말은 동양어로 번역되면서 '민족', '국민', '국가'라는 삼중의 번역어를 동반하게 된다. '내셔널리즘nationalism' 또한 어떤 경우에는 '민족주의'로 번역되지만, '국가주의'로 번역하는 경우도 있다. 네이션 개념의 혼돈에 대해서는 고명섭, 〈찢겨진 '네이션', 혹은 민족 대 국가〉,《인물과 사상》, 2004. 8 참조. 이 글에서는 네이션을 주로 '민족'과 '국민'에 대응하는 의미로 사용한다. 그렇게 되면 '네이션=국가'의 경우에는 그 번역으로 '민족=국가'와 '국민=국가'를 동시에 포함할 수 있으며, '네이션=문학'의 경우에는 그 번역어로서 '민족-문학'과 '국민-문학'을 동시에 채택할 수 있다는 장점이 있다. 또한 네이션의 이중적 의미를 살리고자 굳이 번역하지 않고 그대로 사용한다.

할 수 있다.[4] 미디어에서 연상되는 균질화, 표준, 평준화의 기능 속에는 이미 비균질성에 대한 고려가 잠재하고 있다는 것이다.

하지만 식민지 시대 '일본어/조선어'라는 이중언어적 상황에서 두 언어 사이에는 '번역적 관계'조차 성립되지 않는다. 두 언어 사이에는 전면적인 '대체'만이 있을 뿐이었다. 언제든지 언어 미디어의 교체가 가능해진 것이다. 그 교체가 현실화된 것은 1930년대 후반이지만, 사실상 식민지 초창기부터 그 가능성은 항상 잠재해 있었다. 이러한 언어적 위기 상황은 언문일치체의 성립 이후에 훨씬 더 강화되었다. 언문일치체의 성립으로 한글은 배타적 동일성이 강화되었지만, 식민지적 이중언어 상황에서는 그 소멸의 가능성도 높아졌다. 그 불안정성의 원인에는 항상 '네이션≠국가'의 상황이 전제되어 있다. 한국의 근대문학은 그 탄생에서부터 자신의 미래적 소멸의 가능성이 전제되어 있었던 것이다. 그러나 역설적이게도 자신의 미래적 '종언'을 예감하게 만든 '네이션≠국가'의 상황 자체가 근대 이후 한국문학을 움직인 동력[5]인 것은 분명하다.

---

(4) 그런 점에서 언어의 미디어적 차원에만 초점을 맞추는 연구는 일면적이다. 반면 최근에는 언어의 번역적 차원에 대한 연구가 활발해지고 있는데, 이 또한 이러한 일면성에서 벗어나려면 언어의 미디어적 기능을 고려해야 한다.

(5) 류보선, 〈민족≠국가라는 상황과 한국 근대문학의 정치적 (무)의식〉, 서울시립대 인문과학연구소 편, 《한국 근대문학과 민족국가 담론》, 소명출판, 2005, 24쪽.

하지만 '네이션≠국가'의 구조는 느닷없이 주어진 충격적 경험이 아니다. 이미 언문일치가 대두하기 이전, 다시 말해서 식민지를 경험하기 훨씬 이전에도 '네이션≠국가' 구조는 이론적으로 준비되고 있었다. 그것을 우리는 '동도서기론東道西器論'에서 찾을 수 있다. 알다시피 이 말은 서양의 근대성을 주체적으로 수용하고자 했던 개신유학자들의 논리다. 그것은 《주역》의 도기道器 개념[6]을 유교적으로 차용하여 당시 시대 상황에 적용한 사례이기도 하다. 말하자면 그것은 '동도'와 '서기'의 관계를 이기론理氣論의 관점에서 정리한 것이다. 이때 동도와 서기는 정신과 물질, 본체와 현상처럼 상호독립성과 상호관계성을 동시에 포함한다는 특징이 있다.

동도서기론은 각각 동양과 서양에 속하는 네이션들이 서로 결합할 수 있는 모델을 제시했다. 이때 각각의 네이션은 정신과 물질의 통일체로 파악되며, 서로 교환할 수 없는 부분과 서로 교환할 수 있는 부분으로 구성되어 있다. 교환이 불가능한 부분은 '도道'에 해당하고, 교환이 가능한 부분은 '기器'에 해당한다. 여기서 도道와 기器는 본래 서로 간섭하지는 않는다고 가정했을 때 기술적인 것[기器]은 편리하고 뛰어난 것을 쓰면 된다는 생각이 가능해진다.[7] 하나의 네이션이 전혀 이질적인

----

(6) "形而上者 謂之道, 形而下者 謂之器", 〈繫辭〉, 《易傳》.

국가의 기술을 도입할 수 있다는 생각이 가능해진 것이다. 이를 위해서는 네이션이 국가와 긴밀하게 연결되지 않아야만 한다. 한쪽에는 순수한 정신성으로서의 네이션이 있고, 다른 한쪽에서 순수한 물질성으로 표상되는 국가적 기술을 흡수한다는 동도서기론의 발상에는 '네이션≠국가'의 구조가 잠재되어 있다. 그것은 전근대적 '도道≠기器' 구조의 정치적 판본이었다.

국가와 기술(器)의 관련성은 '문명' 담론을 통해서 더 확고해진다. 개념의 변천사를 추적하면 '문명'이라는 단어가 유행한 것이 1900년대라면, '문화'라는 단어는 1910년대에 이르러 확립된다.[8] 생존경쟁, 우승열패優勝劣敗의 담론이 유행할 무렵, '문명'이라는 단어는 약육강식의 '국가 간 관계'를 표상하는 데 주로 등장한다. 이때는 '문명-야만'이라는 코드가 국가 간의 관계를 표시하게 된다. 문명은 그 자체로 거역할 수 없는 보편성을 지니고 있는 것이다. 하지만 문화라는 단어는 미개未開와 야만조차도 문화적 독자성과 고유성의 관점에서 바라볼 수 있게 했다.[9] 문명은 얼마든지 비교가 가능하지만, 문화는 비교할 수 없는 부분이 있다는 것이다.

여기서 얼마든지 교환할 수 있는 문명의 차원과 교환이 불가능한 문화의 차원이 각각 '국가'와 '민족'을 개념적 짝으로 선택했다는 사실은

....

(7) 고사카 시로·야규 마코토, 최재목·이광래 옮김, 《근대라는 아포리아》, 이학사, 2007, 72쪽.
(8) 이하 '문명' '문화'의 개념사에 대해서는 류준필, 〈'문명'·'문화' 관념의 형성과 '국문학'의 발생〉, 《민족문학사연구》, 2001 참조.
(9) 류준필, 같은 글, 29쪽.

기억할 만하다. 왜냐하면 '문명'이 유행한 시기와 '국가'가 유행한 시기가 시기적으로 중복될 뿐 아니라, '문화'가 유행할 무렵 '민족'이 대두한다는 것 또한 우연이 아니기 때문이다. 예컨대 동도서기론 이후 애국계몽기에 사람들의 관심이 '문명/국가'로 모아졌다는 사실은 잘 알려져 있다. 각종 계몽 담론을 통해서, 그리고 연설 및 토론회 등을 통해서 '국가'를 부각시키고 '국민'을 양성하기 위한 프로젝트가 진행되었다. 특히 청일전쟁(1894)을 통해 중국과 일본에 대한 재평가가 이루어지면서 전통적인 동아시아의 질서는 무너졌으며, 동양 3국은 각기 근대적 국민(민족)국가의 완성에 박차를 가하게 되었다.[10] 조선도 청일전쟁 이후 본격적인 근대적 '국가' 만들기 프로젝트에 뛰어들었음은 말할 것도 없다. 따라서 청일전쟁에서 러일전쟁(1904)에 이르는 10년 사이는 '국가'에 대한 관심이 한껏 고조된 시기라고 할 수 있다. 이 과정에서 중국에 대한 인식도 급변했는데, 심지어 청나라는 조선의 문명개화에 장애가 되는 '전통'을 상징하게 되었다.[11] 한자에 대한 입장이 정리되고 언문일치가 부각된 것은 '국가' 담론의 부상과 관련된다. 예컨대 《독립신문》에는 수많은 '애국가사'들이 투고되었지만, 노래의 대상은 '민족'이 아니라 '국가'였다.

그렇다면 적어도 러일전쟁(1904) 이전까지는 '민족'이라는 단어가 널리 유통되지 않았음을 알 수 있다. 미디어에 국한하자면 《대한매일신

---

(10) 김석근, 〈근대 일본 '내셔널리즘'의 구조와 특성에 관한 재검토〉, 《동양정치사상사》, 2006, 71쪽.
(11) 이혜령, 〈한자인식과 근대어의 내셔널리티〉, 《민족문학사연구》, 2005, 212쪽.

보》(1904)에서부터 비로소 오늘날과 같은 '민족' 개념이 등장했다.[12] 그리고 1910년대에 접어들면 '민족'은 '문화'와 결합할 준비를 마치게 된다. 이제 문화라는 단어는 민족의 독자성과 고유성을 입증하는 정신성의 표현으로 간주되었다. 문명이라는 단어가 국가와 결합하여 국가와 국가 사이의 관계를 규정짓는 상대적 개념으로 정착했다면, 문화라는 단어는 민족과 결합하여 네이션의 내부를 통합하는 절대적 개념으로 자리잡게 되었다. '문명/국가'와 '민족/문화'의 대립적 관계는 '도道≠기器' 구조의 근대적 재현이기도 하다. 여기에서도 이미 '네이션≠국가' 구조는 필수적인 전제 사항으로 고착화되어 있음을 알게 된다. 따라서 '문명/국가'와 관련된 애국계몽기의 시가에서부터 조선과 단군을 통해 민족을 호출한 《소년少年》의 최남선에 이르기까지, 그 모든 시적 경향은 '네이션≠국가'의 구조를 반복적으로 재생하는 역할을 수행한다.

:::::::
:::::::   '님'과 근대적
:::::::   문명국가에 대한 소망
:::::::

1910년 식민화를 기점으로 조선에서 '네이션=국가'는 사실상 미래적 비전이 되었다. 일본제국은 조선 민족과 일본 국가의 결합체를 통해

---

(12) '민족' 개념의 등장 시점에 대해서는 백동현, 〈러일전쟁 전후 '민족' 용어의 등장과 민족의식〉, 《한국사학보》, 2001. 봄 ; 권보드래, 〈근대 초기 '민족' 개념의 변화〉, 《민족문학사연구》, 2007 참조.

'네이션≠국가'의 구조를 현실화했다. 이후 일본이나 중국에 대해서는 '국가'를 즉각적으로 표상할 수 있지만, 조선에서는 '역사 속의 국가'를 상상할 수 있을 뿐 현재적인 것은 '민족'에 한정되었다. 이때부터 네이션(민족)에 과도한 부하가 실리게 된다. 《소년》에 게재된 최남선의 〈해에게서 소년에게〉는 육지(중국)에서 바다(일본 혹은 서양)로 대세가 바뀐 시대상을 제시하고, 소년에게 부여된 역사적 사명을 상기하고 있는데, '문명/국가'를 향한 최남선의 열망은 그 거점으로 '민족/문화'를 제시한다. 예컨대 반도라는 지리적 위치를 강조하면서, 그것이 동서양의 지방적 문화를 하나로 집약하여 세계적 문화를 완성해야 할 조선의 문화적 사명을 상기한다고 주장한다. 최남선의 관심은 지리적 사실에서 문화적 사명이 실현될 역사적 기호를 읽는 데 있었다.

조선의 문화적 사명에 대한 관심은 1920년대 문화주의가 대두하며 더욱 크게 확산된다. 폭발적인 매체의 증대는 근대적인 문명국가의 소망이 문화적으로 실현되는 장면이기도 하다. 문학을 비롯하여 문화 전반에 근대화가 관철되었던 것이다. 동인지를 중심으로 하는 문단의 구성은 전문 작가들의 등장과 문학 장르의 폐쇄성, 그리고 서구 및 일본의 근대문학 형식의 정착을 유도하는 거점으로 기능했다. 이처럼 동인지를 중심으로 근대적 문학 제도를 정비하는 것은 '문명국가'에 대한 모방을 통해서 가능하며, 국가적 차원에서 지원되는 다양한 근대적 제도들에 의존할 수밖에 없다. 문단이라는 제도는 출판과 유통, 그리고 광고와 소비대중 등 '문명국가'를 향한 근대화 프로젝트의 도움을 받지 않고서는 성립될 수 없었다. 근대적 설비와 기반 시설과 같은 국민

국가적 시스템과 표준화 모델을 이용하지 않고서는 문학이라는 제도의 성립은 불가능하다.[13]

하지만 서구 및 일본의 다양한 문학 형식을 모방하는 것으로는 '문명/국가'의 외형은 갖출 수 있을지언정 '민족/문화'의 차별성까지 확보하기는 힘들다. 더군다나 단순한 서구화로는 식민지 본국의 근대화 프로젝트에 순응하는 방식에서 벗어날 수 없다. 이는 '네이션≠국가'의 상황에서라도 차별적인 민족문학을 수립한다는 식민지 근대문학의 과제를 망각하는 것이기도 하다. 따라서 식민제국이 제공하는 국가적 차원의 근대화 시설을 충분히 이용하면서도 그 과정 전체를 관장할 '정신'이 요구되었다. 그 정신은 일본정신과 구별되는 조선정신(조선심 혹은 조선혼)으로서, 이를 통해서 식민지 국가의 제도를 거꾸로 이용할 수 있는 거점이 마련되었다. 시조와 민요를 중심으로 확산된 조선적 정신의 탐구 열기는 문단이라는 제도에 투입되는 국가적 설비를 전면적으로 관리할 수 있는 '네이션'의 존재를 담론 차원에서 생산하기 위한 노력을 보여 준다.

그리고 그 민족의 존재 방식을 시적으로 표현한 것이 '님'이다. 한용운과 김소월로 대표되는 '님'의 시적 특징은 '부재의 방식으로 존재한다는 것'이다. 님은 물리적으로는 존재하는 것이 아니지만, 따라서 물리적으로는 부재하지만, 정신적으로 항상 현재하는 어떤 것이다. 이러한 정신성은 식민지 근대문학의 핵심이 불교적 의미의 '공空'을 통해서 구축되었음을 보여 준다. 현재하지 않으면서 부재의 방식으로 현재하

---

(13) 이혜령, 〈한글운동과 근대 미디어〉, 《대동문화연구》, 2004, 253쪽.

는 '공'의 존재는 국가적 차원의 근대화 과정에 개입하는 '네이션'의 가상적 성격을 보여 준다.

:::::::: 만주의 선물,
:::::::: 민족문학에서 국민문학으로

일제의 대륙 침략 신호탄이라 할 만주사변(1931)은 그 뒤에 이어질 15년전쟁(만주사변부터 1945년 일본의 항복까지 이어진 중·일 간의 전면전)의 서막에 해당한다. 이때부터 일본 군부의 영향력이 강화되고, 일본은 본격적인 '군국주의' 체제로 돌입한다. 강력한 국가주의가 대두한 것은 말할 것도 없다. 이 과정에서 1932년 만주에 만주국이 건국되는데, 이는 조선인에게 특별한 경험을 선사한다.

만주국은 명목상으로는 독립국이었지만, 사실상 일본이 대륙에서 얻은 전리품이었다. 차라리 '괴뢰정부'라는 표현이 적합할 것이다. 하지만 일본은 만주에 독립국의 가상을 부여하면서, 만주국이라는 신생국을 통해 장차 실현될 제국의 새로운 모델을 과시하고자 했다. 이에 따라 일제는 만주국을 '복합민족국가'로 지정하고 '오족협화五族協和'이념을 실험했다. 일본을 중심으로 조선, 중국, 만주, 몽고 각 민족이 동등한 독립적 민족으로서 만주국 개발에 참여한다는 구상이었다. 사실상 민족nation국가의 장벽을 뛰어넘는 국가 간inter-national 연합 모델을 제시하려 한 것이다. 일제는 이를 중일전쟁 이후 동아신질서, 태평양전쟁 이후 대동아공영권의 모델로 사용하고자 했다.

하지만 국가 간 연합체 모델[14]은 이념형에 그치고, 실제로는 일본제국을 중심으로 각 민족의 지방성을 지배하는 방식의 통치 형태를 지향하게 된다. 제국과 지방의 관계, 다시 말해서 하나의 국가 아래 여러 민족이 공존하는 형식을 지향하게 된 것이다. 오족협화를 비롯하여 동아신질서, 대동아공영권 등은 그 참여국의 숫자만 늘려 갔을 뿐 궁극적으로 각 국민국가마다 '지방성'의 정체성을 부여하는 결과를 낳는다. 제국과 지방의 관계망 구축은 일제가 표면적으로는 '국제주의'를 내세웠지만 사실상 '국가주의'를 강화했음을 보여 준다. 참여 민족 각자의 독립성을 훼손하지 않으면서 연대하고 결합하는 방식을 모색한다고 했지만, '국가주의'의 지붕에서 이는 실현 불가능한 발상이었다.

이론상으로는 만주국 건설을 기점으로 다양한 네이션의 문화, 즉 민족문화가 제국이라는 단일한 국가의 지붕 아래 거주할 수 있는 가능성이 마련되었다. 이로써 '네이션≠국가'의 상황은 새로운 국면에 접어든다. 네이션이 중심이 되어 국가적 기술과 제도를 전유한다는 발상이 불가능해진 것이다. 과도하게 비대해진 거대 국가가 여러 개의 네이션들을 지배하고 통합할 수 있는 근거가 마련되면서 각각의 네이션이 관여하는 '민족문화'는 이제 '지방문화' 수준으로 격하될 처지에 놓인다. 1920년대까지 성취하고자 했던 조선의 민족문학도 제국의 문학에

---

(14) 만주국 건설 이후 1933년 만주국협화회에서는 '동아연맹체론'을 제출한 바 있다. 이는 만주 건설을 기점으로 오족협화를 넘어서 동아시아 전체에 민족 '협화'를 파급시키자는 취지를 반영한다. 이 모델은 국가 간 연맹 형식을 취하는 '국제주의'를 지향했다.

견주어 한낱 '지방문학'의 지위를 획득할 수 있을 뿐이었다. 지금껏 네이션의 집중적인 지원을 받았던 민족문학과 민족문화의 지위는 네이션의 위상이 추락함과 동시에 지방성의 위치로 전락하고 만다. 그리고 민족문학과 민족문화가 있었던 자리를 '국민문학'과 '국민문화'가 차지하게 된다.[15]

네이션의 지방성이 확실해진 지점에서 민족을 대체하면서 활성화된 것이 '국민'이라는 개념이다. 그 결과, 민족의 절대성과 국가의 상대성이라는 그동안의 관념은 뒤집힌다. 국가는 절대적이며 민족은 상대적이다.

이처럼 민족문학에서 국민문학으로의 전환은 '제국/지방' 담론을 매개해야만 가능한 일이었다. 이 과정에서 '조선어'의 위상에도 큰 변화가 찾아온다. 그것은 1930년대에 진행된 조선어 '표준화'에서 비롯되었다.[16] 공교롭게도 조선에서 '한글맞춤법통일안'이 공포된 1933년은 간도에서 '동아연맹체론東亞聯盟體論'이 제기된 바로 그 시점이다. 간도의 연맹체론이 이질적인 민족들을 일본제국 내부의 '지방성'으로 포섭할 수 있는 근거를 마련한 것이라면, 조선의 한글맞춤법통일안은 한글 내부에서 표준어와 지방언어를 구별하고 지방언어에 대한 표준어의 지배를 용인하는 합법적 근거였다. 이로써 한글의 미디어적 성격이 강화되었다.

....

(15) '국민' 개념과 지방성의 관계에 대해서는 오태영, 〈'조선' 로컬리티와 (탈)식민의 상상력〉, 《사이》, 2008 참조.
(16) 1930년대 국어운동의 표준화 지향성에 대해서는 여태천, 〈1930년대 어문운동과 조선문학의 가능성〉, 《어문논집》, 2007 참조.

맞춤법의 확립은 이질적인 언어를 대상으로 균질성을 관철하는 한글의 미디어로서의 욕망을 실현했다. 미디어적 성격이 강화된다는 것은 한글 자체의 배타적 동질성이 확실해지는 것이지만, 그 동질성의 내부를 들여다보면 이질성이 내재한다는 것을 알 수 있다. 무엇보다 한글 내부에 표준어/방언의 서열이 자리하게 된다. 표준어와 방언 사이의 서열 의식과 차별 의식 그리고 양자 간 이질성을 근거로 했을 때 표준어를 중심으로 하는 한글 자체의 동질성 의식은 더욱 확고해진다.

내부적 차별성을 통한 동질성의 강화라는 언어 의식은 조선인의 만주 기행에서도 같은 논리로 반복하게 된다. 민족과 민족의 대등한 결합이라는 일제의 '국제주의적 전망' 덕택에 만주를 찾는 조선인은 색다른 경험을 하게 된 것이다. 만주에서 조선인은 '준準일본인' 신분을 유지할 수 있었기 때문이다. 만주에서 조선인의 지위에 대한 인식은 마치 일본인이 조선에서 갖는 우월감과 비슷했다. 만주에서 조선인은 일본에 이어 2등 국민의 지위를 확인할 수 있었다.[17]이처럼 '조선민족'이 일본 국가주의가 할당한 차별화된 서열을 받아들이는 순간, 조선민족과 그 문화에는 '지방성'이 새겨지게 된다. 조선민족이 누리는 2등 국민의 지위는 일본 국가주의의 지배를 당연하게 받아들인다는 것을 전제하기 때문이다. 이때 만주를 방문했던 시인들이 '지방성'의 의미를 재발견한다는 것은 의미심장하다. 특히 서정주와 백석의 만주 방문은 우리 문학에 '방언'과 '지방성' 그리고 '민족'의 관계를 되새기게 하는 계기를 제공한다.

....

(17) 배주영, 〈1930년대 만주를 통해 본 식민지 지식인의 욕망과 정체성〉, 《한국학보》, 2003, 39~40쪽.

:::::::: 표준어이자 방언이라는
:::::::: 모순된 위치

　1937년 중일전쟁이 끝나고 1938년 '동아신질서'가 발표되었다. 이것은 일본·만주·중국 3국의 제휴로 동아시아에 영원한 안정을 확보한다는 발상으로, 동아東亞에서 '국제주의'를 확립하고 신문화를 창조하겠다는 의지의 표현이었다. 당시 전향한 좌파들(소위 '교토학파')이 '동아신질서' 선언을 이론적으로 가공한 것이 '동아협동체론'이다.[18] 이어서 1940년에는 태평양전쟁기를 맞이하여 동남아시아까지 포함하는 '대동아신질서'가 선언되었는데, 그에 따라 '대동아공영권'이라는 이론적 모델이 구축되기에 이른다. 이것들은 모두 궁극적으로 '세계신질서'를 지향하는 일본 군부의 의지가 점차 확대되어 나타난 것이다. 따라서 이 모든 담론은 서양의 제국주의로부터 아시아를 해방시키겠다는 명분으로 시작된 15년전쟁의 이데올로기였던 것이다.

　서양을 중심으로 하는 '구질서'를 몰아내고 동양을 중심으로 하는 '신질서'를 구현하겠다는 이 발상으로 인해서 동양과 서양은 '동도서기' 이후 가장 첨예하게 대립하게 된다. 그 대립의 사상적 기반으로서 '동양학'과 '근대초극론近代超克論'이 제출된 것이다. 그 중심에 《일본낭만파日本浪漫派》(1935)[19]가 있다는 사실은 잘 알려져 있다. 《일본낭만파》

---

(18) 윤기엽, 〈대동아공영권과 교토학파의 이론적 후원〉, 《불교학보》, 2008, 246쪽. '동아협동체론'의 미키 키요시(三木淸)와 '대동아공영권'에 연루되어 있는 니시다 키타로(西田幾多郞)가 교토학파를 대표한다.

의 동인들은 서구의 정신과 대결하기 위해서 일본의 고미술과 고전을 통한 일본정신의 탐구에 몰두하게 된다.[20] 이렇게 해서 동서의 관계는 새로운 담론으로 재구성된다. 과거 동도서기론이 '서구 문명(＝西器)의 도입'을 적극적으로 고려하기 위한 담론이었다면, 동양학과 근대초극론은 '동양의 르네상스'를 보여 주는 담론인 것이다. 1930년대를 기점으로 동양과 서양은 그전과는 다른 방식으로, 사실상 정반대의 관계로 다시 만나게 된 것이다.

문제는 동양 내부의 사정이었다. '신질서'를 제안할 때는 동아시아 국가들이 각자의 독자성을 최대한 보장받는다는 의미에서 '연맹체'나 '협동체'라는 표현이 사용되었다. 하지만 실질적으로는 '국가'들의 inter-national 연대가 아니라 '민족'들의 연대를 배경으로 하고 그 위에 일본 '국가'가 군림하는 형식을 취했다. 이로써 아시아 국가 내부에서 중앙/지방, 제국/식민지의 위계질서가 성립된다. 이는 서양 제국주의에서 아시아를 구출하고 해방시킨다는 15년전쟁의 본래 목적을 스스로 부정하는 것이었다.

조선에서 고전 혹은 동양 담론이 유행하기 시작한 시기는 대략 카프 KAPF의 해산(1935)을 전후한 시기로 볼 수 있다. 전향한 사회주의자들과 민족주의자들이 '동양'(전통, 고전, 조선적인 것)이라는 담론을 중심으로 결집하게 된 것이다. 동양 담론은 서양과 동양의 대립을 다양하게 변주

---

(19) 1935년부터 1938년까지 간행된 동인 잡지로 '일본적인 것'의 복권을 주장하는 6명의 동인으로 출발하여 중일전쟁기 50여 명으로 회원이 늘면서 30년대 후반 파시즘 미학을 대표하는 일본 문학 동인.
(20) 이주미, 〈최승희의 '조선적인 것'과 '동양적인 것'〉, 《한민족문화연구》, 2007. 11, 349쪽.

하면서 성장한다. 하지만 당시의 동양 담론에는 치명적인 모순이 내재해 있었다. 서양에 대해서 '특수'의 측면을 부각하려고 사용된 '동양' 개념이 정작 동양 내부를 향해서는 오히려 '보편'으로 군림한다는 점에서 그러하다.[21] 만약 동양 내부에서 그것이 보편성을 강제하는 형식으로 사용된다면, 민족들 간의 '차이'는 사소한 것이 되고, 따라서 그들 사이의 '연대'도 의미를 잃게 된다. 특히 동양의 정신적 특성으로 조화와 합일의 경향이 강조된다면 일본으로서는 환영할 만한 일이다.

이러한 동양학 혹은 동양주의의 조선적 실현태가 '조선주의'나 '고전론', '전통론' 등으로 변주되어 나타난 것이다. 그와 동시에 1930년 대에는 아직 표면화되지 않았지만, 1940년대에 들어서면 조선을 '제국의 지방'으로 간주하는 일이 자연스럽게 통용되었다. 물론 그전에도 겉으로 드러나지만 않았을 뿐 잠재적인 수준에서 그 의식의 발판은 충분히 마련되었다. 앞서 보았듯이 '동양학'의 보편성 속에서 조선적 특수성을 모색한다는 발상부터가 이미 '제국의 지방' 개념을 용인하는 것이기 때문이다. 그 결과, 일본의 국가주의적 시선을 감수하는 민족주의 담론이 생성되었다. 태평양전쟁기에 최재서가 '조선적인 것의 이론화'를 당당하게 주장할 수 있었던 것도 이러한 배경을 전제로 해서 이해해야 한다.[22]

이 당시 조선적인 것은 이미 '지방성'을 전제하고 있었다. 동양의 보편성을 전제한 상태에서 조선적 특수성을 구상하는 것이 자연스런 절

---

(21) 김현숙, 〈한국 근대미술에서의 동양주의 연구〉, 《한국근대미술사학》, 2002, 15쪽.

차로 용인되었기 때문이다. 이제 민족문화는 그 자체로 절대성을 보장받지 못하게 되었다. 항상 동양을 전제로, 혹은 일본제국의 시선을 전제로 하는 상대적 '지방성'을 의미할 뿐이었다. 따라서 '내선일체內鮮一體'의 구호와 달리 동양적인 것과 조선적인 것 사이에는 균질성이 자리 잡지 못하게 된다. 내선일체 구호가 '미디어'로 작용하지 못한 것이다. 오히려 서로 층위가 달라진 양자 사이에는 '번역적 관계'가 자리하게 된다. 조선적인 것은 동양적인 것의 맥락으로 '번역'되어 이해되어야 했다. 예컨대 조선의 〈춘향전〉이 가부키 스타일의 일본식 고전으로 '번역'되어 공연된 것이 그 상징적 사례에 해당한다.[23] 이처럼 동양적인 것과 조선적인 것의 번역적 관계는 제국과 지방의 서열 구조를 내면화하는 방식이자, 보편과 특수의 소통 방식이었다.

이로써 문명국가를 향해 전진을 명령하던 민족문화의 초월적 지위는 사라졌다. 민족문화는 이제 거대한 군사국가, 일본제국의 질서를 수용하는 한낱 지방문화로 전락했다. 그런 의미에서 이러한 변화는 1920년대까지의 민족주의 정신 구조와 구별된다. 1920년대 민족주의는 서구적 근대화를 보완하고 완성하는 '정신'으로서의 '조선심'을 요구할 수 있었지만, 1930년대 후반의 조선주의는 서구적 근대화를 극복하는

....

(22) 자주 인용되는 사례로 《국민문학》 창간호(1941. 11.) 좌담회에서 최재서의 발언을 들 수 있다. "로칼칼라(지방색)라고 해도 나는 불만족스럽습니다. 특수성이라는 것도 그다지 적절한 말은 아니라고 생각합니다. 오히려 조선문학의 독창성이라고 할까요. 그런 면에 생각할 점이 있지 않을까 여겨집니다." 신지영, 〈전시체제기(1937~1945) 매체에 실린 좌담회를 통해 본, 경계에 대한 감각의 재구성〉, 《사이》, 2008, 206쪽에서 재인용.

(23) 이주미, 앞의 글, 350쪽.

'정신'으로서 동양주의를 배경으로 그 보편성을 수용하는 '조선적인 것'의 특수성, 그 지방성을 받아들였기 때문이다.

보편과 특수의 번역적 관계는 동양주의와 조선주의의 관계에 한정 되지 않는다. 그것은 '조선어=표준어'라는 언어적 현상에서도 반복되 었다. 사실상 조선어가 표준어로서 미디어적 기능을 발휘한다는 것은 조선 내부에서 그것이 '보편'으로 군림한다는 뜻이다. 하지만 조선의 범위를 벗어나는 순간, 조선어는 일본어와의 관계에서 '특수'의 위치 를 차지하게 된다. 조선어는 제국의 지방어에 불과했기 때문이다. 이런 의미에서 조선어는 국내적으로는 '보편'이지만 국외적으로는 '특수'의 성격을 띠게 되었다. 이는 동양 담론이 동양 내부를 향해서 '보편'을 주 장하지만, 동양의 외부인 서양을 향해서는 '특수'를 주장하는 것과 일 치한다. 이처럼 '조선어=표준어'로 성립하는 네이션은 일본제국이 관 장하는 '일본어=표준어'에 의해서 할당된 '지방언어'로서의 서열을 수용함으로써 그 명맥을 유지하게 된다. 역설적이게도 제국 언어의 '방언'이라는 지위를 받아들여야만 조선어는 '표준어'로 등재될 수 있 었다. 이러한 모순적 지위는 앞서 지적했듯이 보편과 특수의 번역적 관 계에서 성립된 것이다.

하지만 중앙/지방 혹은 제국/식민지의 이분법은 조선어 내부에서도 관철되었다. 앞서 말했듯이 1930년대 중반부터 시작된 표준어/방언의 구별 의식이 그것이다. 맞춤법통일안이 만들어지고 표준어의 규격화 가 보편화되면서, 지방언어들이 문학 언어로서 적합한지가 쟁점으로 부상했다. 이때 표준어와 방언이 '공존'하려면, 다시 말해서 방언이

'존립'하려면, 방언은 표준어가 할당한 '서열'을 받아들여야만 했다. 제1언어와 제2언어 사이에 서열이 자리한다는 생각이 조선어의 내부와 외부에서 동시에 성립된 것이다.

이로써 일본어와 조선어 사이에서 오로지 '양자택일'만이 가능했던 1920년대까지의 불안정한 관계는 외형상 해소되었다. 당시까지만 하더라도 두 언어가 모두 언문일치를 달성한 근대적 언어이기 때문에 과거 한글과 한자의 관계에서는 가능했던 '공존'이 불가능했다. 하지만 1930년대적 상황에서 두 언어는 공존 방식을 발견한 것이다. 그것은 조선어의 안과 바깥에서 동시에 성립된 '표준어/방언' 모델로 가능해졌다. 조선어의 미디어적 기능이 강화된 '표준어' 의식 때문에, 역설적이게도 조선어와 일본어는 이중언어권을 구상할 수 있게 된 것이다.

::::::: 식민지 네이션의
::::::: 필사적인 선택

식민지 상황과 마주했을 때 네이션은 이중언어권 상황에서 한글이 어떤 지위를 차지할 것인지를 묻지 않을 수 없었다. 말(한글)과 글(한자)의 불일치 상태에서 국어와 국문의 일치 상태로 이행하면서 성립된 네이션이 다시 말글의 불일치 상태를 허용할 수는 없기 때문이다. 말과 글의 불일치는 네이션의 소멸을 의미한다. 따라서 한자와 한글의 관계와 구별되는 일본어와 조선어의 관계를 어떻게 풀어 나갈 것인지가 문제로 떠올랐다. 1920년대까지만 하더라도 두 언어는 양자택일의 관계로, 언제든 대체될 수 있는 동등한 언어로 간주되었다. 따라서 조선어에 기반하는 민족문학은 그 소멸 가능성을 언제나 전제하며 존속하였다. 하지만 국문학 혹은 민족문학이라는 가상적 공간에서 그것은 재고의 여지가 없는 일이었다. 처음부터 '국어=국문'이라는 것은 단일 언어의 배타적 통일체를 지향하므로 이질 언어 간의 공존과 결합은 허용할 수 없었다.

그런데 1930년대 후반에 이르러, 네이션의 국가 내 공존 문제가 불거지면서 조선어와 일본어의 관계가 마침내 수면 위로 떠오른다. (대)동아협동체론와 내선일체론을 거치면서 한글이 제국(표준어)의 '지방언어'로 자리 잡게 된 것이다. 역설적이게도 그것은 한글에서 표준어/방언의 구별이 확립된 이후 시점이었다. 표준어와 방언의 관계는 이미 근대적 언어관을 기반으로 한다. 그것은 한자와 한글에서는 성립될 수 없는 관계였으며, 네이션과 언어가 결합할 때에만 나올 수 있는 얘기였다. 이 문제의식이 확산된 것은 내선일체 구호가 언어 교체를 알리는 필연적 신호탄으로 느껴졌기 때문이다. 일본과 조선이 하나의 국가라면 마땅히 하나의 언어(국어=국문)를 표준으로 삼아야 할 것이며, 내선일체의 구상은 결코 두 개의 언문일치체의 공존을 허용하지 않을 것이 분명했다.[24]

따라서 1930년대 후반 조선어는 제국 언어의 방언으로 '공존'의 가능성을 모색하게 된다. 따라서 정지용을 비롯한 몇몇 시인들의 작품에서 조선어가 더욱 조선어로서의 성질을 강화하게 되고, 심지어 방언적 측면을 부각시키는 것은 의미심장한 사건이다. 극단적인 경우, 그들은 언문일치체의 실용성을 부정함으로써 시적 언어에 비실용적 미적 가치를 부여하려 했다. 그것은 그들이 평준화를 관철시키는 '미디어'로서의 언어의 측면보다는 보편과 특수를 중재하는 '번역적 기능'에 주목했다는 사실을 말해 준다. 그리고 그것은 '네이션≠국가'의 구조에서 네이션이 거대 국가의 틀 속으로 소멸하지 않으려 한 필사적인 몸부림의 반영이었다. 바로 이것이 네이션이 지방성을 수용하게 된 배경이다.

---

(24) 반면에 만주에서 실험적으로 제시된 '협화' 혹은 '협동'의 구호는 여러 국가의 연대라는 형식을 취하기 때문에 여러 개의 언어(언문일치체)가 공존할 수 있었다. 만주와 중국을 비롯한 동남아시아 일대를 향해서 공포한 '대동아공영'의 약속이 오직 조선에만 허용되지 않았던 것은 그것이 이미 그전에 선언된 '내선일체'의 이데올로기와 충돌하기 때문이다. 그렇기 때문에 조선인이 만주에서 느꼈을 모종의 해방감을 이해할 수 있다. 과거로 회귀하지 않으면서도 다중언어의 공존이 가능하다는 것을 보여 주었기 때문이다.

1970년대
김현의
탈식민화 선언

서구화≠근대화,
문화적 식민지 청산

한국문학 연구가로서는 서구라는 변수를 한국문학에 강력한 영향을 준 것으로 이해하여야지 그것을 한국문학의 내용으로 이해해서는 안 된다. 서구화를 근대화로 보는 미망에서 벗어나, 자체 내의 구조적 모순과 갈등을 이해하고 그것을 극복하려는 정신을 근대의식이라고 이해하지 않는 한, 한국문학 연구는 계속 공전할 우려가 있다.[1]

이 구절은 《한국문학사》(1973)에서 김현이 제시하는 테제 가운데 하

---

[1] 김윤식 · 김현, 《한국문학사》, 민음사, 1973, 19~20쪽.

나이다. 여기서 특히 "근대화≠서구화"라는 진술은 적어도 현대문학사 서술의 역사에서 파격적인 발상에 해당된다. 김현 이전에는 현대문학사를 기술하면서 그 누구도 "근대화=서구화"라는 등식을 정면으로 부정하지 못했기 때문이다. 김현이 특별히 주목하는 임화의 문학사는 말할 것도 없고, 그 뒤를 잇는 백철, 조연현의 문학사 서술에서도 이 등식은 차라리 당연한 전제였다. 하지만 김현은 이 전제 자체를 무너뜨린 새로운 바탕 위에 우리의 현대문학사를 다시 세우려 한 것이다. 김현의 문학사 서술이 문제적인 지점이 바로 여기에 있다.

이 등식을 다시 고쳐 보면 "근대문학≠서구문학"이 된다. 그동안의 문학사적 전제들에 비춰 이 등식을 풀어 보면 다음과 같은 해석이 가능하다. ①서구문학은 한국의 근대문학이 모방해야 할 '원본'이 아니다. ②한국 근대문학의 '발전' 경로가 반드시 서구문학의 그것과 같을 이유가 없다.

김현의 발상에서는 서구문학을 '원본'으로 전제하는 한국의 근(현)대문학 인식, 그리고 그것을 문학사 서술에 그대로 적용하여 원본에 근접하는 것을 '발전'으로 보는 역사관 자체가 부정된다. 이를 뒤집어 말하면, 그동안의 한국 근(현)대문학사는 서구문학을 원본으로 삼고 원본을 향한 발전의 역사로 기술되었다는 뜻이다. 한국의 근대문학이 사실상 서구문학의 '식민지'였다는 고백이 여기에 포함되어 있다. 그런 의미에서 김현의 문학사는 서구문학에 대한 편견에서 '해방'된 문학사를 지향한다.

문학사뿐만이 아니다. 김현은 또한 당시 "한국문학 연구" 분야에서 계속되고 있다는 "공전" 현상을 지적한다. 한국문학 연구조차도 서구 문학 연구의 식민지에서 크게 벗어나지 못하고 있다고 판단한 것이다. 정치사적으로 식민지가 종결된 지 20년이 지났지만 문학사 및 문학 연구 영역에서는 식민지 상태가 지속되고 있었던 것이다. 이를 가리켜 김현은 "문화적 식민지 현상"[2]이라고 말한다. 그렇다면 맨 처음에 인용한 김현의 테제는, 적어도 1880년경에 시작되어 1973년 현재까지 100년 넘게 지속되고 있는 "문화적 식민지"의 역사를 청산하겠다는 결연한 의지의 표현으로 볼 수 있다.

문학사를 둘러싼 그의 사색은 그러므로 '문화적 해방'을 향한 집념의 표현이다. 기존의 문학사가 "근대화=서구화"를 당연하게 받아들임으로써 "문화적 식민지"를 고착화시켰다면, 그는 '문화적 해방'을 입증하고 증명하는 문학사 서술을 기획했던 것이다. 그동안의 문학사가 '식민화의 도구'였다면, 그의 문학사는 '탈식민화' 선언문이라 할 수 있다. 이런 의미에서 그의 《한국문학사》(1973)는 문학사와 식민성 간의 결탁을 폭로하고, 탈식민화의 가능성을 모색한 최초의 시도로 기억될 만하다.

---

(2) 김현, 《문학과 유토피아》(전집4권), 문학과지성사, 1992, 342쪽.

∷∷∷∷ 30년대 '이식문화론'에서
∷∷∷∷ 50년대 '전통단절론'으로

알려진 것처럼, 김현의 문학사는 임화의 문학사 극복을 과제로 삼았다. 김현은 임화의 문학사에서 성립된 "문화적 식민지"를 용인하는 태도가 해방 이후에도 청산되지 않고 백철, 조연현 등으로 계속 유전되고 있다고 보았다. 실제로 임화는 〈신문학사 방법론〉에서 "신문학은 서구문학의 이식과 모방"이라고 밝히고, 그러므로 "어떤 나라의 누구의 어느 작품의 영향을 받았는가를 밝히는 것은 신문학 생성사의 요점"[3]이라고 강조하였던 것이다. 이때 '신문학(근대문학)=서구문학'의 도식이 설정되었으며, 그 뒤를 잇는 한국문학 연구는 자연스럽게 서구문학의 "영향"에 초점을 맞추게 되었다. 김현에 따르면, 이때부터 문학사에 '모방'과 '영향'에 대한 잘못된 사고가 정착하기 시작했다.

상당수의 문학사가들과 문학연구가들은 외국의 원형 이론과 한국에서 작용된 사실태 사이의 관계를 주종관계로 생각해서, 한국의 것을 틀렸다고 주장한다. 외국에서는 이러이러 했는데, 한국에서는 이러이러 하지 않다는 것이다. 그래서 재치 있는 평론가 · 문학연구가들은 오류 찾아내기에 혈안이 된다.[4]

---

(3) 임규찬 · 한진일 편,《임화 신문학사》, 한길사, 1993, 378쪽.
(4) 김윤식 · 김현, 앞의 책, 17쪽.

다시 말해서, 모방과 영향을 "주종 관계"에서 발생하는 현상으로 이해한 것이다. 이렇게 하여 외국(문학)과 한국(문학) 사이에 주종 관계가 전제되면, 양자의 영향 관계 연구는 곧 "오류 찾아내기"에 지나지 않게 된다. 원형과 그 모방 사이에서 발생하는 '차이'는 "틀렸다"로 판정되고, 원형에 가까울수록 '올바르다'는 평가를 받게 되기 때문이다. 예컨대 "염상섭의 자연주의가 에밀 졸라의 그것과 다르다고 그것을 폄하하고, 장용학의 실존주의가 사르트르의 그것과 다르다고 내리깐다".[5] 이처럼 서구문학과 한국문학 사이에서 발생하는 차이와 틈은 철저히 부정되고, 서구문학의 동일성에 근접할수록 그 문학은 올바르다는 평가를 받게 되었다. 주종 관계로 파악되는 영향의 문제는 항상 서구적 동일성에 포섭될 수밖에 없는 구조이다. 이것이 문학사 전반에 걸쳐서 강조되면 "오류 찾아내기"는 곧 정신적 식민지 상태의 비평적 표현이 되는 것이다.

문제는 이러한 "오류 찾아내기"가 "50년대 말 비평계를 휩쓴 작가들의 이론적 오류 찾아내기 시합"에서 다시 반복되었다는 데 있다. 60년대 비평가 김현은 50년대 비평계에서 강조된 '전통단절론'이 이와 관련되어 있다고 보았다. 그리고 50년대 비평계의 전통단절론이 결국에는 30년대 임화의 '이식문학론'의 연장이라는 데까지 생각이 미치게 된다.[6] 사실상 전통단절론이란 이식문학론과 마찬가지로 "한국문화의 한심상과 그것을 극복하기 위한 서구문화의 채용"[7]에 대한 비극적

---

(5) 김현, 《한국문학의 위상》, 문학과지성사, 1977, 82쪽.

합리화에 지나지 않는 것이기 때문이다. 전통 단절을 주장하는 50년대 비평가들이 "서구 문학 이론에 대한 병적인 경사傾斜"[8]를 보인다는 점, 따라서 그들의 눈에 "한국 문학인들의 모든 노력은 모방이나 추종에 불과"한 것으로 비친다는 점 등이 그러하다. 김현에 따르면 이것이야말로 "거북과 아킬레스의 경기"인 것으로, 이때 "한국은 언제나 서구 추수적으로만 보이게 된다".[9] 전통단절론에는 한국문학이 아무리 노력한다고 해도 모방과 추종, 영향의 대상인 서구문학을 추월할 수는 없다는 생각이 전제되어 있다. 50년대 비평계와 30년대 임화의 문학사는 이렇게 해서 서로 연결된다.

이는 물론 비단 식민지 시대의 임화와 식민지 이후 50년대 비평가들만의 잘못은 아니다. 이러한 사고방식은 이미 식민지기 이전부터 존재했기 때문이다. 말하자면 이것은 "자기 사회의 구조적 모순을 해결하기 위해서 외국의 문물을 수입한다"[10]는 발상으로서, 최소한 국내 문제의 해결을 위해 외세를 끌어들인 갑오경장(1894, 갑오개혁)으로까지 소급된다. 그렇기 때문에 김현은 "한국 근대화가 갑신정변에서 시작되지 않고 갑오경장에 의해 시작되었다는 것은 한국 근대화가 갖는 원죄"[11]라고까지 지적한다. 이처럼 식민지적 정신 구조는 식민지 이전부터 이

(6) 김현, 《현대한국문학의 이론/사회와 윤리》(전집2권), 문학과지성사, 1991, 186쪽.
(7) 김윤식 · 김현, 앞의 책, 17쪽.
(8) 김현, 《현대한국문학의 이론/사회와 윤리》(전집2권), 186쪽.
(9) 김현, 《문학과 유토피아》(전집4권), 310쪽.
(10) 김윤식 · 김현, 앞의 책, 16쪽.
(11) 김현, 《현대한국문학의 이론/사회와 윤리》(전집2권), 92쪽.

미 형성되어 식민지 시대를 거쳐 식민지 이후까지 이어지는 강한 생명력을 과시한다. 그러므로 50년대 비평가들의 '전통단절론'조차도 전혀 새로운 주장이 아니다. 오히려 그것은 한국의 당대 지성이 국내 문제조차 스스로 해결하지 못한다는 무능력의 표현으로, 외부의 힘을 빌려서 내부의 문제를 해결할 수밖에 없다는 의존적 발상으로 이어진다는 점에서 "식민지 사관의 정체성 이론이나 타율성 이론과 맥이 닿는 이론"이었다.[12]

하지만 역사가 증명하듯이 내부의 문제를 외부의 도움으로 해결한다는 발상은 성공하지 못하는데, 이는 그 시선이 일방향적이기 때문이다.

처음에 사회에 대한 불만 때문에 그 사회를 개조하려고 마음먹은 것에는 아무런 모순도 없다. 그러나 사회 개조 의욕이 너무 지나쳐서 개조해야 할 사회만을 바라보고 개조되는 사회에 대해서는 일고의 가치도 주지 않았다는 사실, 새로운 사회와 개조되어야 할 사회의 연관을 맺는 어려운 일을 포기했다는 사실은 아무리 비난받아도 지나치지 않다. 그렇기 때문에 새것 콤플렉스가 생겨나 오늘날까지 그 피해를 입히고 있다. 한국 문학인이 그 사회에 대한 강력한 발언권을 스스로 포기한 채 새것에 대한 맹목적인 추종만을 보여준 것, 그렇지 않으면 과거의 것에만 매달려 있는 것은 이러한 피해의 결과이다.[13]

------

(12) 김현, 《문학과 유토피아》(전집4권), 339쪽.
(13) 김현, 《현대한국문학의 이론/사회와 윤리》(전집2권), 124쪽.

김현에 따르면 50년대 비평가들의 '전통단절론'이란, 원본이 되는 "개조해야 할 사회"만을 바라보고 정작 그것을 모방해야 할 "개조되는 사회"에 대해서는 눈길을 주지 않는 일방향적 시선에 불과하다. 그것은 겉보기에는 전통을 개조의 대상으로 호명함으로써 "새로운 사회와 개조되어야 할 사회의 연관을 맺는 어려운 일"을 강조하는 것처럼 보이지만, 사실상 양자 사이의 진정한 관계 맺기는 거기에서 "포기"되는 결과를 낳는다. 예컨대 전통단절론의 연장에서는 고전문학과 현대문학의 연속성 문제를 해결하지 못한다는 데서도 단적으로 드러난다.

김현에 따르면 이러한 태도는 전통에서만 '단절'되는 것이 아니라, 역설적이게도 그들이 바라 마지않는 "문화의 수용 혹은 영향"조차도 "무시하는" 결과로 이어질 수 있다는 데에 문제의 심각성이 있다.[14] 전통단절론자들은 오히려 모방과 영향에 대한 부정적 인식을 유포시켜서 모방과 영향의 반대 편향을 조장하기 때문이다. 예컨대 "아직까지 한국문학이 서구문학의 모방이며, 그 모방은 한국을 문화적 식민주의로 만든다고 생각"한 "지식인들의 상당수"가, 그러므로 곧바로 "한국 문화의 고유한 것을 찾아내려고, 성실한, 그러나 때때로는 시간 낭비적인 노력을 하"게 만들었다는 것이다.[15] 50년대 비평계의 전통단절론은 이처럼 전통적인 것과 서구적인 것 사이에서 양자택일을 강요하고, 그 전선을 선명하게 함으로써 전형적인 식민지적 사고방식을 반복하게

---

(14) 김현, 《상상력과 인간/시인을 찾아서》(전집3권), 문학과지성사, 1991, 103쪽.
(15) 김현, 《한국문학의 위상》, 194쪽.

만들었다. 따라서 김현은 개화(갑오개혁) 이래로 반복된 저 양자택일과 이분법을 넘어서는 곳에서 문학사를 다시 시작하려 했다.

:::::::: 진정한 영향은
:::::::: 상동相同 아닌 상사相似

그러므로 김현이 이식문학론, 전통단절론 등의 한계를 비판했다고 해서 서구문학의 모방과 이식, 영향 등을 부정했다고 생각해서는 안 된다. 그보다 김현은 '전통을 부정하고 영향을 강조할 것이냐, 아니면 영향을 부정하고 전통을 강조할 것이냐'와 같은 오랜 이분법의 늪에서 벗어나려고 했다. 그러기 위해서는 당시 전통단절론의 '부정성'에 개입할 필요가 있었던 것이다.

무엇보다도 김현은 50년대 비평계의 전통단절론에서 잘못 설정한 영향 관계, 모방 관계 때문에 "영향의 진정한 의미"[16]가 망각되고 있으며, 그것이 결국 "자기 사회의 모순을 은폐하는 제도적 함정", 즉 알리바이가 될 수 있다고 생각했다. 왜냐하면 자기 사회의 구조적 모순을 해결하려고 외국 이론을 수입하지만, 정작 그 이론조차도 사실상 해당 "사회의 구조적 모순을 극복하려는 자체 내의 힘에 지나지 않"기에[17]

---

(16) 김윤식 · 김현, 앞의 책, 17쪽.
(17) 김윤식 · 김현, 앞의 책, 16쪽.

그것이 우리 사회에서 발생한 문제 해결에 도움을 준다는 보장이 없기 때문이다. 그럼에도 불구하고, "역사적 산물"에 불과한 서양 이론이 "보편성"을 갖게 된 것은 "서양의 문화적 팽창주의"에 따른 효과일 뿐이다.[18]

그렇다면 전통단절론은 서구적 보편성에 대한 거의 맹목에 가까운 승인에 불과하게 된다. 그것은 30년대 이식문학론과 마찬가지로 서양 문학 이론과 자발적으로 주종 관계를 맺음으로써 서양문학 이론의 역사성을 탈색시키고, 그것을 초월성으로 승격시키는 역할을 자처한 결과이다. 그런데 "서양의 문학 이론은 동양의 여러 이론과 마찬가지로 그 나름의 한계를 갖는 이론"에 불과하며, "그것은 서양의 문학작품을 설명하기 위한 것이었지, 그 외의 곳의 문학작품까지를 설명하기 위한 것은 아니었"음에도 불구하고, 그동안 "그 서양 이론으로 한국 작품을 설명하려니까 무리가 생기고, 한국 작품을 폄하하지 않을 수 없"었던 것이다. 결국 서양의 문학 이론에만 의존하는 한, 전통단절론과 이식문학론과 같은 "후진국의 문학인들이 겪는 문화적 식민화 현상"을 설명할 방도를 찾지 못하게 된다.[19] 결정적으로 자기반성 능력을 상실하게 되기 때문이다. 이처럼 자기반성이 전제되지 않은 상태에서 서양 이론에 대한 맹목적 추종이 반복되면, 오히려 서구문학과 한국문학 사이에 있을 수 있는 '진정한' 영향 관계, '진정한' 모방 관계가 불가능해진다.

....

(18) 김현, 《문학과 유토피아》(전집4권), 342쪽.
(19) 김현, 같은 책, 같은 쪽.

그렇다면 "진정한 영향"이란 무엇인가? 다시 말해서, 서양문학 이론과 한국문학의 진정한 관계 맺음이란 무엇인가? 이에 대해서는 김현의 다음 진술을 참조할 수 있다.

영향은 상동相同을 의미하지 않는다. 영향은 오히려 상사相似라고 말해질 수 있는 것이다.[20]

양자 사이에 수직적 주종 관계가 적용될 때의 영향은 '상동'의 상태를 지향한다. 하지만 양자 사이에 수직적 관계가 거절되고 수평적 관계로 재설정되면 양자 사이에서 발생하는 영향은 '상사'의 수준에 머물게 된다. 이때 '상동'과 '상사'라는 개념은 본래 푸코Michel Foucault의 것으로 나중에 김현은 이를 '유사類似·resemblance'와 '상사相似·similitude'라는 표현으로 재번역한다.[21] 이때 푸코가 구상한 '유사'와 '상사'의 차이는 다음과 같다.

간단히 말해 '유사'란 '원본과 복제 사이의 닮음의 관계'를 말하고, '상사'란 '복제와 복제 사이의 닮음 관계'를 가리킨다. '유사'는 원본의 존재를 전제하는 반면, '상사'는 굳이 원본을 필요로 하지 않는다. '유사'가 원본과 복제의 일치라는 인식론적 요구를 함축한다면, '상사'는

----

(20) 김현, 《상상력과 인간/시인을 찾아서》(전집3권), 104쪽.
(21) 김현, 《이것은 파이프가 아니다》, 민음사, 1995, 72쪽.

원본 없는 복제들 사이의 관계일 뿐이므로 원본을 증언할 인식론적 의무가 없다. …… '유사'와 '상사'의 구별에는 물론 중요한 철학적 함의가 깔려 있다. 즉 '유사'가 '현전의 형이상학, 곧 원본과 복제, 대상과 표상, 실재와 사유의 일치를 전제한다면, 원본 없는 복제인 '상사'는 이 근대적 형이상학의 붕괴를 함축한다는 것이다.[22]

이 설명에 따른다면, 서구문학과 한국문학을 '상동'의 관계로 보는 것은 서구문학을 원본으로 삼고 한국문학을 복제로 생각하며, 원본과 복제의 일치 여부를 중심으로 그 사이에서 발생한 영향의 산물을 살피는 것이다. 이처럼 '상동'에 초점을 맞춰 그 영향 관계를 살피는 것은, 다시 말해서 "앞선 것을 원형으로 삼아, 뒤의 것을 그 원판에 맞춰서 맞지 않으면 그 뒤의 것이 '틀렸다'라고 말하는 것은 일종의 재치 놀음, 아무런 결론도 이끌어내지 못하는 동어반복"이라고 김현은 비판한다. 그러한 "비교의 결과로서 우리가 얻게 되는 것은 한국 문학사에 대한 모멸·경멸뿐"이기 때문이다.

그러나 "한 사회가 그 사회의 내적 필연성에 의거하여 얻은 문학 형태를 다른 사회에서 같은 형태로 추출해내려 한다는 것은 말도 되지 않는 소리"라는 것을 인지하면 문제가 달라진다.[23] '상동'을 지향하면 그 영향은 곧 전통에 대한 단절과 열등감, 모멸감을 낳지만, 추종해야 할

---

(22) 진중권, 《현대미학강의》, 아트북스, 2003, 155.
(23) 김현, 《상상력과 인간/시인을 찾아서》(전집3권), 104쪽.

원본이 사라지고 나면 모든 영향은 수평적인 '상사'의 관계에서 발생하게 된다. 이때의 영향은 일방적이지 않고 서로 주고받는 것이므로 전통의 폄하나 단절로 이어지지 않는다. 이러한 사례로서 김현은 서구문학 내부에서 발생한 수평적 영향 관계를 든다. 예컨대 "불란서의 상징주의를 받아들여 그 플라톤적 초월주의를 대상의 관찰이라는 차원으로 한정시켜버린 미국의 이미지즘은 그 대표적인 예"이다.[24]

∷∷∷∷ 이식의 '저주'가
∷∷∷∷ 토착의 '축복'으로

이렇게 되면 서구문학의 영향을 받는다고 해서 한국문학의 전통이 단절되고 서구문학에 종속된다고 할 수는 없다. 마찬가지로 서구문학의 영향을 거절할 까닭도 없다. 오히려 "외국문학은 부인되어야 할 것이 아니라 한국문학을 살찌우는 요소로 받아들여야 한다."[25]

나 자신은 한국 문화, 더 좁게는 한국문학의 후진성을 그것이 외국문학을 모방하기 때문에 생겨난 것이 아니라, 잘못 그것을 이해했기 때

---

[24] 김현, 같은 책, 같은 쪽. 김현은 아무런 결실도 맺지 못하는 임화의 '이식移植'을 비판하고 당시 기독교계에서 논의되던 '(신학의) 토착화' 문제에 관심을 보인다. '이식'에서 '토착'으로의 전환을 통해서 그는 '잡종성'에 대한 희망을 갖게 된다.

[25] 김현, 《한국문학의 위상》, 194쪽.

문에 생겨난 것이라고 생각하고 있다. 외국 문학 역시 외국의 사회적 정황의 소산이지, 그것과 무관한 독립체가 아니다. 외국 문학을 그 사회와의 관련 밑에서 고찰하면, 그것이 올바른 것인지 올바르지 않은 것인지를 판단하는 대신 그것이 유효한 것인가 유효하지 않은 것인가를 따질 수 있게 되며, 그것은 한국문학 자체의 반성에 유용한 힘으로 작용할 수가 있다.[26]

외국문학의 모방과 이식 자체에 문제가 있는 것은 아니다. 문제는 외국문학과 한국문학 사이에서 작동하는 모방과 이식의 내용에 대한 잘못된 이해에서 발생한다. 앞서 말했듯이 외국문학과 한국문학 사이의 모방과 이식을 두고 '상동'의 관점을 강조하면, 양자 사이의 정합성을 판단의 기준으로 삼게 된다. 이와 같은 이해에서는 우월한 외국문학과 열등한 한국문학 사이의 격차만 확인하게 될 뿐이다. "한국문학사는 계속 외국문학사의 모방, 그것도 서투른 모방에 지나지 않게 될 것이다."[27]

그에 반해서 양자 사이에 '상사'의 관점을 취하게 되면 문제가 달라진다. 똑같은 모방, 같은 이식이라도 관점을 달리해서 바라볼 수 있다. 그것은 한국문학과 외국문학을 '비교'하여 "옳거나 틀리거나"를 묻는 것이 아니라, 한국문학과 외국문학이 만나서 생산한 결과물을 놓고 "작품이 유효한가 유효하지 못한가를 따지는 것"이다.[28] 상동의 관점에서

(26) 김현, 같은 책, 같은 쪽.
(27) 김현, 《상상력과 인간/시인을 찾아서》(전집 3권), 104쪽.
(28) 김윤식·김현, 앞의 책, 10쪽.

는 언제나 원본의 순수성에 비추어 오류의 정도를 묻게 되지만, 상사의 관점에서는 '문화적 혼종성' 자체를 긍정하고 대신 그 유효성을 묻게 된다는 것이다. 이렇게 되면 원본과의 거리는 열등한 것이 아니며, 혼종성의 정도가 비난의 대상이 될 수 없다. 문제는 그렇게 산출된 작품이 그 시대에 얼마나 유효한지를 묻는 것이다. 문화적 혼종성을 부정하는 관점에서 문화적 혼종성을 긍정하는 관점으로 전환할 필요가 있다는 것이다. 이때 "가장 행복한 유효성을 획득하는 작품은 안정된 사회에서 그 사회의 풍속·관념에 알맞은 작품을 생산하였을 때의 작품"이다.[29]

그렇다면 "외국의 문학 형태가 한국문학사에 들어와서, 어느 정도 뿌리를 박으면 그 문학 형태에 내포內包를 부여해 주"어야 한다. 그래야만 한국문학사에 뿌리내린 외국의 문학 형태에 대해서, 그 정체를 알 수 없는 '잡종성'에 대해서 무조건 틀린 것이라 판단하고 경멸하는 태도에서 벗어날 수 있다. 예컨대 "20년대 시인을 사로잡은 것은 불란서의 상징주의가 아니라, 오히려 상징주의적 삶 혹은 '상징주의하는 삶'"이라는 것을 그 자체로 인정할 수 있게 되는 것이다. 설사 "그 시인들의 자유시란 투르게네프나 보들레르의 산문처럼 시인의 감정을 표현하는 수단이 아니라 감정을 펼쳐놓는 수단"이라 할지라도, 그것을 그릇된 것으로 비난하거나 무시하지 않고 긍정적으로 검토할 필요가 있다. 이렇게 되면 심지어 "20년대의 상징주의는 '틀렸다'라는 반론도 감수"할 수 있게 된다.[30] 다시 말해서, 이는 "외국의 사조더미에서, 한국 사회에 어

---

(29) 김윤식·김현, 같은 책, 같은 쪽.

느 정도 뿌리를 드리운 사조를 구별해내고 그것의 어느 부분 때문에, 그러한 뿌리 드리우기가 성공했는가를 밝혀 그 외국 사조를 한국화시키는 작업"이라 할 수 있다. 모방과 영향을 '이식성移植性'의 관점에서 보면 이분법적 우열 판정에서 벗어날 수 없겠지만, 같은 모방과 영향일지라도 그 또한 일종의 '토착성土着性·inculturation'[31]으로 바라보면 한국문학에 유익한 것이 된다.

이처럼 동일한 대상일지라도 "관점을 바꾸니까 대상의 의미가 바뀐다는 인식"을 김현은 여러 차례 강조하는데, 이는 60년대 후반 한국 사학계에서 벌어진 식민사관 극복 논쟁[32]에서 얻어 낸 통찰을 가리키는 것으로, 만약 이 통찰이 없었다면 김현의 독특한 문학사적 인식도 불가능했을 정도로 이는 중요한 인식적 전환에 해당된다. 김현은 당시 사학계가 문학계에 준 커다란 교훈으로 두 가지를 든다. 첫째는 "관점의 변경은 대상의 이해에 새 지평을 연다는 것", 둘째는 "이론은 주어지는 것이 아니라 대상의 이해·설명에 지나지 않는다는 것"이다.[33] 이러한 통찰을 통해서 김현은 서구문학과 한국문학 사이에서 식민지적 무의식으로 작용하는 저주받은 '새것 콤플렉스'의 수레바퀴를 멈추게 할 수 있었다. '새것 콤플렉스'의 굴레에서 벗어날 수 있게 되면서부터, 김현

---

(30) 김현, 《상상력과 인간/시인을 찾아서》(전집3권), 109쪽.
(31) 당시 기독교계(특히 가톨릭)에서 강조되었던 '토착화'는 "그리스도의 메시지와 지역 문화를 중재하는 것"을 의미하며, 지역 신학local theology의 가능성을 추구했다. 로버트 슈라이터, 황애경 옮김, 《신학의 토착화》, 가톨릭출판사, 1991, 7쪽 이하 참조.
(32) 특히 '자생적 근대화론'과 '내재적 발전론'을 중심으로 발생한 '시대구분' 논쟁을 들 수 있다.
(33) 김현, 《문학과 유토피아》(전집4권), 340쪽.

은 서구문학과 한국문학, 그리고 그 양자의 모방과 영향의 산물 각각에 '유효성'이라는 새로운 관점을 부여하게 된 것이다. 대상을 바라보는 관점을 바꾸면서, 100년을 이어 온 '이식의 저주'가 일순간 '토착의 축복'으로 전환하는 순간이었다.

::::::: 직선적
::::::: 발전사관의 종언

이로써 김현은 우리 문학사에서 '진보'를 제거할 수 있게 되었다. 그때까지 우리 문학사가 직면한 다양한 문제들이 "고대, 중세, 근세의 역사적 삼분법, 근대주의 등의 모든 학문적 근거는 진보라는 개념에 입각해 있"기 때문에 생겨났다는 것이 김현의 판단이었다.

진보란 역사적 필연성에 의해 객관성을 띤 발전을 의미한다. 그 진보의 개념은 휴우머니즘의 옷을 입고, 서구라파 문명의 영향권 내에 있는 거의 모든 지역으로 번져나가 서구라파의 정신적·물질적 우월성을 과시하는 어휘로 변모한다. 서구라파식의 유형에 따라 진보한다. 그것은 서구라파의 식민지정책에 희생된 거의 모든 후진국을 지배한 사고방식이다. 그러한 개념 확대는 1914년 서구인들 자신에 의해 서구라파 우월주의의 환상이 깨어질 때까지 계속된다.[34]

그러므로 그의 문학사는 "구라파식 진보의 개념에 의지하지 않고 새로운 의미망을 구축해 내는 작업"이 된다. 이때 더 이상 '근대문학=서구문학'의 도식은 성립할 수가 없다. 서구문학이 놓인 자리를 무엇이 대신하든지 간에, 그것은 '근대문학=서구문학'에 내재하는 문화적 식민지의 지속을 불가능하게 할 것이다. 이로부터 김현은 '양식화'와 '고정화', '개인'과 '규범'이라는 독특한 이원적 개념 쌍으로 고대부터 현대까지 한국문학사 전체를 개괄할 수 있었으며, 이때 앞선 시대와 뒤따르는 시대 사이에 '시간적 인과관계'도 생략하고, 따라서 '진보' 개념도 배제하지 않는 독자적 문학사 인식에 도달하게 된다. 그 윤곽이 최초로 가시화된 것이 〈한국문학과 한국종교〉(1969)라는 짧은 글이다. 고대에서 현대까지 한국문학의 역사가 압축적으로 전개되어 있는 이 글은 이렇게 끝난다.

만일 기독교적인 합리주의가 이 땅에 뿌리를 박는 것이 허용이 되지 않는다면, 다시 저 타락한 불교의 개인 안위주의가 대두되리라는 것만은 확실하다. 나로서는 기독교의 합리주의가 제대로 이 땅에 토착화되어, 한국인의 고질적인 샤머니즘을 극복하여 주기를 기대한다. 그러면 구원과 타락, 갈등과 해소, 신과 악마 …… 라는 이원론적인 드라마의 세계가 우리에게도 가능해질지 모르기 때문이다.[35]

....

(34) 김윤식·김현, 앞의 책, 12쪽.
(35) 김현, 《행복한 책읽기/문학단평모음》(전집15권), 문학과지성사, 1993, 268쪽.

이 짧은 글은 이후 《한국문학의 위상》(1977)에서 구체적이고 세부적인 내용으로 반복되는데, 이에 따르면 한국문화의 역사는 그 토대를 이루는 샤머니즘 위에 불교, 유교, 기독교 등의 외래문화가 차례로 뿌리를 내리면서 진행되었다. 그리고 그가 제시한 의미망에 따르면, 꼭 한 번 "어떤 사상이 우리 땅에 떨어져서 바람직한 사고의 양식화를 이루고, 그것 때문에 우수한 문학의 양식화를 초래한 가장 좋은 예"인 "향가"를 낳은 선례가 있었다. 그러나 그 뒤에 이어지는 불교의 타락과 유교의 규범화, 곧이어 "서구화시키지 않으면 일본의 침략에 효과적으로 대비할 수 없다는" 이유로 유입된 기독교까지 모든 외래문화는 한국의 "고질적인 샤머니즘"과 치열한 싸움을 거치지 않을 수 없었다. 그리고 그때마다 몇 번의 '전통 단절'이 발생했던 것이다.

하지만 이때의 전통 단절은 "단선적인 전통의 단절을 의미하는 것이 아니라" 앞선 사고의 "이론적 근거를 새롭게 극복, 그것을 포용하는 가운데 이루어지는 것이다". 그것은 일종의 "인식론적 단절"[36]을 의미하는 것으로, 그것은 역사의 흐름이 "선조적線條的으로 발전되거나 극복되는 것이 아니라, 우회하면서, 좌절되면서 서서히 국면을 바꾸는 것"임을 나타낸다.[37] 여기서 김현은 "진보"라는 말의 식민지적 효과에서 벗어나고자 비선조적이고 비직선적인 시간관이 투영된 "전개"라는 말의 사용을 제안하는데, 선형적線形的이고 직선적인 진보관으로 발생하는 서

---

(36) '인식론적 단절epistemological rupture'은 바슐라르Gaston Bachelard의 용어로서, 이는 한때 김현이 몰두했던 바슐라르의 영향이 문학사에서 반영되는 장면이기도 하다.

(37) 김현, 《한국문학의 위상》, 170쪽.

구 중심의 '전통 단절'이 양자를 종속적 관계로 고정시킨다면, '전개'는 "선조적인 개념이 아니라 공간적 개념"이라고 주장한다.[38] 진보적 사관을 배제하고 보면 전통의 단절은 오히려 역동성의 근거로 작용하고 있음이 드러난다는 것이다.

문학적 전개는 전통의 단절과 감싸기에 의해 변모하는 문학적 사실의 전개이다. 그 전개에 있어, 중요한 것은, 다시 되풀이하는 것이지만, 하나의 국면에서 다른 국면으로 넘어갈 때, 그 전 국면에서 가장 중요시된 것이 확대·발전되어 다음의 국면으로 넘어가는 것이 아니라, 그 전 국면에서는 이선에 머물러 있던 것이 확대·발전되어 다음 국면의 핵자를 이룬다는 사실이다. …… 러시아 형식주의자들은 그 사실을 〈문학적인 유산은 아버지에게서 아들로 행해지는 것이 아니라, 삼촌에게서 조카에게로 행해진다〉라는 비유로 요약하고 있다.[39]

김현은 이처럼 문학사에서 '진보'라는 선형적 시간 대신 '전개'라는 비선형적 시간 개념을 구동시키려 했다. 김현의 해설에 따르면 "이때의 삼촌이란 제일선에 나와 있지 않은, 그러나 그것과 대립되어 있는 것을 지칭"하며, "다음 세대는 제이선에 머물러 있는 것", 즉 삼촌을 "발견하여 일선으로 이끌어" 내는 조카를 통해 전통이 계승되는 방식을

....

(38) 김현, 같은 책, 84쪽.
(39) 김현, 같은 책, 같은 쪽.

가리킨다.[40] 아버지와 아들의 관계를 강요하는 선조적·직선적 시간관을 거부하고, 아버지의 대립자인 삼촌을 발견하고 그 삼촌을 통해 새로운 전통을 만들어 내는 비선조적 시간관에서는 아버지라는 모델과의 유사성을 거부한다. 오히려 아버지와 유사하지만 오히려 적대적일 수 있는 전통 단절의 지점에서 새로운 전통의 계승 방식이 모색될 수 있는 것이다. 이를 근거로 김현은 "유럽 중심주의에 큰 피해를 입은 아프리카, 아시아 후진국들에게서 오히려 세계문학의 방향을 보여줄 새로운 문학이 생겨날 수 있지 않겠는가"[41]라는 기대를 품는다.

그렇다면 전통 단절의 충격으로 시작된 한국의 근대 문화를 가리켜 다만 서구 문화를 모델로 하는 모방의 과정이라고 보아서는 안 된다. 그 시점에 발생한 전통의 단절조차도 유일한 사건이 아니라 고대부터 발생한 여러 차례의 단절점들 중 하나에 불과하며, 그것은 오히려 역동적 전승의 방식이었던 것이다. 김현에 따르면 "문화적 역량은 자국 문화와 타국 문화의 대립을 기피시키는 데서 길러지는 것이 아니라, 그것을 강화시키는 데서 오히려 길러"진다. 그러므로 어떤 문화의 "주체성이라는 말을 배타성·고립성이라는 것과 동일시해서는 안" 된다. 문화의 주체성은 오히려 "역동적인 의미", 즉 "이질적인 것과의 싸움 속에서 찾아질 수 있는 의미"로 이해해야만 한다.[42] "그 자체로 존재하는 바

....

(40) 김현, 《현대한국문학의 이론/사회와 윤리》(전집2권), 174쪽.
(41) 김현, 《한국문학의 위상》, 80쪽.
(42) 김현, 같은 책, 195쪽.

둑돌이란 아무것도 아"닌 것처럼,[43] 주체성이란 저 혼자서는 아무것도 아니며 오직 타자와의 차이를 통해서만 현시되는 것이기 때문이다.

민족성, 반도근성 등의 自卑的(자비적)인 어휘들이나 반만년 배달민족이니 뭐니 하는 어휘들과 척결하고, 새로운 관점에서 한국민의 정신적 궤적을 이해함으로서만, 한국문화의 주변성은 극복의 계기를 얻을 수 있다.[44]

그렇다면 김현의 문학사에는 이처럼 타자에 종속된 열등한 주체성이나 타자를 배제하는 폐쇄적 주체성이 들어설 여지가 없다. 더군다나 아버지와 아들의 진보적 관계를 거절하고, 아버지의 타자를 통한 계승 방식을 모색하는 김현의 입장에서 역사적 주체성이란 오히려 "자기가 속한 사회의 이념을 그대로 드러내면서 동시에 새로운 사회의 이념을 진보적으로 표현하는"[45] 아이러니의 정신을 소유하고 있기 때문이다. 그렇다면 서구 유럽의 진보를 가능케 했던 '타자'인 식민지적 상황이야말로 계승해야 할 '삼촌'이라고 할 수 있다. 식민지라는, "상당수의 세계인이 체험한 것을 이해 못 하고 있는 것이 유럽 문학의 최대 약점"[46]이기 때문이다. 그러므로 탈식민화의 길은 "우리 시대의 이 혼란된

---

(43) 김윤식 · 김현, 앞의 책, 11쪽.
(44) 김윤식 · 김현, 같은 책, 15쪽.
(45) 김윤식 · 김현, 앞의 책, 10쪽.
(46) 김현, 《한국문학의 위상》, 80쪽.

양상의 근본적 구조를 밝히는 고고학적 노력"[47]에서 찾아질 수 있는데, 그래야만 "한국적 문학은 한국 내에서 생겨난, 한국이라는 사회의 소산이지만 그것에만 함몰되어서는 안 되며, 세계와 인류를 이해하려는 폭넓은 문학이 되지 않으면 안 된다"[48]는 그가 제시한 지향점과도 일치할 것이다. 그런 뜻에서 정신의 식민화, 문화적 열등감에서 벗어나는 새로운 문학사는 "세계와 자기 사회의 모순을 계속 주시하고 그것을 문자로 표현"하는 작업의 일종이다.[49]

(47) 김현, 《행복한 책읽기/문학단평모음》(전집 15권), 263쪽.
(48) 김현, 《현대한국문학의 이론/사회와 윤리》(전집 2권), 192쪽.
(49) 김현, 같은 책, 226쪽.

최남선은 왜
신체시를 썼나

문학사 중심
교육의 한계

문학사는 문학과 역사에 동시에 걸쳐 있다는 점에서 문학과 철학의 결합체인 문학비평과 더불어서 문학 교육에서 가장 학제적인 분야에 속한다. 문학과 역사와 철학이 인문학의 핵심 영역에 속한다는 점을 상기하면, 문학비평과 문학사를 통해서 문학은 드디어 인문학적 지식으로서의 성격을 완성한다. 이때 문학비평이 주로 현재적인 문학의 가치를 평가하는 데 주력하는 것이라면, 문학사는 과거 문학작품의 가치를 판단하고 그것에 의미를 부여하는 역할을 한다는 점에서 서로 다르다. 원리상 문학이 철학의 도움을 받아 현재적 가치 평가를 단행하고, 역사의 도움을 받아 과거적 가치 평가를 수행한다는 점은 인문학의 체계적 공조성을 드러낸다. 따라서 문학 교육에서 비평과 문학사를 배제하는 것은 문학 교육의 인문학적 성격을 약화시키는 결과를 낳는다.

그런데 최근에 중·고등학교 문학 교육이 실패한 원인으로 신비평과 문학사 중심의 교육을 지목하는 경우가 많아졌다.[1] 무엇보다도 신비평과 문학사 교육이 특정 문학작품을 이미 검증된 '실체'이자 '정전正典'으로 간주하면서 그와 관련된 지식을 일방적으로 전수하는 데만 치중했음을 비판하는 것이다.[2] 신비평의 경우 그것이 문학작품에 대해 문학주의적 숭배 의식을 부추기고 문학작품에 대한 '이해'를 작품 분석용 기법의 '암기'로 대체하게 만든다는 비판이 많은데, 그것이 문학사 교육에도 그대로 적용된다는 데 문제가 있다. 이는 과거 문학 교육의 실패 원인으로 간주되는 '암기식 지식 교육'이 신비평을 포함하여 문학사 중심의 교육에서 비롯되었다는 판단에 따른 것이다.

사실 해방 직후부터 국어교육의 중심으로 부상한 문학사는 교육용 정전 선정의 기준점을 제공함으로서 지배 정권의 정치적 이념을 전수하는 통로로 이용되기도 했다.[3] 더욱이 제4차 교육과정(1981~1987)에서부터 '문학'이 독립 영역으로 성립된 이후 문학 교육에서 '학문적 성격'이 본격적으로 강조되면서, 신비평의 분석적 지식과 함께 문학사 교

---

(1) "기존의 문학사 교육은 문학교육 교실에서 신비평 이론의 도입과 함께 수동적이고 타율적인 '학문중심형' 문학교육의 주원인으로 지적되어 왔다." 이미경, 〈문학교육에 있어서 문학사 교육의 위상과 역할〉, 《국어교육》, 2001, 327쪽.

(2) 실체 중심에서 활동 중심으로 문학사 교육의 전환 과정을 모색한 경우에 대해서는 김정우, 〈학습자 중심의 문학사 교육 연구〉, 《국어국문학》, 2006. 5. 참조.

(3) 이미경, 앞의 글, 342쪽.

육이 파편적 지식의 전수 및 주입식 암기 교육을 주도한 주범으로 간주되었다. 이에 대한 반성으로 제5차 교육과정(1988~1992)부터는 '학문'(지식) 중심에서 '학생'(능력과 기능) 중심으로 문학 교육의 강조점이 이동했고, 최근 제7차 교육과정(1997~)에서는 이론 교육보다는 창작 활동이 크게 부각되면서 한때 '지식 교육'에만 치중했던 문학사 교육의 입지가 더욱 좁아지는 추세이다.

문학사가 비판의 중심에 놓인 것은 비단 문학 교육연구 분야에만 한정된 현상이 아니다. 이미 문학 연구자들 사이에서도 문학사를 문제적 대상으로 지목한 바가 있고, 문학사 없는 문학 연구의 가능성을 모색하는 경우도 많아지고 있다.[4] 이처럼 문학 연구에서든 문학 교육연구에서든 문학사가 비판적인 검토의 대상이 된 것은 근대적 가치 체계에 대한 반성을 목적으로 하는 이론이 부상하면서부터이다. 인간 해방을 목적으로 성립된 근대적 가치 체계에서 오히려 그 속에 내재하는 억압적이고 폭력적인 성격을 발굴하는 작업이 활발히 이어져, 최근 여기서 나온 이론적 성과가 문학 연구 및 문학 교육연구 분야에서도 큰 변화를 이끌고 있다. 그 결과 종래의 문학 교육에서 중시되던 가치들이 평가절하되고, 반면에 그간 배제되었던 가치들이 부상하는 역설적 장면을 쉽

----

(4) 문학 연구 분야에서도 최근 인문학의 위기 담론, 특히 인문학의 분과학문 체제에 대한 비판과 더불어 문학사 연구가 퇴조하는 현상을 보게 된다. 이것은 문학 연구자들이 문학사를 문학과 역사가 결합된 학제적 대상으로 바라보지 않고, 오히려 그것이 '국문학'이라는 분과학문의 역사적 정통성을 확고히 하고 문학사에 기재된 문학작품의 정전적 성격을 고착화시키며, 결국에는 민족국가의 정체성을 전수하는 이데올로기적 도구라는 비판을 제기하고 있기 때문이다. 이런 관점에 따르면, 문학사는 학문의 학제 간 교류를 차단하고 학과의 장벽을 세우는 도구이자, 대중매체의 성장에 따른 대중문화의 탈정전적 성격을 무시하는 장치며, 다문화 시대에 민족주의를 부추기는 구시대적 관념이 되고 만다. 최근 문학 연구에서 문학사의 퇴조 현상에 대해서는 박헌호, 〈'문학' '史' 없는 시대의 문학연구〉, 《역사비평》, 2006. 5. 참조.

게 목격할 수 있다. 고급문학과 대중문학, 정전과 비정전, 교수와 학생의 위계적 서열 구조가 붕괴되는 것은 그 단적인 사례이다.

문학사와 관련해서 보자면, 이러한 변화는 특히 '역사'를 바라보는 관점의 변화와 연관된다. 무엇보다 직선적 발전사관에 의존하는 거대 서사의 폭력성이 문학사에서도 관철되고 있다는 반성이 일반화된 것이다. 예컨대 서구적 근대문학의 완성을 목표로 하는 발전론적 서사 원칙에 따르자면, 서구적 근대문학의 규범에 위배되는 다양한 문학적 활동은 억압되어야 한다. 그리고 일단 근대문학의 표준에 가장 근사한 정전들이 확정되면, 그 뒤를 이어 문학사는 정전들 간의 필연적 연속성을 설명하는 일에 치중하게 된다. 문학사라는 것이 근대적 정전의 선정과 보존 및 전파를 담당하는 지배 제도가 되는 것이다.

문학사가 근대적 문학 제도의 수호자로 기능한다는 생각은 최근 대중문화의 발전과 더불어 확산되고 있다. 대중매체의 성장과 함께 문학을 구시대적 매체로 밀어 내고 있는 최근의 문화적 환경은 문학사의 폭력성, 억압성, 보수성에 도전하는 다양한 저항문화를 지원하고 있기 때문이다. 고급문학의 표준을 거절하는 판타지·로맨스·SF·추리물 등의 비약적인 성장, 그리고 인터넷 환경을 통해 번식하는 장르 파괴와 장르 혼융의 경향 등은 정전급의 문학을 중심으로 하는 문학사 교육이 학생들의 일상에서 얼마나 멀리 떨어진 것인지를 반성하게 한다. 그러므로 지식 중심의 문학사 교육에서 벗어난다 할지라도, 최근 문학이 처한 환경의 변화를 반영하는 새로운 문학사 교육의 방향을 모색해야 할 필요성은 여전히 남는다.

문화연구가 제시한 비전,
'문학 문화'

　문학사 교육의 새로운 방향을 모색하는 데 우리가 참조할 것은 최근 '문화(사)연구'의 확산이다. 특히 대중문화의 저항성을 통해 고급문화에 잠재하는 지배계급의 이데올로기를 폭로하는 영국의 문화연구Cultural Studies는 정전 중심의 문학관을 비판하고, 대중문학을 연구 및 교육의 대상으로 포섭하는 길을 열어 놓았다.[5]

　또한 문화연구와 더불어 주목할 것은 역사학계에 등장한 '신문화사' 연구의 영향이다. 신문화사 연구는 문화적 행위와 문화적 표상에 대한 역사를 강조하면서 그것을 기존의 정치경제사 및 사회사의 대안으로 제시하고 있다. '식탁 예절의 역사', '소비의 역사', '여행의 역사', '독서의 역사' 등 기존의 거대 서사 흐름에서 조명받지 못했던 문화적 행위들의 독자적인 역사의 복원을 통해 하나의 거대 역사가 아니라 다양성의 미시적 역사를 제시하고 있다.[6] 작고 사소한 문화적 사물과 일상적 사건을 통해서 역사를 재구성하는 신문화사의 기획은 정치인과 전쟁으로 얼룩진 과거의 역사물과 비교해 신선함을 제공한다.

　이와 같은 문화사의 출현은 최근 문학 연구에도 상당한 영향을 주어서 백화점, 구경꾼, 도박, 철도, 연애 등등 기존의 문학사에서는 초점화

---

(5) 연구 분야에서는 '대중서사학회'의 출현, 국어교육 과정에서는 '매체언어'를 독립 영역으로 설정하려는 노력이 그러하다.

(6) 피터 버크, 조한욱 옮김,《문화사란 무엇인가》, 길, 2004 참조.

될 수 없었던 사물이나 사건들이 문학사를 설명하는 데 중요한 참조점으로 사용되고 있다. 이것들은 대개 '~의 탄생' 등과 같은 제목으로 '역사적 기원'을 해명하는 데 이용되지만, 이때의 '기원'이란 단군에서 민족사의 기원을 발굴하려는 거대 서사의 의도와는 정반대로 작용한다. 오히려 '기원' 자체가 역사적 사실이 아니라 시대적 조형물임을 폭로하고, 기원의 허구성을 드러내는 데 활용된다. 과거의 사실이 현재적 필요와 욕망에 의해 '기원'으로 호명되는 과정에 대한 분석은 처음과 끝을 논리적으로 연결하고자 하는 문학사의 욕망을 좌절시킨다. 따라서 국문학계의 문화사 도입 경향은, 앞서 말한 대중문화(혹은 대중문학)의 지위 상승과 함께 기존의 문학 및 문학사 연구를 대체하면서 최근 문학 연구의 대세를 이루게 되었다.

이러한 문화 혹은 문화사 연구의 부상은 (고급)문학 혹은 문학사 중심의 연구와 교육에 심각한 도전이 되고 있다. 고급문학과 정전 중심의 단일한 문학사 서술 욕망이 '이데올로기'로 간주되면서, 문학사 연구와 그 교육에서도 변화를 요청받게 된 것이다. 무엇보다도 문학사는 분과학문의 장벽을 고수하고 정전을 수호하는 보수적 이데올로기를 탈피할 필요가 있었다. 그런 점에서 최근의 문학 연구는 국문학의 한계를 넘어서 역사, 철학, 미학, 경제학, 정치학, 언론학, 사회학 등을 두루 융합하면서 학제적 논문을 지향하는 모범적 사례를 제공하고 있다.

문학 연구가 이렇게 변화한 것은 연구 대상인 (고급)문학의 위상 변화를 수용한 데서 비롯되었다. 앞서 말했듯이 문학 이론의 발전과 대중매체의 성장은 문학사에 등재된 문학작품의 정전正典으로서의 자질을 상대화시켰다. 교과서에 실린 정전은 본래부터 정전이었던 것이 아니라 필요에 의해서 정전으로 만들어진 것임이 강조되었다. 문학사의 서술 대상인 정전조차도 문화적 구성물에 지나지 않는다면, 연구 대상인 문학작품이 신문에 실린 기사보다 특권적 지위를 누릴 이유도 사라지게 된다. 문학작품은 그 시대의 문화적 구성 작용을 해명하는 여러 '자료들' 가운데 하나일 뿐으로, 이 점에서 신문이나 잡지 기사들과 다를 바 없게 된다. 한 마디로, 문학작품에만 주어졌던 특유의 아우라가 사라진 것이다.

그렇다면 문학사 교육도 '실체'로서의 정전을 가정하고 그것에 대한 지식을 제공하는 데서 탈피해야 한다. 문학사는 그 작품이 정전일 수밖에 없는 역사적 알리바이의 제공처가 아닌 것이다. 오히려 그 작품이 정전이 되기까지 어떠한 경쟁 관계가 있었는지, 또한 그것을 정전으로 만들고자 어떤 문화적 환경이 동원되었는지를 비판적으로 검토할 수 있는 기회를 마련해 주어야 한다. 정전은 그 자체로 의미가 있는 것이 아니라 문화적 맥락으로 구성된다는 사실을 설명하는 일을 문학사 교육이 담당해야 한다. 따라서 문학사 교육은 과거의 정전을 유물처럼 보존하는 보수적 용도에서가 아니라 정전이 성립되는 과정을 생생하게 보여 주는 메타meta비평적 기능에서 새로운 활로를 찾아야 한다.

다행히도 제7차 교육과정 개편과 더불어 등장한 '문학 문화' 개념이 문학사 교육의 새로운 방향을 제시한 바 있다. 1997년 개정된 제7차 교육과정에서는 문학 교육의 목적을 "개인의 차원에서는 문학 능력 신장, 공동체의 차원에서는 문학 문화 발전"으로 규정하여 '문학 능력'에만 치중했던 과거의 문학 교육 목표에 '문학 문화'를 포함시켰다. 2007년 개편에서는 그 위상에 약간의 변화가 있긴 했지만 '문학 문화' 개념만은 여전히 유지되었다. 다만, '문학 문화'라는 개념이 아직까지는 선명하게 정의되었다고 보기는 어렵다. 굳이 정의하자면 그것은 문학을 문학답게 만드는 조건과 맥락, 문학 활동의 규칙, 축적된 문학적 관습과 전통, 공동체가 문학을 대하는 태도 등의 다양한 의미장을 포괄할 수 있을 것이다.[7] 이때 '문학 문화'의 하위 혹은 상관 영역에 항상 '문학사'가 배치되는 것은 문학 문화 개념과 문학사 교육 간의 밀접한 관련성을 보여 준다. 하지만 양자가 어떻게 관련되어 문학 교육에 활용될 수 있는지는 아직 충분히 검토되지 않았다.

여기에서 우리는 '문학 문화' 개념의 도입이 우리의 문학사 교육에 어떠한 변화를 가져올 수 있을지 생각해 보아야 한다. 과거의 문학사 교육이 문학작품을 고정된 실체적 사실로 간주하는 경향이 있다면, 새로운 문학사 교육은 문학이 문학으로 성립되고 통용되는 일련의 과정을 복원함으로써 문학작품을 생성 과정에 있는 것으로 인식하게 해야 한다. 세계적인 대문호 셰익스피어조차도 본래부터 영국을 대표하는 모범적인 문장가였던 것이 아니라 몇 세기에 걸쳐서 여러 사람들에 의해서 그렇게 만들어진 것처럼,[8] 지배적인 문학적 관습이 형성되고 고착화되는 과정에 대한 비판적 이해를 문학사 교육에 포함시켜야 할 것

----

(7) 김창원, 〈문학 문화의 개념과 문학교육〉, 《문학교육학》, 2003, 525쪽.

(8) 대표적인 저작으로 이현석, 《작가생산의 사회사 – 윌리엄 셰익스피어와 문학제도의 형성》, 경성대출판부, 2003.

이다. 다만 이것이 과거의 정전을 부정하고 비난하는 목적으로 사용되어서는 안 된다. 오히려 이러한 과정을 통해 미래에 어떠한 문화적 환경에서 문학이 구성되며, 어떤 것은 문학이 아닌 것으로 밀려나고 어떤 것은 새로운 문학으로 편입되며, 어떻게 하면 문학을 둘러싼 기존의 관습을 파괴하고 새로운 전망을 개시할 수 있는지, 그러한 미래지향적 문화 교육의 모범으로 제시되어야 한다. 그러므로 문학사 교육은 비단 과거의 문학적 정전에 국한된 지식을 전수하는 편협한 영역에서 벗어나서 문화적 환경의 성장과 미래의 '문학 문화'를 모색하는 산 교육의 장으로 거듭나야 한다.

:::::: 100년 전
:::::: 최남선의 형식 실험

1900년을 전후한 개화기에 창가唱歌와 신체시新體詩 등 실험적 문학 형식을 선보인 최남선은 문화적 격동기에 문학이 어떻게 문학으로 생존하고 정착되었는지를 보여 주는 적절한 예이다. 그를 통해서 '문학 문화' 개념과 결부된 '문학사 교육'의 실제를 살필 수 있다. 따라서 여기에서는 최남선의 문학에 '무엇'이 포함되었는지를 살피기보다는, 그가 '왜' 그러한 문학적 실험을 단행했는지에 초점을 맞출 것이다.

문학적 실험의 동기를 추적하다 보면, 최남선의 문학이 문학사적 맥락에서 문학 내적 논리로 등장한 것이 아니라 문학 외부의 다양한 학문

분야의 도움을 받아서 이루어진 것임을 금세 알아차리게 된다. 이를 통해서 문학사의 전후 맥락으로만 특정한 문학적 실험이 발생하는 것이 아니라 문학사의 바깥에서도 충분히 변화의 동기가 마련될 수 있음을 확인할 수 있다.

우리가 살피고자 하는 최남선의 학문적 관심사가 얼마나 다양한지는 1908년 그가 창간한 한국 최초의 월간지 《소년》의 목차만 봐도 알 수 있다.

소년 제1년 제1권 목차

소년 11월력

해에게서 소년에게(시)

소년시언(時言)

가마귀의 공망(空望)

흑구자(黑軀子) 노리

갑동이와 을남이의 상종

공육(公六)의 애송시

이솝의 이약(바람과 볏, 주인할미와 하인, 공작과 학)

해상대한사(왜 우리는 해상海上 모험심을 감추어 두엇나, 해海의 미관은 웃더한가)

바다란 것은 이러한 것이오

가을뜻

소년한문교실

거인표류기

소년독본

소년사전(史傳)(페터 대제전)

러시아는 웃더한 나란가

소년훈(訓)

성신(星辰)

봉길이 지리공부(대한의 외위(外圍) 형체 알아내시오)

살수전기(薩水戰記)(서언)

쾌소년 세계주유 시보(제1보)

소년문단(투고필준, 피봉식양)

나야가라 폭포

소년통신

소년웅답

편집실 통기

청년 최남선의 학문적 관심사를 펼쳐 놓은 듯한 잡지《소년少年》은 목차만 봐도 일종의 '백과사전'을 연상하게 한다. 프랑스의 계몽주의 단계에서 중요한 역할을 수행한 백과전서파百科全書派처럼, 최남선도 어떤 의미에서는 백과전서파라 할 수 있을 것이다. 인용된 목차만 보아도 문학(시와 소설)을 비롯해서 자연과학, 한국사, 세계사, 한문, 한국 지리, 세계 지리, 세계 문화, 인물 열전, 독본, 창작 등 다양한 학문 분야(혹은 교과목)가 최대한 망라되어 있다. 이를 다른 각도에서 보면《소년》잡지

가 처음에는 교과서를 대신할 만
한 교육용 참고서(말하자면 '전과
全科')로 제작되었음을 알 수 있
다. 실제로 이후《소년》은 신민
회와 청년학우회 등 교육운동과
관계된 민간 계몽단체의 '기관
지'로 사용되는 등 소년층뿐 아
니라 성인 계층까지 독자로 포섭
하는 범국민적 교양잡지로 성장
한다.

_1908년 11월 《소년》 창간호.

그런데《소년》창간호 목차에서 맨 처음에 자리한 작품 〈해에게서 소
년에게〉의 문학 형식이 문제이다. 목차에는 괄호 치고 '시詩'라고 되어
있지만, 문학사에서 이 작품은 '신체시'로 명명된다. 최남선은 이를
'시'라고 생각했을지라도 그것을 '시'로 판정할 수 없다는 문학 연구자
들의 관점이 문학사 교육에 투여된 것을 알 수 있다. 최남선이 생각한
'시'와 문학 연구자들이 생각하는 '시'의 개념이 일치하지 않은 것이
다. 이처럼 '시'라는 개념의 내포와 외연은 그것을 규정하는 집단의 성
격에 따라서 얼마든지 달라질 수 있다. 그렇다면 '시란 무엇인가'라는
질문에 대한 답변이 시대에 따라서, 문화적 환경에 따라서, 그리고 그
것을 규정하는 집단의 성격에 따라서 어떻게 달라질 수 있는지를 상상
해 볼 수 있다. 이렇게 되면 문학사적 지식을 수동적으로 받아들이고,
'〈해에게서 소년에게〉=신체시'라는 문학사적 지식을 수동적으로 암기

하는 대신에, '시'라는 개념을 둘러싼 경쟁의 장이 있다는 것을 인식하고 그것을 메타적으로 사유할 수 있게 된다. 여기서 문학 개념을 둘러싼 문학사적 갈등을 확인할 수 있다.

'신체시'라는 개념이 실체로서의 특정 작품(〈해에게서 소년에게〉 등)을 가리키는 것이 아니라 갈등의 장소로서 기능하는 것처럼, 최남선이 《소년》을 발간할 당시에는 '문학이 무엇인지', '문학으로 무엇을 할 수 있는지' 등등에 대한 전망이 선명하지 않았다. 심지어 '왜 하필 문학이어야 하는지'조차 확실하지 않았다. 이처럼 문학에 대해서 아무것도 제대로 결정되지 않은 상태에서 최남선은 문득 〈해에게서 소년에게〉라는 '시' 작품을 《소년》지 맨 첫 장에 배치한 것이다. 첫 장에 배치한 것만으로도 그것은 일종의 '발간사' 혹은 '선언문'의 성격을 띠게 된다. 산문이 아니라 시로 선언된 《소년》의 메시지는 과연 무엇일까? 그는 왜 시를 통해서 《소년》 잡지의 발간 취지를 제시하고자 했을까? 《소년》의 목차는 이러한 질문을 끝도 없이 제기하게 한다. 그중에서 몇 가지 주요한 질문만 추려서 그 답을 추적해 보자.

우선 눈에 띄는 것으로, 〈해에게서 소년에게〉라는 시에서도 그러하지만 "해상대한사(왜 우리는 해상海上 모험심을 감추어 두엇나, 해海의 미관은 웃더한가)"와 "바다란 것은 이러한 것이오" 등등에서 '바다'가 유난히 부각되는 것을 알 수 있다. 바다를 중심으로 대한大韓의 역사를 새로 쓰겠다는 필자의 야심에서도 알 수 있듯이, 여기서 바다는 '역사적으로' 중대한 역할을 한다. 여기서 이런 질문이 가능하다.

질문 1) 최남선은 왜 '바다'에 주목했을까?

둘째로, 《소년》의 목차를 보면 "봉길이 지리공부"를 비롯해서 세계 지리와 세계 문화를 탐방하는 내용이 큰 비중을 차지한다는 것을 알게 된다. 목차에는 제시되지 않았지만, 《소년》 창간호를 들춰 보면 《최남선 지리서地理書》 전면 광고가 있다. 이는 최남선이 교육 대상으로서 '지리'의 중요성을 절감했다는 뜻이다. '지리'에 대한 최남선의 관심을 추적하면, 와세다 대학 사범대학 '역사지리과'에 적을 두었던 그의 일본 유학 시절로 연결된다.[9] 최남선처럼 '지리 교육'의 중요성을 일찍이 간파한 사람이 별로 없다는 점을 감안하면, 그가 왜 지리를 강조했는지가 궁금해진다. 그러므로 두 번째 질문은 다음과 같다.

질문 2) '바다'와 '지리교육'은 어떻게 관련되는가?

셋째로, 다시 '신체시'의 문제로 되돌아가서 〈해에게서 소년에게〉를 보면, 이 작품은 최남선의 실험 정신이 돋보이는 시 형식으로 간주된다. 그런데 창간호 목차에서는 이것을 그냥 '시'라고 표기했다. 그가 '신체시新體詩'라는 명칭을 처음 쓴 것은 《소년》 제3호에 제시된 '신체시

----

(9) 근대문학 100년 연구총서 편집위원회, 《약전으로 읽는 문학사1 – 해방전》, 소명출판, 2008, 42쪽. 여기에서는 최남선이 진학한 학과명을 '지리역사과'로 표기하고 있는데, 필자에 따라서 '지리역사과'와 '역사지리과'가 번갈아 사용된다. 여기에서는 그것이 '자연지리'와 구별되는 학과 명칭임을 감안하여 '역사지리'로 추정하여 사용한다.

가 대모집'이라는 광고에서다.[(10)] 하지만 여기에서도 '신체시'라고 하지 않고 '신체시가'라고 하여 시와 노래가 결합된 '시가詩歌'라는 명칭을 선호한다.

시와 노래의 결합이 더욱 강조된 시 형식으로는 물론 '창가唱歌'가 있다. 《소년》을 간행하기 전에 이미 최남선은 창가집 《경부철도노래》를 발간한 바 있다. 일본의 〈철도창가鐵道唱歌〉를 모방한 《경부철도노래》에는 악보가 실려 있어 노래로서의 특성이 선명하게 드러나 있다. 최남선은 이때는 이미 존재하는 곡에 가사만 바꿔 붙이는 수준이었지만 이후에는 점차 가사를 먼저 짓고 작곡가에게 곡을 의뢰하는 방식으로 절차를 바꾸는가 하면, 리듬에도 변화를 주어 실험의 정도를 높인다. 그렇다면 최남선이 '철도'와 '바다'라는 언뜻 서로 무관해 보이는 대상을 가지고 각각 창가와 신체시를 배치한 까닭이 궁금하지 않을 수 없다.[(11)] 여기에서는 그 궁금증은 잠시 접어 두고 '바다'와 '지리'에 대한 관심이 어떻게 '신체시'와 '창가'에 반영되었는지만 살피고자 한다. 따라서 세 번째 질문은 이것이다.

....

(10) 물론 '신체시'라는 명칭은 일본에서 만들어진 것으로, 1883년에 발간된 《신체시초新體詩抄》에서 유래한다. 단가나 하이쿠 등 일본의 고전 시가에서 벗어나서 서양의 시 형식을 모방한 것을 '신체시'라고 하는데, 최남선의 '신체시'에서는 전근대적 요소와 근대적 요소가 뒤섞인 과도기적 성격이 강조된다. 이는 최남선이 '신체시' 대신에 '신체시가'라는 명칭을 선호한 데서도 드러난다.

(11) 일찍이 김지녀, 〈최남선 시가의 근대성 – '철도'와 '바다'에 나타난 공간 인식〉, 《비교한국학》, 2006에서 이 문제를 다룬 바 있다.

질문 3) '바다'와 '지리교육'이 어떻게 '창가'와 '신체시'에 연결되는가?

이상 세 가지의 질문을 통해서 최남선의 문학적 실험이 어떤 문화적 맥락에서 도출되었는지를 추적해 볼 수 있다. 최남선은 한시漢詩의 형식을 한글에 적용한 '신국풍神國風'을 비롯하여, 재래의 잡가와 시조 형식의 변형태를 제시하는 등 여러 문학 형식을 실험한 경험이 있다. 비단 전통적 형식뿐 아니라 창가와 신체시처럼 외래적 산물일지라도 그 형식 그대로를 보존하는 데 머물지 않고 끊임없이 형식상의 변화를 꾀했다. 그러한 실험 정신이 어디에서 기원했는지를 추적하는 것이 이 글의 최종 목표이다. 이러한 과정을 통해서 문학사적 사실로만 기억되는 문학작품의 역동적인 생성 과정을 이해할 수 있는 길을 찾을 것이다.

이질적인 세계를 대표하는 '바다'

1900년대 조선의 시인들에게 '바다'라는 소재는 낯선 것이었다. 그 낯섦은 임화와 김기림, 정지용, 오장환 등의 '바다' 시편들에도 이어진다. '바다'는 여전히 이국적 세계를 떠올리게 했다. 그중에서도 최남선의 '바다'는 그런 이국적 바다 이미지의 선구를 이룬다. 그 바다는 이질적 세계와 이국적 물건의 충격적 출현을 배경으로 하기 때문이다. 《경부철도노래》가 '철도 개설'이 가져온 충격에 대한 문학적 반응이라고 한다면, 〈해에게서 소년에게〉가 환기하는 충격적 경험은 '개항開港'과 닿아 있다. 1908년 당시 최남선의 작품에서 '개항'의 충격에서부터 '철도 개설'에 이르는 식민지 근대화 과정이 반복 상기되고 있는 것이다.

그렇다면 최남선은 어째서 또다시 '개항'을 추억하는 것인가? 그는 왜 '바다' 앞에 다시 서게 된 것인가? 그 잠정적인 답은 《소년》지에 연재된 〈해상대한사〉에서 확인할 수 있다.

내가 이 책에 집필할세 우리 국민에게 향하여 착정着精키를 원할 일사一事가 있으니 그것은 곧 우리들이 우리나라가 삼면환해三面環海한 반도국인 것을 허구간許久間 망각한 일이라. (12)

최남선은 우선 바다를 중심으로 서술되는 역사, 즉 "차此와 같은 저술은 원래, 아국我國에 유례가 없"다는 사실을 강조한다. 우리의 역사적 기억에서 '바다'가 '망각'되었기 때문이다. 최남선의 《소년》은 그러므로 역사 속에서 망각되었던 '바다'를 '기억'의 수면 위로 불러내는 일부터 시작한다. 〈해에게서 소년에게〉가 그 자체로 《소년》의 창간사인 이유가 여기에 있다.

그것은 때늦은 '문명개화'의 설파가 아니다. 오히려 거기에는 "우리나라가 삼면환해한 반도국인 것", 그 지리적 사실을 '역사'를 이해하는 통로로 삼겠다는 최남선의 의지가 표현되어 있다. 다시 말해서, '삼면환해한 반도국'이라는 것이 단순히 '지리적 사실'로뿐 아니라 '역사적 사실'로도 읽혀야 한다는 것이다. 《소년》에서 '반도'는 단순한 '(자연)

---

(12) 〈해상대한사〉, 《소년》 1년 1권, 31쪽.

지리'가 아니라 '역사적 지리historical geography'[13]라고 할 수 있다. 다시 말해서 '(자연)지리'를 통해서 '역사'가 실현된다는 사실을 보여 주는 것, 이 헤겔적 기획이 《소년》 전체를 지배하고 있다.

그러므로 잡지 《소년》이 양육하고자 하는 '신대한新大韓의 소년'은 다름 아니라 '삼면환해국(=반도국)'에 내포된 역사적 의미를 이해하는 소년, 즉 "삼면환해국소년三面環海少年"[14]이다.

'반도국'에 주어진 역사적 사명

그렇다면 '반도국'이라는 지리적 사실에 내포된 역사적 사실이란 무엇인가? 〈해상대한사〉에는 이렇게 묘사되어 있다.

지세地勢상으로 보아 반도가 다른 육지보담 우승한 점은 도都트러 말하자면 해륙접경에 처하여 육리陸利와 해리海利를 겸하여 받는 것이라. 대저 반도는 삼면으론 해양에 안기고 일면으론 육지에 매달려 …… 반도는 이렇게 해륙양편의 문물을 이리저리로 한 데 받아서 저작하고 시험하여 오직 그 장처長處만 취택하는 자유가 있으니 …… 그러나 이상에 열거한 바는 대체 **자연상**으로 관찰함이어니와 한번 고개를 돌려 살필진댄 더 중요하고 더 거대한 천명天命과 지리地利가 **인문상**에 있음을

---

(13) 〈쾌소년 세계주유 시보〉, 《소년》 2년 3권, 27쪽. 최남선이 와세다 대학 '역사지리과' 중퇴자라는 사실을 다시 상기할 필요가 있다.
(14) 〈우리의 운동장〉, 《소년》 1년 1권, 32쪽.

깨달을지니 곧/해륙문화의 융화와 및 집대성자됨과/해륙문화의 전파와 및 소개자됨과/해륙문화의 장성처됨의/세 가지 일이라.(강조는 인용자)[15]

인용문에서는 자연지리와 인문지리의 구별이 선명하게 드러나 있다. '반도'가 '육지'와 '바다' 사이에 위치한다는 것은 '자연지리적 사실'이며, 그로 인해서 '해륙문화'를 '융화', '전파', '장성'케 하는 것은 반도가 누릴 수 있는 '인문지리적 사실'에 해당된다. 이때 최남선은 '인문지리적 사실'에 대해서 '천명天命'이라는 표현을 사용한다. 혹은 "문화의 소개와 전파가 거의 반도의 천직天職"[16]이라고도 하여 반도라는 자연지리적 조건에 주어진 '천명'과 '천직'이 인문지리적 사실을 구성하고 있음을 강조한다. 그 천명과 천직을 이행하는 자가 곧 '삼면환해국소년'인 것이다.

하지만 아직 '바다'와 '육지'로 상징되는 '두 문화'의 정체가 무엇인지는 분명치 않다. 이에 대해서는 《소년》지 4권에 실린 〈초등대한지리〉에 다음과 같이 기록되어 있다.

금후 세계의 대경쟁 무대는 실로 수계水界의 왕인 태평대양과 육계陸界의 왕인 아시아 대륙이라. 그런데 아제국은 내외로 이 양처를 아울러

---

(15) 〈해상대한사(6)〉, 《소년》 2년 4권, 23~25쪽.
(16) 〈해상대한사(7)〉, 《소년》 2년 5권, 17쪽.

공제控制하였을 뿐 아니라 …… 더욱 금今이전의 문화는 다 **지방적 문화**러니 금에 시운時運의 소진所進에 동서의 문화가 일一은 동으로서 서로 향하고 일一은 서로서 동으로 유하여 금今이후에 양자가 회합하는 처處에서 중전會前에 미유未有한 **세계적 문화**가 성립하려 하는데 그 발점發點과 추향趣向을 관하건댄 양자의 귀착처 곧 상봉상화相逢相和하여 대大한 결과를 산産할 곳이 아제국됨이 명확한지라.(강조는 인용자)[17]

이 글에 따르면 '바다'와 '육지'는 각각 '태평양'과 '아시아 대륙', 다시 말해서 '서양 문화'와 '동양 문화'를 가리킨다. 두 문화는 근대 이전에는 각각 '지방적 문화'로 분리되어 있었지만, 근대 이후 "시운時運의 소진所進"에 따라 "양자가 화합"하여 '세계적 문화'를 성립할 시점에 다다랐다. 그리고 동서 문화가 화합하여 세계적 문화가 성립할 장소로 최남선은 "아제국我帝國"을 지목한다.

최남선에 따르면 동서양의 문화가 하나로 화합하여 새로운 문화가 탄생하리라는 것은 일종의 역사적 "시운時運"이며, 그 역사의 실현을 일종의 "천직天職"으로 받아들이는 지리적 장소가 '반도'이다. 그러므로 "세계에 처한 아제국의 지위는 **지리상**으론 대통로의 요액要阨이오 **역사상**으론 동서양계문화의 집대성자"[18]라 할 수 있다. 그런 의미에서 "금일의 대한은 일국의 대한이 아니라 세계의 대한"[19], 다시 말해서 세계

(17) 〈초등대한지리〉,《소년》3년 4권, 15쪽.
(18) 앞의 글, 33쪽.

의 중심인 것이다.

심지어 "반도중앙을 관통하는 철도"조차도 "세계육상교통의 주요선"[20]이 되어서 동서양의 문화를 집대성하여 세계적 문화를 생산해야 하는 '반도국'의 역사적 천명을 지원하는 것으로 받아들여진다. 역사지리적 사실의 문학적 확인이라는 점에서 《경부철도노래》(1908)는 〈해에게서 소년에게〉와 그 목적을 공유하고 있는 것이다.

우치무라 간조와 최남선

이처럼 지리적 사실에서 역사적 천명을 읽어 내는 '역사지리적 관점'은 《소년》 전체를 관통하는 일관된 견해이다. 이러한 견해는 당시의 지리학 서적에 대한 불만족으로 이어진다.

신교육이 필요한 시절이 오도다. 이 기운을 승하여 기다幾多 가학자假學者의 기다 두찬서杜撰書가 출래하여 아我 지리학 영역을 황란荒亂케 하고 오예汚穢케 하였도다. …… 차서此書로써 학교 교과서로 용用하기는 청하지 못하더라도 다만 지리학이 여하한 것인지를 아직 지知치 못하는 형제에게 일람을 청하려 하노라.[21]

....

(19) 앞의 글, 8쪽.
(20) 앞의 글, 9쪽.
(21) 〈최남선 지리서〉 광고, 《소년》 1년 1권, 98쪽.

《소년》 초반부터 광고하였던 《최남선 지리서》는 결국 출간되지 못했으나, 《소년》지 전반에 걸쳐서 지리에 대한 그의 이념만은 충분히 전달되었다. 당시 지리학에 대한 최남선의 불만이란, 아마도 '반도'의 역사적 천명을 드러내지 못한 채 지리적 사실만을 단순히 나열하는 방식에 대한 불만일 것이다. 그가 보기에 지리는 언제나 역사적 천명이 현현하는 장소인데 말이다.[22]

그러나 이처럼 지리와 역사, 자연과 인간을 유기적으로 파악하려는 입장[23]은 최남선의 독자적 발상이 아니다. 그것은 근대 지리학의 선구자로 거론되는 리터C. Ritter(1778~1859)에서 비롯된 것으로, 특히 그의 제자인 기요A. Guyot(1807~1884)에 이르러 꽃을 피운다.

[리터는] 인류역사의 방향을 설정해 놓은 신의 섭리가 있는데, 지역의 배치를 통해서 역사의 방향을 설정해 놓았다고 보았습니다. 그래서 지역을 이해함으로써 역사의 방향을 이해할 수가 있고, 그 역사를 통해서 신이 인류에게 하고자 하는 섭리를 이해할 수 있다고 생각했던 겁니다.

....

(22) 그의 이러한 역사지리적 인식이 백두산을 비롯한 국토 순례 과정에서 반복된다는 것은 그가 표방한 사상의 일관성을 보여 준다. 이것이 시조와도 연결된다. 그런 의미에서 최남선의 문예 미학은 역사지리에 토대한 미학이라는 독특한 관점을 형성한다. 이것이야말로 최남선식 국토 순례의 독보적 지점이다.

(23) 이는 풍경과 내면의 상응을 중시하는 낭만주의적 상상력에 속한다. 이런 점에서는 이광수와 최남선의 관점이 일치하여 그들을 넓은 의미에서 낭만주의자로 볼 수 있게 한다. 그렇다면 계몽주의와 결부된 최남선, 이광수의 '초기 낭만주의'와 1920년대 동인지 문단의 '후기 낭만주의'를 구별할 필요가 있다. 이때 최남선, 이광수의 '초기 낭만주의'에 포함된 계몽의 기획은 칸트적 의미의 계몽(분업화, 근대화)을 가리킨다. 칸트가 낭만주의와 계몽주의의 중간을 가리키는 것처럼, 최남선과 이광수도 낭만주의와 계몽주의를 동시에 포괄하고 있는 것이다. 이에 대해서는 손정수(〈자율적 문학관의 기원〉, 《민족문학사연구》, 2002)와 황종연(〈노블, 청년, 제국 – 한국 근대소설의 통국가간 시작〉, 《상허학보》, 2005. 2)의 연구를 참조할 수 있다.

그것이 바로 리터가 파악하는 지리학의 의미였습니다.[24]

리터의 입장에서 보면 지구는 인류의 발전을 위해 세부적인 것까지 신의 뜻[=목적]에 따라 계획되고 디자인되어 있으며, 인간은 지구[=자연]에 내포된 목적을 완성하는 자로서의 위치를 차지한다.[25] 결국 리터 지리학의 주된 주제는 인간과 자연의 본질적 통일성, 그리고 지구상에서 인간을 관찰한 사실을 신의 계획으로 설명하려는 목적론으로 집약된다. 리터의 수제자이면서 미국으로 이주하여 미국의 지리 교육에 리터를 소개한 기요는, 단지 지리적 사실을 백과전서 식으로 집대성하여 학생들에게 암기시키기만 했던 전통적인 기술적 지리학을 비판하고, 단순한 기술을 넘어 그 현상들이 어떻게 어디에서 왜 일어났는지에 관심을 두어야 한다고 주장했다.[26]

기요의 지리 사상은 1849년의 강연록 《지구와 인간Earth and Man》에 집약되었으며, 기독교인 우치무라 간조(內村鑑三, 1861~1930)는 이 책에 깊은 감명을 받고 독특한 지리서(《지인론地人論》[27](1894))를 집필한다. 《소년》에는 《지인론》의 제1장 〈지리학 연구의 목적〉이 번역되어 있다. 하지만 정작 우치무라 간조가 역점을 둔 것은 제9장 〈일본의 지리와 그

....

(24) 권정화, 《지리사상사 강의노트》, 한울, 2005, 53~54쪽.

(25) 옥성일, 〈낭만주의적 자연관과 지리적 환경론의 성립-리터와 기요의 지리학 연구를 중심으로〉, 《지리교육논집》 37집, 1997, 38~9쪽.

(26) 예경희, 〈1980년대 이전의 미국 지리교육의 발달〉, 《인문과학논집》 31집, 335쪽. 최남선이 종전의 국내 지리학을 비판한 것과 맥이 닿는다.

(27) 처음 초판은 '지리학고'였으나, 재판에서부터 기요의 책 이름을 본떠 '지인론'으로 바꼈다.

천직天職〉으로, 여기에는 섬나라 일본이 아메리카 대륙과 아시아 대륙의 양 문명을 매개하는 위치에 있다는 점, 그것이 신에게 부여받은 일본의 인류문명사적 천직이라는 내용이 담겨 있다.[28]

최남선은 말년에 한 대담에서 우치무라 간조의 저서를 거의 다 읽었다[29]고 했는데, 특히 간조의 《지인론》은 유학 시절 역사지리학도였던 최남선에게 큰 영향을 끼쳤다. 일본 지리학이 번역 단계를 넘어 독창적 저술을 생산하기 시작할 무렵, 그 최초의 성과물로 인정받는 《지인론》[30]은 간조 식 '일본적 기독교'의 단초를 포함하고 있다. 이 책은 리터와 기요로 이어지는 목적론적 기독교적 지리관을 계승하면서도, 일본의 지리적 조건에 초점을 맞춰 그것이 동양과 서양으로 분리되어 있는 세계의 문명을 다시 종합해야 하는 일본의 세계사적 사명의 표징임을 주장한다. 간조는 이를 '섭리'라고 말한다.

섭리Providence란 말은, 흔히 종교학자들이 써 왔던 의장design이란 말과 뜻이 비슷하다. 말하자면 조물주가 우주를 지으심에 있어서, 시계공이 시계를 만드는 것과 같이 일정한 방식과 확고한 목적을 가지고 하셨다는 말이다. …… 지구 표면에는 오대양과 육대주가 널려 있다. 피상적으로 관찰하면 그것을 우연한 배포라고 말할 것이다. 그러나 주의깊게

(28) 스즈키 노리히사, 김진만 옮김, 《무교회주의자 內村鑑三》, 소화, 1995, 62쪽.

(29) 〈성경은 온 인류의 책〉, 《성서한국》 1권 3호, 대한성서공회, 1955, 3쪽. 권정화, 〈최남선의 초기 저술에서 나타나는 지리적 관심〉, 《응용지리》 13집, 1990, 21쪽에서 재인용.

(30) 권정화, 앞의 글, 21쪽.

살펴보면 적어도 다음과 같은 기계적 배포법에 따라서 된 것임을 알 수 있다. …… 이제 기계적 배열을 제쳐놓고, 역사적으로 육지의 배포구조도를 고찰해보면, 한층 더 그 속에 뜻이 숨어 있음을 알 수 있다./지地의 목적은 무엇인가? 그것은 인류를 발달시키는 데 있다. 지리의 목적은 곧 역사의 목적이다.[31]

피상적으로는 우연한 배열처럼 보이는 지구의 모양에는 일정한 배열의 규칙이 있으며, 그 배열의 규칙에 역사의 방향(=목적/섭리)이 새겨져 있다는 것이 간조의 입장이다. 인류의 유년기에 해당되는 아시아(=서아시아)에서 소년기의 유럽으로, 그리고 다시 아메리카의 청년기를 거쳐 노년의 동양(=동아시아)으로 이어지는 세계사의 흐름 또한 각각의 지리적 형세에 이미 새겨져 있다는 것이다. 그러므로 각각의 국가마다 부여받은 '천직'이 있는데, 일본 또한 그 위치가 아메리카와 아시아 사이에 있는 까닭에 그 양 대륙을 태평양상에서 이어 주는 것이 일본의 천직이라는 것, 그리고 세계사의 시간이 그 시점을 가리키고 있다는 것이 그의 주장이다.[32]

그러므로 일본의 개항은 이미 계획된 것이지만("자연은 세계의 창조 때부터 이 [일본의] 개방을 기다리고 있었던 것") 그 '때'를 기다린 것이며, 마침내 일본이 개항한 것은 드디어 "신랑[아메리카/서양]과 신부[아시아/

<hr>

(31) 우치무라 간조, 박수연 옮김, 〈地人論〉, 《内村鑑三全集》 2권, 크리스챤서적, 2000, 226~9쪽.
(32) 우치무라 간조, 같은 책, 299쪽.

동양가 이미 성년에 달했고, 매개재[일본]가 일어설 때가 온 것"[33]이 된다. 그러므로 이제,

동양과 서양은 우리[일본]에게서 합해졌다. 파미르 고원의 동서에서 정반대의 방향으로 갈라져 흘러갔던 두 문명이 태평양 가운데서 서로 만나 양자의 배합으로 배태된 새 문명은 우리에게서 나와 다시 동양과 서양에 퍼져나가려 하고 있다.[34]

이처럼 역사의 지리적 진행 순서, 즉 해가 뜨는 아시아에서 문명이 시작되어, 해가 지는 유럽을 거쳐, 다시 새롭게 떠오르는 아메리카로 문명의 주도권이 넘어간다는 발상[35]은 이미 리터의 생각에서부터 찾아볼 수 있다. 우치무라 간조 또한 이러한 역사의 지리적 순환이라는 관념을 계승했다. 다만 간조의 경우, 그것은 동양적 통일성의 단계에 있던 문명이 동서로 분리되어 유럽 각국으로 흩어진 다음, 다시 아메리카에서 모아지고 궁극적으로는 일본에 이르러 분리되어 있던 동양과 서양이 재차 종합된다는 변증법적 사고로 체계화된다는 점이 다르다.

우치무라 간조가 간파했던 일본(=섬나라) 중심의 동서 융합론은 최남선에 이르러 조선이라는 '반도'를 중심으로 하는 해륙문화 융합론으

---

(33) 우치무라 간조, 같은 책, 303쪽.
(34) 우치무라 간조, 같은 책, 304쪽.
(35) 옥성일, 앞의 글, 44쪽.

로 '번안' 된다. 섬과 반도의 미세한 차이를 배제한다면 지리(=자연)에서 실현되는 세계사의 목적(=역사/섭리)과 그 직분과 사명을 감당하는 인간의 관계에는 큰 차이가 없다. 또한 아시아에서 시작해서 유럽, 아메리카를 거쳐 일본, 조선으로 귀환하는 최남선의 《세계일주가》(1914)에서 반복되는 것도 어쩌면 우치무라 간조의 세계지리적 순환의 질서를 따른다고 볼 수 있다.

반도인 최남선의 지리적 사명감

이세계를 만드실때 우리주께서
맨나중에 꽃반도를 대륙에달고
손을펴서 툭툭치며 이르시기를
〈이세상중 너를둠은 뜻있음이니
때가오건 잃지말고 부지런히해
너의직분 다하여서 이루어다고
늦은뒤에 드러남을 설워말지며
큰고난을 겪을것을 알아두어라
나의바람 작지않다〉 말하시도다

— 〈바다 위의 용소년〉 중에서[36]

....

(36) 《소년》 2년 9권, 29쪽.

반도에서 발생하는 모든 역사적 현상이 이미 지리적인 형세에 새겨진 필연적 계획의 실현이라는 생각은 훗날 우치무라 간조의 영향을 받은 함석헌에서 다시 반복된다.[37] 그보다 훨씬 앞서서 최남선은 조선 반도에 새겨진 역사지리적 사명을 읽고 그 안에서 신의 음성을 들었던 것이다. 지리를 통해서 실현되는 역사, 그 역사에 내재하는 신적인 음성을 들을 수 있었던 것은 모두 '바다'의 발견에서 비롯된다. 그것은 최남선의 이후 행보에서도 사라지지 않고 잠재하는 해저를 이룬다.

그리고 그 '바다'의 소명에서 동서 문화의 융합[38] 정신이 비롯되는데, 이 정신은 이제까지 존재하지 않았던 새로운 문화적 산물을 생산할 수 있는 동력을 제공한다. 조선의 지리적 위치는 최남선에게 동서 문화의 융합을 겨냥한 실험 정신을 발휘할 수 있는 허가증 같은 것으로 사용된다. 동서양의 음악적 특성이 종합되면서 형성된 일본식 창가의 각종 변주를 비롯해서, 최남선의 과감한 형식 실험들은 결국 '바다'를 통해서 '반도'에 주어지는 특권의 이행[39]이라고 볼 수 있다.

이렇게 해서 우리는 다시 처음의 질문으로 돌아가게 된다.[40] 〈해에게서 소년에게〉라는 작품에서 시작된 질문들은 '〈해에게서 소년에게〉=신체시'라는 단순한 문학사적 지식의 범위를 넘어서 최남선이 처했던

---

(37) 함석헌의 《뜻으로 본 한국역사》를 말한다.

(38) 《청춘》 4호의 〈인종과 문명〉에서는 제1차 세계대전을 기점으로 동서 융합을 기대하고 있다. 동서 융합의 상태를 최남선은 "이상적 문명", "완전무결한 문명"이라고 주장한다.

(39) '창가'는 서양의 악보와 동양(일본)의 7.5조 리듬의 가사가 조선(반도)에서 융합된 것으로 평가할 수 있다.

(40) 앞서 제기한 질문을 다시 정리하면 다음과 같다. "질문 1) 최남선은 왜 '바다'에 주목하였을까? 질문 2) '바다'와 '지리교육'은 어떻게 관련되는가? 질문 3) '바다'와 '지리교육'이 어떻게 '창가'와 '신체시'에 연결되는가?"

문화적 환경으로 들어가는 통로 역할을 해 주었다. 최남선이 '바다'에 주목하게 된 계기를 추적하면서, 우리는 그것이 '지리'의 중요성을 알리는 신호였음을 알게 되었다. 반도의 지리적 위치를 강조하기 위해서는 '바다'를 상기할 수밖에 없었던 것이다. 그러므로 문제는 바다가 아니라 '반도'로 옮겨 간다. 반도의 지리적 이중성은 대륙의 성질과 바다의 성질을 동시에 갖고 있다는 것인데, 그것은 다만 지리적 사실에 그치지 않는다. 여기에서 한 걸음 더 나아가, 시간이 흐를수록 세계의 중심이 지구를 한 바퀴 돌면서 점차 반도로 모아진다는 역사적 필연성과 그 사명감으로 이어진다. 동양과 서양의 문화가 결합하여 전혀 이질적인 혼성 문화를 생성할 수 있는 것이 반도의 특권이라고 본 것이다.

최남선의 혼성적 실험 정신은 그것이 외래에서 유래한 것이든 전통에서 전수된 것이든 가리지 않고 모든 문화적 자질이 반도라는 실험 공간 안에서 접합되고 새롭게 변형될 수 있다고 간주한다. 그의 문학적 실험은 결국 새로운 혼성 문화를 창조하려 했던 최남선 개인의 열망이 반영된 사례라 할 수 있다. 새로운 문화 창조의 사명이 조선에 주어진 이상, 그에게는 모든 형태의 문학적 실험이 허용되었다. 그의 실험 정신은 이후 한민족의 고대사를 규명하려는 '불함문화론不咸文化論'과 같은 인류학적 규모의 학문적 도전으로까지 이어진다.

문화적 맥락을 도입한
문학사 교육

　지금까지 최남선의 '창가'와 '신체시'라는 문학사적 사실을, 단순한 지식의 차원을 넘어 당시의 문화사적 맥락 안에서 살펴보았다. 최남선은 '바다'의 등장을 일종의 문화적 충격으로 받아들였으며, '바다'의 의미를 탐구하여 그 충격에 답하려 한 것이다. 그는 그 과정에서 육지와 바다를 동시에 접하고 있는 반도라는 지리적 특성의 중요성을 간파하고, 그것을 통해 동양과 서양의 문화가 한 곳에서 결합하여 새로운 문화가 창조될 수 있는 특권이 조선에 부여되었음을 발견했다. 그 특권에 따라서 그는 동서양의 온갖 문학 장르들이 조선에서 혼합되어 세계적으로 유례가 없는 신문학이 탄생할 것을 기대했다. 창가와 신체시 등 그가 탄생시킨 잡종형 문학 장르는 바로 이러한 문화적 사명감과 특권의식의 발로인 것이다.

　이러한 일련의 과정을 추적하다 보면 창가와 신체시 같은 문학사적 사실을 바라보는 새로운 관점이 생기게 된다. 무엇보다 창가와 신체시를 고정된 지식으로 암기하는 것이 아니라, 그것이 당시의 문화적 맥락에 따라 구성되었으며, 그 형식을 구상하는 데 다양한 학문이 동원되는 학제적 지원이 있었음을 알게 된다. 이는 문학사적 사실을 이미 결정된 고정불변의 사실이 아닌, 역동적으로 형성 중에 있는 문화적 현상으로 이해하는 기회를 제공한다. 이와 동시에 정전正典 중심의 고정된 문학 관념에서도 벗어날 수 있다. 더구나 새로운 문학적 현상의 출현 배경에는 문학과 직접적으로 관련되지 않는 여타 인접 학문이 관계돼 있음을 알고, 문학과 인접 학문 사이의 장벽을 넘어서 학제적 사고를 하게 한다.

이러한 새로운 관점 혹은 인식은 문학사에서 발견되는 문화 창조 의지와 그 역동성을 되새기고, 이를 자신의 문화적 활동으로 끌어들이는 계기로 작용한다. 이는 문학 교육과 일상생활 사이에 자리한 장벽을 허무는 데도 기여한다. 이는 궁극적으로 문학사를 바라보는 관점을 바꾸게 한다. 문학사 교육이 과거의 작품에 대한 고정된 지식을 전수하는 것이 아니라, 현재 및 미래의 문학 문화를 창조하는 데 기여하는 일종의 훈련의 장이 될 것이기 때문이다.

이상을 토대로 문학사 교육에 문화적 맥락을 도입했을 때 생기는 장점을 네 가지로 요약해 보면 다음과 같다. 첫째, 문학사적 사실의 단순 암기에서 벗어나 문화적 맥락에서 작품을 재조명하여 낯설게 하기의 효과를 얻을 수 있다. 둘째, 국문학이라는 특정 분과학문의 이념을 강화하고 민족적 정체성을 주입한다는 문학사 교육에 대한 오해를 불식하고, 분과학문의 장벽을 넘어서 다양한 인접 학문과의 학제적 교섭을 유도하는 기회를 마련할 수 있다. 셋째, 교과서에 수록된 문학작품에서 그 정전적 성격만을 추출해 단순히 암기하는 것이 아니라 그것이 정전이 되기까지의 과정을 추체험追體驗함으로써 오히려 정전에 대한 열린 태도를 갖출 수 있다. 넷째, 고급문학과 대중문화 사이에 가로놓여 있는 높은 장벽을 허물 수 있다.

이러한 과정을 거쳐서 아무리 문학사적으로 높이 평가받는 문학작품이라 할지라도 그러한 평가를 받기 위해서는 당대의 문화적 환경과 활발하게 교섭하지 않으면 안 된다는 사실을 알게 되어, 문학과 문화의 유기적 관련성에 눈을 뜨게 된다. 이처럼 문학이란 것이 그 시대의 문화적 산물임을 기억한다면 현재의 문화적 환경에서 어떤 종류의 문학 작품이 산출될 수 있는지를 예측하고, 이를 자신의 삶과 연결지어 생각할 수 있다. 대중문화의 성장과 문학 이론의 발전으로 궁지에 몰린 문학사 교육이 오히려 '문학 문화' 개념을 도입함으로써 변신의 기회를 맞게 된 것이다.

1. 타고르, 식민지 조선의 횃불이 되다

〈1920년대 인도 시인의 유입과 탈식민성의 모색〉,《민족문학사연구》, 2011. 4.

2. 현대성 비춰준 동양의 '마술 거울'

〈이미지즘과 동양담론〉,《인문학연구》(조선대학교 인문학연구원), 2009. 2.

3. 영화적인 것과 시적인 것

〈식민지 조선에서 영화적인 것과 시적인 것〉,《한민족어문학》, 2009. 12.

4. 정지용의 종교시

〈정지용의 시세계에서 종교시의 위상〉,《문학과 종교》, 2010. 8.

5. 박인환을 절망시킨 '불행한 신'

〈박인환에 대한 오해와 이해〉, 오문석 엮음,《박인환 – 위대한 반항과 우울한 실존》, 글누림, 2011. 6.

6. 시에서 찾은 구원, 박두진의 신앙시

〈박두진의 후기 시론 연구〉,《현대문학의 연구》, 2009. 2.

7. 해방기 '민족'을 둘러싼 '담론 전쟁'

〈해방기 시문학과 민족 담론의 재배치〉,《한국시학연구》, 2009. 8.

8. 근대문학의 화두, 전통과 현대성

〈전후 문단에서 전통과 현대성의 대립〉, 김수진 외,《전통의 국가적 창안과 문화
변용》, 혜안, 2009. 9.

9. 4·19라는 문학사적 전통

〈전통이 된 혁명, 혁명이 된 전통〉,《상허학보》, 2010. 10.

10. 80년대 민족문학론, 그 고통의 축제

〈고통의 축제를 위하여 - 1980년대 민족문학론 재고〉,《문학수첩》, 2006. 여름.

11. 근대문학의 조건, 네이션≠국가의 경험

〈근대문학의 조건, 네이션≠국가의 경험〉,《한국근대문학연구》, 2009. 4.

12. 1970년대 김현의 탈식민화 선언

〈문학사와 탈식민성 - 김현을 중심으로〉,《현대문학의 연구》, 2008. 2.

13. 최남선은 왜 신체시를 썼나

〈문학사 교육과 문학문화 - 최남선을 중심으로〉,《국제어문》, 2010. 8.

논문

강경화, 〈1950년대 비평의 근대성과 특수성〉, 《반교어문연구》, 2001.

강경화, 〈해방기 김동리 문학에 나타난 정치성 연구〉, 《현대소설연구》, 2003.

강계숙, 〈신동엽 시에 나타난 전통과 혁명의 의미〉, 《한국근대문학연구》, 2004. 10.

강우원용, 〈러일전쟁 '전후'의 문학과 애국〉, 《일어교육》, 2008.

고명철, 〈1960년대 참여문학 비평의 전위성: 저항과 부정의 글쓰기〉, 《비평문학》, 2009. 3.

고명철, 〈박두진의 현실주의적 시론이 지닌 비평적 위상〉, 《한국문학이론과비평》, 2008.

고봉준, 〈'동양'의 발견과 국민문학〉, 《한국문학이론과 비평》, 2007. 6.

고한승, 〈신영화 〈아리랑〉을 보고〉, 《매일신보》, 1926. 10. 10.

권동희, 〈최남선의 지리사상과 '소년'지의 지리교육적 가치 - '해상대한사'를 중심으로〉, 《한국지리환경교육학회지》, 2004. 8.

권보드래, 〈근대 초기 '민족' 개념의 변화〉, 《민족문학사연구》, 2007.

권정화, 〈최남선의 초기 저술에서 나타나는 지리적 관심〉, 《응용지리》, 1990.

금동철, 〈정지용 시 《백록담》에 나타난 자연의 의미〉, 《우리말글》, 2009. 4

금동철, 〈정지용 후기 자연시에 나타난 기독교적 자연관〉, 《한민족어문학》, 2007. 12

김기림, 〈근대 시의 弔鐘〉, 《동아일보》, 1931. 7. 30. ~8. 9.

김기림, 〈청중 없는 음악회〉, 《문예월간》, 1932. 1.

김기석, 〈민족문화와 그 이상〉, 《협동》, 1953. 4.

김대행, 〈매체언어 교육론 서설〉, 《국어교육》, 1998.

김동리, 〈'휴머니즘'의 본질과 과제〉, 《현대공론》, 1954. 9.

김동리, 〈민족문학의 이상과 현실〉, 《문화춘추》, 1954. 2.

김상일, 〈고전의 전통과 현대〉, 《현대문학》, 1959. 2.

김석근, 〈근대 일본 '네셔널리즘'의 구조와 특성에 대한 재검토〉, 《동양정치사상사》, 2006.

김석영, 〈신동엽 시의 서구 지배담론 거부와 대응〉, 《상허학보》, 2005. 2.

김성진, 〈문학 교수 · 학습 방법론 연구〉, 《국어교육학연구》, 2004.

김수태, 〈1930년대 천주교 서울교구의 가톨릭 운동 - 〈가톨릭 청년〉을 중심으로〉. 《한국근현대사 연구》, 2009. 여름.

김양수, 〈민족문학 확립의 과제〉, 《현대문학》, 1957. 12.

김억, 〈사로지니 나이두의 서정시〉 1 ~, 《영대》 4 ~ 5호, 1924. 12. ~ 1925. 1.

김억, 〈역자의 인사〉, 타고르 지음, 김억 옮김, 《기탄자리》, 이문관, 1923.

김영철, 〈신동엽 시의 상상력 구조〉, 《우리말글》, 1998. 11.

김예림, 〈냉전기 아시아 상상과 반공 정체성의 위상학〉, 《상허학보》, 2007.

김정우, 〈학습자 중심의 문학사 교육 연구〉, 《국어국문학》, 2006. 5.

김종수, 〈《가톨릭 청년》의 문학 의식과 문학사적 가치 연구〉, 《교회사연구》, 2006.

김주현, 〈실학 수용과 1960년대 민족문학론의 전개〉, 《어문연구》, 2006. 겨울.

김준현, 〈전후 문학 장의 형성과 문예지〉, 고려대 박사, 2009.

김지녀, 〈최남선 시가의 근대성 - '철도'와 '바다'에 나타난 공간 인식〉, 《비교한국학》, 2006.

김진영, 〈세이렌, 미메시스, 유토피아 - Th. 아도르노의 미학이론〉, 《사회비평》, 나남출판사, 1999.

김창원, 〈문학 교과서 개발에 대한 비판적 점검 및 교과서 개발 방향〉, 《국어교육학연구》, 2006.

김창원, 〈문학 문화의 개념과 문학교육〉, 《문학교육학》, 2003.

김창원, 〈문학능력과 교육과정, 그리고 매체〉, 《문학교육학》, 2008.

김창원, 〈시 연구와 시교육 연구 사이의 거리〉, 《국어교육》, 2004.

김창원, 〈중핵 텍스트에 대한 다중 접근을 통한 시교육 방법〉, 《국어교육학연구》, 2001.

김철, 〈명랑한 형/우울한 동생〉, 《상허학보》, 2009.

김한식, 〈김동리 순수문학론의 세 층위〉, 《상허학보》, 2005.

김현숙, 〈한국 근대미술에서의 동양주의 연구〉, 《한국근대미술사학》, 2002.

김흥중, 〈근대문학 종언론에 대한 비판적 고찰〉, 《사회와 역사》, 2009.

남원진, 〈1950년대 비평 연구1〉, 《겨레어문학》, 2002.

노은희, 〈대중문화의 국어교육적 의의〉, 《국어교육학연구》, 2002.

류보선, 〈민족≠국가라는 상황과 한국 근대문학의 정치적 (무)의식〉, 서울시립대인문과학연구소

편, 《한국근대문학과 민족국가 담론》, 소명출판, 2005.

류준범, 〈1930~40년대 사회주의 운동가들의 '민족혁명'에 대한 인식〉, 《역사문제연구》, 2000.

류준필, 〈'문명'·'문화' 관념의 형성과 '국문학'의 발생〉, 《민족문학사연구》, 2001.

류찬열, 〈한국 (근)현대 문학사 기술에 대한 현황과 반성〉, 《우리문학연구》, 2002.

문덕수, 〈전통과 현실〉, 《현대문학》, 1959. 4.

문혜원, 〈1930년대 모더니즘 문학에 나타난 영화적 요소에 대하여〉, 《한국현대시와 모더니즘》, 신원, 1996.

문혜원, 〈1950년대 전통 논의의 특징과 시적인 형상화 연구〉, 《한국현대문학연구》, 2002.

민태홍, 〈혁명인도의 여류시인 싸로지니 나이듀〉, 《개벽》, 1924. 11.

박수연, 〈친일과 배타적 동양주의〉, 《한국문학연구》, 2008.

박승희, 〈1920년대 민요의 재발견과 전통의 심미화〉, 《어문연구》, 2007. 봄.

박양신, 〈근대 일본에서의 '국민' '민족' 개념의 형성과 전개〉, 《동양사학연구》, 2008. 9.

박연희, 〈서정주 시론 연구〉, 《한국문학이론과 비평》, 2007. 12.

박영순, 〈에즈라 파운드, T. S. 엘리엇, W. B. 예이츠와 동양〉, 《동서비교문학저널》, 2005. 가을·겨울.

박영신, 〈사회 운동 '이후'의 사회 운동: '4·19'의 구성〉, 《현상과 인식》, 2000. 겨울.박인기, 〈문학교육과 문학 정전의 새로운 관계 맺기〉, 《문학교육학》, 2008.

박지영, 〈1960년대 참여시와 두 개의 미학주의-김수영, 신동엽의 참여시론을 중심으로〉, 《반교어문연구》, 2006.

박진숙, 〈동양주의 미술론과 이태준 문학〉, 《한국현대문학연구》, 2004.

박필현, 〈최일수 비평의 '현대성'과 새로운 '공통성'〉, 《한국문예비평연구》, 2007.

박헌호, 〈'문학' '史' 없는 시대의 문학연구〉, 《역사비평》, 2006. 5.

박헌호, 〈50년대 비평의 성격과 민족문학론으로의 도정〉, 구인환 외, 《한국전후문학연구》, 삼지원, 1995.

배개화, 〈《문장》지의 내간체 수용 양상〉, 《현대소설연구》, 2004.

배개화, 〈1930년대 후반 전통담론의 탈식민성 연구〉, 서울대 박사, 2004.

배주영, 〈1930년대 만주를 통해 본 식민지 지식인의 욕망과 정체성〉, 《한국학보》, 2003.

백성욱, 〈정계에 몸을 던진 인도 여류시인 사로지니 나이두 여사〉, 《동아일보》, 1926. 5. 7.

백현미, 〈1950, 60년대 한국연극사의 전통 담론 연구〉, 《한국연극학》, 2000.

서경석, 〈만주국 기행문학 연구〉, 《어문학》, 2004. 12.

서광제, 〈영화연구-노서아 명감독 '에이젠슈테인'의 강연〉, 《동아일보》, 1930. 9. 7.

서광제, 〈토키에 관한 선언〉, 《동아일보》, 1930. 10. 2.~7.

서영인, 〈일제말기 만주담론과 만주기행〉, 《한민족문화연구》, 2007. 11.

서영채, 〈민족, 주체, 전통 : 1950~60년대 전통논의의 의미〉, 《민족문학사연구》, 2007.

석전, 〈타고올(陀古兀)의 시관詩觀〉,《유심》 3호, 1918.

손정수, 〈자율적 문학관의 기원〉,《민족문학사연구》, 2002.

아다치 겐(足立元), 박소현 옮김, 〈1950년대 전위예술에서의 전통 논쟁〉,《미술사논단》, 2005.

양동국, 〈'曙光詩社'와 한일 근대시의 이미지즘 수용〉,《일본문화학보》, 2007.

여태천, 〈1930년대 어문운동과 조선문학의 가능성〉,《어문논집》, 2007.

오문석, 〈1950년대 모더니즘 시론 연구〉,《현대문학의 연구》, 1996.

오문석, 〈근대문학의 조건, 네이션≠국가의 경험〉,《한국근대문학연구》, 2009.

오문석, 〈박두진 초기 시의 종교적 성격〉,《겨레어문학》, 2007. 12.

오문석, 〈이미지즘과 동양담론〉,《인문학연구》, 2009. 2.

오문석, 〈전후 시론에서 현대성 담론 연구〉,《현대문학의 연구》, 2005.

오문석, 〈한국근대 시와 민족담론 - 1920년대 '시조부흥론'을 중심으로〉,《현대문학의 연구》, 2003.

오천석, 〈기탄자리(타구르 시집)〉(1),《창조》, 1920. 7.

오태영, 〈'조선' 로컬리티와 (탈)식민의 상상력〉,《사이》, 2008.

옥성일, 〈낭만주의적 자연관과 지리적 환경론의 성립 - 리터와 기요의 지리학 연구를 중심으로〉, 《지리교육논집》 37집, 1997.

우치무라 간조, 박수연 옮김, 〈地人論〉,《內村鑑三全集》 2권, 크리스챤서적, 2000.

유성호, 〈혜산 박두진 시에 나타난 '기독교 의식'〉,《현대문학의 연구》, 1999.

유철상, 〈1950년대 비평에서의 전통과 모더니티 인식〉,《현대문학이론연구》, 2002.

유철상, 〈해방기 민족적 죄의식의 두 가지 유형〉,《우리말글》, 2006.

윤기엽, 〈대동아공영권과 교토학파의 이론적 후원〉,《불교학보》, 2008.

윤대석, 〈1940년대 '만주'와 한국 문학자〉,《한국학보》, 2005.

윤대석, 〈1940년대 국민문학 연구〉, 서울대 박사, 2006.

윤수하, 〈〈네거리의 순이〉의 영화적 요소에 관한 연구〉,《한국시학연구》, 2003.

윤시향, 〈생소화 기법으로서 몽타주〉,《독일학연구》, 2000.

윤영실, 〈'국민'과 '민족'의 분화〉,《상허학보》, 2009.

윤영실, 〈경험적 글쓰기를 통한 '지식'의 균열과 식민지 근대성의 풍경 - 최남선의 지리담론과 소년지 기행문을 중심으로〉,《현대소설연구》, 2008.

윤용복, 〈근대 가톨릭에서의 종교 담론 -《가톨릭 청년》을 중심으로〉,《종교문화비평》, 2007.

윤해연, 〈최남선의 '신체시'와 여타 시가 장르와의 관계〉,《비평문학》, 2007. 4.

이 철, 〈에즈라 파운드의 이미지즘 연구〉,《영어영문학》, 1995.

이경수, 〈국가를 통해 본 김수영과 신동엽의 시〉,《한국근대문학연구》, 2005. 4.

이광수, 〈타고어의《원정》에 대하야〉,《조선일보》, 1925. 1. 20.

이기성, 〈해방기 시에 나타난 가족주의와 국가주의〉,《상허학보》, 2009. 6.

이나미, 〈일제시기 조선 자치운동의 논리〉, 《민족문화연구》, 2006.

이명찬, 〈중등교육과정에서의 김소월 시의 정전화 과정 연구〉, 《독서연구》, 2008.

이미경, 〈문학교육에 있어서 문학사 교육의 위상과 역할〉, 《국어교육》, 2001.

이미경, 〈문학교육에 있어서 문학사 교육의 위상과 역할〉, 《국어교육》, 2001.

이미순, 〈김기림의 언어관에 대한 고찰〉, 《우리말글》, 2007. 8.

이보경, 〈한·중 언문일치 운동과 영미 이미지즘〉, 《중국현대문학》, 2004.

이봉래, 〈전통의 정체〉, 《문학예술》, 1956. 8.

이봉래, 〈한국의 모더니즘〉, 《현대문학》, 1956. 4〜5.

이봉범, 〈1950년대 문화 재편과 검열〉, 《한국문학연구》, 2008.

이상록, 〈1960〜70년대 비판적 지식인들의 근대화 인식〉, 《역사문제연구》, 2007. 10.

이선이, 〈정지용 후기시에 있어서 전통과 근대〉, 《우리문학연구》, 2007.

이수정, 《《님의 침묵》에 나타난 R. 타고르의 영향관계 연구 -〈원정〉을 중심으로〉, 《관악어문연구》, 2003.

이어령, 〈동양의 하늘 - 현대문학의 위기와 그 출구〉, 《한국일보》, 1956. 1. 19.

이옥순, 〈인도인이 본 근대의 동양세계〉, 《동양사학연구》, 2009. 6.

이은주, 〈1950년대 문학비평의 세계주의와 미국적 가치 지향의 상관성〉, 《상허학보》, 2006.

이정배, 〈한국 영화비평사 연구〉, 강원대 박사, 2009.

이종호, 〈최남선의 지리(학)적 기획과 표상〉, 《상허학보》, 2008. 2.

이주미, 〈최승희의 '조선적인 것'과 '동양적인 것'〉, 《한민족문화연구》, 2007. 11.

이준식, 〈한국근대사에서 사회주의계열 민족해방운동의 역사적 실체〉, 《내일을 여는 역사》, 2006.

이하윤, 〈인도 순정시인 사로지니 나이두(현대시인연구 - 인도편)〉, 《동아일보》, 1930. 12. 28.

이혜령, 〈언어=네이션, 그 제유법의 긴박과 성찰 사이〉, 《상허학보》, 2007. 2.

이혜령, 〈한글운동과 근대 미디어〉, 《대동문화연구》, 2004.

이혜령, 〈한자인식과 근대어의 네셔널리티〉, 《민족문학사연구》, 2005.

이혜령, 〈해방(기) : 총 든 청년의 나날들〉, 《상허학보》, 2009. 10.

임종성, 〈박두진 시 연구〉, 동아대 박사, 2002.

임화, 〈조선영화론〉, 《춘추》, 1941. 11.

임화, 〈조선영화발달소사〉, 《삼천리》, 1941. 6.

장영숙, 〈동도서기론의 정치적 역할과 변화〉, 《역사와 현실》, 2006. 6.

전미정, 〈이미지즘의 동양시학적 가능성 고찰 - 언어관과 자연관을 중심으로〉, 《우리말글》, 2003.

전승주, 〈1950년대 한국 문학비평 연구〉, 《민족문학사연구》, 2003.

전우형, 〈1920〜1930년대 영화소설 연구〉, 서울대 박사, 2006.

정덕준, 〈다매체 시대의 문학교육 방향에 관한 연구〉, 《한국문학이론과 비평》, 2001.

정병욱, 〈우리 문학의 전통과 인습〉, 《사상계》, 58. 10.

정인섭, 〈혁명여성 '나이두'와 인도〉, 《삼천리》, 1931. 1.

정재찬, 〈21C 문학교육의 전망〉, 《문학교육학》, 2000.

정재찬, 〈신비평과 시교육의 연관에 대한 비판적 고찰〉, 《선청어문》, 1992.

정재찬, 〈현대시 교육의 방향〉, 《문학교육학》, 2006.

정종현, 〈제국/민족 담론의 경계와 식민지적 주체〉, 《상허학보》, 2004.

정주아, 〈《문장》지에 나타난 '고전'의 의미 고찰〉, 《규장각》, 2007. 12.

정창석, 〈'전쟁문학'에서 '받들어 모시는 문학'까지〉, 《일이일본문학연구》, 1999.

정태용, 〈민족문학론〉, 《현대문학》, 1956. 11.

조광, 〈1930년대 함석헌의 역사인식과 한국사 이해〉, 《한국사상사학》, 2003.

조동구, 〈박두진 시에 나타난 자연〉, 《현대문학의 연구》, 1999.

조동열, 〈Yeats와 Tagore〉, 《외국문화연구》, 2000.

조동원, 〈한국사 시대구분논의에 대한 검토〉, 《인문과학》, 1999.

조연현, 〈민족적 특성과 인류적 보편성〉, 《문학예술》, 1957. 8.

조영복, 〈김기림 시론의 기계주의적 관점과 '영화시'(Cinepoetry)〉, 《한국현대문학연구》, 2008.

조용만, 〈한국문학의 세계성〉, 《현대문학》, 1956. 11.

조윤정, 〈《폐허》 동인과 야나기 무네요시〉, 《한국문화》, 2008.

주영중, 〈1950~60년대 신비평의 수용과 새로운 비평의 모색〉, 《한국근대문학연구》, 2004.

주요한, 〈애의 기도, 기도의 애 - 한용운 씨 작 《님의 침묵》 독후감〉, 《동아일보》, 1926. 6. 26.

진수미, 〈정지용 시의 회화지향성〉, 《비교문학》, 2007.

진순성, 〈인도의 세계적 대시인, 라빈드라나드 타구르〉, 《청춘》, 1917.

진순애, 〈1950년대 두 개의 모더니즘 비교 연구〉, 《한국문예비평연구》, 2006.

진순애, 〈1960년대 시학의 실천적 지평 - 4 · 19 혁명정신의 실천을 중심으로〉, 《한국시학연구》, 2005. 4.

진시원, 〈동아시아 철도 네트워크의 기원과 역사〉, 《국제정치논총》, 2004.

진은영, 〈탈민족시대의 국가 · 민족 정체성에 대한 고찰〉, 《시대와 철학》, 2008.

차승기, 〈'근대의 위기'와 시간 - 공간의 정치학〉, 《한국근대문학연구》, 2003.

차호일, 〈4월 혁명에 대한 시적 대응 방식과 시 교육에의 시사 - 김수영, 신동엽을 중심으로〉, 《민족문화논총》, 2008.

채호석, 〈1950년대 북한 문학에 나타난 전통과 모더니티〉, 《한국현대문학연구》, 2002.

최강민, 〈4 · 19 세대의 신화화를 넘어〉, 《실천문학》, 2010. 2.

최강민, 〈공감의 비평, 그 내적 모순 - 김현의 비평에 대해〉, 《우리문학연구》, 2008. 2.

최미숙, 〈대화 중심의 현대시 교수 · 학습 방법〉, 《국어교육학연구》, 2006.

최미숙, 〈매체 언어 교육을 위한 교육과정 개발 방향〉, 《국어교육학연구》, 2007.

최미숙, 〈베르그송과 기억의 문제〉, 《철학》, 2007. 11.

최미숙, 〈성인의 문학생활화 방안〉, 《문학교육학》, 2002.

최성실, 〈개화기 문학담론에 나타난 '근대국가'라는 숭고한 대상〉, 《민족문학사연구》, 2004.

최윤수, 〈동도서기 논리와 민족담론의 해석〉, 《동양철학연구》, 2004.

최인숙, 〈낭만주의 철학과 인도사상의 만남〉, 《동서비교문학저널》, 2002, 가을·겨울.

최일수, 〈문학상의 세대의식〉, 《지성》, 1958. 가을.

최일수, 〈문학의 세계성과 민족성〉, 《현대문학》, 1957. 12~1958. 2.

최일수, 〈신인의 배출과 문학적 상황〉, 《자유세계》, 1958. 4.

최일수, 〈현대문학의 근본 특질〉, 《현대문학》, 1956. 12~1957. 1.

최재목, 〈최남선 《소년》지의 '신대한의 소년' 기획에 대하여〉, 《일본문화연구》, 2006.

최지현, 〈학병의 기억과 국가〉, 《한국문학연구》, 2007.

최현식, 〈"신대한"과 "대조선"의 사이(1) : 《소년》지 시(가)의 근대성〉, 《현대문학의 연구》, 2006.

최홍선, 〈에즈라 파운드의 《중국》에 나타난 번역의 시학〉, 이화여대 석사, 2006.

최홍선, 〈타자를 향한 번역 — 에즈라 파운드의 〈중국〉과 중국시 영역〉, 《비교문학》, 2008.

하상일, 〈1950~60년대 최일수 문학비평 연구〉, 《한국문학논총》, 2005.

하상일, 〈1960년대 《청맥》의 이데올로기와 비평사적 의미〉, 《한국문학이론과 비평》, 2006. 12.

하상일, 〈김현의 비평과 《문학과지성》의 형성과정〉, 《비평문학》, 2007. 12.

한수영, 〈1950년대 한국 문예비평론 연구〉, 연세대 박사, 1996.

한수영, 〈근대문학에서의 '전통' 인식〉, 《소설의 일상성》, 소명출판, 2000.

한영자, 〈박두진의 기독교적 근원성 연구〉, 《동남어문논집》, 2004.

한홍자, 〈박두진 시에 나타난 기독교적 세계관〉, 《한국문예비평연구》, 1998.

함동주, 〈러일전쟁 후 일본의 한국식민론과 식민주의적 문명론〉, 《동양사학연구》, 2006. 3.

허혜정, 〈모윤숙의 초기시의 출처 : 사로지니 나이두(Sarojini Naidu)의 영향 연구〉, 《현대문학의 연구》, 2007.

현상윤, 〈동서문명의 차이와 급 기 장래〉, 《청춘》, 1917.

현영민, 〈에즈라 파운드의 이미지스트 시학〉, 《영어영문학연구》, 2004.

홍성식, 〈1950~60년대 전통 논의 연구〉, 《한국문예비평연구》, 2000.

홍용희, 〈전통지향성의 시적 추구와 대동아공영권〉, 《한국문학연구》, 2008.

홍은택, 〈영미 이미지즘 이론의 한국적 수용 양상〉, 《국제어문》, 2003.

황종연, 〈노블, 청년, 제국 — 한국 근대소설의 통국가간 시작〉, 《상허학보》, 2005. 2.

황종연, 〈한국문학의 근대와 반근대 : 1930년대 후반기 문학의 전통주의 연구〉, 동국대 박사, 1992.

황호덕, 〈국어와 조선어 사이, 내선어의 존재론〉, 《대동문화연구》, 2007.

황호덕, 〈근대 네이션과 그 재현 양식들〉, 《한국사상과 문화》, 2003.

Huh Woosung, "Gandhi and Manhae : 'Defending Orthodoxy, Rejecting Hegerodoxy' and 'Eastern Ways, Western Instruments'", *Philosophy and Culture*, Vol. 1, 2007. 5.

Irving S. Friedman, "Indian Nationalism and the Far East", *Pacific Affairs*, Vol. 13, No. 1 (Mar., 1940).

Yoo, Baekyun, "Yeats's Rediscovery of India and a Development of Universalism", 《한국 예이츠 저널》, 2009,

단행본

곽광수·김현, 《바슐라르 연구》, 민음사, 1976.

권영민, 《한국현대문학사》, 민음사, 2002.

권정화, 《지리사상사 강의노트》, 한울, 2005.

근대문학 100년 연구총서 편찬위원회, 《약전으로 읽는 문학사1 – 해방전》, 소명출판, 2008.

김규동, 《새로운 시론》, 산호장, 1956.

김기림, 《김기림전집》 1~4. 심설당, 1988.

김기림, 《문학개론》, 1946. 12.

김기철 편, 《한국문학 비평자료집》 1~17권, 토지, 1989.

김대행 외, 《문학교육원론》, 서울대출판부, 2000.

김수영, 《김수영 전집》1·2, 민음사, 1981.

김수용, 《예술의 자율성과 부정의 미학》, 연세대학교출판부, 1998.

김용직, 《한국현대시사1》, 한국문연, 1996.

김윤식·김현, 《한국문학사》, 민음사, 1973.

김윤식 편, 《한국현대현실주의비평선집》, 나남, 1989.

김종원, 정중헌, 《우리영화100년》, 현암사, 2001.

김현, 《문학과 유토피아》(전집4권), 문학과지성사, 1992.

김현, 《상상력과 인간/시인을 찾아서》(전집3권), 문학과지성사, 1991.

김현, 《한국문학의 위상》, 문학과지성사, 1977.

김현, 《행복한 책읽기/문학단평모음》(전집15권), 문학과지성사, 1993.

김현, 《현대한국문학의 이론/사회와 윤리》(전집2권), 문학과지성사, 1991.

남원진 엮음, 《1950년대 비평의 이해》 1~2, 역락, 2004.

박두진, 《돌과의 사랑》, 청아출판사, 1986.

박두진, 《문학적 자화상》, 도서출판 한글, 1994.

박두진, 《박두진 문학정신1 – 고향에 다시 갔더니》, 신원문화사, 1996.

박두진, 《박두진 문학정신2 – 여전히 돌은 말이 없다》, 신원문화사, 1996.

박두진,《박두진 문학정신3 – 숲에는 새 소리가》, 신원문화사, 1996.

박두진,《박두진 문학정신4 – 밤이 캄캄할수록 아침은 더 가깝다》, 신원문화사, 1996.

박두진,《박두진 문학정신7 – 시적 번뇌와 시적 목마름》, 신원문화사, 1996.

신동엽,《신동엽 전집》, 창작과비평사, 1985.

우한용,《문학교육과 문화론》, 서울대출판부, 1997.

유종호,《서정적 진실을 찾아서》, 민음사, 2001.

이석우,《현대시의 아버지, 정지용 평전》, 푸른사상, 2006 : 68~79, 151~152.

이옥순,《식민지 조선의 희망과 절망, 인도》, 푸른역사, 2006.

이현석,《작가생산의 사회사 – 윌리엄 셰익스피어와 문학제도의 형성》, 경성대출판부, 2003.

임규찬 · 한진일 편,《임화 신문학사》, 한길사, 1993.

전기철,《한국전후문예비평연구》, 국학자료원, 1994.

전봉관,《경성기담》, 살림, 2006.

정재형 편저,《한국 초창기의 영화이론》, 집문당, 1997.

정종화,《한국영화사》, 한국영상자료원, 2008.

정지용,《정지용전집》2, 민음사, 1988 : 48.

진중권,《진중권의 현대미학 강의 – 숭고와 시뮬라크르의 이중주》, 아트북스, 2003.

진중권,《현대미학강의》, 아트북스, 2003.

최남선,《육당 최남선 전집》, 현암사, 1975.

최예열 엮음,《1950년대 전후 문학비평 자료》1~2, 월인, 2005.

함석헌,《뜻으로 본 한국역사》, 한길사, 2003.

R. 타고르, 김양식 옮김,《나는 바다가 되리라》, 세창, 1993.

R. 타고르, 김광자 옮김,《기탄잘리》, 소담출판사, 2002.

R. 타골, 유영 옮김,《타골전집4》, 정음사, 1974.

고사카 시로, 야규 마코토 · 최재목 · 이광래 옮김,《근대라는 아포리아》, 이학사, 2007.

데이비드 리스먼, 이상률 옮김,《고독한 군중》, 문예출판사, 1999.

랄프 슈넬, 강호진 · 이상훈 · 주경식 · 육현승 옮김,《미디어 미학》, 이론과실천, 2005.

레이먼 셀던, 현대문학이론연구회 옮김,《현대문학이론》, 문학과지성사, 1987,

로버트 슈라이터, 황애경 옮김,《신학의 토착화》, 가톨릭출판사, 1991.

루시앵 골드만 , 송기형 · 정과리 옮김,《숨은 신》, 연구사, 1986.

보링거, 권원순 옮김,《추상과 감정이입》, 계명대출판부, 1982.

스즈키 노리히사, 김진만 옮김,《무교회주의자 内村鑑三》, 소화, 1995.

안토니 이스트호프, 임상훈 옮김,《문학에서 문화연구로》, 현대미학사, 1994.

앙드레 슈미드, 정여울 옮김,《제국 그 사이의 한국 1895~1919》, 휴머니스트, 2007.

에커만, 장의창 옮김,《괴테와의 대화》, 민음사, 2008.

엘리오트, T. S., 최종수 옮김, 《문예비평론》, 박영사, 1974.

잭 씨 엘리스, 변재란 옮김, 《세계영화사》, 이론과실천, 1988.

조지 랠리스, 이경운·민경철 옮김, 《브레히트와 영화》, 말길, 1993.

카르스텐 비테 엮음, 박흥식·이준서 옮김, 《매체로서의 영화》, 이론과실천, 1996.

피터 버크, 조한욱 옮김, 《문화사란 무엇인가》, 길, 2004.

de Man, Paul, *Blindness and Insight*, Methuen & Co. Ltd., 1971.

Hulme, T. E., edit. Herbert Read, *Speculations*, Routledge & Kegan Paul Ltd, 1924.

Moulton, R. G., *World Literature and its place in general culture*, New York, 1921.

Pound, Ezra., edit. T. S. Eliot, *Literary Essays of Ezra Pound*, Faber, 1960.

R. Tagore, *Gitanjali and Fruit－Gathering*, the Macmillan Company, New York, 1916.

R. Tagore, *Sadhana－The Realization of Life*, The Macmillan Company, 1920.

タゴール, 和田富子 譯, 《有閑哲學》, 東京朝日新聞社, 1929.

현대시의 운명, 원치 않았던

첫판 1쇄 펴낸날 2012년 3월 15일

지은이 l 오문석
펴낸이 l 박남희
편집 l 박남주, 노경인, 김주영
마케팅 l 구본건
제작 l 이희수

종이 l 화인페이퍼
인쇄 l 청아문화사
제본 l 정민제본

펴낸곳 l 도서출판 앨피
출판등록 l 2004년 11월 23일 제2011-000087호
주소 l 서울시 영등포구 양평동 2가 37-2 양평빌딩 301호
전화 l (02)2676-7117 팩스 l (02)2676-5261
E-mail l geist6@hanmail.net

ISBN 978-89-92151-40-5 93810

* 잘못된 책은 교환해드립니다.